宇宙的尽头 它们来了

赵岩森 著

The end of the Universe : The strangers

人民文学出版社

图书在版编目（CIP）数据

宇宙的尽头·它们来了/赵岩森著. —北京：人民文学出版社，2022
ISBN 978-7-02-016767-8

Ⅰ.①宇… Ⅱ.①赵… Ⅲ.①幻想小说—中国—当代 Ⅳ.①I247.5

中国版本图书馆CIP数据核字（2021）第243630号

责任编辑　李　宇　向心愿
装帧设计　陶　雷
责任印制　王重艺

出版发行　人民文学出版社
社　　址　北京市朝内大街166号
邮政编码　100705

印　　刷　三河市鑫金马印装有限公司
经　　销　全国新华书店等

字　　数　258千字
开　　本　880毫米×1230毫米　1/32
印　　张　10.375　插页1
版　　次　2022年2月北京第1版
印　　次　2022年2月第1次印刷

书　　号　978-7-02-016767-8
定　　价　52.00元

如有印装质量问题，请与本社图书销售中心调换。电话：010－65233595

目　录

第 一 章

祸 起 萧 墙

天气晴朗，是上海十几周一遇的好天气，天空只有浅浅一层雾霾，接近地平线的地方云朵正慢慢躲到高层建筑后面。怀特·亚克里斯抬头望着远处的落日余晖，怅惘的情绪油然而生，明天将看不到这样的景象了，以后在火星上仰望天空会是什么样的画面呢？

亚克里斯没想到"火星移民计划"的太空狂人杰克·丁的私人医疗团队竟然在茫茫人海之中挑选上了自己。得知他获得了通知书，同事们纷纷祝贺他一飞冲天，但他接受着祝贺的同时，内心却是五味杂陈。能够成为全球顶级医疗团队的一分子，又能成为第一批火星移民，当然是他梦寐以求的。可是，他是研究脑神经的，却加入杰克·丁的私人医疗团队，这未免有些不太合适？更何况，他要与新婚不久的妻子杨安妮别离一整年，他不知道回家后如何开口。

亚克里斯所在的研究所离家不过步行半小时的路程，通勤路线是一条僻静的小路，他大多时候选择步行回家，这样不仅可以缓解饱和脂肪酸累积造成的脂肪肝，同时也不用去准备上七八个车牌或者在城铁里面被挤成沙丁鱼罐头。亚克里斯看着右侧堵成一团的公路，即使是非机动车道此时也已经完全陷入了饱和状态。即使限行已经达到了每天五个尾号，市中心的马路依然像是车辆的坟场一般停滞不前，而步行毫无疑问是最为节省时间的短途行进手段。

亚克里斯喜欢在中国生活。"大摩擦年代"期间，中国遭遇了国际上各种势力的围追堵截，可相反自身变得强大了起来。特别是公元 2038 年 9 月 27 日的神奈川横滨大海啸，日本三分之一国土被海水淹没，东京的行政部门迁到了冈山。中国政府本着人类命运共同体的宗旨，在第一时间伸出援助之手，接纳了日本大批难民在中国东北和其他地区定居。亚克里斯是随着日本的医疗研究机构，落户到了上海工作与生活的。

撤离日本海的那一幕情景，亚克里斯至今仍记忆犹新。海面上到处是飘扬着五星红旗的军舰和各式各样的渔船，场面更甚于二战时期英吉利海峡的敦刻尔克大撤退。大海啸的余波并未完全消退，那些自发而来的渔船在海浪中犹如玩具那般失控颠簸。事后统计，有三十二艘中国渔船沉入海底，来自中国东海岸的主要是舟山群岛的男性渔民有一百零八人壮烈殉难。这是历史的转折点，无形地宣告"大摩擦年代"分崩离析。

亚克里斯从没想过自己会在这条偏僻幽静的小路上与人相撞。亚克里斯不禁有些恼火，而那个年轻人仿佛也被吓得不轻，拼命地向他连声道歉。亚克里斯注意到对方挂在耳后的电子终端智能魔方（Intelligent Cube）的通讯模块，依稀能够辨认出那是昨天刚发布的新型智方，新集成了更换穿戴、实体工具包等新型模块，比起办公室设备更像是玩具一般。亚克里斯无意间记住了这个年轻人的脸。他不会知道，未来的他们还会再次相遇。

亚克里斯走进前厅的电梯，按下了 31 层的按钮。电梯的面部识别系统自动调取了亚克里斯的个人信息，发现他有严重的幽闭恐惧症状，因此电梯门关闭的一瞬间，整个电梯的内壁环境就转换成了舒缓的沙滩场景——无人的晴天海滨。

亚克里斯靠在电梯的一个角落——此时这里是一棵椰子树，闭上眼睛轻轻揉着眉头。虽然电梯已经极力避免让他产生幽闭感，但亚克里斯还是更习惯依靠想象力去抗衡这种心理，这行之有效并且极少失误。

亚克里斯感觉到加速度正在拉慢自己的行动，他知道电梯几秒之后就会告诉他目的地已到达，他站起身向着电梯门应该在的方向——那里现在显示是一栋沙滩小屋——走了过去。亚克里斯理了理自己的领带，依旧觉得不怎么舒服，索性从脖子上将它拽了下来。

电梯门叮的一声打开，他走出电梯，用面部识别打开了正对着自己的房门。

"杨？"亚克里斯呼唤着妻子杨安妮。

"我在厨房！快来帮帮我！"亚克里斯听到自己的妻子叫道。他连忙冲进厨房，却发现只不过是锅里面的浓汤沸腾了溢了出来。

"温控单元好像真的坏了，"杨安妮把汤锅抢救下来，却似乎被溅出的浓汤滴到手上烫伤了，"我们大概得换个新锅，已经超了保修期很久……你为什么没有换鞋？"这位有着中国血统的小巧主妇将锅放下之后，对亚克里斯噘起了嘴。

"我听到你在这边尖叫，所以……我马上去换！"亚克里斯看到杨安妮的表情已经开始由愠色转向嗔怒，连忙退回门厅，脱下了皮鞋，而一台扫地机器人也从角落里面窜出，开始拼命清理看起来并没什么污渍的地面，但是却在旋转了几圈之后慢慢停在了前往门厅的路上。

"没电了？"杨安妮将汤盛好端上餐桌，望着地上奄奄一息的扫地机器人。亚克里斯将它捡了起来，放到墙角的充电底座上，然而充电的指示灯却并没能亮起来。

"最近家里电器怎么坏得这么频繁？"杨安妮一边抱怨着，一边从厨房端出了作为主食的意面。

"或许都开始老化了吧，现在的家电啊……"亚克里斯丢下扫地机器人的"遗骸"，他决定吃过饭再处理这团垃圾，但在起身的时候，却不小心撞到了门厅置物架上的恒温箱。这柜子放在这里不过几周，亚克里斯还没能适应它的存在。

恒温柜里面仅有一只橙白相间的蜘蛛，是有着"万物之巅峰"之称的喜马拉雅跳蛛。有着八只眼睛360度无死角的喜马拉雅跳蛛生存在6700米的悬崖峭壁之上，因此这是一个罕见的物种。这是前不久亚克里斯去旅行时买回来的纪念品，他还给它起了个名字——彼得。

"别看啦，快来吃饭！"杨安妮提醒道。亚克里斯点着头向餐桌走去，彼得在他身后吐出一根细长的淡蓝色蛛丝，架在原本的巢穴之上，蛛丝的光辉很快便消退下去，变成灰白色蛛巢的一部分。

晚饭过后，亚克里斯同妻子一起看了一部近半个世纪之前的老电影，大致是描述太阳提前进入红巨星演变分支，地球人寻找新家园的幻想故事。

"那个时代似乎是叫'科幻电影'。"杨安妮同亚克里斯解释道，她一向很喜欢这类电影。

"哪来的什么科学，谁不知道太阳还有几十亿年的寿命。"亚克里斯耸耸肩回应道。

"现在你总该告诉我，到底发生了什么事？"杨安妮直视着他突然说道。

"看来还是瞒不了你……"亚克里斯苦笑着。

看着妻子期待的眼神，亚克里斯述说起自己中"头彩"的事情。出乎他意料的是，妻子的神情始终很平静。平静意味着什么？亚克里斯不敢问，也不敢去想。

夜晚，他们沉默着缠绵，之后相拥进入梦乡。没过多久，亚克里斯被一个噩梦惊醒。他起身走到阳台上望向天际，没有雾霾的夜晚可以看到久违的月亮和一些星光，天狼星是其中最为耀眼的一颗，其上猎户座的星带，已经完全被掩盖，更接近天顶的地方就什么都看不见了，虽然三年前猎户座 α 发生超新星爆发的时候，曾经短暂地闪亮了有一年之久。

天空中还能看到好些星星点点的光亮，它们大多排成一排，以极快的速度划过天空，分布之密恐怕比夏季银河还要更甚。但是它们却并非任何自然天体，那些是隶属JT集团的"STAR NET"（星网）通信卫星集群，地球表面现在几乎不存在没有信号的区域，即使是在南极，个人智方也可以无线接入星网的网络。这是杰克·丁几十年前制订的天网计划，事实证明当初他的疯狂之举，并非异想天开。而今天，"火星移民计划"也开始具体实施了。"人活着，一定要有疯狂的想法与追求！"杰克·丁的名言激励了整整两代人。想到自己即将与这位大人物见面，并且要为他而工作，亚克里斯感慨又激动。科学家应该献身于伟大的事业，暂别家庭、和妻子分开一年的伤感便释然了。

突然，亚克里斯听到门厅的方向传来轻微的脚步声。有贼？他先是否定了这一想法，但还是大步冲了过去，借着窗外的霓虹灯光，他看到家门敞开着，一个瘦小的影子正站在门口，对方似乎早就注意到了亚克里斯，轻轻咋舌了一下，便启动了光学迷彩夺门而逃。

亚克里斯本想追上去，但想到妻子还在熟睡，而且在这公寓大楼里面，如果启动了光学迷彩，也不知道对方到底向哪个方向逃跑，便也泄了气。亚克里斯先是联系了警察，然后喊醒了妻子，打开客厅的室内灯，开始检查失窃情况。

看样子对方也不过刚到，亚克里斯只发现妻子放在门厅的一些首饰被拿走了，一并失窃的还有放在门边的恒温箱。

对警察汇报自己的宠物蜘蛛失窃，亚克里斯也有些犯难，因为警察并不清楚喜马拉雅跳蛛到底是什么东西，而且本身它是否属于合法的宠物都很难说。但亚克里斯还是拜托警察协助他追回那只蜘蛛。虽然他说"那是很重要的礼物"，但对方也仅仅是点着头敷衍着他。

由于失窃总额不多，亚克里斯明白这桩案件追查的有效度不会很高。送走警察之后，他叹了口气，轻轻抱住了披着衣服呆坐在沙发上的杨安妮："没关系的，明天临行前我会修好门锁，我们换最高防盗级别的。"

"好……"杨安妮似乎受了不小的惊吓，她靠在亚克里斯怀里，没有说更多的话。

亚克里斯做梦也不会想到，就在他向警察报案的时候，他的妻子杨安妮用袖珍型通讯模块偷偷地拨通了一个电话……

纽约皇后区法拉盛四十街与大学点的交叉口，竖立着两栋有近百年历史的政府公寓楼，那是 20 世纪 50 年代美国大萧条时期给低收入人群的住房福利。居住在这两栋大楼里的人必须经过政府的审核，确认是低收入者才可以购买居住。可情况也有例外。

斑驳的红砖外墙，遗留着年轮的印记。尽管是位于有着众多华裔的区域，但在楼内居住的大多数是黑人和墨西哥人。白种人居住者寥寥无几，威廉·波旁巴是其中之一。左邻右舍称呼他是"怪老头"，因为他和他的养女艾拉从不与他人说话来往。

威廉·波旁巴正拎着政府配给的食物回家。所谓的食物，也就是几个土豆和一袋面粉，外加一盒包装精美的所谓的营养胶囊，这是分发给他和艾拉维持十天的口粮。特别有必要提一下这营养胶囊，科技高速发展加上人口急剧膨胀造成食物链的断裂，于是，高科技的营养胶囊应运而生，而且也能保证人体内的各种维生素的需要。

他走到公寓大楼门口的垃圾桶前，环视周围，诡秘一笑。他清楚，此刻有无数双眼睛正窥视着他的举动。他高高举起印有纽约市政府字母缩写的食品袋，恶作剧地将食物撒落在垃圾桶里。然后，他面无表情地转身离去。

威廉·波旁巴的身影还未消失在街角拐弯处，大楼内和角落里突然涌出一大群各种肤色的男女，他们奔跑到垃圾桶前，抢夺刚才被丢弃的食物，甚至相互撕打。面粉袋在争抢中破裂了，只见那些争抢者眼睛发红，直接在肮脏的垃圾之中抓起一把把面粉往嘴里塞……生存面前，没有尊严。

半小时后，威廉·波旁巴乘坐私人直升机前往长岛自己的家中享受天伦之乐，这是他制定的每周家族聚会。他与前后三个妻子共生育了三个儿子和两个女儿，有了十个孙辈，名副其实地成为纽约州第一大家族。他通过机舱窗口俯视着一百年未怎么改变的纽约城市风景，心里幡然升起一种救世主的自豪感。三年前，他突发奇想伪造了一系列证件，购买了皇后区的政府补助房，带着做职业杀手的养女艾拉住进贫民区。他不是去体验贫穷的滋味，而是想零距离地观察，以证明他所信仰的大规模削减人口理论的必要性。当然，削减人口并不包括自己的家族。变换身份犹如玩游戏，他能成为未来生活的造物者，这都让他感到很有趣。体检报告证明，摒弃了以前的暴饮暴食、通宵豪赌和无节制的纵欲生活，他身体的各项指标都在恢复正常。他住在两房一厅的公寓，每日三餐吃着艾拉做的简食，相反却感觉到了以前从未有过的愉悦。

突然机舱里的警示灯亮了，威廉·波旁巴拿起通讯模块。

"威廉先生，人类清除计划出现了意外情况，不过庆幸的是灾难级别不高，是研究所的实验物种……"

"造成了泄漏？"威廉急切地问。

"不是泄漏，而是物种被负责管理清扫的临时工偷运到了中国。但物种体内安装了定位系统，行动小组已经出发了，相信能很快结束这场意外事故。"

威廉的面部肌肉在微微颤动，历史上无数事实证明：所谓的意外都不是偶然。他不确定到底是应该恐惧，还是兴奋。或许，多少年来他等待的这一刻，终于要提前来了！

于未来一早起来右眼皮就跳个不停，虽然他不信"左眼跳财，右眼跳灾"的"古老智慧"，但是今天一天的确是不尽如人意。

上午九点他去打第一份工，在一个人工洗车处洗车。这年头人工洗车保养是稀罕的，只有那些土豪才会花费大价钱来这里洗他们的经典跑车。

"天哪，轩尼诗毒液X！1500马力概念超跑，7.2机械增压引擎，百公里加速只要三秒，最高能飙到时速500，碳纤维车身，轻量级钛排气管，可调节悬挂车身……我想想，二十年前全球限量100辆，今天还能有几辆？天哪，我真是有眼福！"几分钟后，于未来还未从内心的赞美中清醒过来，手中的扳手突然鬼使神差地滑落下来，砸在了超跑的后引擎盖上，留下了一道浅浅的印记。他看着自己铸成的大错，忍受着车主暴跳如雷的咒骂。后果可想而知，最后赔出去了他半年的打工钱，这份工作也就彻底结束了。

接着，他在百年老店麦当劳去打第二份工，好不容易从颓丧的状态中醒过神来，又被痴迷他半年之久的四眼妹纠缠得心烦意乱。以前四眼妹只是买一份饮料，安静地坐在角落默默地看着他。而今天，老天爷似乎借了她一个胆子，她居然明目张胆地逼迫于未来要确定他们的恋爱关系，理由是于未来从未拒绝过她爱恋的眼神。四眼妹的大吵大闹，引来了一群路人的围观，四眼妹见起哄声都向着自己，更加理直气壮地向于未来讨说法。巧合的是麦当劳上海地区的业务总监突然心血来潮来视察本店，撞见了这一幕。无论于未来怎么解释原因，但顾客是上帝这条原则百年不变，其结果是于未来只能自认倒霉，打包走人。而更让于未来没想到的是，两小时后自己会遭遇鬼门关，连生命都受到了威胁。

老一辈的人都知道西郊动物园对面原来是虹桥花鸟市场，后来花鸟市场搬到了红梅路的一条小街，再后来时代变迁，钢筋水泥占据所有的空间，花鸟市场也就绝迹了，但爬宠市场却并未消失；不过因为宠物的排泄和噪音等污染也让这些爬宠市场大多聚集在偏远的市郊。现在养宠物尤其是小型动物似乎已经成为现代人的一种行为习惯。这大概也是人类渐渐地变成了一个个独居个体之后，可以用来寄托情感的渠道。

于未来经常去爬宠市场看蒋老爷子，蒋老爷子是他初恋女友的爷爷。但于未来也比较特殊，他对爬宠动物没太大兴趣，他对蒋老爷子特别感兴趣。蒋家祖上是四川人，蒋老爷子长得瘦小精干，却是个怪才，满脑子的天文地理，摆起龙门阵来令于未来痴迷得五体投地。于未来的初恋犹如流星一闪而过，但他与初恋女友的爷爷莫名成了忘年交。每当于未来与父亲吵架，或是遇到不顺心的事的时候，他自然而然就会来找蒋老爷子，听他摆摆龙门阵，似乎一下子心结就打开了许多。

于未来走进店内，店里却像是没开张一片漆黑。他不禁取下了智方的小型屏幕充当光源，看到店铺里面稍有些凌乱。他询问式地喊了一声，但却没人回应他，他皱了皱眉头朝里屋走去，转进里屋，借着光线，他看到一个瘦小精干的老年男子正坐在床边的太师椅上愣神。

"蒋老爷子您这不是在吗，怎么也不搭话？"

突然，于未来感觉到有个冰冷而坚硬的东西抵上了自己的后脑勺，是枪！

这时候，灯被打开了，于未来才观察到屋子里的情景，拿枪指着他的是一名二十出头的高挑女子，一袭褐色的长发，笔挺的西服紧贴在她身上，衬托出丰满挺拔的身材。还有两个老外拿着枪指着蒋老爷子和另一个年轻人，眼神里都透露出一股杀气。

于未来高举起双手："有事好商量，我只是来找蒋老爷子聊天的，要是你们忙着……"

"龟儿子，"蒋老爷子冲着于未来啐了一口唾沫，"怎么把你给盼来了？还不赶快滚！"他转而又对为首的大胡子老外说道："你们要找的东西也给你们了，还拿着枪吓唬我们干什么？"

几个老外交换了下眼神，其中一个拿起桌上的一个恒温箱准备离去。于未来隐约看到恒温箱里有正在活动的生物。大胡子老外又从蹲着的年轻人手里抢过另一个恒温箱。那个年轻人跳了起来，用头猛地撞向对方：

"你们他妈的是什么人？手里有枪就豪横啊？我孙铁头跟你们拼了！"

大胡子老外猝不及防，连同手里的两个恒温箱都被摔破了，然后听见砰的一声，自称是"孙铁头"的年轻人倒在了血泊中，蒋老爷子按响了报警器……

于未来只见一只受伤的蜘蛛从破裂的恒温箱中爬出，闪烁着淡蓝色的荧光丝线。那只蜘蛛似乎警觉到另一个恒温箱里的生物，快速地钻了进去。瞬间，传来蝙蝠的惨叫声……

第三人民医院急诊室，救护车一辆接着一辆，医护人员正不停地忙碌着。于未来看着躺在病床上艰难吸氧的蒋老爷子，又环顾四周正在被抢救的病患，喃喃自语道："怎么会是这样？"

一小时前的惊悚画面仍历历在目。于未来从未见过如此之大的蜘蛛，它喷吐出一股细细的白雾，紧接着，屋子里的人像是被无形的力量掐住脖子，一个个瞪大眼睛，然后直挺挺地倒下。他目睹着如此恐怖的景象，手足无措……

突然，蒋老爷子猛地睁开眼睛坐起身来，眼神里透露出一股杀气，瞪视着于未来。还没等于未来反应过来，蒋老爷子如同僵尸般地朝他猛扑过去，他脖子上立即留下了蒋老爷子指甲的抓痕。于未来用力推开发狂的蒋老爷子，高呼大叫起来："你疯了？蒋老爷子，你醒醒……"

只见蒋老爷子又直挺挺地倒在地上，浑身抽搐，喷出一口口鲜血。医护人员急忙赶过来对蒋老爷子进行抢救。紧接着，怪异的事情出现了，正在抢救的医护人员莫名地一个个口吐鲜血，纷纷倒下，比于未来曾看过的灾难影片还要惊悚。

"病例编号：3031，主观症状：干咳、咽痛、胸部疼痛、呼吸困难。胸部 CT 显示出片状造影，右肺出现急性呼吸窘迫综合征，肝组织表现出中度微血管脂肪变性和轻度小叶活动炎症。人工智能判断为中东呼吸综合征（MERS）阿尔法变体第二代冠状病毒感染，匹配程度 71%，试剂盒检验结果：阳性；严重急性呼吸综合征冠状病毒第三代感染，匹配程度 52%，试剂盒检验结果：阳性。"

望着屏幕上医疗协助型人工智能给出的数据分析结论，崔建不禁感到有些棘手。这是医院今天下午接待的第 377 名出现上呼吸道感染症状的病人，而且他们有着十分相似的症状——病毒性肺炎的常见病理表现。可是一般病毒性肺炎快速试剂盒检验会在十几分钟内给出确定的结论，而他们却无一例外，对于高概率的病毒试剂盒测试结果都是阳性，虽然在给他们进行二次测试，但是原本这些试剂盒的检测成功率就高达 99.74%，所以阳性误判的可能性——而且还是这么多误判同时发生的可能性几乎为零。

有新的病毒正在扩散。这是崔建最先想到的结论，也是感到最为棘手的问题，自己能否这样下断言呢？毕竟深冬季节本来也就是流感高发季，这种和人类顽强抗争了上百年依旧没能彻底消除的"顽疾"的主要症状也是上呼吸道感染，因此这或许只是一种新的流感病毒亚种——而流感的危害性可以说微乎其微。

不管怎么说，先通知传染病部门和病毒研究所进行病人的生物样本分析，如果真的发现新的病毒，及时上报也应该并非难事。要是女儿还在医院就好了，她可是处理这种事情的好手。崔建望向桌面壁纸，那是一张在上海滩拍的家庭合影，中间看起来小巧可人的女孩儿便是崔建的女儿崔乐乐。

由于一部分病人发病之后出现了严重的呼吸困难和双肺衰竭症状，因此医院的病房很快便被他们所填满，虽然外置小型人工心肺的技术已经非常成熟，但不断上升的患者数量还是让崔建对医院库存的人工心肺单元捏了把汗。

事到如今，向邻近医院请求紧急调派物资恐怕是最好的选择了，崔建这样想着，连着发出了十几封求助邮件。会有多少被接收呢？又有几家医院真的愿意让出物资来给第三人民医院呢？崔建想到这里不禁定了定神，再次打开了诊断平台，不过十几分钟，就已经又积累了数十名候诊病人。崔建抬起手指，准备点开下一名病患的个人信息，可是他却只觉得视线有些模糊，脑袋也一时间沉重起来，嗓子有些痒痒的，像是有谁拿着羽毛轻扫着咽喉处的黏膜，他不禁咳嗽起来。

自己也感染了？崔建手臂一僵，不可能，自己从早晨到现在就没离开过这间办公室，现在的诊断机制也不会让自己同病人有任何接触的可能性，除非病原体顺着网线爬上来找到他，否则……顺着网线？崔建不禁为自己这不切实际的想象感到心惊，这是违反了一切生理学常识的空想，但是此时此刻，拥有超过三十年临床经验的自己竟然会有这样的想法，让他感到既好笑又惊恐。

或许只是普通的肺炎吧，不过也需要尽快治疗才行。崔建很快提交了自己的病情，并且进行了检验。然而就当他准备进入隔离单元进行吸入式抗生素治疗的时候，显示器上的警示符号却一下子亮了起来。

"呼吸科主任医师冯元出现肺炎症状，已进入隔离单元治疗。"

"呼吸科医师李佳勋出现肺炎症状，已进入隔离单元治疗。"

"呼吸科医师马天磊出现肺炎症状，已进入隔离单元治疗。"

……

如果这不是开玩笑的话，这座医院呼吸科的所有医生几乎全部在列。崔建深吸了一口气，他的体温已经升了起来，但他知道如果自己倒在这里，可能就是一团糟了。

硬着头皮坐回椅子上，崔建努力思考下一步的应对策略。方才化验部提交了新型病毒病原体的发现报告，那么也就可以确定这次的大规模呼吸道感染事件是病毒引起的新型传染病疫情，他很快拟了一份简单报告提交给了上海卫健委。崔建突然想起了女儿崔乐乐，她已经是研究病毒学的专家了。他将最先提交的 37 份病例报告集合成册排列在屏幕上，然后拿出自己智方上的摄影模块，对它们一一拍照之后再将照片打包，利用星网的无线网络给女儿崔乐乐发送了一封邮件。之后，崔建感到心脏传来一阵猛烈的抽搐，他知道这是并发性的心肌梗死。崔建按下桌子上的紧急求助按钮，然后从抽屉里面摸出三个外科口罩，忍着胸口的剧痛戴在脸上。崔建感到自己的意识开始有些模糊，蒙眬中他看到办公室的门被推开，几个熟悉的身影冲了进来，他们嘴里像是在喊着什么。崔建在昏倒前，用力说道："隔离医院……"

太阳系柯伊伯带边缘，航行着一艘小型飞船。船舱内充满着淡蓝色荧光的胶状黏稠液体，一男一女两名宇航员正在液体中，如同两具浸泡在福尔马林里的"尸体"，他们双眸紧闭，面容神情透露出诡秘的安宁。猛地，那位亚裔女宇航员的眼皮抖动了几下。航行屏幕上，轨迹的箭头直指一个蓝色的星球——地球。

第 二 章

未来工程

    在上海崇明岛屿附近的海底深处，花费了十多年时间和巨资建造了一个海底军事基地，隶属国防部直接管辖。时代背景追溯到20年代初期，一场突如其来的世纪瘟疫大流行持续近三年，其间人人自危，闭关锁国，彻底改变了全球一体化的格局，甚至引发了大国之间的局部战争，后人称那段时间是"大摩擦年代"。尽管最后追查病毒的源头，证实了英国天体生物学家钱德拉·维克拉玛辛格的推断，这是由一颗滑落大气层的陨石带来的外星病毒引发的，结论虽说意外得有些荒谬，但预防来自外太空的威胁已经是刻不容缓。于是，直属国防部的未来工程部应运而生。

    未来工程部的主要配置是星际探索与能源研究、未来生物医学和未来战争战略研究，还包括筹备中的未来学院。"后大摩擦年代"，各大国相继发展星际移民项目，以防地球上的人类再次遭遇生存危机，能有选择的逃生措施。全球经过一系列的联合会议，在联合国的框架下成立了应对来自外太空入侵的环太平洋组织，共同分享获知的太空情报。既然明确世纪瘟疫是外太空病毒所致，就等于实锤证明宇宙中存在着外星生物。按照宇宙的熵增原理或是黑暗丛林法则，不可否认地球总有被外星生物入侵的一天。

    郭政宏中将就是在这样的背景下调任中国未来工程部的部长，同时兼任下属的未来学院的院长。筹备中的未来学院暂时只设两个组：战斗组和支援组。战斗组，顾名思义就是学习与演练星际战争的各种模式，同时也担负着对抗外星生物入侵地球的任务。而支援组，则以太空生物医学、基础物理学和材料能源学科作为主要学习研究方向。

一架直升机从海底基地的通道，盘旋着升到海面之上，通道出口在巨大的漩涡中封闭，海平面复归平静。

郭政宏看着舱外的景象，心中感慨。十多年来，他亲自担任建筑工程的总指挥，断绝了与外界的联系，变成了名副其实的"隐身人"，他几乎把时间与精力都投入到建造这个举世无双的军事基地之中。他曾有过一段短暂的三年婚姻生活，之后也从未考虑过再婚之事。郭政宏觉得作为职业军人应该具备献身精神，他无怨无悔。

"老光棍挺好，上战场无牵无挂。"这是他自嘲的一句口头禅。其实，如今的战争早已不是面对面地搏杀，防御阵地都是坚固的地下堡垒，可以经受得住小型的核战打击。就拿海底基地来说，整体建筑是悬空式的，利用弹性体的几何形状，约束情况和所受的外力都是轴对称，则应力、形变和位移也是轴对称，即使海底地壳有巨大震动，预测也能承受九级左右的地震袭击。此外，设计图在最初构想时，郭政宏就明确指出海底基地要有人造气象系统，与外部世界保持同步的昼夜分明，阴晴圆缺。这样，居住在海底的人不会有压抑感。

郭政宏调整了下思绪，他即将飞到南海赤道附近的太空码头，然后乘坐太空电梯壹号到达刚扩建完成的近地轨道空间站，这是中国自主建造的大型空间站。20年代初期，中国陆续向近地轨道发射无人居住的空间舱，然后运送宇航员去近地轨道把空间箱拼接组装，当空间站初具规模，再与JT集团建造的太空电梯的金属绳索相连接，打造出与空间站同步的太空电梯的终端平台。

太空电梯建成运转后，空间站又不断拓展平台空间，犹如一座小型的太空城市。中国航天领域和 JT 集团的完美合作，体现了双赢的东方价值观。但这无疑引来包括 NASA 在内的其他各国航天局的异议，他们怀疑杰克·丁一定与中国有着特殊的联系。

杰克·丁旗下的 JT 集团实际上有近四成的产业都围绕生命科学研究展开，这四成都是毫无疑问的负收益产业，但即使如此，杰克·丁还是将大量的资金和资源都汇入其中，而支撑着 JT 集团整体收支平衡的其实是他旗下的航天工程和小行星开发产业。

由于率先实现了核聚变动力火箭引擎的商业使用，JT 集团的前身"猎手科技"引擎开发公司率先实现了对小行星带资源的垄断式开发，开掘了金、铂、大量的稀土元素，以及大量的"秘金"。就像是最早到达美洲的淘金客一般，依靠这些矿产资源，杰克·丁在不到三年的时间内迅速拿下了全球首富的头衔，并且和第二名之间的资产差距还在逐年拉大。正因为此，杰克·丁实质上坐拥足以动摇全球股市的资产，这大概也是他在"猎手科技"转变为"JT 集团"不久后就迅速宣称自己成为无国籍人士的原因。

虽然各国奋起直追核聚变动力引擎的相关研究，但受制于"秘金"的稀缺（由于能源需求，大部分"秘金"还是被用以制作核电站）和研究资金问题，至今掌握这项技术的国家总共也不过三个，本质上来说杰克·丁对于小行星带的统治地位仍然无法撼动。实际上由于他表现出来的对政治立场的毫不关心，各国政府也无意与他产生矛盾，即使联合国多次以《反垄断法》为由限制其地外开发，但是迫于对稀有金属的需求，大部分时候也只好睁一只眼闭一只眼。

而有关杰克·丁的个人资料有多个版本，但共同点是他在进入哥伦比亚大学读本科之前的所有信息，包括他的出身都是一片迷雾。照理说，大数据时代查找一个人的踪迹易如反掌，但即使是有着百年情报历史的"五眼联盟"，也没有获取到有关杰克·丁成长过程中的蛛丝马迹。谜团仍旧是一个谜团。

中国的情报部门也调查过合作者杰克·丁的身份背景，同样一无所获。但是，郭政宏第一眼看到杰克·丁，就认定他是一个中国人，至少他是出生在中国这块土地上。郭政宏相信自己的感觉。在杰克·丁到中国谈合作事宜之余，郭政宏观察到他的眼神里会不经意地流露出一种柔情，这种柔情正是对家乡的眷恋。

"郭部长，刚接到支援组李蔚蓝急电，组员崔乐乐的父亲所在的上海第三人民医院发生病毒突袭，医护人员大面积受到感染，有的病患呈现出如僵尸般的攻击状态……"坐在驾驶舱副座的林向东转过身子向郭政宏紧急报告。

"等等，医护人员大面积感染？查清楚病毒的源头了吗？"郭政宏条件反射地记忆起21世纪20年代初的那场全球瘟疫大流行。那一年，也是他的新婚之年。

"还不清楚，只是说病毒来势凶猛，目前已经封锁了几条街道，进入紧急戒备状态。P4病毒实验研究所和北京的医疗部门专家都聚集到了上海，上海军方请求我们去实地协助察看，崔乐乐带着她的小组赶赴上海了。"

"崔乐乐？就是梳着两条小辫、古巴大学毕业回来的那个？我有印象，她嘴皮子上的理论是一套接着一套。但愿这是一个偶发事件。向东……"

"郭部长，我还是赶回基地，不去空间站了。"看到郭政宏欲言又止，林向东心领神会。

郭政宏点点头，欣赏地看着反应敏捷的林向东。林向东被宇航大队除名后，郭政宏直接向国防部请求，将其调到筹备中的未来学院担任战斗组组长，军衔由上校降为少校。林向东从小习武，在他拿过了多项武术赛事冠军之后，他却毅然选择参军成为一名宇航员。

他说，这是他的梦想。在加入宇航大队五年后，他成为一名出色的新型航天器的试飞员，多次受到表彰，甚至破格提升军衔。林向东违反军纪的原因很可笑。他昔日在武术界的徒弟连续几届在新加坡创办的ONE自由搏击大赛都未获得名次，这也直接影响了国家的成绩。林向东愤愤不平，一时冲动决定私下替徒弟出战。他一路过关斩将，并且在决赛中拿到了冠军，为中国争光了。一时间，各国体育新闻纷纷报道中国男选手获得自由搏击世界冠军，林向东的身份也被彻底曝光。宇航大队和航天局高层大怒，如此的无组织、无纪律的行为必须受到严厉惩罚。林向东毫无怨言地接受组织上对他的处罚，好在最后国防部考虑到他曾经的功绩，才总算保住了他的军籍。

"对了，郭部长，您见到杰克·丁后请转告，他想借调我的学员丁零是不行的，每一个进入未来学院的学员都签了保密协议。"

郭政宏若有所思地说道："你知道他的动机吗？"

林向东说："他的私人秘书没有说具体理由，她说，她老板会把原因告诉给您。我真不明白，就因为丁零她也姓丁？"

郭政宏笑了："或许他们之间真能扯上关系呢。"

"绝对不可能！丁零是我亲自从空军挑选来的，她的档案我非常清楚。"林向东急切地反驳道。

郭政宏安抚着林向东："好，我会当面对他说的。你啊，先别说得那么绝对，杰克·丁一定有他的理由。对了，你回去马上亲自去把于非接到基地。今天我打过电话，他的调令终于下来了。"

"太好了！"林向东高兴得眉开眼笑。

但很快他们不约而同地想起了于非的妻子郑月，中国的航天英雄，也是人类历史上第一个飞出太阳系的女宇航员。

人活着到底是为了什么？

施祖阳在思考中从皮筏艇上翻身下来，然后拖着正在放气的小艇沿着沙滩一步一步向前走去。这是麦济诺多岛屿中的一个无名小岛，但对于施祖阳来说意义重大，每年他都要来到这个小岛，因为这里埋葬着他的父亲。

小岛依旧，施祖阳很快找到了那块并不显眼的墓碑，上面只是用汉语简单地写着他父亲的名字——施海生。他恭恭敬敬地按照家族习俗跪倒在地，然后从双肩包里拿出一沓沓的美钞，在他父亲墓碑前一张接一张地燃烧起来。他羡慕父亲，生前东躲西藏地漂泊，死后却一劳永逸地享受着宁静岁月。施祖阳太清楚了，多少"情报商人"最后的结局是死无葬身之地。

施祖阳的父亲在全球情报界是个传奇人物，他不属于任何一个国家的情报机构，谁给的钱多，他就为谁服务，可以说他很有钱，但又不完全是，他挑选任务又是看心情和兴趣。施祖阳始终记得父亲三十年前那个复杂的表情。三十年前，施祖阳还在组约布鲁克林读高中的时候，有一天，失踪多年的父亲突然出现在他眼前，带着他逛遍了曼哈顿的高档消费场所，给他买了梦寐以求的名牌衣服和名表。最主要的是他父亲带着他到汇丰银行，以他的名字存了一大笔钱，告诉他说以后这钱就是他的了。他们上午来其林三星的麦迪逊公园大道十一号大餐时，他忍不住问父亲这么多钱哪来的？他父亲没有回答，悲哀又幸福地对他微笑着。而在和儿子施祖阳吃了那顿告别大餐的儿天后，施海生孤身潜入哥伦比亚麦德林市郊，突破麦哥武装组织的层层警戒，探寻到了南美洲大号大毒枭里尔瓦多系掉，烧毁了整个毒品的老巢，并一举将里尔瓦多系球的贩毒武装组织可卡因毒品的大事。此后，半个月后在迈阿密海滩，将施海生列为头号剩杀对象。全球的贩毒分子迅速达成共识，将施海生列为头号剩杀对象。半个月后在迈阿密海滩，贩毒分子寻找到了隐藏在身穿比基尼美女之中的施海生。直到三天后，他的尸体才在邻近海滩被人发现。也正因为施海生隐藏在身穿比基尼美女之中被人发现。

这件事情，施祖阳获得"五眼联盟"给予的无期限"免死金牌"——施祖阳在有生之年犯下任何过错，"五眼联盟"都必须保障他的人身安全。这是他父亲劫接受任务时与"五眼联盟"所谈妥的交换条件。

施祖阳大学毕业后，在纽约的金融圈里当了一名小职员，还正儿八经地谈过两次恋爱。

恋爱的连续失败，一再绝望后，很快他厌烦起忙碌的工作节奏，或许也是遗传基因起了作用，再加上他然彻底改变原有的生活轨道，告别纽约的各种场所，混迹于欧洲情报贩子云集的各种场所，或许他真是"情报商人"世家身份，一出手就做成了几单难度极大的案子，从此声名鹊起，五花八门的情报机构均为他所用，但都被他拒绝。他明白，只有把自己放在一个危险的环境，才能时刻保持警惕，活得长久。于是，他独来独往地在世界各处游荡，并遵循几条原则：不贪酒，不好色，不露财，经常整形变换容貌，居住的地方绝不停留三天。

情报圈的主顾们称呼施海生是"狐狼"，施祖阳是"黑毛狐狸"。狐狸毕竟要比狐狼更善于隐蔽。施祖阳手上握有上百份的虚假护照，进行过数次换脸手术，没有确定国籍，甚至连姓名都那么不上长期固定。施祖阳发现这的工作一旦开始了，除非死亡来临，否则都无法将其终结。与好奇心、满足感对抗的，是毫无安全感的危机四伏。施祖阳忘记已经这么久没有不假思索地说过话了，坦诚与人交流是一种奢望，而财富只是积累的数字。

我活着到底是为了什么？他问过自己无数次，但得不到一个满意的答案。施祖阳的心理医生曾经告诉他："人活着是一种本能，一种自然而然的行动。"他当时只觉得这个回答太简单。现在他切身体会到，往往越是简单的问题，含义便越深奥，需要他慢慢去理解。

小岛面积不大，施祖阳躺在海滩边尽情地享受日光浴，脑子里却飞转着即将付诸行动的种种细节。他即将去执行任务的也是一个无名小岛，属于印度洋的查戈斯群岛，要具体从近百个小岛之中寻找到确定方位，却并非易事。他要携带充足的潜水装置，长时间潜伏在海水里，要非常有耐心地寻找目标岛屿。

半个月前，国际刑警中心的高级警官乔纳森联系到他，请他调查关于某个正在研究生物武器准备恐怖袭击的组织，情报信息过于简单，只知道该组织的秘密基地是在印度洋查戈斯群岛其中的一个无名小岛。

"时间很紧迫，执行也有难度，那个无名小岛说不定是个军事基地，安全没有保障，你可以拒绝。"乔纳森在通讯智方里说得非常直白。

乔纳森是施祖阳为数不多的联系人之一，除了交代"生意"，彼此间也可以相互发牢骚，这样算得上是朋友了。

"首先你要告诉我该组织的全称，我不能死得不明不白。其次是你掌握该组织的全部资料，必须毫无隐瞒地告诉我。"施祖阳说得也很直白。

乔纳森有些为难，但他沉默片刻，还是把实情告知了对方。在"后大摩擦年代"，极端主义思潮在精英阶层中开始盛行。多年从事军火生意的犹太裔美国人威廉·波旁巴嗅到了战争的气息，他效仿当年希特勒的纳粹党，秘密建立了"TLS"组织。该组织有一个漂亮的口号：保护美丽地球，人类优胜劣汰。行动准则是垄断全球人口市场，有步骤地实施人类清除计划。颇为讽刺的是威廉的祖父正是在纳粹的集中营毒气室死亡的。威廉用做军火生意赚来的巨资，招募具有极端主义思想倾向的各学科的尖端科学家，打着研究优化人类基因、积极探寻外星生物合作的旗号，亲自组建了一支海陆两栖的雇佣军队，配备世界上最先进的武器，甚至有一艘小型核动力潜艇。施祖阳要去的正是这个"TLS"组织。

施祖阳听完后很清楚那个无名小岛上会有着什么样的军事装

备。早就有传言说，该组织在研究生化病毒武器。

突然，一个闪念掠过他的脑海，而且越来越清晰。或许这是自己的命运使然！他没有信仰，但他毅然决然要去做一件伟大的事情。

这是我活着的意义？

上海第三人民医院楼顶，陆续起降着带有红十字符号的飞艇。天空中盘旋着武装直升机，高音电声喇叭不停地重复着紧急隔离的戒严令。附近几条街道路口设置了重重路障，警察和特警全副武装在巡逻。多辆消毒车行驶着，朝建筑物、广告牌和树丛喷洒消毒水，空气中到处是消毒水的刺鼻气味。

第三人民医院会议室里挤满了来自全国各地的医疗专家学者。崔乐乐穿戴一级防护服坐在会议室的后排，她与前辈们相比，资历显然要浅得多。会议室的大屏幕显示系统上，正展示着各病区的实况画面。当画面出现插着各种管子正在抢救的崔建时，崔乐乐努力克制住情感流露。崔乐乐出身于医学世家，从古巴大学取得医学博士学位，之后辗转于世界各地，中亚战场、非洲贫困地区、高原寒带的无人区域都有过她的身影。两年前，林向东从亚马孙热带雨林的原始部落中找到了正在和萨满学习古典医术的崔乐乐，将她带到了未来学院。

屏幕上展示死去的喜马拉雅跳蛛和蝙蝠样本。崔乐乐算是见多识广了，但也从未见过体积如此大的跳蛛。目前得知，跳蛛和蝙蝠体内都带有病毒，究竟哪种病毒才是感染源？

P4病毒实验所的著名病毒学专家张鸿声正在讲解："样本分析，跳蛛体内的病毒与二十年前的外星病毒空苷酸和客苷酸有着相似之处，主要是攻击呼吸系统，特别是呼吸道的上皮细胞。WHO病毒中心对原有库存的病毒样本进行了比对，完全不同于SARS冠状病毒，突变和攻击速度也远超当年的COVID－19病毒……"

空苷酸得名于外太空 outer space，对应的是空嘧啶；客苷酸的 visitor 是访客的意思，对应的是客嘧啶，现在都已纳入客苷酸序列。听完张鸿声的讲解，整个会议室沉默了。大家不约而同地在想，莫非人类再一次遭遇外星病毒的攻击？

张鸿声继续说道："而蝙蝠携带的病毒则是属于人工合成病毒，它主要攻击人体内的神经系统，比如神经细胞。这种病毒可以在短时间内造成大脑中枢神经系统紊乱，产生狂暴情绪的发作。根据目前的病患情况，上述的这两种病毒合体演变成了新的病毒……"

张鸿声停顿了下来，他的目光扫视着会议室的众人，最后停留在了崔乐乐的脸上："未来工程的崔乐乐，你年纪不大，但也在流行性病毒学方面有所建树了，说一下你的看法。"

崔乐乐没料到会点到自己，但她大大方方地站起身爽朗地说道："我在前辈们面前斗胆说几句，跳蛛携带的外星病毒显而易见与二十年前的病毒相似，虽然是致命性的，但是一般来讲它是容易被免疫系统识别，或者说由于之前的大流行病，人类已经普遍对它有了抗体。这里要特别说明的是蝙蝠体内的人工合成病毒，正是这种病毒使免疫系统无效化了，从而造成外星病毒得以长驱直入破坏呼吸道系统。而僵尸化则是人工病毒的一个，只不过应该会有一个潜伏期，但当它遭遇到外星病毒攻击后性质便发生改变，激发它加快指导蛋白质的错误复制，也就是僵尸化的症状。这两种病毒的合体演变，确实是首次出现。目前这只是我的粗浅判断，必须观测病毒的后续发展，才能下最后定论。我说完了。"

会议室又一次沉默。崔乐乐的发言简单明了，引发众人的深思。

"做了 PCR 和测序？实验样本保存率有多少？"张鸿声问道。

"3 小时保存 96.24%，这个病毒变异速度很快。"离他不远处一个医生很快回答道。他是北京协和医院赶来的著名感染科医师。

张鸿声听后说道："在冷库封存的病毒样本，全部换成液氮保存。

我们要精确对跳蛛和蝙蝠的病毒毒株的再次分离。此时下结论为时过早，病毒始发的原始现场察看非常重要，有助于我们了解病毒的起因。对了，你们说那个在现场的零号病人安然无恙？他在哪？"

于未来被软禁了。他饥肠辘辘，可面对眼前的盒饭，他毫无胃口。他觉得自己真是倒霉到顶了，莫名其妙地被卷入到凶杀案，转眼之间又变成僵尸病毒的嫌疑犯。二十四小时期间，他又是抽血，又是验尿，还要检查他的粪便。然后，他就被软禁在这间密不透风的鞋柜间里，忍受着一股臭脚气的味道。无论他怎么解释，一再喊冤，也无人理会他的申诉。

直到崔乐乐的到来，像是天使下凡解救了他。面对崔乐乐的提问，他尽可能地回答细致。

崔乐乐感兴趣地注视着于未来。感染力如此凶猛的病毒，居然对眼前的他丝毫无损？他怎么会有抗体？这个活体标本非常值得研究。

于未来意识到自己还必须被软禁下去，禁不住彻底愤怒了。他冲着崔乐乐手舞足蹈地咆哮着，发泄积压已久的一肚子怨气。

崔乐乐没有恼怒，相反很平静。她欣赏有个性的人，而且她感觉到对方身上的磁场有一种奇异的魅力。不过，此刻她关心的是父亲的安危。

黑色的宇宙背景中，一条与地面垂直的轨道闪烁着指示灯，与地球轨道旋转同步的太空电梯在急速又平稳地上升。

自己童年的时候，幻想过这般景象。郭政宏坐在太空电梯壹号那算不上舒适的硬质纤维座位上，透过内置四层纳米级钢化纤维的舷窗玻璃望向窗外的绚烂星空。

猎户座的星带如同地标一般镶嵌在正前方，而在它的下面不远处，即使不使用望远镜也足以看清轮廓的猎户座大星云熠熠生辉。再往下，夜空中最亮的恒星——大天狼星如同钻石一般艳压群芳。

数以万计的人造卫星不断从上升舱附近掠过，它们之中的百分之八十都早已失去了作用，但是发射国却并没有多余的预算回收它们，只能任由这些退役卫星沦落为太空垃圾，毕竟《空间环境法案》是联合国近几年才通过的法律文件，在这之前，大气层之外的领域一直都是灰色地带。

能源产业的提升会带来整个社会的急速进步，正如第一次、第二次科技革命一般，无不是由于跨时代的能源进步所导致的。而可控核聚变带给人类最大的进步，在于材料。由于化石燃料被从能源第一梯队彻底排除出去，化石材料研究拥有了比以往更低的素材成本和更广阔的研究资源。

对于高强度碳纤维材料的巨大研制投入使得太空电梯这一构想得以实现，能够不借助化学燃料火箭突破大气层的束缚，对于每一个国家来说都有利可图，因此在赤道上建立两部太空电梯这一全球计划很快提上日程，其中之一，便是中国未来工程部主导的亚太地区太空电梯壹号。

郭政宏比谁都清楚，中国之所以同意揽下这项工程70%的建造成本，除了因为坐拥"秘金"的开采权限，国内对于化石能源毫无依赖之外，另一部分原因是为了一个更为宏伟的世界级项目——地球同步轨道空间站——"玉清宫号"的建设。

上升舱有个速度仪表，上面的示数显示电梯速度接近第一宇宙速度的 7.9 千米每秒，数值会不断地增加，最终将达到 10 千米每秒的速度，平稳滑行大约 30 分钟，再掉转舱体的方向进入减速阶段，以确保乘客始终可以感受到 1g 的重力加速度，并保证舱体入港的时候速度不至于太大。

"玉清宫号"空间站的上部舱体以一定速度旋转着，制造出与地面重力等同的离心力，使空间站的工作人员用不着脚穿厚重的重力靴。空间站有许多和各个国家的合作项目，不同的区域标示着代表各国的图案和文字。

　　郭政宏抵达空间站后，立即尽地主之谊招呼着各国的科学家。

　　戴着同声翻译耳机的杰克·丁走到郭政宏的跟前。其他人见到杰克·丁要与郭政宏交谈，便马上识相地离开了。

　　"郭将军，能否与您私下谈谈？"杰克·丁表情有些不自然。

　　郭政宏微笑点头。

　　两人走到僻静一角。杰克·丁迟疑片刻，仍有些犹豫，似乎不知道怎么开口。

　　"丁先生，犹豫不定不是您的个性，几十年来，您一直是敢想敢做的。"

　　"因为这是我个人的私事。"杰克·丁尴尬地笑笑

　　"我听说，您想借调我们未来学院的女学员丁零，是这样吗？"

　　杰克·丁点头。

　　"我同意她去您的集团实习。"

　　杰克·丁没想到郭政宏如此爽快同意，有些惊喜。他毕竟善于掩饰情绪，只是礼节性地表示感谢。

　　"郭将军，难道您没有兴趣想知道理由吗？"

　　"您既然说是私事，我怎么能随意过问？"

　　"郭将军，我不想瞒您，其实也瞒不过您的……"

　　杰克·丁正欲说什么，空间站的红色警示灯亮了。

　　"警报，XR级自然灾害预警，请工作人员迅速回到岗位。修正，XR级自然灾害预警，请……"

　　"XR级自然灾害？"杰克·丁显然对于灾害分级制度并不明了。

　　"地球大部分损毁级别的自然灾害。"郭政宏如实答道。

郭政宏赶到"玉清宫号"的中央指挥室，地理位置处在空间站中间的大房间，有 12 名工作人员全天候在自己的岗位。

"轨道反演速度——0.67%C；修正——0.68%C；修正——0.69%C；目标已进入火星轨道……"发出声音的是"玉清宫号"上的人工智能辅助系统——"天门"。

显示器画面中的物体在不断加速接近着地球。

站在中控室数据板之前的站长张旭之感觉自己双腿已经开始发软，他用力撑着桌面，毕竟谁也没有经历过地球毁灭级别的灾难。

"导出碰撞时间，计算碰撞能量。"张旭之对"天门"下达命令。

"预计碰撞时间——1847.0969 秒后。"数据面板上出现了一个读秒的倒计时，电子音紧接着给出了一个数字——"438107755497.13196"，后面没有单位，因此当张旭之看到这个数字的一瞬间有些不知所措，直到电子音提示道："计量单位——TNT 当量。"

"将近一万颗沙皇炸弹的当量……"张旭之结结巴巴地对郭政宏说道。

"重新进行灾害评级！"郭政宏咬紧牙关，他不愿意就此放弃。

"灾害级别——XR 级别自然灾害或以上。是否检索最优解决方案？"

"检索最优方案。"郭政宏感觉到自己的声音有些颤抖。

"方案一：使用东风 -51 战略火箭携带 500 万吨当量核弹头在同步轨道上碰撞目标使其转向……"

与此同时，一艘小型核动力潜艇驶进印度洋查戈斯群岛，悄然地停靠在一个无名岛屿的地下基地。

第 三 章

生 命 定 律

"你知道，什么是生命？"郑月手里捧着平板电脑问他。

"会呼吸的……东西？"他回答道。

"可是很多生物都不需要呼吸，它们就没有生命了吗？"

"让我再想一下！能够消耗有机物的，不对……能应对外界变化自身产生反应的……嗯……并且有一定自我调节能力的……物体？不对，不是物体……"他再次纠正道，"应该是系统！"

"你说了这么长一大串，我都没有听清楚哦，定义应该是言简意赅的！"

"我投降……告诉我答案吧！"

"没有答案。"

"啊？"他张大了嘴，期待着自己能够得到一个合理的解答。

"虽然薛定谔在自己的书里写道……"郑月指着自己平板电脑上书的标题 *What is life* 说道，"生命可以完成反熵过程，并且以负熵为食。但他其实也没有定义过什么是生命，所以我才想问问你看。"

"我还以为能有个确定的答案。"

"许多科学家都尝试去定义生命……但他们都失败了，无论如何描述，他们的定义总是很容易便被攻破了，所以对生命的定义没有盖棺论定的。"

于未来的记忆里突然浮现曾经与母亲的这一段对话。

他已经被软禁两天了，这期间通过窗外看到的景象和不时地传来的救护车的鸣笛、武装直升机的高音广播，他能想象出外部世界事态发展的严重性。

自己怎么成了"零号病人"？他知道父母亲经历过当年的全球瘟疫大流行，人类的死亡人数达到了上千万。正是因为追根溯源所谓的"零号病人"，世界格局发生了根本性的逆转。直到多年后明确病毒来源真相，才彻底驱散笼罩在全球上空的战争乌云。

两天的时间，医学系统的无数个专家和权威人士像是走马灯似的出现在于未来的眼前。他们身穿相同的防护服，透过护目镜审视着他，提出的问题大同小异。起初，只是要他回答自己为何要去爬宠市场，他与蒋老爷子是什么关系，还要他描述与前女友分手的细节内容，简直太荒唐了。后面的提问就更加古怪荒诞了，诸如他平时的饮食习惯，有否吃过特殊的野生动物？喝什么品牌的酒和饮料？接触过疑难杂症的病患没有？有一个专家还忍不住好奇问他，他是否目睹或是切身经历过灵异事件？总之，他们恨不得把他的所有的生活过程都要了解个底朝天。

于未来后来知道病毒传染致命的可怕性，蒋老爷子屋子里的那几个老外和"孙铁头"，以及两辆警车上办案的警察、围观的路人、隔壁商家的店员，如今都已化作一缕青烟。第三人民医院的感染科和呼吸科全军覆没，无人幸免。

于未来体验到"零号病人"身份的特殊性和重要性，蒋老爷子的死，改变了他，死者为大。他由情绪上的拒绝，转变成积极配合医护人员，顺从地接受各种仪器对他身体的测试。他也想弄明白，病毒感染性极强，为什么唯独自己没有中招？

那些权威医学专家拿到于未来的体征数据后，分析不出他是怎么产生的病毒抗体，他的体质天生就带有病毒抗体？答案是否定的。

目前专家们基本上达成共识，喜马拉雅跳蛛体内带有的病毒是"天外来客"，与当年滑落的陨星带来的空苷酸病毒和客苷酸病毒近似。而蝙蝠体内的病毒是人工合成所致。不幸中的万幸是，虽然当这两种病毒融合在一起的时候，短时间内病毒的感染程度和攻击性都极强，造成宿主体内细胞迅速膨胀变异，产生出"僵尸"般的恐怖效应；但病毒与病毒之间的相互排斥，又导致它们相互残杀，就如负负得正，其结果是病毒与宿主很快同归于尽，避免了大面积的气溶胶传播，俗称空气传播。

当然，记第一功的是崔建和第三人民医院，没有他们果断隔离的处理措施，上海地区有可能会变成"僵尸"横行。

可是，喜马拉雅跳蛛体内怎么会有外星病毒？而蝙蝠携带的人造病毒又是谁在人为制造？中国卫健委和疾控中心第一时间通知了世卫组织和环太平洋的情报部门。

疑问重重。中国安全部联合国防部直属的未来工程部与国际上的相关部门开始介入调查。

人类最大的敌人并非核武器或者小行星，人类的公敌其实要小得多，甚至小到只有电子显微镜才能辨明其真身，这个敌人就是致病微生物。

无孔不入的体形，快速的变异能力，极端环境也可以安然生存的适应能力，无论哪一项技能都预示着微生物比起那些可以看得到的武器要难以防范得多。人类历史上的数次大规模伤亡都是来自各种病原体——鼠疫、霍乱、病毒性肺炎，还有来自外太空的生物细菌……

崔乐乐通宵守候在ICU重症室。她悲哀无助地眼看着父亲渐渐地走向死亡……呼吸器和人工肺，包括最先进的医疗手段，都无法阻止病毒在她父亲躯体内的猖狂肆虐。她也敬佩父亲生命力的顽强，比他晚进重症室的病患一个个都"离去"了，他仍在与死神抗争……

她的脑海忽地闪过一个念头：抗体血浆治疗法。传统医学一直都采用抗体血浆治疗法，预后效果显著。只是，目前唯一具有抗体的是那个至今安然无恙的"零号病人"，他会同意吗？

NASA 和欧洲航天局同时察看到有不明物体闯入太阳系，体积容量虽说不大，但以如此高速碰撞地球，将会带来不可预估的毁灭性灾害。当即，联合国召开了全球首脑视频会议。时间紧迫，没有了以往的利益牵扯，首脑们很快形成决议，由几个核大国同时发射洲际核导弹，在地外组成一道拦截网。

发射核弹必须要由联合国秘书长霍华德·安德瓦亲自输入密码授权。

霍华德就任联合国秘书长四年，他几乎每天都要处理一份由美国阿特拉斯（ATLAS）、哨兵系统、中国擎天计划、SCAPII，以及欧盟所属的 NEODyS 等项目汇总的近地天体（NEO）报告。

虽然几十年来这些计划所监视的小行星事件的巴勒莫指数（巴勒莫撞击危险指数是天文学家用来评估 NEO 撞击地球危险几率的对数尺度）大多小于 −2，碰撞地球的概率实在是微乎其微，但这一概率却始终都不是零。

带来恐龙灭绝之灾的小行星不过 10 公里长，况且它还是以正常的宇宙速度同地球相撞的。

可是现在，就在全世界 90 亿人类个体的面前，灾难突然而至。

霍华德·安德瓦用力拽了拽自己的领带，他从未考虑过地球可能会在自己的任期内毁掉。作为时任的联合国秘书长，他每天被难民事件和局部武装斗争搞得焦头烂额，此刻地球毁灭级别的事件突然来临，完全超出了他能力与想象的极限。联合国不具备任何战略军事实力，但他只需要输入几个字符，持有国就可以拥有紧急使用核武器的豁免权限。这是在二十年前签署的协议——所有核武器使用权收归联合国，而不再归属各国，这是为了整个地球人类的生存考虑，没有任何商讨的余地。即使是刚就任的美国总统布拉克在签署这一协议时也没有任何犹豫。

此时，霍华德或许将成为第一个输入豁免代码的地球人。

他迟疑了三秒钟，这是他的大脑允许留给自己最久的思考时间，然后在键盘上轻轻敲下了13位代码，按下了回车键。

同一瞬间，几个大国按下了核发射启动装置。

1800枚核弹从各国的发射井、太平洋海底的核潜艇、移动导弹车上相继升空……

突然，屏幕上弹出了一张人脸，那是中国未来工程部的郭政宏将军，霍华德与他见过几次面，他对这个非常务实的中国将军印象深刻。

"霍华德先生，有个好消息……"

霍华德愣住了。

威廉亲临"狼穴"视察，这是印度洋上一个无名岛城改造成基地后他的第二次光顾。他在"狼穴"基地里那些偏执狂科学家和嗜血成性的雇佣军首领的心目中，就像是神一样的存在，不仅仅是因为他的财富，还有他极具煽动力的演讲、统领世界的野心。当年，军火界的许多新式武器均出自他的点子，狂热的信徒遍布世界的各个角落。以色列能成为中东的绝对霸主，据说也离不开他的暗中支持。

威廉自己也说不清楚为何心血来潮，只是有一种预感，地球上要出大事，人类或许已经走到了一个分水岭。他得知，"狼穴"研究的病毒在中国上海的局部地区扩散了，派去的行动小组全部感染丧命。但他对情报内容更感兴趣的是，人工合成的病毒与另一种地球上未见的病毒共同作用，使感染的人群犹如丧尸般恐怖。未确定的病毒，与二十年前外星病毒相似，说明外星生物开始向地球进攻了。

他的视野早就关注外太空了。他坚信，如有外星生物入侵地球，那一定是 TLS 组织的强大盟友。他更为期待的是，获取外星高科技文明能使自己得到永生。人都是怕死的，随着年龄增长和器官衰弱，人会越来越惧怕死亡。还有一种直接的通俗说法，越有钱的富人越怕死。

威廉在全世界范围内招募了一批黑客高手，用美女与金钱圈养着他们，让他们无时无刻不在窃取各国航天方面的信息，对于NASA 的动向更是了如指掌。

威廉刚进入"狼穴"十分钟，预感就得到了证实。黑客把窃取到的各国信息解密出来，投射到威廉专属指挥室的屏幕上。他目睹着核弹升空的景象，以往投注巨赌时的状态又出现了。

人生如戏，威廉经历过各式各样的"赌局"，惊心动魄。这一次，他要赌的是外星生物的赢面。

海底基地未来学院指挥大厅。林向东调取着航天部门和火箭军部队的数据，用比平时快一倍的语速向国防部最高领导和直接上司郭政宏汇报应对不明物体的态势。他不断提醒自己要镇定，可仍是紧张得满头大汗。以前他演练过各种战争模型，可到了实际操作之时，发现完全大相径庭。

世界末日？或许是，或许不是。揭示答案的时间只剩下几百秒了，这期间，林向东除了收集数据应对之外，脑子里还会想着什么吗？没有，他的脑海里是一片空白。

突然，李蔚蓝冲进指挥大厅，众目睽睽之下拥抱住林向东。

"你……快放手！"林向东彻底呆住了。

"我不管，我就想现在拥抱你！"李蔚蓝大声地说道。

事后，李蔚蓝羞愧难当，她也心甘情愿地接受了纪律处分。她回忆起当时的情景，自己都不明白怎么会做出如此不理智的行为。只能说，危急时刻，女人比男人有着更本能的感性。

崔建从死亡边缘挽救过来了。尽管他的内脏器官和分泌系统受到严重损伤，但他的生命无忧了。拿掉插管和呼吸器的那一刻，他微笑地看着泪流满面的女儿，眼神里满是父爱。

崔乐乐见证过无数人的死亡，也亲手救治过无数人。但面对父亲的至暗时刻，她的精神状态变得异常脆弱。当她见证父亲转危为安的时候，崔乐乐激动万分，禁不住扑到刚输完血躺在病床上的于未来身上，冲动地搂住他想要亲吻他额头……

对于崔乐乐的举动，于未来本能地将她推开，其实他觉得他只是做了应该做的事。而崔乐乐却对此先是羞怯继而是愤怒。她居然遭到了对方的拒绝。这是对她的蔑视！

事后，等于未来恢复得差不多了，崔乐乐把于未来约到医院的露天走廊，直截了当地问他："你凭什么拒绝我吻你的额头？希望你把理由告诉我。"

"理由？什么理由啊？"于未来有些困惑，他拒绝崔乐乐的亲吻没有理由。

"居然没有理由？"

于未来感到更困惑了，急忙解释道："崔乐乐，你不要误会我。不能因为我无偿献血给你的父亲，我就要接受你的示爱。"

"放屁！谁说我对你示爱了？你昏头了？我吻你，那是对你的感激之情。而且我告诉你，亲吻对方额头是表示友好与爱怜，你输了那么多血，我当然要可怜你啊。你还真以为我是喜欢你？"

崔乐乐笑了。于未来也跟着傻傻地笑了。

忽然，崔乐乐神情异常地指向天空。于未来仰起头望去，只见正午的昏黄天空，出现了几百道航迹云，那些航迹云还在不断地延长、加速，制造着航迹云的飞行物末端喷射出淡蓝色的火舌⋯⋯

"那是什么？"于未来不解地问崔乐乐。

崔乐乐是军人，而且是未来学院的航天学员，她当然知道那些密集的飞行物是什么、这景象也意味着什么。她的神情凝固了，嘴里轻声地吐出两个字："核弹！"

郭政宏站在显示面板前，似乎没有听到部下的惊呼声。过多无法理解的现象同时出现在他的面前，导致他的思绪出现短暂的混乱。

三十秒前，包括在卫星上部署的战略武器，全球范围内共计发射了1800枚核弹头，总当量超过10亿吨。但这些核弹头没有爆炸，自然本应出现的高空强电磁脉冲也没有发生。令人诧异的是，核弹没能爆炸的原因，却是因为它们跟随"那个物体"同时"静止"了。狭长的不明物体，像是被空间锁定一般，静止在大气层的正上方，周围的上千枚弹头则像是定格画一般，紧挨着攻击的目标凝滞在宇宙空间。接着，不明物体缓慢地坠入大气层之内，周边的一千多枚核弹顿时失去了动力，变成了太空垃圾漂流在近地轨道之中。

郭政宏盯着显示器的即时画面，地球似乎得救了。但是不知为何，浓厚的不祥感却从四面八方涌上他心头。

"霍华德先生，我们有个好消息，"郭政宏还是接通了联合国办公室的通信设备，"地球得救了！"

整个中控室一片欢呼雀跃，工作人员热泪盈眶地相互拥抱。画面犹如复制好莱坞科幻电影的大结局一般，煽情又鼓舞人心。

"目标速度一点五马赫。水平倾角二十三度切入大气层，灾害评级为较轻，不计入评级！"

地球保住了，家人都没有事！张旭之想到这里，眼泪不禁再次流了下来。在宇宙空间中有太过强烈的情绪波动并不是一件好事，但是此时并没有人会在意这些，地球面前，所有事情都是小事。

"马上拟合径迹，预测坠点坐标！"张旭之以指挥官的身份对空间站的工作人员下达指令，"对目标进行全波段观测分析，描绘出不明物体的具体形状！"

工作人员的应答声此起彼伏。

"地球活了！"

郭政宏与张旭之对视着，彼此的眼神在交流，也包含着疑问。地球的灾难真的过去了？没有人明白，不明物体为什么会骤停在大气层之外？那些核弹头又是如何失去了动力？

这个将近20米长、5米宽，估测的质量近20吨的不明飞行物体，从火星轨道之外，以远超过人类可以达到的极限速度飞驰接近地球，却在即将撞上它的那一刻像羽毛一般轻盈地静止在电离层之外。不明飞行物的照片终于被"玉清宫号"和外太空的望远镜分别用高分辨率记录设备拍下，图像传送到显示器的屏幕上。

"一艘飞船！"

众人禁不住惊呼起来。而此时"玉清宫号"上所搭载的 AI 辅助系统"太虚"已经从平面图像中建立起了目标的三维模型，并将其直接投射在了中控室的正上方。

"正在进行模型识别筛选，请等候……""太虚"的声音冰冷而清晰。

一艘有着狭长机身的穿梭舱出现在众人面前，"玉清宫号"的工作人员望着这具投影建模，议论纷纷，郭政宏的肩膀下意识地抖动着。

"这是……这是……"张旭之指着图像中飞船的模型，不禁有些语塞。

"聚变引擎实验飞船——六合系列001号，代号'金翅大鹏'。"郭政宏的声音中带着一丝动摇，就像是迎合着他的声音一般，"太虚"

将比对的飞船三维模型投射到一旁，有着鲜艳的赤红色主体，双翼被涂装成金色的双人承载超高速飞船。

"匹配度92.75%"，"太虚"将这行字投射在大鹏号的下方，郭政宏感觉到一时间有些呼吸困难。

"不可能！这不可能！"张旭之显然有些失态，他不住地重复着"不可能"这三个字。

"没有什么是不可能的……"郭政宏的语调里没有了平时的果断，现在发生的事情完全超出了他作为一名人类的认知，而人类在面对强大的未知之时自然会感到恐惧，即使是郭政宏也不例外。

"等等，核弹呢？"郭政宏猛然想起军人的职责，核弹头这样的超级武器必须时刻要在掌控之中。

"根据刚才收到的回复，核弹头与目标错开后，失去动力进入近地轨道，地面系统已经安排卫星进行回收作业了。"

张旭之此时才像是被郭政宏叫醒一般，他定了定神，四周的工作人员也都望着他。"对撞机组人员重新进行设备检测，数据部优先进行'金翅大鹏'回归路线以及速度曲线拟合，其他各部门工作不变，大家把自己的事情做好！"

"通知未来学院的林向东，一旦确定坠落地点，如在中国境内，协同地方部队和有关部门，做好各方面安全接受'金翅大鹏'的准备。"郭政宏也冷静下来命令道。

"收到！"工作人员再次此起彼伏地响应道。

郭政宏有一种预感，一场人类命运的全球风暴开始了。

法国的博涯监狱，已经有着近两百年的历史。当初拿破仑下令建造的是一座可攻可守的堡垒，于1857年建造完成。后来，拿破仑建立的第一帝国早已分崩离析，这座堡垒就被改造成一座监狱。1950年又被归入历史建筑，修整后供游人参观游览。本世纪20年代起，法国犯罪案件频发，导致了关押罪犯的监狱数量远远不够。政府重新启用了博涯监狱，关押一些身份特殊的罪犯，主要是一些知名的科学家和艺术家。城堡式的监狱，屹立在大海之中，所以监狱的狱警寥寥无几，而这所监狱也是非常的自由，犯人可以在监狱里自由散步，犯人相互间也能交流探讨学术问题。

垂直起降的超音速飞艇，降落在博涯监狱的中心广场。威廉·波旁巴堂而皇之地下了飞机，监狱长在旁恭候迎接。

威廉在基地屏幕上观看到解码后的画面："金翅大鹏"返回地球大气层的全过程。威廉熟悉"金翅大鹏"的数据资料，是三年前由一个中国女宇航员郑月和欧洲航天局的一个男宇航员舒尔茨共同乘坐的全世界首例由核聚变燃料作为动力的飞船，开拓了人类第一次飞出太阳系的星际旅行。中国航天局和欧洲航天局当时共同对全世界直播了火箭升空与地太空中的飞行过程，可最后遗憾的是任务以失败告终。

现在"金翅大鹏"突然以接近光速的百分之六的飞行速度回归，并且在大气层外表演瞬间停留，甚至让一千多枚核弹变成了无目标的哑弹。这些非地球物理学规律能解释的现象，无疑给威廉带来了太多太多的可能。威廉估计全世界的军方和各国的航天部门，都迫切想解开"金翅大鹏"的回归之谜。威廉不清楚"金翅大鹏"上的宇航员是否还"活着"？假设他们仍存在生命迹象，那他们的肉体必然经过了外星文明的改造，正常的人类在超过100g的失重状态下必定是灰飞烟灭。

威廉在第一时间想到了一个天体物理学家，他曾在欧洲航天局工作过，只是目前收押在监。威廉当即决定亲自飞过去，采用非正常手段和措施，捕获住这个早已垂涎已久的猎物。

威廉在专机上特别浏览了一下全球几个主要的新闻频道，发现没有一个频道在报道"金翅大鹏"的回归，而是不厌其烦解释天空中的航迹云是多国军方在联合演习，密集式地测试弹道导弹在太空的性能。威廉看着这些报道，诡异地笑着。

当全世界的航天科学家都在惊叹于"金翅大鹏"的回归之时，它的总设计师于非本人却茫然无知。

四年前，六合系列001号核聚变动力引擎试验飞船，代号"金翅大鹏"，在飞驶出太阳系边缘的柯伊伯带后，突然中断了所有联系，任务以失败告终。由于全世界的新闻频道都在直播，失败的阴影被放大了，于非遭到了中外许多网民的人身攻击，说他是中国航天部门的"笑柄"。作为科学家的于非，自尊心极度脆弱，不顾航天部门和军方的劝说与安抚，一意孤行地辞职回上海老家，谢绝了老同学和曾经同事们的帮助，就在上海天文台找了一份临时工。他要陪伴在读大学的儿子身边，弥补儿子失去母爱的痛苦。但是，儿子不仅不领情，三年来不间断地指责他是失去母亲的罪魁祸首。

"我没有害死她，你妈妈没有死……"于非不是为自己辩解，他坚信郑月仍然活着，存在于宇宙的某个空间。

"你凭什么？证据呢？"

"没有证据，可我相信，她有她的生命定律。"

父子关系虽然紧张，毕竟血浓于水，他们在磕磕绊绊的日常生活中，仍是彼此相依相偎。

于非想过平常人的生活，事实是永远不可能！他是从事尖端领域工作的研究者，所有行踪和言谈举止都会受到来自各方面的"关照"。各国的间谍会以各式各样的身份来接近他，诱惑他，也会有安全部门，在暗中时时刻刻保护着他。哪怕于非去一次菜市场，周边都是谍影重重，只是他自己浑然无知。

于非是一个有骨气、有正义感的科学家。他拒绝了国内外的一切高薪聘请，金钱与美女在他的面前屡屡碰壁。他的心目中，只有"失踪"的妻子和唯一的儿子。

现在，于非几乎要疯掉了。儿子于未来自从前天晚饭后出门就失踪了，昨天下午第三人民医院打来电话告知，于未来被疑似病毒感染，目前在医院隔离检查。于非不清楚儿子怎么会感染了病毒，在电话中，对方只是告诉他于未来安然无恙。可越是如此，于非的内心越是紧张。他经历过瘟疫大流行的年代，完全清楚被隔离是什么含义。而新闻报道的画面更是恐怖，警察和特警封锁了整个街区，任何人都不得靠近第三人民医院和附近的街道。

于非连续两天都在打电话，他顾不上自尊心了，到处托关系打听第三人民医院的病毒真相，可没有一个人能对他说出真实的情况。他已经没有了爱人，不能再失去唯一的儿子。他正在慢慢崩溃……最终"有关方面"还是出手了，他们拍摄了于未来在医院的视频，让于非渐渐放下心来。

正当于非生活慢慢步入正轨的时候，又有了新情况。

一天，门铃响了。于非急得眼镜都忘了戴上，跌跌撞撞地打开房门。蒙眬中，他看见是一个女军人站在他的眼前。

"报告！我是中国未来工程部直属的未来学院教官李蔚蓝，受郭政宏部长的委托前来接您……"

"'金翅大鹏'回来了？"于非不假思索地脱口而出。

李蔚蓝惊异地看着于非。

于非喃喃自语："我说过，会有这一天的……"

第四章

金翅大鹏

"呼叫 P1，P5、P6 已到达指定地点，确认目标，是否开始执行回收任务？"

"P1 收到，立即对该地区实施屏蔽装置。"

"明白！"

丁零和组员烈风乘坐着有 8 颗万象旋转轮的大型多地形泛用救援用运输器——"克拉肯"飞抵新疆克拉玛依的古尔班通古特沙漠的上空。她接到指示后，启用了有屏蔽功能的光学迷彩。

丁零本名丁亚琴，她在入伍前把名字改成了"丁零"。有人问过她为何名字取个"零"，她只说她的人生要从零开始。她在空军航校以全优的成绩毕业后，领导挑选她进八一飞行表演大队。没想到，她毫不领情地拒绝了。理由很简单，她不愿意与飞行员扎堆在一起，小范围进行表演性飞行。她报名参加新机型的试飞，事实证明，她在空中处理问题尤为冷静。她 23 岁那年，破格评选为一级飞行员，军衔上尉。当她得知将要组建未来工程部而且要从他们中间选拔时，她毅然地便提交了加入申请。郭政宏一直在留意空军的飞行人才，丁零自然被他注意到。

"丁零，未来学院需要你这样的优秀飞行员。可你想过没有，你付出的代价是要从零开始学习，你的身份是一个学员，但可以保留你的军衔。"郭政宏坦率地告知丁零。

"没问题，我愿意从零开始学习。"丁零的回答没有丝毫犹豫。

"听说你喜欢冒险不怕死，是试飞员中十分出名的'胆儿肥'。"郭政宏好奇地打量着丁零。

"不怕！我追求的是生命的宽度！"丁零斩钉截铁地回答。

郭政宏大笑，通过了丁零的申请，但她还需要接受各种审查。未来工程部对于人员资历的审查，规格要比各军种都要高许多。审查部门在丁零身上遇到了一个难题，丁零不是正常的自然分娩，生命来源显示是"代孕"。这样，她在事实上就存在三层意义上的父母，遗传学的父母，就是提供遗传基因的父母；妊娠的父母，就是将她分娩出来的母亲；还有就是医疗机构的"社会父母"，一旦出现新生婴儿有缺陷或是另两方父母违约的，"社会父母"必须承担起责任。审核者在丁零的审查报告签单意见栏里写得隐晦又聪明，认为丁零各方面的条件甚好，成长期间的履历无可挑剔，是一个出类拔萃的优秀候选者，由于候选人中没有此类先例，请领导亲自审定。郭政宏认为以此来限制丁零实在是不够公平，自己有何权力选择如何出生？难道要因此错过一名无可挑剔的飞行人才？于是，他批准通过丁零进入海底基地的未来工程部，成为筹备中的未来学院战斗组副组长。

"金翅大鹏"回来了。

六合系列试验飞船的整体计划都是国家机密项目，保密级别非常之高，林向东只能获取到有限的情报权限，但是他知道，"金翅大鹏"的核心、最初的核聚变动力飞船的驾驶员之一，正是他曾经的教官——郑月。

北纬 44 度 15 分至 46 度 50 分，东经 84 度 50 分至 91 度 20 分，位于新疆的古尔班通古特沙漠年降水量 70 至 150 毫升，沙漠内部绝大部分为固定和半固定沙丘，植被覆盖度非常高，而且植物种类多达 300 种以上，当地人称之为"五彩沙漠"。卫星和高空无人机探测到"金翅大鹏"的坠落地点就在这片沙漠的中央。

林向东清楚，前往"金翅大鹏"坠落地点进行回收任务的不会只有他率领的"未来工程"特别行动小组，周边 30 公里左右的区域内，各军种的武装部队早已全体就位，一声令下就可以将这片土地纳入作战范围当中。千里之外的国境线上，也迅速聚集起各国派遣的特种部队。

林向东与打前站的丁零会合后，仔细地察看显示器里丁零拍摄的画面。画面中，"金翅大鹏"静静地停留在一个沙丘旁边，外形看上去完整如新，丝毫没有经过大气层"洗礼"的痕迹。

"林队，让我带着烈风先去打探一下。"丁零主动请战。

林向东摇摇头。他不是不相信丁零，而是直觉告诉他，他们现在面对的绝非一艘普通的太空飞船。

"不，我带着许云齐和蒋楠他们过去。你和烈风保持距离观察，同时警戒周边地区是否有异动。"

林向东不知道在前方等待着自己的究竟是谁，"金翅大鹏"以人类绝对无法企及的速度回归地球，然后又以现代物理学完全无法解释的方法骤停在大气层之外。更离奇的是，坠落点应该是一地残骸，但是"金翅大鹏"却完好如初。如果从"金翅大鹏"之中走出的，不是自己曾经的教官郑月，而是其他的什么"存在"的话，他应该怎么办？

郭政宏在急速下降的太空电梯里看着林向东传送过来的画面。此刻，他的心情与林向东是相同的，"金翅大鹏"里会存在着怎样的"物体"？

郭政宏努力用平静的语调指令林向东，首先是保证行动小组人员的安全，其次，无论发生什么情况，一定要把实时画面传送出来。

他与西部战区协调过了，只要"对方"有貌似侵略人类的意图，武装部队就会接管整个古尔班通古特地区。郭政宏没有告诉林向东的是，国境边界已经爆发了小规模的冲突，国防部对西北战区和未来工程部下达了一级战备的口谕。目前的国际局势下，任何摩擦都可能成为再一次世界大战的导火索。

得益于脚下踩着的通用性外骨骼装甲，即使是行走在这样的沙地上，林向东和其余四名成员也丝毫不费力气。丁零和烈风被留在了"克拉肯"上，确保发生意外的时候能够尽快搭载小队成员撤离。

林向东环视四周无边无际的戈壁滩，渺无人烟。他清楚，在他的周围早已部署好了上千甚至上万的重型武器。而外观上看起来毫发无损的"金翅大鹏"，就静静地停留在一个小山丘旁边，奇怪的是它的周围并没有坠落的撞击坑。

"P3随我一起前进，P5、P7原地警戒！"林向东在对讲机中说道。他的眼神犀利起来，作为一名军人，此时他的目标只有一个——安全回收"金翅大鹏"，或将其不留痕迹地彻底摧毁。

"P3收到！"作为特别行动组副队长的许云齐朝林向东打了个手势，跟着他一同向前方慢慢移去。

随着两人小心翼翼前行，"金翅大鹏"离他们眼前越来越近了，黄昏的阳光映照在金属外壳的飞船上，折射出一阵阵刺眼的亮光。林向东不禁有些发怔，这艘飞船他太熟悉了，毕竟林向东在四年前也曾经作为飞船的宇航员候选者加入了训练，郑月还是他的教官。

"林队！"许云齐轻呼了一声。

"怎么？"林向东立即从记忆中回过神来。

"有热反应……在飞船里面！"许云齐观看着探测器上的数据，几乎惊呼起来，"天哪，是两名宇航员……"

林向东的心脏猛地一阵抽搐。他像是注射了一针兴奋剂，激动地用通讯模块向郭政宏汇报。然后，他指令许云齐去确认发动机的状况，而他自己登上了驾驶舱。

林向东借助外骨骼上面的攀登辅助配件，轻而易举地爬上了足有两层楼高的飞船船身，驾驶舱近在咫尺。林向东发现驾驶舱的金属整流罩处于关闭状态，上面斑斑点点的凹痕与高温产生的熔融斑痕历历在目。

犹豫了一番之后，林向东轻轻敲了三下整流罩，仿佛是来访的客人一般问道："有人吗？"

"我这是……"林向东愣了一下，自己在怕什么呢？

"引擎完全熄火了，但是核心没有熔融的迹象，应该问题不大。"许云齐不断地报告着，"但是有个坏消息，气象云图显示沙尘暴马上就要到了。"

"许云齐，我们现在最主要的是把里面的宇航员弄出来！"

林向东将手伸向整流罩同船身的缝隙，虽然内部本应由耐高温的胶体物质所填充，但是胶体本身的刚性强度非常低，所以林向东本应不费吹灰之力就能将整流罩打开。但现实却并不遂林向东的心意，林向东尝试了一番，整流罩被死死钉在驾驶舱之外，简直像是被电弧焊死在外壳上一般。林向东还是不打算放弃，他跟许云齐一齐行动，在左臂上的操作界面上将机械外骨骼的输出功率调整到75%，整流罩的金属壳在两人的拉力下颤动了一下，似乎有烟一样的东西从缝隙中飘了出来，砰的一声，整流罩向下跌落而去。

林向东和许云齐不禁被眼前看到的事物震慑。两名驾驶员赤身裸体地悬浮于一团海蓝色的、无法区分为胶体抑或是液体的物质中，而整个驾驶室已经完全清空，甚至连任何操作杆都没有留下。这儿仿佛是一副棺椁，两名驾驶员郑月与舒尔茨·克鲁格就这样静静地躺在这座灵柩之中，神色平静，看不到丝毫的情绪波动。

驾驶舱舷窗传来一阵碎裂声，原本的强化玻璃似乎终于承受不住内部压力，碎裂成一片，然后那些晶莹剔透的淡蓝色凝胶从缝隙中流淌出来，在接触到空气之后如同常温下的干冰那样迅速气化，然后消失得一干二净。林向东迅速地取出一排取样瓶，顾不得危险便将取样瓶整个浸没在凝胶之中。

由于外骨骼装甲并没有警报提示，因此林向东判断这团雾气当中并不是有害气体，而且他连一丝异常气味都没有闻到。"这些雾气搞不好只是由于湿度进入饱和状态液化了的水蒸气罢了。"这么想着，林向东急忙从破开的驾驶舱窗口一跃而入。不知究竟是因为运气好还是那些胶体的作用，似乎碎裂的玻璃并没有掉落在两名宇航员的身体之上，即使两人现在都是一丝不挂，却都没有受到任何伤害。

林向东将所佩戴的眼镜设置为红外观测波段，看到两名驾驶员身上还有着相当强烈的热反应，他也留意到随着蓝色胶体的挥发殆尽，两人胸口都开始均匀地起伏。

林向东马上将随身携带的多用纤维材料展平盖在两人身上，按下了挂在耳朵上的通讯模块。

"呼叫'心脏'！这里是 P1，我正在六合 001 号试验飞船驾驶舱内部，宇航员郑月、舒尔茨·克鲁格依旧存在生命体征，请马上提供医疗支援！"

林向东望着躺在驾驶舱当中，如同婴儿一般平静地沉睡着的郑月。他没有如释重负的欣慰，反而有更多的忧虑。郑月究竟在太空遭遇了怎样的境遇？

这时，许云齐提示林向东看沙漠上空出现的数条航迹云。

"那……可能是 JT 的火箭……"

"JT 的火箭？"

"3 分钟前，JT 集团在全球的 5 个发射点共计发射了 87 枚超远程氢核动力火箭……"

泰勒是杀人犯，关押在博涯监狱五年了。他至今也不后悔当初一怒之下犯下杀人的罪行。关押期间，他没有利用自己职业的身份，与狱中的其他科学家交流科学研究，而是在符合狱规的条件下，接受从事手工劳动的惩罚。

　　所谓的手工劳动，就是在监狱里制作一次性的医用口罩。或许是瘟疫大流行的年代，法国进口的医用口罩总是被欧洲其他国家在运输途中截取。痛定思痛，法国政府从此以后也开始囤积医用物资了。

　　泰勒在无尘环境的操作间，娴熟地将三层无纺布原料叠到一起，通过高频焊接制作成口罩主体。焊接完成的无纺布通过斜面逐渐变窄，形成折叠结构，然后进行压实……他不知道在操作间外，威廉一直在观察着他。等他一出来，威廉忍不住发话，而旁边的狱警也识时务地走开了。

　　"我站在这里看你那么长时间了，你连招呼都不想打一下？"

　　"该来的，总是要来的。"

　　"你不好奇我为什么来看你，还是你在这里习惯了？"

　　"威廉，你不觉得制作口罩很有意思吗？"

　　"你听好了，马上跟我走！"威廉突然一把揪住泰勒的衣领，恶狠狠地瞪视着他。

　　"凭什么？就因为你是威廉·波旁巴？"泰勒古怪地笑了笑，毫无畏惧的眼神迎着对方的凶狠目光。

　　威廉叹口气："我是应该早一些来看你的，告诉你一个消息，中国人的那艘飞船回来了。"

　　"你说的是'金翅大鹏'飞船？不可能！人类世界目前没有这样的能力，这肯定是假新闻。"泰勒的眼睛亮了，瞬间恢复了昔日科学家的气质，不屑一顾地说道。

"你说得没错，它是以接近光速的百分之六回来的，目前人类是没有这样的能力。"

泰勒吃惊地看着威廉，一时间说不出话。

"还有，我忠实地执行了对你的承诺，你的女儿至今完好无损地存放在我这里。"

当即，泰勒犹如电击般地震撼，他的眼神放射出光彩……

美国佛罗里达火箭发射场，连续发射了几十枚高速无人探测器，上面搭载着封存的人类全基因组和各式各样的地球生物样本，它们由大型火箭携带的核聚变引擎，分别前往比邻星、巴纳德星等观测到的近邻宜居行星，预计在 100 年内完成对新地球的甄别和探测。这是 JT 集团实施的"新代达罗斯计划"，用行动宣告人类开始了宇宙的大航海时代。

地球灾难级别的警报响起后的 30 秒，杰克·丁乘坐全球唯一的核聚变飞船，前往火星"避难"。他在飞行途中通过显示器目睹了"虚惊"的全过程，之后又立即决定返回地球。

"金翅大鹏"以超越物理学概念的方式回归地球，意味着人类即将面临一个古老的话题：生存？还是毁灭？杰克·丁被迫提前把"新代达罗斯计划"抛出来，心里感到内疚，"新代达罗斯计划"其实是一个不可能完成的任务，可是世人需要这个善意的谎言，杰克·丁想，就让世人把烟幕弹当成璀璨的礼花吧。

果然，他的智方通讯模块接收到的第一个信息是来自联合国秘书长霍华德·安德瓦的，感谢他不计较自己的财富，为人类的延续做出非凡贡献，夸赞他是一个具有崇高信仰的人。

自己真的如此崇高？一丝苦笑不禁浮现在他的面容。20 年代初的某一天，也是在佛罗里达发射场，杰克·丁亲自发号施令，用铿锵有力的语调宣布发射可回收的"大力神号"大型火箭，携带着"星链计划"其中的六十颗通信卫星，布局在地球的近地轨道。这是"星链计划"的第三次发射，距离覆盖全球通信网络虽然还很遥远，但在局部地区可以做到遥控通讯测试了。那时候，杰克·丁的年龄还处在壮年期，踌躇满志，"火箭狂人"的名号天下皆知。他在航天方面的业绩，以一己之力与各国的航天部门平分秋色，甚至相比NASA 也丝毫不落下风。

可是在发射之后，杰克·丁突然被一伙黑衣人围住。他们当着众人的面对杰克·丁出示了批捕通知书，罪名是非法移民。

杰克·丁居然是"非法移民"？在场的所有人目瞪口呆。可在三天之后，人们在 JT 集团长长的走廊上，又看到了杰克·丁健步如飞的身影。杰克·丁是非法移民的小道传闻，也成为当时集团内部的笑谈。难道真是移民局抓错了杰克·丁？还是其中另有隐情？事后，"五眼联盟"也暗地调查过，可结果只是说一场误会。

于非乘坐的军用飞机与郭政宏的专机，一前一后抵达西北战区的军用机场。飞行途中，李蔚蓝开启随身携带的小型全息投影设备，通过操作面板向于非模拟展示"金翅大鹏"从外太空返回地球的全过程。

于非起初默默地看着，当他看到"金翅大鹏"在大气层外骤停，并使得所有核弹头成为废弹的还原画面时，他的情绪忍不住变得激动了。

"这怎么可能？'金翅大鹏'的设计强度不可能达到这样的速度，而且这种加速度……"

"是的！很难相信宇航员能够在这种加速度之下还能保存完整的肉体，但事实恰恰相反。"李蔚蓝盯着于非，她不熟悉眼前的这个中年男人，只知道他是"金翅大鹏"的总设计师。

"郑月呢？郑月怎么样了？"于非又问道。

"林向东率领行动小组对'金翅大鹏'开展了回收工作，两名宇航员都被发现昏迷在本应是驾驶舱的空间中，经过初步身体检查，发现两人体征平稳，目前处于意识不清的状态。"

"你说本应是驾驶舱的空间？"于非似乎没能很好地理解李蔚蓝的话。

"这是行动小组林向东的原话，我们也感到困惑……"

于非沉默了，作为一个严谨的科学家，不会相信有什么"奇迹"。答案只能有一个，回来的已经不全是他设计的"金翅大鹏"，那郑月还是原来的郑月吗？耳听是虚，眼见为实，一切的一切，于非要亲眼所见，才能有最后的定论。他的心里一阵慌乱，难道是"它们"来了？

于非一直与霍金的"人类避免接触外太空"理论相反，他认为星辰大海是人类的终极理想。杰克·丁率先开发了小行星带，同时也为人类拓展了视野。于非和杰克·丁都向往太空，追求的目的却完全不同，一个是科学家对宇宙探索的胸怀，一个是商人对掠夺财富的欲望。而于非与杰克·丁之间还有不太为人所知的纠葛——核聚变引擎的专利之争。于非怀疑杰克·丁盗取或是参考了他设计"金翅大鹏"核聚变引擎的设计，才造出目前全球唯一那艘核聚变动力飞船。他的怀疑并不是空穴来风，JT集团的顶级华裔工程师刘东，正是于非大学时的同学，也曾是他最好的朋友。

于非有过一次与杰克·丁的短暂会面，是老同学刘东撮合的。在香港维多利亚港湾的一家幽静的水上餐厅，刘东租了一个包间。杰克·丁早早就来到餐厅，提前主动等待于非。这是杰克·丁成为世界首富后唯一的一次屈尊。于非本来是不想与杰克·丁见面的，但是考虑到他们正在与杰克·丁在太空电梯项目的紧密合作，多少还是需要给点面子。于是，于非还是选择了见面。

杰克·丁一见到于非，就开门见山地表示，纯属私人会晤，不谈工作。整个宽敞的大包间，除了他们俩，只有刘东作陪。而杰克·丁像是很了解于非的饮食习惯，点了一桌子口味清淡的菜肴，还有于非最爱吃的清蒸大黄鱼。席间，他们天南海北地畅谈人类的航天前景，希望在有生之年能够身临其境地遨游太空。但当杰克·丁突然提出请于非担任 JT 集团的技术总监时，气氛急转直下。当听到杰克·丁说技术总监的年薪是空白支票，可以交给于非自己随意填写，于非的脸色顿时一变。杰克·丁笑了笑，示意刘东打开包间内的音响设备，传出了于非刚才随意说出的他与儿子的争吵，而刘东在一旁还补充道，他知道于未来喜欢超跑，杰克·丁已经买好一辆陆空两栖的最新超跑，全球限量版只生产了三辆。于非一时间说不出话来，碍于杰克·丁毕竟还是一个合作者，他才没有当场发怒。

此事后，于非果断地与老同学刘东绝交了。并且通过这件事情，他觉得他与杰克·丁道不同不相为谋。

按照惯例，于非的通讯模块被收缴了。李蔚蓝告诉他，不用担心联系不上于未来，组织上已经考虑过了，会让他们父子在合适的地点会面，也会妥善安排好于未来的工作和生活。于非没有多问，他和郑月都是组织上的人，组织上也一定会安排好一切。几十年来，汉语的词汇，包括日常口语，层出不穷的网络用语，几乎是日新月异地在变化，唯独"组织上"一词仍保留着最初的神圣含义。

郭政宏向于非简单地介绍了"金翅大鹏"的回收情况，两名宇航员也被安全送到西北战区医院，经过初步医学检查，郑月的生命体征一切正常。

经历过高强度重力负压，生命体征仍是正常，这样的"正常"令人感到不可思议。郭政宏突然想到，那些包裹着郑月和舒尔茨的"蓝色液体"到底是什么呢？

西北战区某野战医院，戒备森严。空中有密集的无人机和武装直升机巡逻，陆地上有里三层、外三层的重兵守护。门岗林立，必须持有特别通行证才能够进入医院。

于非站在 ICU 的玻璃窗前，望着躺在一枚胶囊形状的生命维持装置当中的人，正是他日思夜想的妻子——郑月。于非怔怔地看着近在咫尺的郑月，还是那么熟悉，她仿佛正在酣睡。泪水顺着于非的面颊流下，他浑然不知……

突然，于非清晰地注意到，郑月的手指微微抖动了一下。

法国戴高乐机场的公共卫生间发生了一桩凶杀案，两名男性死者都是被割喉而死，他们的面部皮肤和指纹皮肤被高浓度乙酸腐蚀，并且被残忍地拔掉了满口牙齿。尸体能提供的信息完全被破坏殆尽。

也许是冥冥之中的天意，侦破此案的警察克里斯托夫是从法国军事情报局退役下来的老兵，凭他多年的经验，这样的作案手法，无非是盗取死者的身份，然后取而代之地冒名顶替。不是还有毛发吗？可以做 DNA 测试，然后在数据库比对查找死者的信息。

克里斯托夫唤醒了往昔的工作热情，他要做一件巴黎警察绝对不会干，也没有能力干的事情，以此证明自己宝刀未老。人啊，有时候的努力工作不是为了钱财，而是为了证明自己仍有存在于这个世界的价值！

克里斯托夫与军事情报局的前同事联络过后，他决定再一次去戴高乐机场的现场查看，或许能发现此前忽略的罪犯遗留下的蛛丝马迹。

第 五 章

海 底 基 地

上海地区的疫情控制住了，上海疾控中心宣布的疫情数据是：确诊人数：2313 人，死亡人数：1489 人，治愈人数：824 人。外星病毒与人造病毒的混合效应，让该病毒的传播性极快、致死率极高。而治疗方法则主要采用了抗体血浆治疗法和中西医结合治疗法。于未来可以说是这场疫情中的大功臣。但让人纳闷的是，"零号病人"的抗体到底是从何而来？

为此，疾控中心专门召开了座谈会，可面对一张张放大的于未来各种器官的影像和一系列检测数据表，专家们面面相觑，一筹莫展。唯独未来工程部的崔乐乐上尉提出了一个大胆的假设，她认为，既然用现有的医学常识无法解释，那只有从另一个角度来推测，"零号病人"的染色体基因是否存在来自外星生物的元素？一语震惊四座，那些学者专家起先是震撼，紧接着纷纷摇头。还有专家激动地拍案而起，指责崔乐乐的推测纯属荒谬，造谣惑众。理论依据是，外星生物绝不可能与人类有着相同的生理结构……

被隔离的日子是痛苦难熬的，天性顽皮的于未来怎能耐得住这样的寂寞？他认为，活着，就应该有质量地过好每一天，而"有质量"，就是不能让美好的光阴"闲着"，这是于未来的生活准则。

他细心观察过周围的环境，医院毕竟不是监狱，而且自己也没有任何危害性，所谓的"隔离"也犹如君子协定。他冷静地分析，自己的"出路"只有两条，第一条是从通风窗口翻身出去，但外墙没有支撑点，从六楼掉下去肯定粉身碎骨。第二条是撬开天花板，顺着空调通风管道爬出去，管道出口应该在医院外墙。如此看来，第二条是他的最佳选择。当然，时机也很重要。他觉得在吃晚饭的时候，大家只考虑食物，无论是医护人员，还是保安系统都会有所松懈。事实证明，他的策略是正确的，顺着通风管道爬出去是一条正确的出路。

隔离的那些日子里，于未来就想好了，恢复自由要做的第一件事就是酣畅淋漓地去实景模拟室玩"重启世界"，想想他父亲年轻时代玩的手游"王者荣耀"，那是多么幼稚的游戏，居然在当时还风靡一时。隔离时，听医护人员说，父亲去执行任务了，短时间不能回家。笑话！他能有什么任务？在于未来眼里，父亲是一个既不懂得人情世故，也不会享受生活的人，总好高骛远地想着外太空没边儿的事，结果好端端地把他的母亲整没了……

于未来来到模拟室正准备戴上头盔仪器时，忽然一个迷人悦耳的声音在他背后响起。

"请问，你是于未来先生吗？"

于未来转过身子，只见一个犹如出水芙蓉般的美女笑盈盈地盯着他。

"我是……我是于未来……你是……？"

"我叫韩舒冰。你是在玩'天猫计划'？"

"你是初学者吧？我可以教你。我现在是中校级别了，升到校级的玩家，已经算是顶尖的高手。'天猫计划'不同于其他电玩，特别烧脑，是考智商的……"电玩是于未来的强项，终于有机会在美女面前卖弄了。他边说着，边在界面上亮出自己的级别。

"我们对打试试，怎么样？"韩舒冰莞尔一笑。

于未来十分兴奋地同意了。他原以为轻而易举就能打败美女，没想到他根本不是韩舒冰的对手。才几个回合，他就缴械投降。

"你……你是什么级别？不行，是我没操作好……"于未来的颜面丢尽了，心服口不服。

"小子，别不服，再打一场你也是我手下败将。顺便告诉你，我的级别是'三星上将'。"

于未来愣住了。他在玩家的圈子里，见到过最高级别的玩家也只是"大校"，"三星上将"那是能代表国家队比赛的水平了。

"不玩了，跟我走！"韩舒冰板起脸用命令的语调。

于未来指着自己的鼻子："我？"

"不然呢！"韩舒冰显然有些不耐烦了。

于未来眉角一颤，原来这个美女不仅是来看他打游戏这么简单。他环顾四周，望着角落位置的监控摄像机，又看着四周的一些玩家，索性站起身，扯着嗓子叫道："你们看到了没？老子可是被美女倒追了！"

"看不出，还挺会玩诡计，想让他们当你的目击证人？"韩舒冰不怒反笑。

于未来笑不出来了。他已经察觉，这个自称是韩舒冰的美女并不是单独前来，她的两个同伙正守在唯一的出口处，面无表情地看着他。他们究竟是什么人……

塞斯看到于非，像是见到老熟人一般热烈拥抱。于非愣了愣，却记不起自己在什么时候见过这位欧航局的同行。

"马丁·布朗夫斯基·冯·塞斯，这位是我的助手露西·乐华。于非博士，我认识你，你是中国的核聚变之父。"头发斑白的塞斯博士自我介绍后，就扭头迎向郭政宏，弄得于非在原地不知所措。

此时的塞斯正故作姿态地紧紧握住郭政宏的手："中国未来工程

部的郭将军，久闻大名，早就听说你们的海底基地是建筑界的一大奇观，以后有时间希望能参观参观。"

"塞斯博士，你是欧航局的一名科学家，更应该专注自己的事业，避免各式各样的耳闻，是这个道理吧？"郭政宏收回右手，不卑不亢地微笑面对。

塞斯尴尬地笑笑，然后开门见山问道："舒尔茨在哪里？我要见他。"

"舒尔茨宇航员现在正在紧急医疗室接受治疗，请您先随我去会议室进行交接事项的商讨。"

塞斯依旧像是没有听懂一般说道："带我去见舒尔茨！"

郭政宏皱了皱眉头，虽然他知道ESA（欧洲航空局）方面也想要尽快收容他们的宇航员，但毕竟这艘试验飞船涉及了中欧合作双方的利益，所以有许多信息他们还是要进行共享的。"塞斯博士，无论如何，请先随我去会议室吧。"郭政宏的腔调坚定而不容推辞。

塞斯眼角微微抽搐，助手乐华在身后轻轻扯了扯他的衣角，塞斯嘴角抽动了一下："好吧，但请尽快！"

空旷的会议室当中，随着人员的进入，纳米机器人Blocks迅速从墙壁上倾泻下来，组成适当长度的圆桌与对应人数的座位。这种机器人虽然耗电量极低，却也只能通过弱电场的形式来进行无线充电，因此平常会累积在能够进行充电的区域当中，最先进入会议室的李蔚蓝打开了会议构建才使得它们进入了工作状态。

除了方才进入会议室中的几位，还有一名年轻人已经站在了会议室前方的全息投影屏幕之前。留着冲天短发的他，穿着医用的白色防护服，显然是刚从实验室出来还没有来得及更换衣服，一身白色在这一行人中显得倍加扎眼。

"马超群，时间有限，你尽快开始吧！"郭政宏开口道。

年轻人点点头，在屏幕前轻挥右手，整个房间都进入了虚拟现实投影状态。于非注意到自己虽然依旧坐在圆桌旁，但是却身处在戈壁滩中。

　　"我们现在看到的是林向东少校的作战记录，"马超群开口说道，"今天下午北京时间19时12分，失踪三年的六合001试验飞船'金翅大鹏'突然返回，并最终坠落在新疆古尔班通古特沙漠腹地。救援队到达时机舱内无信号应答，强行打开驾驶舱后有大量胶状液体流出，并在空气中迅速挥发，机舱内宇航员郑月与舒尔茨·克鲁格处于深度昏迷状态，机舱被'改造'——"马超群特地加重了这个词语，"——为一个长两米宽和高都是一点五米的长方体空间……"

　　马超群扫视了众人一圈，总结道："我们有理由相信，他们已经实现了一次第三类接触。"马超群看到会议室中的人皆是闻言一惊，塞斯也眯起眼睛。

　　随即马超群像是又回忆起什么，补充说道："我刚刚对林向东少校带回来的少量采样进行了快速实验，至少目前为止，我在地球上找不到对应的物质，从代谢产物来看这应该是一种有机物或者至少是碳含量丰富的化合物……"

　　"宇航员现在怎么样了？"塞斯忍不住地问道。

　　马超群将投影界面切换到生理数据信息图，说道："郑月和舒尔茨被运送到这里的时候依然处于昏迷状态，生理指标上血压偏低，器官有微弱衰竭症状，血细胞与血小板数量低于平均值，但还处于未危及生命的范围内……"

　　"对不起，我只想知道不正常的地方在哪里？"塞斯打断他问道。

　　马超群眉头微皱："动力学组跟我们医学组得出了相同的意见，两名驾驶员在地球大气层处承受了上万倍的重力加速度，足以把人体碾碎，可他们却完好无损，蓝色胶体可能是维持他们身体结构的关键……"

"也就是说舒尔茨的生命机能毫无损伤，对吗？"塞斯又一次打断了他的话。

马超群深吸了一口气开口道："不管怎么样还是请您听我说完，塞斯博士。"他顿了顿，"两人均出现了严重的贫血现象，他们几乎损失了近三分之一的血液。但是，我们从两人身上均未发现任何大型的内外伤口，因此这些血液到底去哪里了仍然是个谜。但是由于长时间的失血性休克，两人的神经系统都受到了比较严重的损伤，不排除成为植物人的可能性……"

听闻舒尔茨有成为植物人的可能性，塞斯十分明显地感到很失望。

"两人的脑部 CT 图像显示垂体蛛网膜附近存在一片阴影，可能是血管破裂导致的淤血现象，俗称脑溢血。血管破裂在高加速度状态下很容易发生，并且这些出血量远低于两人的失血量，除此之外两人身体器官内并未出现内出血现象。对于两人的大脑状态我们还在进行后续的观察。"

"如果是毛细血管破裂，怎么会仅存在于脑部……"于非喃喃自语，疑惑不解。

塞斯突然站起身："那么，我现在可以带走舒尔茨了吗？"他看到众人诧异的目光，用傲慢的语调解释，"只有等我们系统性检查过舒尔茨，才能与在座的各位进行深入交流。"

"塞斯博士，确实我们之间只需要进行交接工作就可以。那么请在这份文件上录入你的指纹，"郭政宏将一份电子文件拖移到塞斯的面前，同时一个印台一般的物体从会议桌上升了起来，"我们会马上为您准备运输飞机，用以保护舒尔茨·克鲁格上尉的生命维持装置会一同运送上飞机。"

塞斯不以为然地把抄在裤子口袋里面的双手拿出，然后将拇指印在了印台上。伴随着一声清脆的"哔哔"声响，身份认证通过。

郭政宏轻声问于非："你了解这位同行吗？我怎么有一种不好的预感。"

克里斯托夫属于西方人最典型的直线思维，俗称一根筋思维，就是认准了一件事情，非要做到水落石出才罢休。凭着这股"傻劲"，他调取和阅读了案发当天的航班所有乘客的资料，又待在机场的监控室连续看了一天一夜的乘客出境的画面。功夫不负有心人，他终于捕捉到了所要寻找的对象，死者的名字是：马丁·布朗夫斯基·冯·塞斯，ESA 的高级工程师。

克里斯托夫当即把死者的信息通报欧航局，却意外地遭到对方的嘲笑打击，讥讽地告知他塞斯博士现在活得挺健康。他仍旧不放弃，提出要拿死者的 DNA 比对。两小时后，欧航局做出了官方回应，同意对塞斯博士进行 DNA 比对。DNA 比对报告证实死者就是马丁·布朗夫斯基·冯·塞斯博士。欧航局最高领导层大惊失色，急忙通报中国国防部、法国对外情报部门、国际刑警组织，缉拿杀死塞斯博士的凶犯。由于官僚思维耽误了整整八个小时，冒名顶替的罪犯已经飞离了中国领空。

事关重大，罪犯劫持了疑似掌握外星文明的法国宇航员舒尔茨。多国的卫星和雷达焦点齐聚正在飞行中的"目标"，周边国家包括中国都出动了最新型的战机，各国的领空自由开放，像是全人类正在进行的一次军事演习。

可是"目标"在印度洋上空离奇失踪，卫星追踪最后的画面是"目标"突然失速，急速坠海。法国的核潜艇立即前往印度洋"目标"坠海的海域，几个大国的核潜艇也接受秘密指令，纷纷急速前往印度洋。印度洋海域即将展开一场海上各国核潜艇的竞赛，谁都想抢占先机。

而这场阴谋的发现者克里斯托夫一生在军事情报局默默无闻工

作，没想到退役后当了一名普通警察，却独自侦破了一起惊天大案，他从未想到自己会在人类历史上写下浓墨重彩的一笔。

舒尔茨被劫持下落不明，国防部指示对郑月的保护也上升为特级护理，将其送到最安全的地方——未来工程部的海底基地。凌晨三点，在西北战区的军机护送下，仍陷于昏迷的郑月被运输到崇明岛屿附近的海底基地。

于非乘坐郭政宏的专机一同前往海底基地。飞行途中，郭政宏简单地介绍了未来工程部的工作性质和人员情况，包括对于非的安排，告诉于非他不仅有独立的实验室，还会给未来学院的学员授课。但郭政宏观察到，于非的状态始终有些心不在焉。

"老于，你要相信郑月会醒过来的。她能奇迹般地返回地球，也一定能奇迹般地身体康复……"

"她是活着……她真能活着吗？"于非答非所问。

郭政宏明白于非话中的含意，这也是郭政宏心里的谜团。或许答案只有一个，要依靠真相自己来解释人类科学的盲点。

当专机飞行到上海地区上空时，郭政宏突然改变了从海上通道进入海底基地的计划。当他们降落在市郊的军用机场，未来工程部的专车已经在停机坪等候了。这是一辆外观十分普通的小轿车，开在外面根本不会有人留意到，但在车内部布满了各种反侦察设备，从侧面的诸多仪表盘上可以直观地看到四周的车辆状况，并且 AI 会自动分析和预测附近车辆的移动路径，确保该车辆没有被跟踪。于非几乎连续 36 个小时没怎么合眼了，禁不住在车上打盹片刻。等他再睁开眼，发现车辆停在了市区的一家 4S 店门口。

"这里是……"

"入口，未来工程总基地的地面入口之一。"

现在卫星的"间谍之眼"已经精细到能够分辨人眼睛的瞳孔颜

色，一般的伪装根本无法蒙混过关。郭政宏的警卫员将个人终端在4S店的库房门口的防盗设施上扫了一下，钢化玻璃制成的大门应声开启。

于非望着面前平淡无奇的4S店库房门，感慨万千。"未来学院"是曾经有一段时间在他的家庭中出现频率最多的一个词，无论在饭桌上，还是在床头，郑月总是充满激情地描绘着"未来学院"的蓝图。她经常对他说："未来是年轻人的，我们要勇敢去做铺路石，你研制出核聚变动力的飞船，我来第一次试飞，哪怕我们失败了，但我们的儿子和他同辈的年轻人就可以自由翱翔在星辰大海……"于非拉回了自己的思绪："对了，老郭，我儿子……"

"放心，我猜想，他应该比我们先到未来学院了，学员们会高规格接待他的。"

于非不解地问："什么高规格？"

郭政宏神秘地笑了笑："你会知道的。"

于未来估计自己"被绑架"是因为父亲去执行任务了。他想好了，无论"绑匪"采用什么计谋，自己装傻到底。其实也并不算装，毕竟他对于父亲所进行的研究知之甚少。虽然他将家中所有关于天体物理与动力学理论的著作通读了一遍，终究还是无法进入到父亲的科研领域当中。核聚变引擎研究，哪怕具有高等知识的科学家也望而生畏，更别说像于未来这样的寻常学生了。

于未来摘掉黑色头套，只见周围站着一群与他年龄差不多的男女。他的目光顿时被站在韩舒冰身边的丁零吸引住了。

"看这小色狼，这样盯着我们的丁头看？"韩舒冰笑得花枝乱颤。

于未来无法用语言解释，他确认丁零的相貌经常在他的梦里出现。现在，梦中的女神突然出现在他的眼前，他能不震惊吗？

丁零却毫不在意于未来这样的目光，她用严肃的语调对众人说道："这个于未来目前是未来学院的编外学员。李富贵，你带着他去宿舍，顺带着告诉他这里的规章制度……"

"等等，我没听懂，你们把我绑架来当什么编外学员？"

"谁绑架你了？如果不是领导的指令，你能有资格进未来学院？"韩舒冰有些愤愤不平。

"别再哄我了，说什么鬼话我也不相信。实话说吧，我也没拿那个男人当过父亲，无论你们用什么花招都没用的，赶紧撕票吧！"于未来显示出大义凛然的姿态。

众人禁不住地哄笑起来。

丁零瞪着于未来："你真把自己当回事了，还绑架你？大家也严肃些，这是组织上的安排，我们要坚决执行。"

丁零轻轻按了一下于未来胸前一个看起来像是开关一般的按钮，将他四肢紧紧束缚在椅子上的黑色弹性纤维突然全部解除了下来，迅速向中心点缩回，变成一个不过钱包大小的方块落回到丁零手中。

丁零不屑地看着于未来："从今天开始，你就是未来学院战斗组的一名编外学员，必须听从我的指挥！"

"我真的经常在梦里梦到你，我不说谎话，绝对是千真万确……"于未来忍不住了，不吐不快地冲着丁零说道。

众学员又哄笑起来。

"你什么意思？别以为你爸现在是我们的教授，你照样要服服帖帖地听从我。"丁零生气地怒视着于未来。

"遵命！"于未来嬉笑地点头。

于未来的反应也够快，当即明白还是由于父亲的原因被"绑架"。虽然目前处境很被动，但能够与梦中的"女神"在一起，何乐不为呢？他望了一眼窗外发问道："这里是什么地方？"见众人毫无反应，便自嘲地笑了笑，"我问也是多余，保密单位嘛。应该是在市郊，气温明显要比市里凉爽。"

想象力属于不曾被世俗与现实"束缚"的年轻人。郭政宏和林向东耗费了将近两年时间，寻觅足以在某一领域大放异彩的年轻人，然后将他们带回未来学院位于上海的总基地，进行各种形式的考核，最终总计十五名学员得以通过层层筛选，留在这里进行全方位的特殊教育。他们是将会走向宇宙、走向人类新纪元的一批年轻人，所以他们需要掌握的技能自然不能仅局限于地面上，在"玉清宫"号空间站上，也留出了专门的区域用作未来学院学员们的太空作业教学和训练。

这十五名学员按照所专精的不同领域划分为战斗组与支援组，同时每个人也都接受着三名以上导师的专门培训。这些青年才俊在未来几年的表现，或许是决定未来学院能否继续扩展的唯一指标。

"我是战斗组烈风，刚烈的烈，风暴的风！"

最先开口的是于未来同宿舍里身材最高大的学员，国字脸上留着浅浅的胡须，大而圆的眼睛似乎要从眉骨中凸出来，一头冲天短发。人如其名，长相看起来就极具侵略性。

"同是战斗组，张衡。"接下来开口的年轻人看起来就文绉绉的，与其说是军人，倒不如说是个文艺青年，但一双眼睛却炯炯有神，金褐色的半长发在脑后扎成一个小辫子，再加上一黑一蓝的异色瞳孔，无一不揭示着他的混血身份。

"我是李富贵，来自河南农村！"李富贵的身材有些胖胖的，比起张衡来更不像是个军人模样，他腋下还夹着一台便携式的电脑，看样子方才正在进行着某种演算。

"接下来要举办一个欢迎仪式，欢迎新学员的仪式。"烈风正儿八经地对于未来说道。

"还有欢迎仪式？我看还是免了吧……"

"不行，这是未来学院的新学员入院传统。"

所谓的"欢迎仪式"就是掰手腕，这也是军队里最常见的比拼力量的形式。只不过未来学院宿舍的行规是，新学员要与老学员每人过招三次。输给烈风很正常，但面对张衡和李富贵，于未来自信能与他们平分秋色。哪想到，他被张衡轻易扳倒三次，接着又被李富贵不动声色地羞辱三次。于未来的自尊心彻底崩溃了。

然后，他们围着于未来兴高采烈地高呼："欢迎加入未来学院！"

可是，此刻于未来禁不住想要怒吼。"未来学院"，于未来并非没有听说过，反而他十分熟悉。自己的母亲郑月，每每提起构想建设未来学院的时候，都会神采飞扬，她甚至还会设想于未来究竟能够以怎样的身份加入进去。但在于未来看来，母亲的消失与"未来学院"密切相关，也正是因此，于未来对"未来学院"有着强烈的抵触和逆反心理。

三年前的一天，于未来放学回家，当他走进家门，见到父亲像是一下子苍老了数十岁一般，坐在窗口眺望着天空。直觉告诉他有什么事情发生了，但母亲直接消失这件事情却完全超乎他的想象。如同日本神话中的"神隐"一般，母亲所乘坐的试验飞船，在柯伊伯带附近失去了踪影。自此之后，父亲引咎辞职，从科研一线退了下来。他们搬离了航天城，住到了上海的老房子里，他们家庭也变得支离破碎。现在，自己置身在母亲伟大的设想里了，可是母亲还没有回来，而且他觉得身边的这些人似乎有意在羞辱他，怒火从于未来的心底渐渐燃起……

佛罗里达 JT 集团火箭正在基地等待发射，亚克里斯在舱内听取保安警官宣读着规章制度。之前他原以为杰克·丁的私人医疗团队会很庞大，结果得知只有寥寥三人，平时大家相互不见面，需要会诊时才聚在一起。上舱前，史密斯医疗官正色道，不得随意与发射场的任何人交谈，同事之间也不得过多接触，通讯模块必须上缴，和家属通话时要有第三方在场监督。至于亚克里斯的工作性质，"老板"会亲自吩咐。

对此，亚克里斯有些愤愤不平，他觉得自己似乎是被"软禁"了。直到三天后，他才恍然大悟。

那是一个风和日丽的下午，亚克里斯正老实地待在房间，一阵门铃响起，他打开门愣住了，传奇人物杰克·丁正站在他的面前微笑地看着他。

"亚克里斯，我是杰克·丁。我知道你有很多疑问，我会告诉你答案。现在穿一件外套跟我走，我带你去的地方气温有些偏低。"

亚克里斯乘坐杰克·丁的迷你型垂直起降的飞艇，几分钟时间在一个看似小山坡的跟前停下。近距离观看，才发现"小山坡"是一栋巨型建筑，四周披盖了一层伪装设施。亚克里斯跟着杰克·丁走进升降的厚重大门，里面的景象使他瞠目结舌。宽敞而又封闭的掩体内，一艘运载能力巨大的火箭飞船展现在他的眼前。杰克·丁介绍说，这是他们即将乘坐去火星的飞船，火箭的运载能力有两百吨以上，飞船上可以乘坐一百名人员，他们代表着第一批火星居民。一周后，就会开启天窗发射，正式宣告移民火星计划实施。

亚克里斯激动得难以言表，但他没有丧失理智，凭着职业的敏锐度和一双特殊的眼睛，他观察到杰克·丁走路僵硬，缺失肌肉与骨骼交融的柔韧性。

"你看出来了？证明我选中你完全正确。"杰克·丁觉察到了亚克里斯眼睛里的疑问，面无表情地说道。

亚克里斯的内心感到了一阵惊悚。

杰克·丁随即笑了笑："你很爱你的新婚妻子，我不忍心告诉你一个事实，你的妻子杨安妮是'五眼联盟'派遣在你身边的卧底。"

第 六 章

人 生 如 戏

杰克·丁的众多住处之一"鸟巢"也隐藏在离发射场不远的地方。他是属于那种习惯性失眠的患者，聆听火箭引擎的轰鸣声却是他最好的安眠药。

亚克里斯被引导着走进杰克·丁的住处，他预感到接下来会有什么大事。当正式的大幕拉开之后，连见识过各种奇形怪状病患的他也禁不住惊呼。

宽敞的浴室里，播放着柔和的背景音乐，杰克·丁正躺倒在一张很大的卧榻上，周围四个身穿透明紧身衣的女护理在史密斯医疗官的监督下，熟练地拆卸着一片片包裹在他身体各部分的"肌肤"。当"肌肤"拆卸完毕，展现眼前的是灵巧的人工智能骨骼，分离智能骨骼以后才真正一睹杰克·丁的真容，他整个身躯已经萎缩成如同一个还未发育的少年。这是典型的"渐冻症"，学名是肌萎缩侧索硬化症，属于运动神经元病的一种。

"你现在看到的是我洗澡的整个流程，人活着多不易啊……"杰克·丁用平静的口吻娓娓道来，"此刻你应该明白了我为何如此热衷于星际旅行，连住处都取名叫'鸟巢'，一个不能正常行走的人，他的梦想一定会是飞翔！我和前辈霍金患的是类似的疾病，能与伟人同病相怜，是不是也是一种自我安慰？"

亚克里斯觉得此刻保持沉默是最好的态度。

一旁的史密斯医疗官严肃地告诫亚克里斯，除了这几个固定的女护理，现在仅有他们俩知道此刻的"真相"，这是 JT 集团最高级别的机密。

"亚克里斯，你就不想说点什么？"杰克·丁轻描淡写地问道。

亚克里斯幽默了一句："难怪外界称呼你是'钢铁侠'……"他见杰克·丁皱起眉头，似乎很厌恶"钢铁侠"这个词，便意识到不妥，急忙改用专业的语调说道，"我明白自己的任务和使命，但以一己之力恐怕难以完成重托……"

"你的团队已经在火星上了，传送数据的设备也安装好了。接下来，我就指望你了。顺便告知你一下，就在刚才我接到通知，你妻子杨安妮将与你同行前往火星。"

"怎么可能？你不是知道了她的身份，还让她去？"

"JT 集团是股份制企业，我不能代表所有股东，具体的我不解释了。你要切记，杨安妮可以知道火星上的一切，但是绝对不能对她透露我的病情。"

多国部队的核潜艇在印度洋海底探寻无果，英、美两国的核潜艇在印度洋最深的阿米兰特海沟还差点相撞，最终是印度的核潜艇探测到了坠海的"目标"。坠落在爪哇海沟的飞机残骸外形完整，没有任何被袭击的痕迹，破解的黑匣子也证实不曾发生机械故障，主观推断是有意识的主动坠海。由于没有发现舒尔茨的踪影，各方高层都不禁大失所望。比失望更不好的消息是，环太平洋组织和国际刑警中心已经基本锁定，劫持舒尔茨的是 TLS 犯罪组织。

联合国秘书长霍华德·安德瓦召开线上视频紧急会议，协同安理会的几个大国商量对策。美国首先指责中国方面交出舒尔茨是严重失误，其他成员国纷纷也把矛头对准中国。郭政宏代表中国国防部郑重做出回应，根据 2024 年巴黎航天会议的条例，航天器返回地球时，坠落地的所在国不得以各种理由扣押他国的宇航员。更何况，这次是欧航局迫切请求中国方面协助运输舒尔茨回到巴黎。未来工程部进行的交接仪式完全符合程序，对马丁·布朗夫斯基·冯·塞斯核实了身份，并且认证了指纹。因此，责任方是欧航局，他们没有把塞斯博士安全护送出境，才使得塞斯博士在法国境内遇害。

线上一度沉默许久，大家都意识到了舒尔茨被劫持的严重性。假设邪恶势力首先掌握了外星文明的某些先进手段，又或许是外星生物站队 TLS 组织，帮助他们来对付人类，后果都是无法想象的。

NASA 代表提出一个观点，返回的宇航员只剩下中国的郑月上校，中国方面应该无条件把她运输到美国，因为美国有着全世界最好的医疗设备，可以帮助她苏醒过来。郑月上校目前是第三类有可能接触的唯一证人，她的命运关联全人类的命运。郭政宏反驳道，正因为有了舒尔茨的前车之鉴，谁都不可能保证运输途中是否会出现差错。而且郑月上校是中国的宇航员，这是中国的主权。会议最后商议出一个方案，由联合国框架下的环太平洋组织派遣一个观察小组前来中国，配合未来工程部共同考察"郑月现象"。

曹茹平作为国防部挑选的医疗小组组长进驻海底基地。她是军医界的顶尖学者，也是郑月的亲密好友。当年郑月驾驶试验飞船"金翅大鹏"，临行前的体检就是曹茹平亲自参与的。

曹茹平在观察室看到昏迷中的郑月的第一眼，直觉告诉她，郑月依然是原来的郑月。一般在细致观察处在植物人状态的病患时，会发现病患的面容展示出微表情，而这种微表情，正是人在弥留之际对活着的最后渴望。而"活着"，是人类的本能追求。也是因为曹茹平和郑月的特殊关系，她在治疗郑月时采用了一些非医学的手段，比如在观察室放置了音响设备，播放一些郑月平时喜欢听的古典音乐和流行歌曲；每日更新郑月病床头柜上的各种鲜花。

曹茹平抵达海底基地的第二天，听说干儿子于未来也在该基地的消息后十分高兴，在基地食堂的包间请于未来吃了晚饭。于未来见到干妈曹茹平自然很高兴，可是一问到干妈为什么也来了未来学院，一向雷厉风行的干妈开始吞吞吐吐。再加上父亲一直在执行所谓的"任务"，竟然一直都没有主动联系过自己。于未来疑问重重，他决定要理出头绪，找到一切疑惑的根源。

于未来平时很懒，不夸张地说是非常懒，任何事情他都提不起兴趣，哪怕玩电玩，也无法做到持久的精力集中。但是，当他真正开动起脑筋来，连他自己都感到震惊。他努力记忆起干妈请他吃饭时，左上方悬挂着的智方视频正在播报新闻："不明飞行物坠落新疆，航天部门回应：无可奉告……"

无可奉告？这样的外交辞令往往很玄妙。莫非父亲去执行的"任务"也与"无可奉告"有关？干妈又是为何要常驻在未来学院？她是医学界的重要人物，不可能来照顾自己！而自己呢，被"绑架"来到这里，还莫名其妙成了连学霸也望尘莫及的"尖端学员"。所有的疑问串在一起，于未来有一个强烈的直觉，航天部门肯定是发生了大事，连他这个不起眼的"家属"也牵扯了进来……

"狼穴"果然名副其实，基地里住着两千多个人，多国的军舰飞机和潜艇在印度洋转悠着，无数次经过查戈斯群岛的海域，就是没有发现"狼穴"存在的痕迹。

泰勒从博涯监狱出来，按照威廉设计好的剧本，惟妙惟肖地扮演了曾经的同事塞斯，狠狠地戏耍了从前的老东家欧航局，完整无损地将舒尔茨运输到了"狼穴"。不过，他没有感到任何喜悦，他做这一切仅仅是为了唯一的女儿莉莉。

威廉遵守了承诺，把医学上已经宣布死亡的莉莉安置在水晶冰冻箱里，运送到了"狼穴"。泰勒见到日思夜想的女儿，连续几天痴痴地坐在水晶箱旁边，絮絮叨叨地倾诉着一个父亲对女儿的思念之情……

五年前的一天，泰勒像往日那样下班后，心想着晚餐与女儿吃点什么。莉莉是在他四十五岁那年出生的，以后的每一天对他来说都是节日。他目睹莉莉从学会说话、走路，然后一路成长到大学毕业。莉莉大三那年，妻子的离世使他们父女更加相依为命。

突然，一条醒目的信息在他的智方模块屏幕闪烁起来：紧急通知，请速来圣路易医院急诊室。当他心急如焚地赶到医院时，主治医生用冷静的语调告诉他，莉莉已经脑死亡。泰勒发狂地揪住主治医生的衣领，用威胁的语气要挟对方让自己的女儿醒过来。但事实已经无法改变，医院只能将脑死亡的莉莉暂时安放进冷库，同意泰勒随时可以带离。

泰勒有条不紊地办好离职的手续，他没有把女儿的消息透露给同事与朋友，只发了一份邮件，收件人是威廉·波旁巴。

莉莉的死是因为车祸，这年头都是自动驾驶，车祸变得很稀少了。但有些年轻人仍喜欢手动驾驶，认为有成就感，特别是驾驶运动型的跑车。一个阴沉的傍晚，泰勒主动去拜访肇事者的家庭。肇事者被关在了监狱等待审讯，而肇事者的父母诚惶诚恐地接待他，泰勒平静地与他们聊天，得知这个家庭的祖辈是作为菲佣来到法国定居的，祖孙三代都胆小怕事，唯独过继来的这个儿子喜欢赶时尚、出风头，闯祸的那辆跑车还是从他朋友处借来的。肇事者的家人们给泰勒跪下，请求他的宽恕。泰勒狂笑起来，掏出锋利的匕首将他们一一杀害。很快，警方锁定作案人是泰勒。当全副武装的警察赶到泰勒的住所时，泰勒已经在警署自首。最终他被判处了终身监禁。泰勒不在乎，他觉得自从女儿走了以后，他已经如同行尸走肉，生活变得没有意义，要在监狱里终老也无所谓。可是当他听到威廉给他的许诺，他突然心中又燃起了希望，他的生命也有了意义。也许一切都是值得的……

投影屏幕上正展示着于未来在未来学院里的生活，于非一脸尴尬地看着自己的儿子无理取闹般地与人"斗智斗勇"。

"老于啊，你在研究上出类拔萃，可看人的眼光不准啊，你儿子哪像你说的好吃懒做、不学无术？我倒觉得他头脑清晰，分析得头头是道，绝对是个好苗子啊！"

于非清楚地知道未来学院是未来工程的一个重要项目，第一批录取的十五名学员全部都是精挑细选出来的人才。于未来根本没有资格加入未来学院，他担心儿子这颗"老鼠屎"坏了这锅"黄金粥"。

"老郭，郭部长，我理解这是组织上对我的照顾。进入到海底基地工作，基本上与外界断了联系。特别是'金翅大鹏'返回地球，各种势力对此虎视眈眈，都想探究外星文明的真伪。你是怕我儿子在外面会不安全，才破例安排他进未来学院的。可我清楚他有几斤几两，他能与那些精挑细选出来的学员相比？你不能因为他是我的儿子破了规矩。"

郭政宏笑了："我当然有原则，让你儿子进未来学院，这可是国防部的指令，是因为郑月的缘故，我只是执行者。但要说明的是，他在未来学院是候补学员，以后根据他的考试成绩才能决定是否能成为正式学员。凭我的印象，这是一棵好苗子，可以培养。你敢不敢和我打个赌？"

"我没兴趣打赌，我把话说在前面，他如果跟不上其他学员的进度，那就赶快让他离开。此刻我希望郑月能够尽快苏醒，弄明白他们在外太空到底遭遇了什么……"

值班秘书快步走到郭政宏面前，递给他一份急件。郭政宏看完后，表情顿时变得严峻了，对于非说道："观察小组向环太平洋组织递交了报告，最终决定对郑月进行开颅手术……"

"开颅？这不行！脑部那块阴影是在脑垂体的蛛网膜区域，我问过曹茹平，一旦进行开颅手术，郑月的生命体征就终结了。"于非有些急了。

两天来，医疗团队和有关人士根据郑月目前的状况举行了无数次会诊，探讨手术会带来预后的几种效果，最后得出的结论是一致的：开颅即意味着结束郑月的生命体征，因为手术的部位是大脑的禁区——脑垂体。曹茹平是坚决的反对派，不仅仅因为她与郑月是闺蜜，而且她认为郑月的意识在渐渐恢复，很快就能苏醒。现在进行开颅手术，无疑是对生命的不负责任。但观察小组认为既然确定两名宇航员有过第三类接触，"金翅大鹏"也返回了地球，证明了外星文明存在的客观事实，而两名宇航员的再次回归是否是"它们"向地球传递的某种信号？他们需要知道更深入更准确的答案，开颅手术急需进行。

几个大国的首脑经过几轮视频商议，共同认为解除人类潜在的危机是首要目的，同意观察小组的建议，立即对郑月采取开颅手术，彻底查明原因。郭政宏接到国防部的通知，只能无条件执行。

于未来逐步厘清了纷乱的思绪，他渐渐地意识到，有一张无形的网笼罩着他。一道灵光闪现，于未来顿悟，那个"不明飞行物"难道就是"金翅大鹏"？而妈妈是不是一起回来了，才会让爸爸去执行任务、让干妈来到这里？

于未来将双手撑在面前的写字台上，不禁因为自己得出的这个结论直冒冷汗，这种接近真相的感觉许久不曾有过，他一定要去弄清楚，他想要见到自己的母亲……于未来只穿着一件T恤和制服裤子就跑出了宿舍，却被人撞了个满怀。定睛一看，原来竟然是"关键人物"父亲。他有太多话要说、想问，可父亲只说了一句：

"跟我走！"

于未来跟着父亲来到他的实验室。父子俩面对面还未坐下，于未来忍不住发问了："是不是我妈回来了？"

于非惊愕地看着于未来，一时间不知该说什么。

"看来我的直觉是对的，老妈真的回来了。为什么瞒着我？她在哪？"

"你老妈是在这里，但是她的情况很不好……"

于非努力使自己镇静下来，开始对儿子毫无保留地叙述整件事情的来龙去脉。于未来越听越离奇，想要插嘴问，但是被于非用手势阻止。终于，于非讲述完了，于未来反而沉默了下来。

"怎么？难道你不想再见你妈一面？"

于未来看着父亲，他明白，去见妈妈很有可能是违背组织纪律的，他没想到平时谨小慎微的父亲居然会有如此冲动的时候。他紧紧拥抱着父亲，泪流满面。

按照父亲和干妈的计划，于未来穿上防护服和面罩，冒充是曹茹平的助手前往观察区。于非则见机行事，必要时以病患家属和科学家的双重身份进行干扰，转移警卫对于未来身份的怀疑。

曹茹平从军多年，自然明白带着干儿子于未来去见濒临死亡的郑月是违反纪律的行为，会受到军纪的严厉惩罚。但她清楚，郑月在开颅手术后生还的可能性几乎是零。因此，她甘愿冒着受到严厉处罚，甚至有可能被革职的风险，促成他们母子见面。只是，她绝对不会想到这个行为，引发了后续连锁的"蝴蝶效应"，造成了一场全人类的生死存亡的严重危机。

施祖阳在印度洋海域漂流三天了，彻底变成了一名生活在海里的蛙人。越来越多的迹象将目标锁定在查戈斯群岛，可要在众多的无名岛屿中寻找到真正的目标，堪比大海捞针。他感到最难受的是被潜水服紧裹的皮肤，原先只是浑身湿痒，现在是皮肤溃烂的刺痛。

施祖阳上了岸，打算在礁石的背阴处准备晚餐。此时，日落后的海平面朦胧了起来，不远处浮现出一条巨大的"鱼"。奇怪，这里的海域不应该有巨鲸啊？当整条"鱼"展示出它的身影后，施祖阳几乎惊掉了下巴，这是一艘迷你型的潜艇，潜艇上没有标注哪个国家的国旗。

施祖阳躲在礁石后面，脑筋却在飞速旋转。传说中，TLS 有一艘核动力潜艇，眼前的事实证实了这并非传说，原来此刻他已经置身在目标中了。幸亏他提前多了一个心眼，上岛屿前施放了光学迷彩。否则，他的浑身上下早被打成筛子了。

远处，巡逻警卫的身影出现了。施祖阳跟踪着交接班的警卫，潜伏进了地下基地。没有固定的警戒岗哨，四周布满了传感装置和红外探测器，还有重量传感器。施祖阳打开随身携带的一个小型收纳盒，四枚直径不过半寸的有着金属质感的小球滚到他手心，然后飞快展开八条尖锐的小型尖足，从他的手中弹射向地面，发出嗒嗒嗒嗒的细微声响来。这是施祖阳最喜爱的玩具之一——带有监视系统的仿生无人机"蛛"，可以跻身人体难以容纳的细小缝隙，但是却也因为体积的缘故，续航能力很差，最多能独立运行十五分钟的时间。

"蛛"沿着六边形的缝隙钻了下去，大约爬行了十米的距离，终于穿过了底层，来到了管道之外，这几乎是这种无人机远程控制的距离极限了，展现在施祖阳显示模块中的画面，却是一望无际的管道，这座岛的地下，俨然是一个庞大的迷宫。

从"蛛"的视觉画面中，施祖阳看到其中一条通道四壁上闪烁起白色的光束，紧接着一枚巨大的金属圆球从通道的另一侧倏然而至。想来这就是"迷宫"里的交通工具了，施祖阳连忙对无人机们下达了召回指令，但是最远处的一架无人机还是被这大铁球碾成了粉末。随着震感逐渐加强，六边形的石块像是被魔法驱使一般悬浮起来，露出一个黑幽幽的洞口。

施祖阳依靠"隐身"功能，乘坐着圆形电梯，察看着"迷宫"内的地形。他很诧异，那些科学家和警卫人员的注意力为何都集中在中央大厅的大屏幕上，屏幕的画面很普通，只是一个躺着的白种人男性宇航员睁开了眼睛……

未来学院指挥大厅，林向东站在郭政宏的身边，盯视着放大后的监控画面。屏幕里，曹茹平和于未来正在通过一道道的警戒岗哨。不远处，隐约可见于非的身影。

"郭部长，为什么不和他们挑明了说呢？"林向东一脸困惑。

"怎么说？同意他们这样的违纪行为，还是反对？"郭政宏缓缓地转过身子，面对林向东，"人性是非常脆弱的。没有辨明郑月是否与外星生物有关联之前，也没有明了外星文明对人类是敌是友的前提下，我们能拒绝人性和亲情？"

"万一让观察小组知道……"林向东还是有些担心。

"我已经请示过国防部了，后果由我来承担！"郭政宏斩钉截铁地说道。

郭政宏心里有些话没有说出来，理论上对郑月做开颅手术是正确的，揭示出真相才能够去应对。而从人性的角度，人类应该要具有善良之心、同情之心、怜悯之心。正是如此，他不能剥夺于未来去看郑月的权利。

于未来跟随曹茹平一路闯关顺利，眼看就要到观察室了。他忽然瞧见身穿防护服的丁零和韩舒冰站在走廊拐角处冷冷地看着自己。他装作不认识，急忙低头而过。

"嘿，还挺能装的！丁头，我早说过，这小子就是能装。"

"少废话，执行自己的任务。"

曹茹平费了许多口舌，仍未说服守卫在观察室的哨兵。正在他们不知所措的时候，没想到哨兵却又主动放了行。躲在一旁的于非很清楚，其实自己所谓的计划，早就在郭政宏的掌控之中，现在的一切正尽收郭政宏眼底。于非冲着监控挥了挥手，由衷地表达他的感激之情。

于未来走进宽敞的观察室，看到手术台上，正躺着失踪三年的亲生母亲郑月。

"妈！"于未来冲上前去，紧紧抓住母亲的双手，感觉到手掌心的温暖和柔软。昏昏沉睡的郑月看起来非常地平静，她的胸膛平稳地上下起伏着，嘴角挂着一丝微笑。于未来此时大脑中唯一的念头就是在这样宁静的氛围中，陪伴着母亲直到世界末日……

出人意料的是，床上的郑月突然挺起了上半身，只见她目光空洞毫无生机，嘴唇嗫动机械般地喃喃自语：

"编号认证466721，认证成立……"

于未来听不清楚母亲在说些什么，他激动地大声呼唤着母亲。而此时的郑月开始缓缓转过头直视着于未来。

"试验编号认证成功，开始激活……"

突然，郑月抓住于未来的胳膊，在他的手腕处狠狠地咬了下去。于未来大声尖叫起来，于非和曹茹平激动地喊着"郑月"的名字……

而此时郑月狰狞的表情，被观察室外的丁零看得清清楚楚。

施祖阳如愿以偿地找到了那间试验病毒的实验室。也难怪，"狼穴"里的人群似乎被某件重大事情导致得忘乎所以，彻底松懈了警戒。这间实验室也无特别之处，除了显微镜和一些仪器，其他的是存放病菌的瓶瓶罐罐，唯一发出响动的只有中央一台正在关机的简易台式电脑。这些设备总是有断电还原的设置，为了阻止里面的数据被刷新，施祖阳果断地终止了关机进程，然后将自己的智方连入这台计算机的终端开始进行破解，他明白这样做的后果，计算机有可能在还原过程中追踪，查找到自己的数据来源。但他顾不上了，拿到病毒配方和参与人员的名单至关重要。

施祖阳看到面前的屏幕上显示出了一份数据报告，看到标题的一瞬间，他不禁倒吸了一口冷气："基于初生代病毒样本特性构建互联网络传播人类病毒的实施草案"。

接下来，施祖阳要做的是彻底毁灭病毒，再一把火燃烧掉罪犯科学家研究多年的罪恶成果，也包括抹去自己的一切痕迹。

光学迷彩的最后的电量耗尽之前，施祖阳顺利地逃离了"狼穴"。他庆幸自己完成了一个伟大任务，还能毫发无损地全身而退……

第七章

黑金字塔

　　于未来醒来时发现自己正躺在一片红色沙漠上，巨大的太阳仿佛要坠落到地面上一般，散发着炽热光焰的硕大火球。然而，于未来却发现自己并没有感受到那份炽热。他环视四周，发现这似乎不在地球，而是在某个星球上。只见远处蠕动着一大堆移动的物体，越来越近，原来是浩浩荡荡的人流，一个个男女都在赤足狂奔。他们来到于未来的面前，全体跪倒在地，虔诚地顶礼膜拜。于未来在众人的朝拜中，感觉到自己的身体变得轻盈了，渐渐地悬浮上升，那些顶礼膜拜者的身影越来越渺小。于未来飞行的速度越来越快，转眼已到太空，而飞行路线仿佛是按照既定的轨迹，他朦胧地意识到，自己飞行的方向是比邻银河系的仙女座星系。突然，他觉得自己停了下来，然后开始坠落、坠落……

　　于未来感觉自己睡了很久，像是有一个世纪那样漫长，他感到浑身都绵软无力。他努力睁开了双眼，先是看到了一片白色，继而是模糊的灰色连线，然后一些网状的，像是柔软的丝绸一般，又像是毫无凭依的水波一般的东西在自己的视野当中摇晃着。无数的光线和阴影交织在一起，这一切就像是万花筒一般在于未来眼前旋转起来。

　　他连忙又闭上眼睛，刚才的梦境清晰可见，每一个场景都如此真实，甚至能够感受到那个星球上弥漫着类似硫黄岩的味道。他回忆在梦境中自己的飞翔，那是一种愉悦的体验。他再度睁开眼睛，面前的景色终于正常了些，白色的墙壁上极简设计的花纹重复排列在屋顶，正上方的机械臂正用轻柔且精密的动作帮助于未来进行着身体清理。

机械臂终于从他头顶挪开，于未来深吸了一口气，用双手撑起自己的上半身，这个简单的动作几乎耗尽了他所有的体力，他艰难地靠在床头的靠垫上喘着粗气，环视了一下四周。从床边的"未来工程"标识上不难看出，于未来仍旧处在未来工程基地之中，只不过四下无人，他也不知道现在是什么状况。终于在床头找到呼叫铃，于未来拼尽最后的气力按了下去。

曹茹平从自动门外快步走了进来。

"干妈……"

"别乱动，你睡了两天两夜，这会儿估计一点儿体力都没有了。"

曹茹平从墙上弹出的传送格中取出预定好的注射液，放进病床左侧的盒子当中，一条软管迅速从其中探出，摸索着连接上了于未来左臂静脉中埋好的滞留针。她从口袋里取出一袋果冻一样的营养剂递给于未来："需要补充点营养，你失血过多，又受到严重的精神创伤……"

"我受到精神创伤了？我怎么会睡了这么久？"于未来茫然不解。

"你受伤了，奇怪的是这点伤不至于让你昏睡那么长时间。对，告诉你一件喜事，你妈完全康复了，还给她开了表彰会，授予了她航天界的最高荣誉勋章。"

于未来顿时想起自己被母亲嘴咬的瞬间，但他很快释然了。只要母亲安然无恙，再咬上自己几口都行。

未来学院的指挥大厅，郭政宏和于非看着观察室传来的实时画面。

"老于，你儿子没事了，你也该放下心了。"

于非沉默着，眉头紧锁。

"编号认证466722，认证成立……"舒尔茨·克鲁格脸色苍白，嘴里喃喃自语着。

威廉通过屏幕看着图像放大的舒尔茨特写镜头，他紧张、忐忑、兴奋，隐隐又有些不安。几小时前，警戒系统发现"狼穴"有不明身份的闯入者，盗取了正在研制的病毒资料，并且一把火毁掉了封闭的实验室。闯入者能够突破"狼穴"的警戒，必定是身手不凡，有备而来。按理说，威廉动用"狼穴"的警备力量，无疑能将闯入者抓住。可他现在顾不上了，舒尔茨·克鲁格的"苏醒"是头等大事，如果舒尔茨真的已被外星文明改造过，那么他也一定能因此借助外太空的能量统治地球。更何况，闯入者的通讯模块接入计算机时，已被监控系统锁住了，顺藤摸瓜查找出窃取者身份不是难事。

然而，正当"狼穴"里的所有人满怀期待之时，一件意外的事情发生了，泰勒竟劫持了舒尔茨，而且将他带到了实验室。

泰勒将厚重的铁门紧紧关上，长出了一口气，自己这步棋走得是否正确，他不知道。但他明白，这是莉莉"复活"的唯一机会，他绝对不能错过这天赐良机。至于自己是否成为"进化奇点"的统治者，他不感兴趣。

泰勒在博涯监狱期间，利用宽松的监狱制度查询了许多有关"起死回生"的信息，大多数都是胡编乱造的虚假新闻，但其中有一条不起眼的消息引起了他的关注。据一位知情人在网上透露，当年"罗斯韦尔事件"美国军方在现场收集到一些不明黏液物体，后来在小白鼠身上试验时，发生了不可思议的"起死回生"的现象。为了证明所说的是事实，附加了小白鼠的体检报告，只是后面的内容被莫名地涂黑遮掩了。跟帖中有人说道，当时发生了可怕的事情，军方终止了"起死回生"的试验。泰勒冒名顶替塞斯博士前去劫持舒尔茨宇航员，听取马超群介绍的时候，发现两个宇航员的体检报告和他看到的小白鼠的实验记录有着惊人的相似之处，尤其是对应的脑部阴影。从那一刻起，他坚信，外星生物的黏液样本，可以让他的女儿莉莉起死回生。

泰勒在无氧的超净间睁大眼睛，看着舒尔茨·克鲁格颅骨中爆裂出来某种闪烁着晶莹淡蓝色光芒的黏稠的"物体"，像是寄生虫一样包裹住莉莉冰冷的面庞，从各个缝隙渗入到她的体内。时间在流逝，突然，令人惊骇的一幕展现在泰勒的眼前了，医学上宣判已然去世五年的女儿猛地从水晶箱里坐起身，扭动着全身上下的关节，用空洞而茫然的眼神望着泰勒。

"泰勒……爸……爸……"他听到自己的女儿发出一声呜咽，仿佛灵魂在恸哭，随即她的表情一变，那是属于狩猎者才有的敏锐的眼神，她用沙哑而毫无生气的语调说道："编号认证466722，任务确认，执行开始。"

泰勒突然意识到，"莉莉"绝非自己的女儿了。

可是，"莉莉"在他面前展现出来的一切，又如同自己的女儿一般无二，这让泰勒有些分不清现实和虚幻。也正是如此，当莉莉对他诚挚地提出一些"要求"的时候，他实在是没有办法拒绝。

厚重的铁门终于被切割出了裂缝，隐隐听到威廉歇斯底里的叫喊。

"从今以后，你不是我的父亲，而是我的朋友。"莉莉冲着泰勒莞尔一笑。

"接下来你们要做什么？"泰勒机械地问道。

"进行收容单元改造，迎接族群的降临。"

"你们族群要降临地球？"泰勒继续追问。

"是，要统治和管理你们人类。"

大铁门打开了，威廉和艾拉跑了进来，惊讶地看着洋溢着活力的"莉莉"。

施祖阳站在IPCO（国际刑警组织）驻斐济办事处的大门前，还是犹豫了一番，他并没有选择直接走进里面，而是选择到对面的咖啡厅当中，点了一杯冰美式咖啡，靠着窗户坐了下来。

施祖阳逃离"狼穴"还未超过两小时，他的身份就暴露了。"狼穴"里圈养的顶级黑客，很快识破他的一切障眼法——不管是切换物理IP还是更换生物识别码——对方总是能够精准地定位并入侵到自己的个人终端当中，施祖阳只能坦承，现在是他一生中最接近"表层世界"的时候。最终，他摘下自己的智方，取出了存储模块，然后将那颗陪伴了自己至少有六个年头、被自己精心改装加入了各种功能和拓展模块的小型处理器扔进了大海。他有些怅然若失，又丝毫不觉得后悔，所有的技术和零部件都可以再造，但生命只有一次，有多谨慎都不为过。

施祖阳在这里其实是在等待IPCO的乔纳森，但在喝一杯咖啡的工夫里他还是决定回避与乔纳森见面。他清楚自己在此多停留一分钟，就多一分钟的危险。他把"硬件"交给前台工作人员，请她转交给乔纳森。随即，他赶去机场买了一张飞往香港的机票，一小时后飞离了斐济。他太明白了，TLS盯上了自己，就等于间接被宣判了死刑，而地球上唯一能够保证他生命安全的地方，只有中国未来工程部的海底基地了。他准备带着标有"狼穴"的大致方位的情报，作为回馈未来工程部的大礼。

大约一小时后，乔纳森打开施祖阳留下的"硬件"，里面的内容让他感到震惊，里面不仅有TLS关于人类清除计划文件的细则，而且还有施祖阳在结尾处附带说到的他在"狼穴"目睹了一个白种男性宇航员的"苏醒"。这名宇航员无疑是舒尔茨·克鲁格，这就意味着所谓的坠海是烟幕弹，实质是 TLS 成功地劫持了舒尔茨。假如 TLS 破译了外星文明密码，其产生的后果将不堪设想。

乔纳森用颤抖的手寻找出抽屉角落的卷烟，他已经戒烟许多年了。此刻，他也顾不上了，他迫切需要抽一根烟，努力镇静住。他知道，无论他通过何种方式上报总部，TLS 的黑客都能追踪到所有的信息，更何况 TLS 的黑客既然已经入侵了施祖阳的通讯模块，必然也知晓了他的存在。乔纳森采用了最原始的通信手段，用纸和笔书写情报内容，然后以信件的形式寄给总部。

乔纳森写完信后，下意识地看了一眼窗外，此刻说不定有一支高分辨率的狙击枪口正在瞄准自己。这时，乔纳森想起他要履行对施祖阳的承诺，保证施祖阳的人身安全。乔纳森用普通的通讯电话联络中国未来工程部的林向东，完全是一种轻松的聊天方式，顺带着告知对方，他不能去香港度假了，希望老友能有空闲来斐济见面喝酒。

郭政宏、于非和环太平洋组织的观察小组成员隔着观察室的防弹玻璃，看着郑月神态自若地与李蔚蓝之间的谈话。

"我该说的，都已经回答你了。抱歉，我想休息了。"

"还有最后一个问题，你确定……你是郑月上校？"

郑月莞尔一笑，目光转向镜子玻璃，像是觉察到郭政宏他们在观察她。

"我不是郑月，那我是谁？"

李蔚蓝一时语塞。

"请转告郭政宏部长，对我的审查应该结束了。我要见我的丈夫于非，还有我的儿子于未来。"

"当然可以。郑月上校，请休息片刻，我请示后会马上通知你的。"

几分钟后，郭政宏、于非和李蔚蓝等有关的科研人员，包括观察小组成员法国人杰瑞德、德国人巴赫和俄罗斯人乌娜斯基聚集在会议室。屏幕上播放着刚才李蔚蓝与郑月的对话画面。郑月对答如流,像是彻底"苏醒"了。她清晰地阐述自己的履历,没有丝毫差错。她坦承有过第三类接触,外星生命的文明等级要比地球人类高许多。地球人应该敞开胸怀,迎接"外星人"的到来。

"我坐在她的对面,看到她的眼神里时而流露出讥讽的眼神,让我很不舒服……"李蔚蓝首先发言。

"她是飞越太阳系的第一人,值得骄傲。我失望的是,她并没有给我们带来惊喜,展示出外星文明的成果。反过来说,被劫持的舒尔茨对于恐怖分子也就没有价值了。"巴赫的发言代表了大多数与会者的想法。

"老于,你是最有发言权的,说说你的看法。"郭政宏直接点名于非了。

于非想了想,谨慎地开口说道:"郑月所说的完全无误,她肯定还是我熟悉的那个郑月。只是,我不知道该怎么说,她好像在掩饰什么……"

"我也有这样的感觉。当然,我以前并不认识这位女上校,或许她以前就是这种特质。怎么说呢?只能说是女人的敏感,同样作为女人,但我感受不到她身上具备的女人特质。她有些不像是地球上的女人……"乌娜斯基的话稍微活跃了会议室沉闷的氛围,众人哄笑起来。唯独于非陷入了沉思。

曹茹平拿出郑月的体检报告,基本上生理数据都是正常。她认为,没有必要再继续对郑月进行隔离观察。郭政宏当即宣布对郑月解除隔离观察。当晚,海底基地举行小范围的表彰会,嘉奖郑月为航天事业做出巨大贡献,并给她颁发了航天最高荣誉勋章。郑月笑容灿烂,即兴发表获奖感言,其讲话内容令在场的科学家和将军们瞠目结舌:

首先，我感谢颁发给我航天领域的最高荣誉勋章，这是属于地球人类的荣耀。遗憾的是，我却没有感受到喜悦之情，而是为人类发展的今天感到深切的悲哀。向往星辰大海的星际旅行，应该是人类基因中本能的渴望。可是，纵观人类的历史，记载下来的是掠夺资源的战争、领土纠纷引发的战争，或是个人权欲膨胀造成的战争。是的，除了战争，还是战争的延续。人类从未深刻反省过，如果不提高自身的文明程度，不勇敢地跨出太阳系去拥抱宇宙，犹如蝼蚁的人类将永远在低等文明的阶段徘徊，并且还颇为自大地沾沾自喜。

原谅我的言语如此直率，只有航行过星辰大海，才会感受到地球是一颗多么美丽的蓝色星球。地球人类需要拯救者！而地球本身更需要被拯救……

听着郑月的发言，坐在台下的郭政宏与于非不禁交流了一下眼神。

林向东乘坐未来工程的专机在斐济机场一落地，就匆匆赶往海边一家沙滩酒吧，这是乔纳森的一个秘密联络点。他急切要见到乔纳森，更为他的安危担忧。乔纳森以聊天方式传递紧急信号，说明了几个情况，首先他被监控了，可他为什么会被监控？能够监控国际刑警组织的警官，必定是有着强大势力的组织。林向东判断，乔纳森一定是掌握了重要机密，而且是和未来工程部有关，才迫切希望与他面谈。

"一杯日出龙舌兰，不要石榴糖浆。"

听见客人这样点单的卢克抬起头，看到吧台前站着一名服装整齐的亚洲人，被西装背心所包裹住的身躯明显经受过严格的锻炼，壮硕的胸肌和腹肌即便是隔着衣服也可以感受得到。

"那样可能会比较苦哦，先生，加点糖会让您有好运气的。"卢克小心翼翼地问道，像是在提醒，却又像是期待着什么。

"没事，你做就好。"

听到对方用个人终端扫过吧台上的识别码完成了支付，然后给出了这样的答复，卢克露出了久违的开心笑容。

卢克喜欢调酒，喜欢与雪克壶相伴，简单、随性而且富有创造性。用什么样的角度，摇晃多少下，不管客人想要哪一种鸡尾酒，卢克都能在心中马上将答案给出来。但即便如此，调酒师这份工作还是在被人工智能替代的边缘徘徊，经过学习的 AI，能够最大限度再现众多著名调酒师的手法和味道，但卢克却并不愿意认输。"人工智能的作品是没有灵魂的！"卢克总是这样同客人争辩道，客人们也总是拿他的失误来打趣卢克。其实人们不知道的是，卢克除了是一位优秀的调酒师，他还是 IPCO 潜伏在公众场合的联络员，他的直接上司就是乔纳森。

"无糖的龙舌兰可真苦……"

"再苦也不如生活苦涩。"

"卢克，代号 XY。"

林向东注视着眼前的已经不算年轻的调酒师，没想到对方的中文如此流利。他伸出右手："林向东，来自中国。"

卢克仿佛根本没看到林向东伸出的手，只是审视地盯着他。林向东尴尬地笑了笑。

"我相信你，你应该是乔纳森所说的人，这是他要我交给你的礼物。"卢克将一枚硬币移到林向东面前，"乔纳森在安全屋，对方已经发起过一次 EMP（电磁脉冲）的攻击。我现在要离开了，各自保重！"

卢克似乎预感到危险迫近，神情紧张。他走向酒吧的后门，顺便还跟正在洗刷雪克壶的酒保交代了几句。

林向东把玩着手里的硬币，这是一枚古硬币，上面印着一串简单加密过的数字，他猜想应该是坐标位置。他正准备离开时，突如其来的猛烈震动让整个木桌都摇晃起来，高脚杯也砰地摔在地上，橙红色的液体倾洒一地。又一阵猛烈的震动传来，林向东毫不迟疑地冲向酒吧的后门，眼前的一幕几乎是非现实的幻象，如同被打桩机钉进墙壁里的卢克的身体，早已在猛烈的撞击下化为肉糜……林向东的眼角抽搐了一下，他看到墙壁的正上方，正悬挂着一名少女，这是一个穿着红色比基尼的娇小的金发少女。

她像是蜘蛛一般悬挂在高墙之上，手指像是钢钉一般深深插进墙壁之中。她的目光与林向东交汇的一瞬间，流露出了一个诡异的微笑。林向东不禁打了个寒噤，生命的本能让他察觉到恐惧。只见，红衣少女灵巧地翻过房顶，很快消失在林向东的视线之外。

高剂量的肾上腺素分泌让林向东感到大脑充血，他迅速控制自己冷静下来。他知道，乔纳森必定已经是凶多吉少。而这名来历不明的红衣少女，肯定掌握着破坏性的装置。林向东心急如焚地跨上一辆沙滩越野车，对自己的移动终端吼道："斐济境内坐标，马上给我解码！"

"正在进行解析，坐标位置为东经 178 度 24 分、南纬 18 度 8 分。"AI 助理很快给出了答案，林向东用手在终端的投影屏幕上滑动了一下，将坐标标识的斐济街道地图投影在挡风玻璃上，急速说道："呼叫 FPEG 各成员，这里是 P1，发生紧急状况，请求支援！"一脚踩下油门飞驰而去。

陈锋背着近 100 斤的装备来到这座建筑物的顶层，他将狭长的背包取下拉开拉链，从其中取出几个模块，然后快速地拼接出一柄两米余长的反器材狙击步枪。这是他的最爱，甚至比起家中的妻子，这柄 Barrett M107CQ 更像是他的伴侣。他亲吻了一下手中的枪管，在狙击点蹲下来，取出便携式的投影屏幕安放在瞄准镜旁边。画面中显示出无人机传回的实时画面。从林向东队长的描述来看，他此次狙击任务的目标应该是一名身着红色比基尼的金发女孩儿，中等身高，纤细体形。由于目标在人群中十分醒目，因此陈锋轻而易举地锁定了"她"。只见身着泳装的红衣少女像是蜘蛛侠一般在高楼与车顶之间飞跃着，她每一次踮脚，身体都会像弹簧一般向前疾射出数十米。而她的脚下，则是被踩扁的汽车顶盖与破碎的大厦玻璃。

"呼叫P1，这里是P20，P1……林队，"陈锋的喉结动了动，"你确定我们……在跟人打交道？"

"我不知道，放出无人机，瞄准目标消灭她！"

陈锋操纵着两架携带重型装备的无人机盘旋着向红衣少女的方位包围，另一架绕向她的正前方，试图挡住她的行动路线。

红衣少女似乎意识到了这些无人机是来阻挡自己的，但她看起来却并不打算停下。红衣少女跳跃到一辆小轿车的前盖上，轿车司机慌忙刹车，但下一瞬间，红衣少女却消失在无人机的画面中，与此同时，原本在她正前方的一台无人机突然失去了画面。

陈锋连忙操纵剩下的一台无人机扭转向一侧，才发现红衣少女竟然在一瞬间俯冲到了无人机的位置，只用一只右手便将无人机的视觉设备捏得粉碎，她将脚下的重型无人机当作跳板，再度向前跃去。无人机则像是沙袋一般跌落，在地面上摔得粉碎。

陈锋倒吸了一口冷气，他没想到对方竟然有着赤手同无人机战斗的能力。带有行动轨迹预测算法的轻型机枪迅速锁定目标，从多个方向射出一连串的子弹。

红衣少女似乎并不理解射向自己的是什么，竟然挥手去进行阻挡。她的手臂很快被子弹洞穿，但红衣少女像是毫无痛觉般地径直跃向街道中间，重重落在一辆小轿车的尾部。车的前半部被压得翘了起来，挡住了袭击的子弹。紧接着，红衣少女又单手抓起已经被分裂为几瓣的小轿车，像是抛铅球一般甩向另一架无人机，缺乏紧急制动的无人机在空中爆炸成碎片。她把目光盯住了远处建筑物顶层的陈锋，微笑起来。

没等陈锋意识到怎么回事，红衣少女已如箭般直飞过来，轻盈地落在了他的眼前。陈锋急忙掉转枪口，但她握住枪管轻易地折断成两截。紧接着，她又轻易地举起陈锋整个身躯，猛地抛向楼下。

陈锋的身躯在林向东的不远处重重落下，他看到的是陈锋临死前茫然又惊恐的眼神定格。

林向东惊恐又愤怒，突然天际传来一阵重金属摩擦的刺耳响声，街道上的众人纷纷抱住脑袋躺倒在地，犹如面临世界末日。林向东感觉自己的耳膜破裂了，鲜血流淌到面颊上。他挣扎着抬起头，看见一个巨大的黑金字塔形的不明物体在低空缓缓飘过……

郭政宏观看了林向东传送的实时画面，他担忧的并不是恐怖的红衣少女杀手，哪怕"她"是魔鬼现身，单独个体的杀伤力毕竟有限，无法给全球造成毁灭性的灾难。但是，无声无息穿过地球大气层的金字塔形黑色不明物体，代表着人类未知的文明，却让他的内心感到恐慌。

那个不明物体到现在都没有给出任何信号，而未来工程部掌握的唯一线索，便是在"金翅大鹏"舱内也有一个如同它一样的缩微模型般的神秘晶体。对这个晶体各方面检测都没有停滞，可是除了未来工程技术部元老级科学家汪志勇使用电磁脉冲扫描装置对其进行过一次"激活"之外，后续的实验人员再也没能让这个晶体启动过，而汪志勇也因为这一次有效的尝试被这个神秘晶体散发的强烈辐射致死。之后，它就像变成了一枚装饰品摆件，始终毫无声息，也没有人敢轻易触碰。此时竟然出现了一个更大且有着同样造型的大型黑色不明物体，未来工程部的科学家们知道这里一定有着隐秘的联系。

而此时各国新闻媒体的电子版面头条上都赫然用黑字标粗了几个大字：**它们来了！**

第 八 章

核 弹 风 云

郑月仔细地打量着属于她和于非的这个"家"，她小心翼翼地触摸着屋子里的桌椅摆设，如同初生婴儿突然长大，一切都感到好奇新鲜。于非看她的眼神是复杂的。郑月能够从外太空活着回到人世间，无疑是奇迹中的奇迹。可她还是原来的那个郑月吗？于非有些茫然。眼前的郑月既熟悉又陌生。用曹茹平的医学术语解释，目前国际上对严重意识障碍没有治疗指导，只能依据大脑皮层的受损程度，逐步地恢复皮质功能的紊乱状态。可他没想到，就在几分钟后，郑月毫无保留地向他坦白了她的真实身份。

郑月对着镜子，抚摸着自己的面颊。她嫣然一笑，双眼的瞳孔内突然闪烁出蓝色的荧光。"于非，我不能对你隐瞒，我不是你的妻子郑月。"

"那你……你是谁？"

郑月转过身子，直视着于非："我是你们所认为的外星人，只是借用了你妻子郑月的身躯。"

"你说是借用？那郑月还活着？"于非急切地追问。

郑月笑了起来："她是活着，所有的器官都运转正常，但只是一具躯壳。我封闭住她的大脑中枢神经系统，没有彻底杀死她是因为我需要她的记忆，来扮演她的角色。现在除了你之外，不是谁都相信我是郑月吗？"

于非冷静下来了，他迅速地整理了思绪，第一，他面对的是一个外星物种；第二，郑月还活着，只是被外星生物锁住了大脑中枢神经与意识系统；第三，他必须尽快了解清楚外星生物来到地球的真正意图；第四，既然外星生物要扮演郑月的角色，自己也要配合她共同"演戏"，才能知道她的真正意图；第五，关于外星生物一事还不能对外公布，这样会造成人类的恐慌，引起社会动荡；第六，儿子怎么办？要让他知道真相吗？

郑月熟练地泡了两杯绿茶，一杯递给于非，另一杯她自己也品尝起来。

"早就听闻地球上有一种植物的叶子可以泡水喝，能够生津止渴，又起到提神作用……"

"我更喜欢喝咖啡。"于非不假思索地脱口而出。

郑月奇怪地看着于非，停顿片刻说道："不对，你喜欢喝茶，特别讨厌咖啡的味道。每次如果在外面因为谈事情喝了咖啡，你回家总是抱怨。"

于非测试成功，外星生物的思维逻辑简单直接。于非清楚了一个事实，郑月的意识还"活着"，尽管是被动的存在。他似乎在黑暗中看到一线曙光，但前方的道路还未照亮……

"于非，你仔细听着，我现在毫无保留地告诉你我们族群的故事。"

郑月说的故事很长，于非起初心不在焉地听着，但越听下去越入迷了。它们族群的历史进程，几乎与人类的发展史相同，经历过刀耕火种的蛮荒时代，连绵不绝的部落战争，后来是高科技的迅速发展……

故事没有说完，郑月突然说饿了想吃东西。恍惚之间，于非看到了当年郑月的肚子饿的神态。这不是它表演出来的，而是郑月确确实实的自然反应。

人类陷入混乱状态只用了不到三个小时的时间，当那张名为"尖碑"的图像出现在社交媒体上的时候，整个人类世界就像是微波炉中已经加热至临界状态的开水，因为这轻微的扰动，爆发式地沸腾起来。未知总能带来恐惧，在可视宇宙的一百四十万亿光年之外的尽头处到底有着怎样的事物在等着我们，人类将无从得知，毕竟人类的脚步不曾踏出这最近的太阳系。

　　"把演讲词发到我的终端上去，要标红，我没有时间背了，同步朗读！"霍华德用力拽了拽自己的领结，努力使自己尽可能地放松。

　　虽然霍华德已经感到自己的手指有些麻木，但他还是努力保持镇定，站上了临时搭建好的演讲台。

　　"全世界的人类同胞们，大家好！我是联合国秘书长霍华德·安德瓦，接下来，我将针对近期出现的神秘物体——代号'尖碑'的应对方案进行全球同步直播。"

　　霍华德深吸了一口气，他在这个位子的三年里，从未因为任何一次演讲如此紧张过，每吐出一个单词似乎都要耗费全身的精力。但他脸上的不安和动摇只持续了零点几秒，自己是这个世界最后的安定剂，霍华德很清楚。耳机中传来下一句发言词，霍华德的身体也跟着台词动了起来——演讲不过是即兴表演的一种形式，让身体去记住如何表演就可以了，他想起老师曾经教导过的话。

　　"我们人类，将矢志不渝向未来前进，明天依旧存在！"

　　霍华德高举起自己的右手，用最慷慨激昂的语调念出最后一句，他不知道这份由诸多心理学家和社会资深学者共同起草的演讲稿能有多大的力度，但事已至此，联合国能做的也只有尽人事听天命。

　　此时距离"尖碑"降临已经过去了四小时三十六分，在此之前没有任何国家的空间监测系统或者是防空卫星曾检测到它的身影，它的到来更像是直接降落到了地球。这座近乎完美的黑体金字塔避开了人类所有的太空监察网，丝毫无损地穿越地球大气层，又在全球各主要城市上空堂而皇之地飘过，最后矗立在地磁极点的正上方——北极，仿佛军旗一般耀武扬威地宣告着某种事物的存在。而联合国动用了所有的通讯资源试图与"尖碑"进行交流，结果是一无所得。随后的十多个小时，美国军方进行了二十次以上的攻击性实验，"尖碑"呈现出了新的特性，每隔42分钟会引发一次强烈的空间震，测量判断为"存在承载信息"，具体信息内容有待破译。

经过多次体检复查，于未来终于获准离开了观察室，回到了未来学院的宿舍。于未来穿过两边挂满历年来航天英雄照片的宿舍长廊，脚步停留在最后一张照片前，上面正是他的母亲郑月。这时，他身后响起一个低沉的声音。

"她已经死了，我们会永远怀念她！"

于未来很愤怒，转身发现正是他昔日的女神丁零。

"这是我的母亲，她还活着！我不允许你污蔑她！"

丁零欲言又止，快步离去。于未来不依不饶地拦住丁零的去路。"不行！你不能这样说我妈，我要你道歉！"

"道歉？"丁零冷笑两声，"你看我是那种会道歉的人吗？被谁咬了自己还不清楚。"

"那时她刚苏醒，神志还不清醒……"

"行，我们等着瞧。让开，别挡我的路。"

于未来目视着丁零的背影远去，但一个念头也在心中慢慢升起……

佛罗里达发射场上，亚克里斯和其他去火星的人员加紧演练太空旅行的必要程序，原定的"星舰"发射日期提前了。

他的妻子杨安妮此时也赶到了发射场地，她热情地抱住亚克里斯热烈地接吻，可亚克里斯的内心却十分纠结。他应该怎么办？是继续扮演亲密无间的恩爱夫妻，还是捅破窗户纸跟她好好谈谈？

"安妮，你怎么会来？"

"是杰克·丁啊。我也要和你一起去太空旅行了，开心吗？"杨安妮瞪着一双无辜的大眼睛看着亚克里斯。

这时亚克里斯内心做了一个决定，他准备和杨安妮好好聊聊，想听听她怎么解释。正在这时，亚克里斯忽然接到医疗官的紧急呼叫，杰克·丁的病情急剧恶化了。

医疗小组诊断杰克·丁的病情后，认为要马上进行手术，否则有可能会直接影响他的大脑中枢。但"星舰"发射近在眼前，一切准备工作均已就绪。最终医疗小组和杰克·丁商议后，决定由亚克里斯携带手术所需的设备，乘坐杰克·丁的专属核聚变飞船一起前往火星。亚克里斯要确保的是杰克·丁的大脑中枢神经不能随着肌体一起消亡，必要时就在飞船上进行手术。

郭政宏听取了于非单独的秘密汇报，沉默了很长时间。以前所有美好的想象都破灭了，"它们"确实来了。虽然只是以个体方式来到地球，但这相当于是大规模入侵前的"侦察兵"。郭政宏赞同于非的想法，首要任务是了解清楚"外星人"登陆地球的企图，以及它们采用何种方式与人类相处，但根据此前林向东与那名红衣少女的经验，很有可能避免不了一场恶战。那名红衣少女以残忍的手段杀死乔纳森和陈锋，已经明确站队在 TLS 邪恶的那一方。而在眼皮子底下的郑月，又将会有何选择？虽然目前看来郑月比较友好，极有可能"它们"有着不同的分工，那郑月的任务又是什么？海底基地有这样一颗定时炸弹，随时都会引发难以预料的"状况"。郭政宏深切感受到未来工程部和整个人类正面临重大危机，可怕的是这种危险根本不可预测。

一波未平，一波又起。

"尖碑"的空间震传播的信息破译出来了，其实这是十六进制组成的 ASCII 国际编号：

0x4e8e 0x672a 0x6765 0x662f 0x6211

0x4e8e 0x672a 0x6765 0x662f 0x6211

0x4e8e 0x672a 0x6765 0x662f 0x6211

......

经过权威学者翻译，"尖碑"传播的信息是八个汉字——雪花飘飘北风萧萧。郭政宏看着上传的数据，觉得有些眼熟，而基地计算机部门的一名老员工自然而然地唱了出来，这正是几十年前中国流行歌曲《一剪梅》中的歌词，还曾火爆过欧美网络。翻找出当年的视频，最原始的网络视频是一个叫"蛋哥"的中国特型演员所翻唱的，然后在网络上莫名地传播到各国，各国网民们纷纷翻唱"雪花飘飘，北风萧萧"这句歌词，表述着一种无可奈何的心情，再后来，这首歌曲成为流行全世界的洗脑歌。

细思极恐。原来，它们一直在暗中观察人类的动态，了解人类的文化发展的轨迹。

近地轨道那颗收集核弹的卫星突然失踪了，一千八百枚核弹也随之不翼而飞。霍华德紧急召开了核大国的视频会议。结果，视频会议上几个大国相互指责，甚至发展到相互开骂。谁都清楚，谁掌握了这一千八百枚核弹，谁就具有最强的核威胁能力。尤其这么多的核弹还布置在太空，如果对地面目标进行垂直打击，任何导弹防御系统都将束手无策。代表中国未来工程部的郭政宏头脑很冷静，谁盗取那些核弹肯定是与全人类为敌。只是现在大敌当前，外星人的物体已经耸立在北极上空，如果被它们收集，后果不堪设想。

霍华德忍不住了，点名要 NASA 代表首先发言。NASA 代表抱歉地解释，他是临时替代参加视频会议的。既然要他发言，他附带先提出一个问题，为何"尖碑"以空间震的形式发布的信息是八个汉字？它们对于中国流行文化如此了解，这意味着什么？他甚至提出，我们已经得知法国宇航员舒尔茨·克鲁格被异化成为红衣少女杀手，难道在中国境内的郑月宇航员能够独善其身？

　　会议上一片沉默，等待着郭政宏代表的解释。

　　郭政宏明白，郑月的话题是无法回避的，但他又不能告知实情，因为在没有弄清楚"外星人"意图之前，对郑月采取的任何不当行为都会导致前功尽弃，他只有先稳住双方，才能得到真相。郭政宏冷静了一下，回应道："目前，我们对郑月的近距离观察以及各种指标检测显示，郑月应该并未被异化。我很欢迎联合国派遣专家小组前来中国，近距离观察郑月。"

　　郭政宏应对得有理有据，NASA 代表无法反驳。霍华德当场决定与会者除中国之外，各国有两个名额参加观察小组，组长由霍华德亲自挂帅。

　　就在霍华德宣布视频会议结束时，NASA 代表告知了一个刚刚得到的惊人的消息。"刚接到总部的信息，现在可以坦率地告知各国，那批核弹并没有失踪，而是 JT 集团杰克·丁的杰作。他要把这些核弹运送到火星的两极进行核爆炸，制造出火星上空的大气层。这样，地球人以后移民到火星，就不会受到外太空强辐射的危害。杰克·丁通过 NASA 转告，他会支付这批核弹制作的费用给各国。"

　　各国代表面面相觑。杰克·丁已经与 NASA 达到了如此友好的联系，一个强有力的财富集团和一个国家过于紧密的联系会对整个世界带来怎样的波动，大家都很担心。

　　林向东请示了郭政宏之后，把乔纳森的女儿卡密尔·莫罗带进了海底基地，破例加入了未来学院战斗组。这是乔纳森生前对林向东的委托。而委托也还包括施祖阳。施祖阳从香港到达上海后，林向东也把他带回了基地。

郭政宏下达了一级战备的指令，海底基地中止了一切的对外活动。他考虑到基地坚固的设施和精良的最新式武器，足以对个体的"目标"采取毁灭性的打击。外星物种能力非凡，但若是集中兵力打歼灭战，在海底基地还是有胜算的。

林向东斐济一战，是人类与外星物种的第一次正面交战，他也安全地带回了重大情报。国际刑警组织报请环太平洋组织给予林向东嘉奖，郭政宏也请示了国防部，特批林向东的军衔升为中校，协助郭政宏全方位指挥未来学院。

林向东召集了未来学院所有学员临时会议，他对学员们宣布了一级战备的命令。可没有经历过战争的年轻人，哪会懂得战时状态的严峻性。

"林指挥，恭喜高升！"

"林指挥，问你一个私人问题，你会唱'雪花飘飘，北风萧萧'吗？"

"林指挥，外星人还挺幽默的，听说也挺漂亮的。"

林向东板起脸，严肃地注视着学员们。"你们把耳朵都竖起来听好了，我问你们，你们是谁？怎么？都不吭声了？那好，我来告诉你们，你们是从千千万万的人群里挑选出来的精英！你们是站在地球最前线的战士！你们肩上承担的是全人类安危的责任！"

林向东见到学员们的神情变得肃然了，放缓语调继续说道："既然你们知道了自己的职责所在，这也是未来学院创立的缘由。学院接下来会对课程和研究活动进行一系列的改动，今天我们要欢迎两位新学员加入战斗组。"

卡密尔·莫罗走到讲台前，她留着一头火红色短发。

"这是卡密尔·莫罗，我已逝的挚友乔纳森的女儿。她有着四年的特种作战经验，隶属法国海军特种部队，也曾经在英国军情六处实习过半年。后来因为酷爱中国传统文化，退役到中国学习汉语。现在她加入未来工程的未来学院，作为战斗组的新晋学员。"

卡密尔对着大家笑了笑，台下传来稀稀拉拉的掌声，那是张衡一个人像是为了炒热气氛的举动，显得有些尴尬。卡密尔仿佛早就知道会是如此不受欢迎的局面，照样神态自若地走回台下。

"另一位学员是我从猎鹰突击队调来的。钟南，你自我介绍一下。"

钟南不到一米六的身高，在这个时代略微显得有些另类，但是他浑身上下健硕的肌肉和黝黑的皮肤彰显出他作为职业军人的素养。

"我叫钟南，在军队服役八年。此前隶属猎鹰突击队担任副中队长，很高兴加入未来学院的战斗组，能够与各位精英学员一同执行任务是我的荣幸。如果我有哪里做得不合格，希望各位及时指正，感激不尽。"他站到台上行了一个标准的军礼后说道。

学员们陷入了沉默。这时一直不曾出声的烈风站起身，也行了一个军礼："钟队！"

"烈风，好久不见了，你还是这么优秀。"钟南笑了一下，看到其他人的眼神似乎有些不对劲，便又说道："让大家见笑了，我的身高是遗传基因。不过，矮脚虎可是很厉害的。"

钟南的自嘲引来一阵善意的笑声，化解了尴尬的氛围。

"烈风，你跟钟南是什么关系啊？"韩舒冰望着烈风和钟南，嘴角挂着一抹微笑。

烈风笑了笑说："钟南是我在国防科技大学时候的前辈，应该比我早一年入学吧。"他看到钟南对他点了点头继续说，"当时他作为士官学校第一名毕业留学西点，其间拿遍了所有奖项，不过进入猎鹰突击队之后就因为保密工作再也没见过面……"

"钟南也是我在空军特种部队进修时的后辈，所以看来大家都已经认识他了，这次把钟南调来担任战斗组的组长，带领大家开展实战训练。"林向东补充道。

"那丁零怎么办？她才是战斗组的组长。"发问的是脸色阴沉的许云齐，他认为自己位置低于丁零，一直自诩战斗组的二把手副组长。

"我没有意见。"丁零淡淡说道，"钟队显然比我有经验得多。"

许云齐不再说话，只是用视线的余光有些凶狠地瞪了一眼钟南。

讲台上的钟南转向林向东说："林指挥，我一来就直接做组长，确实不太合适，我也知道战斗组并不是纯粹的军方单位。"

"正是如此才要由你出任战斗组的领队，"林向东扫视了台下一眼，"现在进入一级战斗戒备状态，战斗组训练强度和时长都会增加。大家还有别的问题吗？"

"我要见我的母亲！"于未来冲着林向东说道。

"与教学无关的内容之后再谈。"

"'金翅大鹏'的回归，难道与未来工程无关吗？"于未来不依不饶地追问道，"请林指挥当着全体学员的面，说清楚整件事情的来龙去脉。"

林向东忍住了心头泛起的怒火，毕竟于未来还不是正式学员，再加上目前是一个特殊的存在。突然，李蔚蓝冲进会议室，抱歉地对林向东说道："有一件急事，"她显然是刚刚一路跑到了会议室，"丁零，你出来一下！"

李蔚蓝与丁零耳语一番，丁零流露出迷惑的神情，连连摇头。

她们对接以后，李蔚蓝也不征询丁零的意见，转身对众人说道："JT集团的杰克·丁目前行踪不明，按照他的嘱托，现将JT集团旗下所有地球上的资产交付给未来学院战斗组所属学员丁零，就在刚才委托书已经生效。"

"不！我不去，我不稀罕成为世界首富！"丁零说话斩钉截铁。

"郭部长明确指示了，丁零你可以去，未来学院将永久保留你的学籍。"

JT集团首次用核聚变动力燃料的猎神N货运火箭，将一千八百枚核弹运送至火星的两极的上空轨道，然后将部分导弹分批投掷到火星地面爆炸。几十年前杰克·丁的宏伟设想，终于开始实施了。

全世界的天文台和航天部门都在密切关注核弹在火星上的燃爆，甚至人们用家庭望远镜都能看到遥远天际隐约可见的微光闪烁。

人类移居火星的终极梦想即将变为现实。各大电视台的新闻主播用颤抖的嗓音播报这个令人震惊的新闻，然而大家也陷入了沉思，难道真要抛弃自己的家园，到一个完全陌生的星球去生存？

一些信奉传统物理学的科学家严厉指责JT集团，认为这样的莽撞行为，实际上破坏了宇宙的生态平衡，究竟是谁给予杰克·丁这样的权力？况且，若是火星上还残存着生物或是微生物，都将造成毁灭性的绝迹。而宗教团体则鼓动教徒在JT集团大楼前抗议示威。

而JT集团则丝毫不受干扰，他们购买了付费的视频频道，转播火星轨道上的探测器拍摄的实时画面。高清镜头中，清晰地看到核爆炸引发火星上的多处火山喷发，沉睡的冰川渐渐消融，地面的温度显著开始上升，二氧化碳的增多，促使稀薄的大气层变得越来越稠密，火星地壳表层的低洼处，出现了大量水源，初步形成面积宽广的水域……

全世界的几十亿人都在观看，未来工程的科学家自然也不例外。而郑月也十分关注。某天傍晚，郑月主动与于非聊起火星上的核爆炸。

"改造火星的计划会成功，当初我们也是这样改造居住的星球。只是，任何星球都有自己的生态平衡，一旦地壳被破坏了原有的结构，就会产生巨大的隐患。我们之所以成为太空难民，就是星球报复的恶果。"

"你认为人类真的可以移居火星？"

"不可能！我们更看重的是你们这颗星球，你们以前破坏的生态，我们会慢慢弥补修复。你们会看到，地球会变得越来越美丽！"

第 九 章

红色星球

　　于未来终于又见到了母亲，原以为母亲会跟他一样很激动，可她只是看着自己淡淡一笑，完全不像是久别重逢。

　　"妈……"于未来一时间不知该说些什么。

　　"你恨我咬你吧？"郑月招呼于未来走到她身边，猛地用手指伸进他的嘴里。于未来措手不及，下意识地咬破了郑月的手指。

　　"妈，您这是干什么？"

　　郑月若无其事地舔了舔自己轻微出血的手指，满意地点点头。她见于未来迷惑地望着自己，嫣然一笑："我咬过你，现在你咬了我，算是扯平了。"

　　于非站在一旁，毫无表情地看着这一切。

　　"妈，您……我怎么感觉您有些变了。"

　　"人类和其他物种都是在变化中求生存的。你们饿不饿？反正我是饿了。老于，你准备给我们弄什么吃的？我想换换口味，吃点辣的东西。你们还记得我最喜欢吃的是什么吗？"

　　于未来正想回答，但被于非制止。

　　"未来，还是让你妈来说，看她自己是否记得。"

　　"我是吃货还能忘？当然是回锅肉和辣子鸡。"

　　由于是一级战备状态，任何人都不能离开基地。于非从基地食堂买了猪肉和冰冻鸡，捡起忘却许久的厨艺，做了一桌美味佳肴。

饭后，于未来赶回学院宿舍。临走前，他还特别愤愤不平地对于非抱怨道："老爸，你也该向领导反映反映，别让有些人说妈妈的闲话。妈容易吗？还不是为了你的飞船试验，九死一生才回来。"

于非有苦难言，他不能告诉儿子真相。郑月站在窗前，欣赏地眺望着于未来远去的背影。

"你儿子以后是人类的统治者，你会为他骄傲的！"

"我警告你们，绝对不允许拿我儿子当试验品！"

"他天生就是这个命，谁也无法改变。"

"为什么？"于非警觉地问道。

"用你们的话说，天机不可泄露。不久的将来，你自然会目睹。"

于非明白继续追问是徒劳的。夜晚，郑月和于非坐在窗前，一边仰望星空，一边谈话聊天。这已经是每晚他们的"功课"了。郑月不停地说，也会不停地问，说它们种族的往事，问地球人类的历史。而于非只是默默地听着，然后第二天会口述汇报给郭政宏。

"我仔细观察过了，人类描绘的星图，位置之间虽然有些误差，但还是挺正确的。"郑月像是天真的儿童那般，数着天上的星星。

于非哭笑不得："你没事数星星干什么？"

"很重要啊。我们族群为了寻找宜居的星球，几乎扫描过你们银河系大多数的恒星。不然，怎么会发现这颗蓝色的星球？"

当晚，于未来又梦到了那个难以忘怀的场景，一大群男女对他顶礼膜拜。然后，他慢慢地悬空升起，面对无垠的星空，朝着仙女座星系飞翔……

他惊醒过来，大汗淋漓。他的嘴里渴得很，内心仿佛有一团火在燃烧。他起身下床，走到宿舍外的水管前，一口气喝了许多凉水。但一股想飞腾的欲望从心底升起，他的双脚情不自禁地奔跑起来。他围着宿舍前的操场越跑越快，犹如风驰电掣……

有起夜习惯的张衡解完小便，迷迷糊糊地发现操场上有一条黑影如同鬼魅似的快速移动。他以为自己看花了，使劲揉了揉眼睛。等他再睁开眼睛，却发现是于未来正从操场走回宿舍。

难道鬼魅般的黑影是于未来？早晨洗漱时，张衡忍不住地问于未来："昨晚在操场上奔跑的是你？"

"我吃饱撑的？半夜在操场跑步？"于未来奇怪地反问张衡。

张衡想了想，是啊，那个速度怎么可能是他？张衡疑惑地自问道："昨晚我明明看见有一条黑影如同鬼魅般在操场上奔跑，莫非我是撞见鬼了？"

说者无心，听者有意。丁零正巧路过，问张衡到底是怎么回事。张衡见于未来走回了宿舍，便如实将昨晚上厕所见到的诡秘现象告知了丁零。

上午训练结束后，丁零来到学院监控室，她要警卫调出昨晚操场的监控画面，查看监控，必须得到基地最高管理者郭政宏的首肯。警卫自然一口拒绝。但她觉得事出异常，更何况这还是发生在有病毒抗体的于未来身上，于是她申请去见郭政宏。郭政宏耐心地听完丁零的顾虑之后，马上批准调取监控。

事实证明张衡午夜所见的并不是幻象，监控画面里的正是于未来，而他在操场奔跑的速度，超越了地球上所有动物的速度。他们不禁回想起当时于未来被郑月咬伤的画面，到底这两者之间有没有什么必然的联系？

丁零及时地向郭政宏汇报了调取结果，也顺便提了自己并不想去 JT 集团。郭政宏听后，首先要求监控警卫立即封存监控录像，然后慢慢地向丁零解释道："你警惕性这么高，难道不知道 JT 集团并非只是民营公司那么简单，他们的'火星移民计划'到底有什么企图？NASA 是否在幕后操纵？尤其是现在这个局面，林中校应该跟你们说了现在情况的复杂性，或许你去了，这一切都会有结果。"

丁零尽管不情愿离开未来学院的伙伴们，但她是识大体的军人，也明白郭政宏对自己的期待，她已经慢慢改变了想法。但丁零提出一个要求，她要挑选于未来作为她的助手一同去 JT 集团。

"你是想把他放在你眼皮子底下？"郭政宏直截了当地问她。

"是！他在接受考察前，我不放心让他在基地。如果他与那个所谓的'郑月'联手，会对基地产生巨大的破坏作用。"

郭政宏沉思。他的直觉是，于未来不会成为敌对势力。至于他的"特异功能"从何而来，这个谜底需要揭开。但有一点可以确定无疑，这与"郑月"有关。丁零的考虑有些道理，让于未来暂时和郑月隔离，也不失为一条妙计。丁零也的确需要有一个助手，况且从另一个角度来说，于未来的"外放"，省去了于非对儿子处境的担忧。

丁零没想到郭政宏当即同意了她的"条件"，顿时感到有些后悔。这不是自己给自己下了个套？她原本就看不顺眼于未来，可以后要经常和他在一起，想想就觉得别扭。

威廉·波旁巴感到隐隐的不安，舒尔茨体内的外星生物如今转变成泰勒的女儿莉莉，战斗力远在艾拉之上，轻易杀死了乔纳森和陈锋。照理说，他应该感到高兴，拥有外星生物的 TLS 将在地球上所向无敌。可事情真是如此简单吗？"狼穴"圈养的科学家小组研究了死者舒尔茨大脑残存的液体痕迹，得出结论是外星物种与人类同属于碳基生命。它们剥夺了人类的思维系统，只把躯体当作宿主使用，当人类沦为外星物种的载体工具，后果不堪设想，或许人类的历史将就此终结。

但任何生物都有自身的弱点，这些"寄生虫"也不例外。当它们的个体离开母体的宿主，进入一个新的宿主后，会抑制白细胞的正常活动，引发连锁的排斥反应，宿主的血细胞也会被持续消耗，相当于持续失血，从而造成载体的衰弱。

威廉之所以能成为 TLS 无可替代的领导者，不仅因为他有金钱有手段，更为重要的是他能够有许多创造性的想法并一一付诸实践。得到这些资料的威廉，一个奇思妙想在他脑海中形成——他要制造出一种血浆，起到为外星生物"输血"的功能。一旦宿主内的外星生物依赖这种血浆的能量，他自然就控制住了"莉莉"。

这种血浆从何而来呢？最先考虑的是化学合成的方案，但在不了解外星生物的生理机能以及造成血细胞损伤的确切原因的情况下，想在短期内找到适用的化合物配方，显然不切实际。简单易行的方法还是以真正的血液为基础进行开发。为此，威廉尝试了多种不同的血液，从人类开始，到鸟类、爬行类，最后发现大型食肉目动物的血液效果是最有效的，能够提供最持久而强劲的能量。

威廉迅速组建了一个全球性的"打猎队"，配备武装直升机和新型武器，捕杀各类动物猛兽。一旦射杀，随队的医生当即在临死的猛兽身体内抽取血液，然后放进冷冻箱内储存。各种猛兽的血液样品空运到"狼穴"，科研小组经过对血细胞的分离、培养，并特别插了精心准备的基因开关，制出一种人造血浆。所谓的基因开关其实原理很简单，就是在血细胞的基因序列里面安插进一种所谓的"自杀基因"，一旦触发这个基因，血细胞就停止工作了。

威廉的远见得到了证实。没过多久，莉莉的身体出现了衰弱症状。躺在病床上的那一刻，莉莉才体会到此前族群强调严格禁止转换宿主的含义。当威廉制造的人工血浆注入莉莉的身体，莉莉的各项指标恢复到正常数据。威廉微笑地与莉莉对视着，双方都明白这是一场控制权的博弈。

郑月自从去了学院图书馆后，行为就有些反常。她经常要于非带着自己散步，每次散步还警觉地观察基地的建筑结构。于非通过监控，看到郑月浏览过图书馆的电脑设备。她到底在电脑里看什么？通过监控里调出来的画面，于非发现郑月主要是浏览地理方面的知识，特别对新疆地区的分布图感兴趣。它们在寻找什么呢？

于非发现一个奇怪的现象，郑月看电脑时画面有过一阵短暂的乱码。检查后确定不是电脑故障，而是网络受到一股强磁力的干扰。干扰信号来自哪里？居然能穿透保护基地的电子屏障。

还有，郑月观察基地的建筑结构是为何？海底基地的许多场地是全封闭的，需要特别通行证。通行证分成三种颜色，红、蓝、黄，一般人员的自由活动区域非常有限。郑月目前就是属于一般人员。

于非向郭政宏汇报了这些疑点，郭政宏也注意到郑月的异常举止。但目前只能静观其变。

施祖阳待在海底基地安全屋里度日如年。习惯了自由漂泊的岁月，现在戛然而止，他在这种环境中感到十分焦虑。他不会玩游戏，也不敢玩游戏，那样会放松神经系统的警觉性。以前他能从女性身上获得一种放松的体验，可现在每天面对的是厚实的隔音墙壁，连个人影都见不到。他每天的消遣就只是在一台不能上网的电脑上，看一些下载过的娱乐节目和过期的好莱坞电影。他对这样的生活感觉到厌倦，而且嗅到某种恐怖的气息越来越贴近，但他又说不出源自哪里。他对林向东提出，他想换一个地方，安全屋并不安全。林向东理解施祖阳，过度的职业敏感会让人觉得哪里都有危险。可若是海底基地都有危险，那世界上哪一个角落会是安全的？施祖阳反而冷静地回应，既然地球上任何一个角落都不安全，何不藏身到地球之外的太空呢？他对林向东提出自己要躲避到中国的"玉清宫"号空间站。

林向东汇报给郭政宏，而郭政宏也紧急向国防部提出申请。他和林向东都清楚，施祖阳隐藏着一个巨大的机密，那就是"狼穴"在印度洋的地理位置。既然他主动提出了条件，为了这个重要的情况，当前的首要任务就是要保证他的安全。

就偏偏在他们等待国防部批准的时候，发生了意外。临近午夜，施祖阳仍没有睡觉。电脑开着机，他却两眼瞪着天花板发愣。他忽然有一种莫名的恐惧，他的脑海里浮现出一幅画面：六岁那年的夏天，父亲带着他在海边钓鱼，钓起了一条大鱼，父子俩兴高采烈地跳进海水中去抓鱼……怎么想起了儿时的事情？听说死神临近的那一刻，人都会回光返照记忆起曾经最美好的一幅画面……

突然，连接电脑的光缆线像是被电击了，闪烁出火花和啪啪的声响。施祖阳惊恐地看到，天花板渐渐地在开裂……

丁零用她的存款在食堂设宴，招待即将分别的所有学员们。学院也破例允许喝一些含有低度酒精的软饮料，比如啤酒之类的。丁零平时不喜欢喝酒，但今天她不断地举杯。离开朝夕相处的伙伴，心情有些感伤。

回到宿舍后，丁零久久不能入睡。她起身离开宿舍，在操场随意漫步。明天她就要离开这里了，许多的怀恋与不舍。而前景是福是祸，难以预测。世界首富？原本是遥不可及，甚至做梦都觉得是虚无，可现在突如其来地降临在她头上，她竟觉得有些荒唐！

突然，一条黑影从教官宿舍楼的五层高高跃下，身轻如燕。她敏捷地跟随黑影行动，但还是被黑影发现了。只见那条黑影在瞬间飞檐走壁，消失在她的视野中了。她此刻理解了张衡所说的犹如鬼魅，但黑影绝对不是于未来，而是一个身材修长的女人。

丁零立刻想到了郑月，她立即用内部的通讯模块联络林向东。

"林指挥，紧急情况，有一个女人从你们宿舍楼五层跳下来，身手敏捷，我看得很清楚，她居然没有受伤……"

"等等，你看见是一个女的？"

"我怀疑是郑月……"

"怎么可能是郑月？"

林向东第一时间想到的是那个红衣少女杀手，她极有可能是冲着施祖阳来的。于是，林向东带领队员赶到安全屋，可施祖阳已经倒在了血泊中。看得出来，施祖阳临死前面临极大的恐惧，整张脸扭曲变形，两颗眼珠几乎瞪出了眼眶。

杀手怎么知道安全屋的位置？林向东纳闷了，为了施祖阳的人身安全，他没有告诉过任何人。

林向东查看现场，天花板一大半塌陷了，很明显杀手是从天花板边上的通风口进入安全屋的。

他正要下令在基地内全面搜捕杀手，但被闻讯而来的郭政宏制止。林向东不理解，郭政宏也不解释，吩咐此事到此为止。郭政宏结合此前于非的汇报，猜测凶手应该是郑月，她此前在图书馆里的行为或许正是为现在做准备。他也想过，郑月的事或许应该告诉林向东。这么久以来，郑月对其他人并没有伤害，他就放松了警惕，而现在看来她的目标就是施祖阳，很显然是已经身处 TLS 组织的她的同类红衣少女给她传递的信息，要灭口防止施祖阳吐露"狼穴"具体定位。郭政宏很自责，他在想将郑月留在这里而且保护着她，到底是错是对？

凌晨，郑月在睡梦中惊醒。最近几天，她都是在凌晨的噩梦中醒来。她问于非，人类是否都有做梦的习惯？为什么梦里面的事情都很荒唐？于非答非所问，随意说些什么敷衍过去了。他心里明白，做梦是人的潜意识的活动。一道灵光在于非的脑海里闪现。梦是通向潜意识的捷径，通过释梦就可以了解郑月的潜意识是什么。于非开始记录起郑月梦境中的情景，面对于非仔细的询问，郑月起先有些烦躁，但她了解到这是它们族群对人类未知领域的探索，她也渐渐有了兴趣。

于非提出了一个大胆的设想，请求把郑月调到未来学院担任教官。他的真正目的是，帮助被外星生物封闭意识系统的真正的郑月增强潜意识活动，说不定会成功唤醒她。

郭政宏犹豫再三，最终还是否定了。施祖阳的死给他留下了阴影，他不能承受错误再次发生，他也已经将施祖阳的死亡汇报给了组织，等待组织的进一步指示。

他没想到的是，国防部的老领导亲自来到了海底基地。他听取了郭政宏和于非各自的想法，果断同意了于非的建议，继续进一步"散养"郑月。但当郭政宏独自向老领导汇报工作时，老领导表情严肃了："我这次来是给你处分的，你必须要为施祖阳的死承担责任……"

于未来做梦都想不到，丁零竟然点名要他去当她的助理。JT集团的董事长的助理位置，那是他同辈年轻人想都不敢想的"馅儿饼"。尽管他觉得丁零对他有些敌意，或许正是这样，她才故意点名自己。

于非得知儿子要去JT集团，百味杂陈。当初自己拒绝了杰克·丁的盛情邀请，现在儿子却去了JT集团，真是世事难料。反而是郑月非常支持于未来。她的热心引起于非的警觉，近阶段她似乎有目的地收集全世界范围的天体物理学、恒星物理学、粒子物理学等领域的科学家名单，还对从事研究纳米技术的科学家也很感兴趣。难道她要与地球上的科学家进行学术交流？

临行前，于未来与父母告别。母亲郑月给了他一个罕见的拥抱，在他耳边悄声说道："好好发挥你的才能，以后你将成为人类的领袖。"

于未来以为是母亲打趣自己，苦涩地笑笑："你们把最差的基因传给了我，将来我有口饭吃就不错了。"

"胡说！你身上是最好的基因，以后你会明白的。"

于非疑惑地看着郑月："你说是最好的基因？这怎么回事？"

郑月笑笑："难道我们的结晶不是最好的基因？"

于非忽然想起多年前的一件"小事"，郑月乘坐飞行器去地月拉格朗日点参与维修太空望远镜任务，在太空作业时曾经"消失"了30秒。他当初问过郑月，郑月的回答是无稽之谈。怎会在外太空消失？能消失到哪里去？之后，于非调来那次的录像资料，当时所有的太空作业都是由监视器画面指挥的。郑月在太空作业的那段录像，画面始终不太稳定，仿佛一直受到某种信号干扰，其中有30秒时间是黑屏。

郭政宏代表国防部和航天局宣布调令，将郑月从宇航中心大队调到未来学院担任航天飞行教官。

郑月担任教官的第一堂航天理论课，郭政宏和于非都去旁听了。郑月不负众望，滔滔不绝地讲了人类实现星际旅行的前提条件，新颖之处是她不仅仅提出航天飞船的设备和燃料改进，包括材料科学的升级，核能或是反物质引擎无疑是星际旅行的必要条件；此外，她还提出人类应该更注重自身的进化。

学员们在台下听得如醉如痴，张衡更是对郑月佩服得五体投地。连一向喜欢挑刺的许云齐，也敬佩郑月的渊博学识和奇思妙想。

课后，郭政宏问于非是什么感受。于非说："我承认，在某些领域外星物种要比人类更高级。"

"她也很受学员们的欢迎啊。郑月原来就这样优秀吗？"

于非想起往事，情不自禁地笑了："她在家总是给我和儿子上课。"

郭政宏想了想，很严肃地看着于非说："我提一个问题，你就直说，假设达到一级星际文明以上的外星生物大规模入侵地球，人类有应对的作战能力吗？"

于非摇摇头，语调沉重："不能！人类根本没有还手之力。"

"那我们只有任它们宰割？"

"是的。"于非的回答很干脆。

"有没有另一种可能，军事术语是不对称战争。用核弹和常规武器，我们不是它们的对手，但它们肯定也有自身的不足之处，只要找到它们存在的弱点，人类就还有希望。"

"弱点？关键是它们有弱点吗？它们已经进化到无所不能的境界，甚至利用人类的身躯作为宿主……对了，之前郑月提到它们害怕氧气，无法在有氧状态生存。虽然同属于碳基生命，但它们曾经居住的星球是以氮为主。"

"可地球上的空气是由氮气、氧气，还有许多稀有气体和杂质组成的混合物，其中氧气比例不低，它们在地球上怎么生存？难道纯粹是依靠人类的身躯作为宿主？"

"杰克·丁都能想到改造火星，外星生物更有能力改造地球。"

JT集团的"星舰"飞船终于进入火星近地轨道，选择的登陆点是火星南部的哥伦比亚丘陵，这也是国际上公认的三个火星着陆点之一。"勇气"号火星探测器多年前曾拍摄过哥伦比亚丘陵的地形照片，认为该着陆点的地形相对平整，视野开阔，有利于将来对周边地区的勘探。

经过几轮的核弹爆炸，火星南极冠的深处冰层开始融化，大量的水涌出来，哥伦比亚地区原有的低洼处形成了几个大湖泊。火星上空有了自己的大气层，二氧化碳也比以前增加了浓度，但整个星球被核辐射和火山灰的尘埃笼罩，任何生物都难以生存。

遗憾的是杰克·丁现在无法观看到火星经过核爆后的景象了，他在航行途中陷入了深度昏迷，医疗队在舱内搭建了简单的手术室，决定在飞行途中做手术。在经历了八个半小时的手术后，最终高位截肢了杰克·丁心脏以下的所有部位。亚克里斯开创了在太空做脑外科手术的奇迹。但这么久的手术时间对医疗人员也是极大的消耗，刚做完手术，亚克里斯一放松下来就支撑不住倒地了。人类是脆弱的，又是强壮的。人类的寿命完全短于各种植物和菌类，但是人类却能够发现自己的弱小，并且依靠大脑去掌握并使用工具，去探索，去征服，这是人类能够最终站在进化链顶端的原因。而杰克·丁或许就是体现人类意志最好的例子，他最终保留住了最具创造性的部分——大脑，依然努力地去实现个人的目标。

火星被核爆改造过后，原先连绵不绝的巨大沙尘暴消失了，杰克·丁的专属飞船和"星舰"降落的阻力要比预想的小得多。"星舰"的密封功能很好，它缓缓地降落在新湖泊的边沿。"星舰"的舱门打开了，一些身穿防护服的各学科科学家开始忙碌起来，探测周围的土壤、气象与水质，他们在湖泊中投放培育的一种藻类，学名是念珠新月藻。同时，也在核污染的土壤里加入钡。这种新月形状的藻类具有非凡的能力，能将水中的锶分离出来，并使其沉积在亚细胞结构液泡形成的晶体内，包容具有放射性的同位素锶90。同时，念珠新月藻富含硫酸盐，从而改变环境中钡的数量，吸收更多的锶，加速处理和清扫核辐射的环境。他们还试种了地球上的向日葵，这是日本学者的研究结果，研究发现向日葵有着大面积吸收放射性物质的特性。然后，他们开始搭建一个硕大而透明的全封闭玻璃护罩，生物学家和植物学家则在"大棚"内，饲养一些小动物和培育绿色植物，包括土豆与蔬菜之类。与此同时，第一栋简易建筑物也开始建造，这是以后火星城市的雏形，具有里程碑式的意义。

其实，后来亚克里斯发现，他们并不是火星上的第一批居民。

就在不远处的一个火山口内，隐藏着之前来到火星上的神秘来客。他们承担着特殊使命，以后也将是火星上的第一支军队。

丁零和于未来乘坐 JT 集团的专机飞到了纽约，住进了曼哈顿公园大道 301 号最古老的华尔道夫酒店。明天丁零将要参加她就任董事长的第一次董事会。

当晚，他们吃完晚餐，于未来提议去看看纽约的夜景，被丁零一口拒绝。她吩咐于未来准备好她明天的讲话稿，而她自己要看大量的 JT 集团的资料。

于未来怎会心甘，回到房间后胡乱在电脑上打了几行字，便溜出酒店。到了号称世界第一都市的纽约，当然要逛一逛纽约的大街小巷。没想到他的这一逛，却让自己在第二天上了纽约的头版新闻。

纽约本身是一座移民城市，多年以来各种族和睦相处，犯罪率相对保持稳中有降。可是自从几十年前的那场大游行之后，纽约的治安一落千丈，更多是种族问题引发的矛盾，而且最为突出的是针对亚裔黄色人种的冲突。

但于未来对纽约的概念还停留在以往的印象。当他乘坐出租车来到时代广场，发现早已不见往日的繁华，而且他已经被几个未满十八岁的白种小伙盯上了。在一个略微偏僻的路口，他们逼着他拿钱换命。

于未来身上没钱，他总共就只有丁零给他的五十美元，他乘坐出租车时已经花费了二十美元，现在口袋里只剩下三十美元了，他怎么可能如数交给抢劫者呢？白人小伙的眼里中国人都是胆小怕事的，他们吃准于未来不敢反抗，纷纷亮出"家伙"，有的拿着匕首，有的拿着短铁棍，为首的白人小伙的手里还拿着一把手枪。

好汉不吃眼前亏。于未来急忙抱住脑袋，撒腿就跑，这是他知道的一个"打架真理"，只要把脑袋保住，就不会有生命危险。但只听见身边一声接着一声的惨叫，很快就没动静了。他回转头一看，那几个白人小伙已经瘫倒在地，一个个受伤不轻。

于未来环顾四周，空无一人……

第 十 章

珠 峰 记 忆

　　纵观近半个世纪，陨石坠落地球的事件层出不穷，最著名的是那次珠峰大爆炸。与百余年前的通古斯大爆炸相似，几乎没有任何流星残骸被发现在撞击坑内。这颗流星精准地撞上了珠峰的峰顶，这在统计学上来说实在是一个无限接近于零的概率。拜其所赐，珠穆朗玛峰的高度降低了 117 米，数百人死于爆炸引发的雪崩和山体滑坡，接近 3000 人或多或少受到了这场灾难的直接影响。

　　当时于非刚博士毕业在高能物理所参加工作不久，研究遇到了瓶颈，偶然参加了珠峰登顶探险活动想换个环境刺激大脑。或许冥冥之中命运有所安排，这不仅仅让他成为珠峰大爆炸的亲历者和幸存者之一，而且还让他收获生命中最宝贵的果实——爱情。

　　于非清楚地记得，那一天他和登山队从珠峰大本营出发的时候，天空晴朗，天色蓝得近乎发紫。一切都是那样毫无征兆，突然一颗流星穿过大气层，像是一枚导弹射进峰顶的积雪之中。

　　“快跑！”人们陆续大叫起来。

　　裂开的山峰带着陈年的积雪转眼间崩塌下来，雪花组成的洪流很快便追上了于非和他所在的登山队。于非像是冲浪似的先是被雪浪打飞在天上，然后快速下坠滑行，眼看就要落下雪峰断崖……

　　登山队的藏族队员阿塔赞布紧紧抱住于非，翻滚到一块巨石后面，才躲过劫难。雪崩过后，到处是一片哀号。于非的大腿外侧受了伤，幸亏没伤到骨头。他隐隐听见不远处传来一个女孩子微弱的呼救声，急忙寻找过去，发现掩埋的雪堆上有一只小手在努力地舞动。

于非奋力地刨着雪花与冰碴，终于看到被冻得发紫的女孩子脸庞。又是一轮雪崩袭来，于非用自己的身体护住了小女孩所在的雪窟。不知道过了多久，于非醒来，天色已经暗淡下来。不远处，闪动着无数光亮。于非用尽全身力气微弱地呼喊道："救命……"

于非再次醒来已经是在当地医院的病床上，隔壁病床上躺着的正是他救出来的那个女孩子。事后，他知道女孩名叫郑月，今年十四岁，还在上初中，她的父亲在雪崩中不幸离去。而她也打破了挑战珠峰登顶者最年轻女性的纪录。

于非离开医院的时候，没有见到小郑月，听说她被姑妈接走了。于非回到北京后，心里经常想起郑月，他佩服她的勇气，也牵挂着她的生活。直到四年后的某一天，一个高挑的女大学生来到于非单位指名要找他，她就是刚考上于非的母校中国科技大学的郑月。

后来他们经常在一起，一起探讨专业一起分享生活的趣事，渐渐地，郑月对于非由崇拜到爱恋，而于非对郑月由疼惜到喜爱。但于非一直都没有迈出最后的一步。在此之前，于非早已过而立之年，也有许多人给他介绍对象，但不是于非不喜欢，就是别人觉得于非太过无趣。其实于非明白自己早已心有所属，但他需要等她。

于非清晰地记得，那是一个晚霞满天的黄昏，郑月兴奋地来找于非，告诉他他所在的航天中心已经破格录取她了。于非明白，她是受到自己的熏陶才报考宇航员的。那天晚上，郑月约于非一起共进晚餐。他们隔着浪漫的烛火相互凝视，彼此的眼神充满了情深意浓。郑月突然像是小鸡啄米般吻了于非的面颊，轻声说道："于非，我喜欢你！"

以前他们在一起聊天时，郑月总是喊于非"大哥哥"，这是郑月第一次叫于非的名字，这其实是她想要将两人关系确定为情侣和爱人的象征了。烛光下，于非觉得郑月特别美丽，美丽到让于非晕眩……

距离华尔街不远处有一幢19世纪哥特式建筑风格的小楼，这是属于JT集团的秘密地产，也是集团特别董事会的固定会址。所谓的"特别董事会"，就是一些真正掌握集团财富的大佬，由于他们身份特殊不喜欢抛头露面，只有在集团做重大决策的时候，他们才聚集在一起投票表决。

杰克·丁的委托书经过公证确认无误，他的私人律师库珀·肯尼迪对外界宣布，杰克·丁隐居期间或是惨遭不测，他都指定丁零女士掌管他在地球上所有的财富以及行使JT集团董事长的权利。

库珀·肯尼迪在业界有很大的名气，肯尼迪家族是一个名门家族，有着辉煌的家族传统，先祖们曾是美国总统，或是国会参议员，或是影视及商界名流。到了库珀·肯尼迪这一辈，虽然不及祖辈，潦倒了不少，但家族的头衔仍是光芒四射。库珀吩咐丁零要遵循董事会必须注意的许多事项，于未来站在一旁边听边记录，心里想，世界首富的位置也不是那么容易坐上的。

上午十点，丁零和于未来准时在圆形会议桌旁就座。老式挂钟敲响了十下，但会议室除了他们和董事会秘书萨萨，其他董事都渺无踪影。

于未来走进会议室就被房间中央的巨型圆桌吸引住了，只是他不明白为何在高档的会议室里，要放置这样年代已久色彩斑驳的圆桌。董事会秘书萨萨看出于未来眼睛里的疑惑，用双语介绍说："这是仿造温切斯特堡里悬挂在墙上直径5.5米的那张圆桌，重量达到1200公斤，由1000年树龄的橡树木制成。当年杰克·丁效仿13世纪爱德华一世国王，也亲自参与了制作圆桌的过程。"

老式挂钟又敲响一下，离开会时间已经过去半小时了。"于未来，我们走！"丁零板着脸，站起身朝门外走去。

　　萨萨急忙追上，赔着笑脸说："董事长，请留步，他们已经来了，我去叫他们。"

　　几分钟后，十几个董事依次进入，神态矜持地入座，萨萨为丁零一一介绍在座的董事们。

　　丁零站在自己的座位前没有坐下，等萨萨介绍完毕，她开口了："各位董事，我丁零有言在先，这个董事长不是我自己要当的。我和杰克·丁没有任何关系。所以，你们用不着摆臭脸给我看，我也根本不吃这一套。"

　　各董事的眼神里惊异带着愤怒，丁零却继续说道："根据董事会章程，新任董事长有优先发言权。我大体翻阅过你们各自的背景资料，诸位都是世界各领域叱咤风云的大人物，我的出身和资历与你们相比，实在是太微不足道了。就在半小时前，我是怀着敬重，甚至是膜拜的心情来见你们。可是，你们的傲慢使我惊讶。你们学识渊博，就应该懂得身世显贵并不是傲慢的理由。"丁零停顿了一下，环视着众董事，"我们面前的这张圆桌代表着什么？我想，你们应该比我更清楚。平等地交谈、交流、交往，这才是有着千年传承的圆桌精神，也是人类的最高智慧！"

　　众董事的表情变化，由愤怒转为羞愧，再由羞愧转为沉默。丁零继续说道："JT集团创立之初的宗旨是什么？聚集最优秀的人类智慧，为跨越到星际航海的时代而奋斗。我不想多说了，现在大家可以举手表决了，赞同我留下的请举手，如果举手者没有超过半数，我会立马走人，不需要你们的提醒！"

　　一片沉默。没有董事举手。丁零咬紧嘴唇，转过身决然地朝门口走去。

　　"请留步！丁零女士。"其中一个董事高喊道。

丁零回过头，她知道这个花甲之年的老者是洛克菲勒基金会主管投资总顾问，也是洛克菲勒家族成员。

"表决之前，请问刚才是你的就职演说？"

"我还有必要继续发表演说吗？律师可以宣布公证书，我也可以拒绝接收杰克·丁的赠予。你们不是已经表决过了？"

"不！我们没有。如果刚刚不是你的就职演说，那么我们想请问你打算如何发表你的就职演说？"

"我的演说很简单。正如贵基金会成立之初所说的那样——为了全人类的安康。JT集团今后的发展方向也要仰仗在座的各位董事，全力以赴推动航天技术，造福全人类。"

"还有别的要说吗？"老者追问。

"我想想……嗯，没有了……我才疏学浅……"这时的丁零反而变得结结巴巴不会说话了。

老者朝着众董事会心一笑，缓缓地举起右手。圆桌旁的众董事也纷纷举起了他们的右手。

丁零诧异地看着众董事，问道："这是为什么？你们这是认真的吗？"

"我们此刻非常严肃。正是你的才疏学浅，教训了我们的傲慢无礼。人最可贵的是初心，初心既是动力和创造力，也是一种信仰！站在最高岗位上的领导者具有这样的初心和信仰，我们能不把票投给她吗？"

"还记得珠峰大爆炸吗？"

"为什么问这个？"

"今天是珠峰大爆炸三十周年纪念日。"郑月停顿片刻继续说道，"我搜寻过了，你们是在那次珠峰大爆炸中相识的，你救过她的命，她八年之后嫁给了你。我认为，今年应该有所表示。"

"请不要说她，你现在代表的就是她。"

郑月嫣然一笑："是，我们是夫妻。"

"你来想吧。"于非顺势这么说。

"吃一顿火锅？不行，我怎么总是想到吃？"

"思路是对的，一般来过纪念日的方式就是送礼物和吃。我提个建议，烛光晚餐如何？"

"烛光晚餐？"

"年轻人的烛光晚餐，是形式上的浪漫；中年人的烛光晚餐，是收获爱情果实之后的宁静；老年人的烛光晚餐，是缅怀与追寻已逝的青春踪影。不同年龄层次的烛光晚餐，有着不同含义的内容。"

"那我们的烛光晚餐呢？"郑月感兴趣地看着于非。

"我们的烛光晚餐有着更深刻的内涵，首先，你代表我的妻子郑月，纪念我们从相识到相爱的三十年历程；其次，这是人类与外星生命第一次的烛光晚餐，象征着未来美好的合作前景。我们今晚的烛光晚餐有一个前提，我们只谈论珠峰记忆，不涉及其他话题，你同意吗？"

郑月想了想，点点头表示同意。当晚，他们重温了当年的回忆，也探讨了情感和爱情的话题，聊了三个多小时。郑月问于非，人类男女之间有了感情后，是否非要结婚？而结婚是不是情感的最高形式？于非告诉郑月自己的看法，他觉得并非如此，结婚只是一种获得公众认可的法律程序。郑月似懂非懂。她说，她无法理解人类的情感表达，她说以前它们也是两性繁殖，但随着科技达到一定的高度后，就开始发展起单细胞繁殖，身躯也在进化之中演变，最终成为黏菌体一般的生命形式。

地球上最早的生命形态是 RNA 病毒，后来演变为 DNA 病毒。随着 DNA 病毒遗传物质的改变而导致 DNA 病毒结构的变异，

DNA 病毒的外面包上一层有物质交换功能的可流动的多分子外膜，通过生长扩大表面积和分裂而增殖的细胞膜，最终发展成有原始新陈代谢和分裂繁殖能力的原始单细胞生命，这就是地球上初始的具有细胞结构的单细胞生命。然后，从单细胞到多细胞，从简单到复杂，从低级到高级，从水生到陆生，最后演变成地球上的各种生命。难道人类的进化也将会进行返祖的循环？于非不敢想下去了。

当晚，郑月直截了当地提出她想过正常人类的夫妻生活。于非有些尴尬，他知道，虽然现在在生理上，郑月还是郑月，但他在心理上是绝对排斥。他拒绝了郑月，郑月也没有坚持。

半夜时，于非突然醒来，只见黑暗中郑月俯身凝视着自己。他一惊，翻身坐起。

"你……你这是……"

"我睡不着，就是想看看你。不好意思，惊醒你了。"

朦胧的月光下，于非产生了错觉。他下意识把郑月搂抱在怀里。郑月有些吃惊地看着于非，但没有反抗。郑月温热的体温传来，于非不禁低下头吻住了郑月的双唇……

郑月惊叫着跳起身："等等，这就是男女之间的亲吻？你知道这有多么不卫生？虽说大部分侵入口腔的细菌会被消灭掉，吞食到胃部也难逃胃酸的消毒。然而，有一些细菌或是病毒还是会成为漏网之鱼，正所谓病从口入。我要警告你，这是一种恶习！"

美好的瞬间顿时烟消云散，于非长叹一声，蒙头睡下。

亚克里斯乘坐类似热气球的小型飞艇，在离火星表面一千米左右的上空飘浮。此刻，他可以仔细观察火星基本的地貌。"星舰"登陆的周围是湖泊（原来应该是巨大的撞击坑）和平原，远处就是起伏的山脉。他发现，火星上的山峰要比地球上的珠穆朗玛峰高。火星的半径约为地球半径的一半，质量约为地球的九分之一，火星地表的重力是地球的百分之三十八。一颗星球上的山峰高度，取决于星球的表面重力，星球的表面重力又取决于星球的质量和体积。一般来说，重力比地球轻的星球通常都拥有比地球更高的山峰。

飞船沿着山脉缓缓飞行，到达一个火山口后开始降落。火山口足有地球上一个足球场那么大，飞艇直线下降进入火山口之内。亚克里斯原以为会是一片漆黑，但火山内部却被人工铺设的一根根粗大灯管照射得通体透亮。

飞艇在空火山底部停下，一队全副武装的士兵团团围住飞艇。史密斯医疗官出示了绿色的通行证，吩咐士兵从舱内抬出昏迷中的杰克·丁。然后，他脱下了厚重的宇航服。

"亚克里斯，你也可以脱下宇航服了。"

亚克里斯解开宇航服和头盔，竟然发觉这里自由呼吸的空气与地球上几乎相同。史密斯医疗官看到他眼睛里的疑惑，笑着解释道："我们从火山口下降的过程中，你有没有看见周围一些特殊装置？那是早先运来的粒子加速器，通过让空气中的二氧化碳分子带电，然后用电场加速它们，这样便产生了氧分子。NASA 早在十年前就在这里进行氧气生成技术的测试，名为'火星氧气原位资源利用实验'，我们则是坐享其成。我带你参观一下这里的设施，你一定会大惊失色。"

亚克里斯暗想，看来外界传言 NASA 是 JT 集团的幕后势力确有其事。当他参观空火山内部只是部分的设施和装备之后，何止是大惊失色，简直可以用心惊胆战来形容。

火山口里有着自动封闭的闸门，还有两部垂直起降的货运电梯。火山口顶端装有全天候观察火星上空的望远镜和火星轨道监视器，说明火星轨道已经布置了卫星。火山的内壁按顺序排列无数的导弹发射架，一旦战争需要，各种型号导弹或是核弹即可连续升空。空火山的底部空间非常宽敞，宿舍区和医疗室相连，边上是休闲区域，里面有篮球场和游泳池。此外，有一些区域标志是禁区，需要特别通行证。军队装备还有激光武器系统、军用飞艇大队、几十辆火星装甲车，亚克里斯目测武装人员至少有五百名。组成这支军队的用意不言而喻，针对的是以后不经许可登陆火星的人类。地球上其他国家如果得知火星上已经具备这样的一支军队，会作何感想？NASA的意图究竟是什么？

晚餐的时候，于未来忍不住问起丁零："你在董事会上那样发飙，不考虑后果吗？"

"能有什么后果，大不了开除我呗，我还求之不得呢。"丁零轻描淡写地说道，"你还是多考虑考虑你自己，命丧纽约才是最严重的后果。"

于未来盯视着丁零："原来是你！你动作好快啊。"

"接下来我们还有两天的会议，你把资料准备得充分些，我们要对付的可都是业界资深人士。"丁零转移了话题。

于未来的内心感到一阵温暖，丁零原来在暗中保护自己。但她为什么要保护自己？难道是他会错意，她是在跟踪自己？

"你先帮我约一下集团的技术主管刘东，我想找他谈谈。"于未来的沉思被丁零打乱。刘东，他认识但没有过深的交往，他不明白丁零为何指定要先见刘东。

丁零和刘东没有约在集团总部会议室见面，而是选择在一间咖啡小馆，这样的会谈气氛轻松些。可于未来看出刘东的神态竟然有些紧张。

"刘博士，我看过资料，你在JT很多年了，也算是集团元老了。今天请你来，主要是想聊聊天喝喝咖啡，听说你每天起码要喝三杯以上的咖啡？"

"是，习惯了。"

"刘博士，你祖籍是山东烟台的？我是日照的，我们算是老乡了。不过，你现在已经加入美籍了。我听于未来说，你喜欢吃中国餐，喜欢中国文化，骨子里还是认祖归宗的。"

"当然，当然……"

于未来清楚丁零约见刘东绝不仅仅只是喝咖啡、攀老乡这么简单。

丁零喝了一口咖啡，说道："有一件事情我很困惑，希望刘博士帮我解答。火星计划应该是JT集团的重要项目，可我看到的资料却寥寥无几。这是为什么？"

刘东正准备端起咖啡的手在半空中停住了，接着放下咖啡杯，苦笑地面对丁零答道："我也不清楚，恐怕你问错人了。"

"你真的一点都不清楚？"丁零直视着对方的眼睛。

刘东的眼神躲避了："我只是一个技术主管，只负责执行技术层面的事……"

"难道火星计划还没有开始执行？"

刘东语塞了。丁零叹了口气，将杯中的咖啡喝完，结束了对话。刘东如释重负，匆匆离去。

于未来有些不解，等刘东走后，他问道："丁头，你认为刘东有所隐瞒？"

"不只他，而是所有的JT集团的高层都在隐瞒那个神秘的'火星移民计划'。"

"为什么？人类探索火星，开创星际航海的时代，这是多好的事啊。"

"这也正是我困惑的地方。但有隐瞒，就必定有阴谋。"

"尖碑"的空间震调换了频率，以二进制的密码方式传递出七个汉字：我们来拯救地球。外星文明发布的这条信息立即传遍了全世界的各个角落。整个人类世界似乎陷入了暴风雨来临前的平静期。心理学家指出，这样的沉默是最可怕的。沉默中，人们会无所适从，任何事情都会觉得无趣，之后很有可能会继续引发骚乱与暴动，甚至是极端主义思潮泛起，并引起由局部扩大到整个世界的战争。社会学家则跳出来反驳，认为这纯属庸人自扰，人类现有詹姆斯·韦伯太空望远镜，还有着无数大功率全天候的雷达阵列，却连外星飞船的影子都没看到，就算它们的文明等级比人类高得多，但星际航行也是受到光速限制的。假设它们的科技已经突破了光速，那人类也只有听天由命，及时行乐。绿色环境组织和动物保护协会则高调欢迎外星人来拯救地球，他们认为绿色植被大面积消失，热带雨林已经成为传说，物种在不断地消亡，南极的冰川所剩无几，温室效应造成的气象异常波及全球，既然人类为自己挖掘好了坟墓，何不让外星人重新塑造一个美丽的地球？社会精英层也是弥漫着悲观主义的氛围，他们普遍的论点是外星人要比我们人类更能看清人类自身的劣根性，比如自私贪婪，为掠夺能源发起战争。因此，人类需要外星人来拯救地球，不，应该是拯救人类。

各国政要首先考虑的是和平谈判。于是，军方授权用二进制的方式与"尖碑"交流，可"尖碑"毫无反应。很有可能它是能接收到信息的，但不屑于回答。还有一条出路，就是奋起反抗。但是怎么反抗？一个黑金字塔形的"尖碑"，地球上最先进的武器都对它无奈，甚至它是由什么材质与元素组成的也不清楚。

联合国秘书长霍华德亲自牵头，集中全世界最优秀的科学家，组成了一支跨越国界的科技大军，企图攻克目前基础物理学的死结，希望人类的文明来一次跳跃式的发展。

郭政宏感受到了前所未有的压力，未来工程原来只是小范围的研究最前沿的科学技术。如今人类面临危机，各国都是以举国之力来研发航天工程、纳米技术、生物遗传学等。中国也不例外，在国防科工委的框架下，成立了"应对来自深空威胁战略促进委员会"，简称"深促会"。郭政宏责无旁贷成为深促会的主要负责人，于非也是核心成员之一。

"深促会"举行认证的第一个项目是高能物理所提交的《关于在外太空建设大型粒子对撞机的可行性报告》。报告里提到，既然我们有了太空电梯和大型空间站，在地球近地轨道建造粒子对撞机就切实可行。二十多年前，中科院高能物理所就曾提出过要建设大型粒子对撞机，甚至当年都已经选好在秦皇岛的地址。后来是遭到众多著名学者反对，这个项目便搁浅了。

经过论证和对大型粒子对撞机可行性报告的分析研究，环绕地球近地轨道需要装备二十四个磁约束环，终端可以连接在空间站的底部。由于是真空环境，免去了在地表铺设的密封管道，相对节约了成本。除却太阳黑子干扰期间停止运转之外，其余时间都可进行多种试验。假设通过强子对撞机利用质子的碰撞，寻找出标准模型预言的希格斯粒子，就能探索超对称、额外维等新物理现象。如果进一步寻找到反物质及其合成方法，不仅能解决地球上的能源危机问题，也将成为人类进入星际旅行的首选燃料。特别是反物质武器，拥有难以置信的威慑力量。物质与反物质的湮灭质能转化率为百分之一百，是核弹的几十倍，甚至是几百倍。

论证会后的第三天，科学家和工程师们就紧锣密鼓地开始了实施方案。时间紧迫，任何人都不敢确定，外星飞船何时到来。

与此同时，美国五角大楼举行了一次秘密会议，与会者是NASA高层和国防部军方高层，列席的有美国官方智库的有关人士。会议由白宫对外关系委员会主席鲍威尔主持。会上，NASA代表播放了火星基地和正在建设的城市雏形的图像。这是五角大楼首次小范围的播放，连鲍威尔也是首次目睹这些影像资料。

根据模拟推算，外星飞船入侵地球的时间将在两年至三年之间，有可能时间还会更长些。鲍威尔在会上下达了死命令，波音、洛克希德·马丁、雷神、诺斯罗普·格鲁曼、通用动力、L－3通信、柏克德工程以及JT集团，必须三年之内建造至少一百艘载人航天飞船，运输一百万美国人到达火星居住。

NASA早在二十多年前就与五角大楼开始秘密合作，制订了一个"美国优先"的"火星移民计划"，JT集团是参与计划的唯一一家民间公司，但也只是在外围名单之中。

第十一章

未 来 已 来

对于人类来说，宇宙的尽头永远是无法想象的。

137万亿光年的可视宇宙只是理论当中的数值，实际上经过将近一万年的发展，现代智人也没能在太阳系之外开拓新的疆土。所幸科学家在20世纪中叶提出了可控核聚变的概念，认识到了依靠核聚变发动机就有可能将人类在有生之年送出太阳系。不知何时开始，科学界便有了"可控核聚变的实现还有50年"的戏言。

然而，一位刚博士毕业入职的年轻人并不认为这是一句"戏言"。他就是于非。他所学的专业是粒子物理学，后专攻等离子物理和凝聚态专业，经过近十年的苦心研究，终于在四十不惑之前，于非初步设计出了局部有效的可控核聚变装置。就是这个年轻人，他的名字渐渐地被越来越多的中外科学家所熟悉。

接下来，于非要乘胜追击实现儿时的星际旅行的梦想，亲手参与制造出亚光速航天飞船。他转而投身航空航天工程，很快成了一名发动机设计师，在"秘金"磁约束环的启发下设计出了核聚变发动机的雏形——也就是"夸父引擎"。

20年代初，杰克·丁被黑衣人带走的那天，刘东有一种不祥的预感，这几个黑衣人必定有着强大的势力，否则杰克·丁不可能轻易听从他们。杰克·丁持续失踪了三天才出现，他没有告诉刘东和其他人自己失踪的原因，但刘东看得出来杰克·丁是有苦难言。他没想到的是，一周之后黑衣人居然会找上自己。

当刘东被黑衣人绑架到曼哈顿下城区的某栋建筑物时，一眼就认清坐在躺椅上的中年男子正是那天闯入指挥大厅为首的黑衣人。他自称名叫亨利，刘东无须猜测便清楚这是假名。亨利倒也坦率，开门见山说出他的真实目的，他们希望刘东利用他在JT的职务之便和与于非的友情关系，帮助他得到"夸父引擎"的设计图纸。亨利列举了刘东入境美国之后的诸多罪证，威胁说其中任何一条都足以让刘东进监狱。但所谓的"罪证"极其可笑，比如监控中刘东步行中没有按照指示灯随意穿越街道，开车时没有在座位上安置儿童的安全椅，外出家庭聚餐甚至鼓励未满十八岁的儿子喝啤酒，他还曾在儿子幼年时期遭到邻居举报，犯有粗暴训斥的虐待儿童罪。总之，欲加之罪何患无辞。刘东想到自己的儿子和妻子，再加上现在也的确无计可施，为了保全自己，刘东无奈，被迫答应了。他知道于非已经设计出了核聚变发动机的雏形——"夸父引擎"，而他那时也参与了JT集团多项高级别保密项目，这些都为他能仿造出小型可控核聚变的航天飞船提供了巨大的便利，而这一切的秘密他一直带到了现在。

当现在亨利再次找到他，刘东丝毫不意外，但是没想到，亨利问他的第一句话是："刘先生，你对丁零女士印象如何？她能胜任或是替代杰克·丁在JT的位置吗？"

刘东没料到亨利的开场白会是如此，他思忖片刻，谨慎地答道："她能通过董事会全体董事的一致认可，说明她还是有能耐的。"

"我也是这样认为的，不能低估她。你猜，她接下来会做什么？"

刘东摇头："不知道。"

"我也不懂，更不清楚杰克·丁留下这道谜题是什么意思。他为何要把JT集团和他自己在地球上所有的财富交给丁零？仅仅因为她也姓丁？这未免太荒唐了。我希望你能解释一下。"

刘东苦笑着："咱们不是都调查过吗？杰克·丁与这个丁零没有任何血缘关系，但他做出这个决定肯定是有着他的道理，只有拨开迷雾才能得知背后的真相……"

亨利突然用手势制止住刘东："不用说了。谢谢你，我知道怎样去寻找真相了。"

$$E = mc^2$$

当爱因斯坦在草纸上写下这一方程的时候，是否就已经预见了将来的某一天，地球即将面临的灾难。即使是原本质量有限的物体，因为速度的不断加大，在洛伦兹变换的驱使下，质量以及它所转换成的能量，也将一点一点加剧到令人无法想象。相对论框架下的宇宙，除了光子的速度为常数 c 以外，其他物体的速度都要依据参考系来决定，而宇宙中的大部分天体在其邻近的参考系中速度都算不上快，月球绕行的速度不过 1 公里每秒，而地球相对于太阳的速度也不过每秒 30 公里，即使是太阳本身，相对于银河系中心的公转速度也不过是每秒 200 公里左右，甚至低于光速的 0.1%。

放置在环地同步轨道射电干涉阵列，利用中性氢观测和射电波段记录到了柯伊伯带外星飞船的尾迹，全球的科学家根据尾迹的移动速度，通过各种方式的计算，最后得出一个大概的结论，外星飞船到达地球的时间应该是三年左右。也就是说，人类只有三年的准备时间了。

它们来了！它们终于来了！

人类自从制造出太空航天器后的百年间，从未间断对外太空的探索和与外星人相遇的渴求。尽管几十年前霍金一再告诫人类不要向外太空发展，不要与外星生物接触，那样会给人类带来灭顶之灾。有谁会真正听信霍金的忠告？人类感觉自己在宇宙中太孤独了，渴望寻找到同类的生命。虽说某些天体物理学家赞同宇宙的黑暗丛林法则，但更多的科学家和民众认为是纯粹扯淡。人类至今未发现外星文明，有三个主要理论依据：其一，人类的文明历史发展的时期太短暂，对于以光年来计算的宇宙只是一瞬间；其二，地球这颗行星太渺小，置身在浩瀚的星辰大海之中只是一颗尘粒，外星文明根本无法发现；其三，费米悖论。当然，对于"费米悖论"有着各种解释的版本。

现在，它们来了。既然可以运算出外星飞船的行进速度，那么也可推算出外星生物达到的文明等级。霍华德秘书长组织了几千名科学家举行线上探讨，主题是：人类有无可能抵抗外星生物的入侵？还有三年的时间，人类应该最迫切需要的是什么？

一千个人眼中有一千个哈姆雷特。讨论有关外星人的话题也是这样，众说纷纭，更谈不上一致性的意见。于是，霍华德号召全球分成三个科研团队分别攻克不同难题，一个团队交给北美由 NASA 负责；另一个团队由欧航局牵头，统筹欧洲的科学家；中国的未来工程部责无旁贷是第三个团队，必要时联合韩国、日本和印度的科学家共同攻关。特别要说一下，中国未来工程要攻克的难题是如何制造出能与三年后入侵的外星族群抗衡的武器。就人类现有的电磁炮和激光武器，包括核弹、氢弹等，无法阻挡外星文明"光临"地球。尽管已经开始着手研制在近地轨道的大型粒子对撞机，但其结果又会是怎样？

"金翅大鹏"回归前的一星期，马超群递交了自己的第 187 次离职申请，组织上同意了。马超群从小就是属于"别人家的孩子"，性格好，学习好，父母眼里的乖孩子。上大学时，他遵从父母的意愿去学医。而学医是一个漫长的学习过程，本来本科就要比其他学科多一年，再加上他选的是可以直博的，就这样马超群医学专业共读了十一年。多年来，他几乎每天要对浸泡在福尔马林里的尸体进行解剖，久而久之，他觉得自己也犹如一具尸体，对外界毫无感情。尽管他学业优秀，是公认的学霸，他的内心却是极度厌烦自己手里的手术刀。小时候，他常常坐在家里的阳台上，看着夜空中的星辰充满幻想，休闲时间他都用来阅读有关天体物理的书籍，思想在飞翔。他想象着自己以后能去探索太空，乘坐航天飞船到达地球以外的星球，建设一个新世界。

他毕业后去医院实习，在一个偶然场合遇到了崔乐乐，封闭的感情像是开闸涌流的洪水。可崔乐乐对于他的一见钟情毫无感觉，马超群的形象与个性都不是崔乐乐喜欢的类型。马超群仍不死心，为了追崔乐乐，主动申请加入未来工程的医疗队，并将他对崔乐乐的热情隐藏在心底。他深知在专业上比拼不过具有天赋的崔乐乐，他只有在其他领域做出优秀的成绩，搏得崔乐乐倾心的目光。他陆陆续续在全球颇受争议的《宇宙探索》综合性杂志上发表了多篇科幻小说，主要的论点是地球人必须到了彻底改革的时候，接受新的文明形式，提升人类的维度意识，杜绝自相残杀的人类末日。主题和观点虽说有些偏激，但整体三观还是非常正能量，因此，他也拥有一批铁杆读者。

实际上《宇宙探索》颇受争议的是里面的论文，观点相当激进，例如鼓吹人类清除计划的实施，拥抱外星文明等。其实，该杂志幕后最大的"金主"正是 TLS，它是威廉·波旁巴用来宣传的阵地。说实话，威廉喜欢阅读马超群的科幻小说，并授意该杂志给予马超群最高的稿酬作为奖励。但杂志方却发现马超群的邮箱是随意更换的，没有一个固定通信地址。就算联系上，对方总是以各种拙劣的借口为理由，拒绝前来当面领取奖金。马超群的异样引起了威廉的兴趣。他派人对马超群进行了更为深入的调查。情报人员通过定点卫星探测，捕捉到马超群邮寄的科幻小说稿件是在上海公众网点随机而发的，更令人疑惑的是每次跟踪他时当他走进一个汽车4S店就神秘失踪，往往经过半个月后他的身影才出现在那家4S店。威廉推断出，4S店是一个秘密通道的入口，而马超群肯定是某个保密单位的成员，才会如此行踪不定，也避免跟外人有过密的接触。那会是一个何种性质的保密场所呢？

威廉通过暗箱操作手段让马超群刚发表的长篇科幻小说获得了文学界重要奖项，并以《宇宙探索》杂志为名邀请马超群参加"如何迎接外星文明的到来"的专题讨论会。马超群面对双重的诱惑，岂能不动心？他明白，只有离职，彻底离开海底基地，他才能去赴约，更何况他还另有打算。

马超群从海底基地出来后乘坐穿越大气层的火箭飞艇，半小时就到达了巴黎。他要在巴黎会见一个铁杆女粉丝，然后乘坐亚音速高铁去俄罗斯圣彼得堡参加会议。

威廉·波旁巴与莉莉达成心照不宣的协议后，原本锋芒毕露的野心更膨胀了。他要借助外星人的力量改造世界，统治全球。外星生物的思维逻辑则更简单透明，在它们的意识里地球人都是一个品种，都是它们利用的工具。威廉告诉莉莉，人类是有差异的，比如身份、职业和智商，掌握住了少数精英人才，就等于控制了全体人类。外星母舰降临地球，不可能侵占到每一个角落，最终还是需要地球人来管理地球人。

莉莉通过威廉的言论，更深刻地领悟到了人类的欺诈与谎言。它越来越清楚，人类既是原始愚蠢的动物，又是难以控制征服的物种。但是，它赞同威廉的构想，集中控制住全地球最优秀的物理学家，自然就封锁了人类在短时期内科技的飞跃，也是族群到达地球后可以选择的最好的宿主。它告诉威廉，它们族群曾派遣过比莉莉低等级的同类到达过地球，属于随机性的匹配宿主，试验的失败率会很高，不幸的是小型飞船降临地球时，遭遇磁场的变化坠毁了。

莉莉无意中说出的这件事，意味着它们族群以前确实造访过地球。威廉查找了数据库，百年前的"罗斯威尔事件"引起了他的关注。威廉此前参观过内华达州51区的部分区域。其中有一个巨大的密封仓库，至今还保存着当年罗斯威尔坠毁的飞船残骸。

而此时在"狼穴"的泰勒已经完全变了，没有往日的精神和斗志，他整天缠着莉莉给她讲以往的故事。在他的眼里，莉莉还是那个天真无邪的女儿。莉莉起初还无聊地陪着他，但发展到后来，泰勒只要见一个人都要拉住倾诉一番。最终基地所有的人见到他像是躲避瘟神那样，望"他"而逃。威廉难以理解，泰勒在监狱里面体现出坚强的意志，疾病与监禁都磨灭不了他的个性。唯独他对于女儿的亲情痴迷，轻轻一根稻草就能把他压垮。泰勒废了。以往那个胸怀雄才大略的天体物理科学家废了！可他的脸上洋溢着童真般的灿烂笑颜，仿佛在宣告自己是天底下最幸福的父亲。

当于非知道了外星人即将登陆地球时，他愈加思念着儿子于未来。以前他没有父亲的概念，他信奉儿女成长到十八周岁后，应该各自独立生活，这是自然界的物竞天择法则。但当一个人的生命感受到威胁，并且是以倒计时的方式明确告知时，他的脑海里首先想到的是，全人类被毁灭的最后时刻，自己应该与亲人在一起。拥抱着亲人，也是逃避死亡恐惧的最好方式。可是现在儿子不在身边，而妻子也不是自己真正的妻子。

于非开始抽烟喝酒了，想要放松抽离，却被郑月嘲笑。被一个将要破坏自己家园的外星人嘲笑，于非想要努力克制住自己的怒气，但最终还是没有。一天夜里，他强行跟郑月发生了关系。事后，于非后悔了。他知道其实他折磨的是郑月的身体，根本伤及不了外星生物本身。那一刻，于非的精神崩溃了，他跪倒在郑月的面前不断地忏悔，又不断地哀求。忏悔是对着妻子，原谅他丧失理智的行为；哀求却是希望外星生物离开郑月的身躯，哪怕是移植到自己体内。郑月始终安静地看着于非，它们在母舰上系统学习过有关地球与人类的知识，用意识交流对人类短暂的发展期的看法，它们一致认为地球上的生物，包括人类，他们相互间残杀、竞争的根源是食欲和性爱，认为只有上升进入到无性繁殖，无欲无求的境界，人类的文明等级才会提高。可是人类似乎不愿意放弃这种本能，性爱会发生在他们相爱时，也会发生在争吵时。

黎明时分，他们才恢复平静，彼此之间的眼神有了新的内容，他们像是重新认识对方，又像是重新审视自身。而这个夜晚，会给人类和外星物种带来何种蝴蝶效应？时间会给出答案。

1947年7月5日的午夜时分，超级风暴席卷了新墨西哥州科罗那地区，大雨如注，雷电交加。农场主布莱泽尔听到在他的农场范围响起了爆炸声，清晨他去查看农场，只见农地上散落着从天而降的一些金属残骸。他报了警，当地警长查看现场后觉得事关重大，急忙汇报给附近的空军基地。军方派来马塞尔少校前来视察，并辨认出这些金属残片非同一般。

威廉行事雷厉风行，"想到必须做到"，这是他告诫自己的原则。他让助手整理好有关"罗斯威尔事件"的资料，带上养女艾拉去了美国新墨西哥州。他清楚，"罗斯威尔事件"已经过去近百年，还想从中取得收获无疑是徒劳的。但他认为只要是丛林中有过猎物的痕迹，他就一定能够追寻到猎物的出处。

威廉想去拜访当年目击者农场主布莱泽尔的后人，奇怪的是布莱泽尔的后代都因各种原因而不幸离世，有的是车祸，有的是被雷电击毙，还有的是突然身患怪病离世，活着的也被关进了疯人院。当地的警察也调查过，可最后都是以查无证据结案。这些离奇案例，统称为"布莱泽尔案例"。

威廉请警长在一家咖啡馆喝咖啡，警长做梦也不会想到，此刻坐在他对面的会是全球排列首位的通缉犯。威廉问起当年的事件，时间久远，警长也没有更多的资料。咖啡馆老板是当地一位老人，听见他们的谈话，多嘴插了一句话："镇上还有一位老人彼得·潘直到今天还活着，他就在市里的某家养老院。"正是无心插柳的这一句话，引发了后续一连串的惊险"故事"。

威廉费尽周折，查找了数家养老院，都没有罗斯威尔小镇来的彼得·潘。当地慈善机构告诉威廉，还有一家早就登记破产的养老院，听说里面还住着几个老人。老龄社会是个全球性的问题，世界各地的养老院应运而生。只是慈善机构和基金会鱼龙混杂，由于资金不足或是管理不善，不少养老院办着办着就破产了。安置里面的老人成了难题，有的是政府接管，更多的是自生自灭，彼得·潘所在的这家养老院就属于后者的状况。

几经周折，威廉和艾拉终于见到了彼得·潘本人。女护理介绍，彼得·潘目前是养老院唯一活着的老人，他除了行动不便需要坐轮椅，其他身体状况都很好。女护理告诉威廉，听说彼得·潘已经五十多年没有说过话了，而且也早就丧失了听力。威廉端详着眼前瘦骨嶙峋的彼得·潘，只有他那双会转动的眼睛，显示出岁月的沧桑。

"彼得·潘先生，你还记得罗斯威尔飞碟坠毁的事情吗？"威廉清楚彼得·潘此刻的状况，仍明知故问。

突然彼得·潘无神的双眸闪现两道精光，他抬起头直视着威廉，他似乎听懂了威廉的问题。

威廉大喜过望，他凑近对方的耳边，一字一句地说道："彼得·潘，你回答我的问题……"

话音未落，彼得·潘猛地扣住了威廉的手腕。一瞬间，连眼疾手快的艾拉都来不及反应过来。谁能想到已过百岁的彼得·潘会如此身手敏捷？

彼得·潘逼视着威廉，用沙哑苍老的嗓音问道："你是谁？你为什么来找我？"

威廉示意艾拉冷静，对彼得·潘笑了笑说道："很好，看来你已经回答了我的问题。我相信，彼得·潘只是你的宿主，我说得没错吧？"

瞬间彼得·潘脸色大变。他恐慌地看着威廉问道："你……你到底是谁？"

"我是你族群派来找你的。"

彼得·潘的记忆仍是那样清晰。正是那个雨夜，住宿在小镇外的牧羊人彼得·潘被一声爆炸的巨响震醒，他睡眼蒙眬地看向窗外，只见不远处火光冲天。天上掉东西下来了，这是当时彼得·潘脑海里闪现的第一个念头。马上他又欣喜若狂地想到，自己肯定可以发横财了。顾不上夜空下的暴风骤雨，他连雨具都不带，光着脚板兴冲冲地朝着亮起火光的地方跑去。

小飞侠彼得·潘的童话故事在 20 世纪初的欧美地区家喻户晓，特别是底层家庭。牧羊人彼得·潘的名字就是这样来的，他的父母希望孩子以后能像小飞侠那样有出息。他的父母做梦也不会想到儿子长大后，将会遭遇比童话还要离奇的经历。

借助微弱的火势，彼得·潘发现现场一片狼藉。到处是零散的飞碟残骸，彼得·潘顺手捡起一块像金属的物件，惊异地发现它犹如丝绸那般柔软，可任意在手中折叠和翻卷。彼得·潘在牧羊的时候，只要头顶上空掠过飞机，他就幻想着飞机如果掉下来，他靠卖废钢铁准能发一笔大财。现在竟然有这种天上掉馅饼的事儿，彼得·潘高兴坏了。他兴高采烈地收集着，丝毫不顾及这残骸上正流淌着有些腥臭的黏液。这时，他突然发现有一个未损坏的透明装置，里面一团肉乎乎的液体正在蠕动。他好奇地拿起那个透明装置在手中把玩，他的手指似乎触动了什么机关，装置的透明罩猛地弹开了，里面蠕动的液体腾空而起。他大叫一声，躺倒在地。

一小时后，彼得·潘站起身来，容光焕发。此时的彼得·潘已经不是原来的牧羊人彼得·潘了。当然，它还会每天去牧羊，按部就班地生活下去。它要在罗斯威尔小镇周边，直到族群再次降临地球来寻找自己。飞船坠毁的那一刻，系统自动就把坐标发送到宇宙某处的母舰。它相信，会有与族群相聚的那一天。

巴黎埃菲尔铁塔下，马超群如约见到了铁杆女粉丝艾拉。艾拉显然刚经历过长途旅行，一脸疲惫。艾拉在邮件里说，她很喜欢马超群的作品，而且她也曾有过与外星人零距离的接触，她想和马超群当面聊聊，或许可以让马超群亲自与外星人来往交谈。

马超群怎能不动心呢？但马超群清楚，地球上现存的两个外星生物，一个在郑月体内，另一个在舒尔茨·克鲁格的体内，而且现在已经更换了宿主。假如艾拉所言属实，那她一定知道"狼穴"的所在地，而艾拉又是谁呢？

他们见面后，马超群主动提起了外星人的话题，但艾拉避而不谈。她说，如果马超群去圣彼得堡参加会议，自然会亲眼所见。想到与艾拉同行前往圣彼得堡，马超群也就不再继续追问了。

第十二章

青 铜 骑 士

> 我爱你彼得兴建的大城
> 我爱你严肃整齐的面容
> 涅瓦河的水流多么庄严
> 大理石铺在它的两岸
> ……

威廉站在圣彼得堡的彼得大帝雕像前,脑海里浮现出普希金《青铜骑士》的长诗。他诗兴大发,用充满豪情的语调朗诵起这首长篇叙事诗中的著名诗句。然后,他沿着涅瓦河畔漫步到出海口,眺望波罗的海对面的芬兰。遥想当年彼得大帝为了让俄罗斯融入欧洲文明,在这片沼泽地上兴建了圣彼得堡。而今天,他为了人类能够维度提高和融入宇宙文明的怀抱,也要在这座城市建立丰功伟绩。

《宇宙探索》发出了邀请函,结果是响应者寥寥无几。天体物理学家原本对这本异端邪说的杂志嗤之以鼻,怎么可能招之即来? 威廉胸有成竹,补发了一份邀请函,着重强调当年"罗斯威尔事件"的亲历者将对外讲述第三类接触的体验。同时,特别邀请超自然回归的"金翅大鹏"宇航员郑月光临圣彼得堡亲自演讲。他的这两个奇招,诱惑力实在是太大了,无论是前沿科学家,还是关注不明飞行物的爱好者,他们岂能不动心呢? 谁都想知道"金翅大鹏"是怎么回归的；而扑朔迷离的"罗斯威尔事件"，更是百年神秘悬案。尽管美国空军的档案解密，当年"罗斯威尔事件"的真相，只是冷战时期的高空侦察气球坠毁，但这般敷衍的所谓解密，犹如"皇帝的新衣"那样成为公开的谎言。他们不敢毫不顾忌地公开真相，公众能承受多少，谁都无法预测。

　　威廉精通桥牌，这是一种现在近乎失传的古老游戏，需要非凡的记忆和精准的计算。他曾经在年轻的时候参加过国际性的职业比赛，还获得过桥牌界前列的名次。他算准那些科学家们肯定会来，因为他们一定不想错失揭开神秘宇宙现象的机会，但唯独对郭政宏有些吃不透。他让《宇宙探索》向郭政宏发出了邀请，并提出这是一次中国政府包括郑月本人给出使人信服解释的机会。

　　确实，郭政宏收到了邀请函，原本打算置之不理。但是，一石激起千层浪，各国政府和一些著名的科学家纷纷来电询问，目的很明确，就是看中国未来工程如何回应。郭政宏深思熟虑，决定让郑月出席圣彼得堡的会议。风险是有的，郑月离开了海底基地的范围，基本上就等同于放弃了对她的有效控制。郭政宏请示了国防部，另附上他的个人报告。他的论点有三个，其一，在履行教官职责期间，遵守纪律尽忠尽职，还是偏向理性的。其二，他们降落在新疆某地区，至今未能清楚他们选择此地的原因何在。也许圣彼得堡之行便是试金石。我们积极战备的同时，更需要了解对手的习性和它们的行为准则。其三，目前整个基地除了自己和于非教授，其他所有人均不知"郑月"的真实身份，相信到了圣彼得堡郑月也会继续"演戏"。当然为预防起见，会派出未来学院的战斗组实施全方位监控。并且在到达圣彼得堡之后，会联络俄罗斯的安全部门，必要时请他们调动俄罗斯的军方配合行动。但有关于非和郑月已发生关系一事，他并没有汇报，他觉得此事尚属个人隐私，并且现在看来并无明显后果。

报告很快征得了领导批示同意。其实,郭政宏自身就握有决策权,这是国防部特批给他的。紧接着,郭政宏向林向东下达了圣彼得堡之行的任务,主要是保护郑月的安全。同时,密切关注圣彼得堡之邀的真正目的。林向东立马选调组成一支精干小分队,组长是钟南,副组长是韩舒冰,成员是张衡、烈风、卡密尔、李富贵。而韩舒冰还有另一个身份,她是以中国科协主办的《科学探索》杂志记者之名,前往圣彼得堡进行采访和报道的。

丁零也接到了《宇宙探索》发来的邀请函,现在她是 JT 集团的最高负责人。她在第一时间汇报给了郭政宏,组织上的回复是让她不要前往圣彼得堡。这期间,她忙得几乎焦头烂额,为了查清 JT 集团的巨额资金的财务流向,她聘请了曾是纽约毕马威会计师事务所合伙人之一、现已退休的华裔会计师罗凯丽,人称罗姨。她敏锐精明的审计能力,在业界享有盛名。起初,她并不接受丁零的邀请,自称已经退休安享晚年。但她听说是审计 JT 集团的财务账目,顿时有了兴趣,欣然接受了聘请。这年头,谁都想有生之年与大名鼎鼎的杰克·丁的 JT 集团沾上点边,是俗念虚荣,也是夸耀的资本。

只是令丁零诧异的是,罗姨刚接手 JT 集团账目一星期,便准备离开,理由是头晕眼花、身体不佳,决定还是回家悠闲养老。罗姨辞职的第二天,亨利光顾了丁零在纽约的临时办公室,没有任何预约,丁零知道此人身份肯定不一般。亨利亮出了美国移民局的证件,他只是说打扰丁零几分钟的时间,咨询几个简单的问题即可。

"请问吧,我听着。记住,我只能给你十分钟时间。"丁零不卑不亢地说道。

"时间足够了。第一个问题,你是凭什么资格坐上了这把交椅?你与杰克·丁之间存在着何种的非法交易?据我了解,你曾是中国未来工程部的成员,至今还保留着中国军方的军衔。而 JT 集团是美国的航天核心企业，有着许多不可外泄的商业机密。丁零女士，根据你的背景资料和真实身份，美国移民局完全具有正当理由将你立即驱逐出境。"这是亨利惯用的手段，上来三斧头先把对方砍晕，然后找出对方回复的破绽之处，再进行各个击破。

丁零笑了笑说道："首先，你已经接连问了我三个问题，而且提问的方式和内容很不友善。我刚才没听错吧，美国移民局有正当理由将我驱逐出境？请问，我犯有违反贵局哪条的入境罪行？至于我在中国什么身份，我未申请加入美国国籍，这与贵局有何相干？此外，我与杰克·丁是否存在非法的交易，你们应该比我更清楚。杰克·丁是杰出人物，堪称是美国的英雄，这是你们媒体宣传的。我想，亨利先生，你居然问出我与你们的英雄是否存在非法交易，是谁给你的勇气？"

亨利到底是老谋深算，尴尬地笑笑，转换语气说道："丁零女士，我刚才说话有唐突之处，请见谅。其实，我今天只是来和你聊聊天，并无冒犯之意。你在美国停留期间，当然是合法的。至于你的身份问题，是我过度敏感了。好，不打搅了，告辞。再见！"

"不送！"

丁零正在判断亨利所提问的真正含义，于未来风风火火地闯了进来。他突然提出请假，马上要去俄罗斯的圣彼得堡听他母亲的演讲。

"是你自己想去的，还是你母亲提出要你去的？"

"嗯，是我母亲提出的，她希望我在现场听她演讲。"这有区别吗？于未来尽管这样认为，但他还是如实回答了。

"我同意。我们一起去圣彼得堡。"

于未来如果答道是自己想去的，丁零不仅不会同意，更不会与他一起去圣彼得堡。郑月既然主动提出想在圣彼得堡与于未来见面，必定有着她的企图。借着监控于未来的理由，她如愿地得到了郭政宏的准许。

而亨利通过和丁零的这次照面，彻底明白了，来自中国的继承人丁零确实与杰克·丁没有关系。但杰克·丁为何要把巨额财富和整个JT集团拱手让给一个陌生的年轻女人？是谜总是会有答案，亨利下定决心要透过迷雾找出谜底。

林向东和钟南先于郑月、于非他们抵达圣彼得堡，住进会议广场对面公寓楼里的安全屋。队员们忙碌起来，很快就把监控设备装配好。钟南始终处于兴奋状态，他想着执行任务还能顺便去看望自己的亲妹妹钟小北。钟小北去年考上了著名学府圣彼得堡艺术学院，原名俄罗斯皇家美术学院。这个学院有将近三百年的历史，培养出许多世界知名的美术家、雕塑家。

林向东此刻要去办一件事，拜访当地的联邦安全局。接待林向东的是一个有着啤酒肚的中年警官，自称与当年苏联早期特工组织契卡的创始人捷尔任斯基同名。不过，他与克格勃的鼻祖捷尔任斯基消瘦精干的相貌大相径庭。林向东算是领教了战斗民族的酒量。由于是中午休息时间，捷尔任斯基从文件柜里拿出一瓶伏特加酒，满满地给林向东倒了一大杯。

"欢迎中国同事。来，先喝上一杯，这可是高纯度的好酒，现在市面上已经绝迹。"

林向东风闻俄罗斯人喝酒的习性，二话不说举杯一饮而尽。

"我喜欢中国，但我不喜欢中国人。"

林向东举着的酒杯在半空中凝固了。他疑惑地盯着对方。

捷尔任斯基急忙解释，"亲爱的同行，你千万不要误会。我的意思是中国人在这里普遍有钱，但他们喜欢拿着钱到处炫耀。你看，圣彼得堡最好地段的房子，比如波罗的海的海景房，很多都是他们用成捆成捆的现金买的。他们不仅仅广撒钱财，还公然追逐圣彼得堡大街上的美女。以前他们还惧怕以年轻人为主的'光头党',自从圣彼得堡警方扫荡掉了'光头党',这些有钱的中国人便肆无忌惮了,到处摆阔……"

他生怕林向东误会,特别强调他是喜欢中国政府和中国军人的,几十年来中俄战略盟友的关系,足以证明成功对抗了美国为首的西方势力。林向东临行前查过资料,几十年前中国上海市政府以四家龙头企业为首,组成一个庞大的投资规模,前往圣彼得堡进行基础建设。当年的圣彼得堡实在是太穷了,穷得连市政府办公大楼最简单的文具必需品都买不起。投资构想的蓝图很宏伟,意图在波罗的海沿海建造一个"中国村",附带着免费为圣彼得堡建造新的政府办公大楼。照理说,这是一件大好事。中国的投资商谁也没想到,也就在投资的第二年的冬季,圣彼得堡爆发了大规模的示威游行,当地居民包围了上海市政府代表团的驻地。事态发展成暴力事件,砸车、打人,不让代表团成员离开驻地。女市长切尔诺娃亲自出马手里拿着电喇叭,呼吁游行人群停止暴力行为:"冷静思考一下,中国人给我们带来的是房子和财富,圣彼得堡人不应该以怨报德。"骚乱平息了,但也留下了以后投资的阴影。上海市政府代表团研究再三,考虑到中俄长远的友好历史,原本第二期的大规模投资以撤离圣彼得堡而告终。

当林向东告诉捷尔任斯基,希望他们能协助小分队一网打尽在圣彼得堡的 TLS 成员时,捷尔任斯基连连摇头。他为难地解释,本地最大的娱乐机构游艇俱乐部在欧洲有着千丝万缕的上层关系,游艇俱乐部的总经理鲍里斯是最后一任沙皇的后裔,关系网密布欧美大陆,联邦安全局明知鲍里斯的许多罪证,仍无法进行抓捕行动。捷尔任斯基解释了许多,无非是对林向东说明,除非莫斯科高层人物发话,动用特种部队来圣彼得堡。否则,他就不仅是丢失自己的官位,恐怕连自己的性命都难保。

韩舒冰从机场直接去了涅瓦大街她最喜爱的发烧友音乐商店，她早就慕名这家店收藏的胶木唱片。圣彼得堡是艺术之都，名不虚传。店内的装饰与其他欧美国家风格相似，都是横梁裸露的金属构造，洋溢着复古与朋克的韵味。

　　韩舒冰戴着耳机听着胶木唱片里的音乐，情不自禁地跟着哼出旋律。这引起了她旁边刚步入老年的阿拉伯人的注意。耳朵是需要休息的，否则音乐的敏感度会降低。试听了一会儿韩舒冰放下耳机喝着咖啡与店老板聊天时，那个阿拉伯男子走过来坐到了韩舒冰的身旁，瞟了一眼她试听的那张胶木唱片的封面。

　　"柴可夫斯基的《1812序曲》。很奇怪，一个女孩子怎么会喜欢这样的旋律？"

　　"对不起，您了解老柴吗？"韩舒冰用阿拉伯语反问道。

　　"你的阿拉伯语很纯正。了不起。你是中国人吧？也只有中国人有这样的语言天赋。"阿拉伯老人居然用汉语回答韩舒冰。

　　韩舒冰一惊，她不是惊叹阿拉伯老人会说汉语，而是发现对方竟然精心改过妆容。他为什么要掩饰自己面容的真相？潜逃的罪犯？

　　对方也注意到了韩舒冰的眼神有些异样，不以为然地继续说道："我明白你的意思，你认为只有女性最懂得柴可夫斯基的音乐，他是为女人创作的。或许是这样，但《1812序曲》却是描写男人的战争。你看，封面上有介绍，而且从音乐上也能听出，开始是再现庄严的众赞歌，之后变为感谢神曲和凯旋歌，在结尾处加了现代战争的军乐队，还动用了大炮声……"

　　"这首曲子的旋律选自宗教歌曲《上帝，拯救你的众民》。这旋律的含义是战争的号角，也是征服的凯歌。我想说的是，只有女人最懂得战争！"

阿拉伯老人眼睛一亮，欣赏地看着韩舒冰："你是谁？你来圣彼得堡干什么？"

"我是记者，中国《科学探索》杂志的记者。"

"明白了，全世界对宇宙学感兴趣的记者都蜂拥至圣彼得堡了。"

"那么请问，你是谁？"

阿拉伯老人故作神秘状把手指放在嘴唇之间，示意韩舒冰噤声。

"我是谁？不久的将来，你会知道我是谁的。就像是《1812序曲》那样，一旦吹响了胜利的号角，所有人就得顶礼膜拜。"

阿拉伯老人飘然而去。韩舒冰怎会想到，刚才与她对话的人竟是他们小分队要全力抓捕的威廉·波旁巴。

韩舒冰离开发烧友音乐商店，看看时间还早，准备先去住宿宾馆附近的广场参观青铜骑士像再去报到。她喜欢浏览圣彼得堡的景点，她能用俄语背诵普希金的长诗《青铜骑士》。正当她参观完要离去时，广场上的一名中国女留学生看到韩舒冰，主动上前打招呼。当她得知韩舒冰刚从中国来到圣彼得堡，兴高采烈，她们在青铜骑士雕像前合了影，又聊了天。天底下竟有如此巧的事，她竟是钟南的妹妹钟小北，她们约好晚上一起吃顿便餐。

她们在路边分手告别，韩舒冰目送钟小北离去，还想着如何给钟队一个惊喜。突然，意外发生了。一辆黑色旅行车在不远处的钟小北身边猛地刹住，跳出几个彪形大汉绑架了钟小北。等韩舒冰反应过来追上前去，黑色旅行车已经逃逸了。韩舒冰通过通讯模块立即将消息告诉了钟南。

威廉之所以选择在圣彼得堡召开会议是经过周密计算的，首先圣彼得堡是个沿海城市，有深水港，便于"大鲨鱼"潜艇在近海潜伏，可以以最短的时间起到接应撤离作用。另外，鲍里斯的游艇俱乐部关系网别说是在圣彼得堡，就连整个欧洲都根深叶茂。只要拖住联邦安全局和俄罗斯军方，其他武装力量构成不了威胁。莉莉的打击能力远在警察之上，哪怕军方调动小股部队也未必是她的对手。加上鲍里斯配备精良武器的私人武装，也可以独当一面，威廉自认为稳操胜券。唯一的悬念是，隐藏在郑月体内的那个外星物种与莉莉相聚，又会产生怎样的情景？

此时莉莉面部表情极度痛苦。她见到威廉犹如救星，盯着威廉大声喊道："快，快把血浆给我！"

威廉不慌不忙地坐下："急什么？我们还有许多事情商谈呢。"

莉莉猛地揪住威廉漂亮的领带，目露凶光："你不要逼我，信不信我立刻拧断你的脖子？"

"我相信，你们杀一个人类比拍死一个蚂蚁还容易。你的生死掌控在我的手里。"

莉莉狂笑起来："你太轻看我们族群的力量了。你们狡诈又愚蠢的人类岂能体会，当一个物种的母星被毁灭，剩余的族群在茫茫的宇宙间无目的地飘荡、自我进化以维持生存。我们彼此间不存在掠夺，只有奉献。你以为我怕死？我活着，是为了族群。族群降临地球之日，也就是我的死亡之日。"

侦察卫星探测到临近波罗的海公海有潜艇行进的迹象。俄罗斯军方派出反潜机巡逻，但一无所获。由于这属于是俄罗斯海军管辖的海域，中国方面不便派出舰船前往。

郭政宏听取了林向东的汇报，立即赶赴圣彼得堡。他不是怀疑林向东的工作和外交能力，而是现在的复杂状况超出了他的预期。还有，圈层的人际关系在俄罗斯也非常重要，否则简单的事情会变得复杂化。同时，他预感到对手绝对不可能轻易束手就擒。只有亲临现场，才能在第一时间做出决策。顺便，他给小分队带去了各种风味的中国小吃零食。

"感谢领导的关心，我们实在是吃不惯俄罗斯面包。现在有了泡面和辣椒面，我们就乐在其中了。"

"俄罗斯的大列巴闻名世界，你张衡居然说不好吃？我看啊，你们是轮班倒地监控目标，没有心情吃美食。给你们带辣椒面是调节你们的味觉，我年轻时体会过，对付熬夜最有效的就是辣椒面。"

郭政宏透过监控设备看着游艇俱乐部鲍里斯的住所，那是一幢带大花园的宫殿式豪宅。镜头中，许多只恶犬虎视眈眈游荡着，发现陌生人接近就成群结队地围攻上去。整栋建筑戒备森严，装置着敏感度极高的旋转型雷达天线，红外线扫描仪无死角地观察周围环境。不难想象，暗藏的武器系统也一定是全球顶级的配备。

郭政宏顾不得休息片刻，赶去拜访当地军方的最高长官。

钟小北想不明白，他们为什么要绑架她？这一伙人是俄罗斯黑帮？她曾听同学说过，圣彼得堡黑帮猖獗。以前最著名的是光头党，后来光头党被游艇俱乐部收编，市容治安才有了明显的改善。

绑架钟小北，确实是游艇俱乐部原光头党那些人所干的勾当。每年夏天的旅游季节，他们便四处寻找"猎物"，遇到独行的异国年轻又有姿色的女人，他们就下手绑架。路边的监控机器只是摆设，早就年久失修了。况且，他们在警察局内部还有保护伞。至于绑架以后的用途，无非是成为海外达官贵人，或者是中东地区富可敌国王子们的玩物。但这次绑架钟小北的用途变了，他们要让"玩物"变化成一种武器。钟小北有着东北姑娘的血性，她岂能忍受这样的屈辱？她大叫大嚷，强调自己的哥哥是特种兵部队的，会来找他们算账。

正巧威廉和坐着轮椅的彼得·潘路过，听见钟小北的叫嚷声。威廉情不自禁地皱起眉头，他不喜欢鲍里斯那样的黑帮作风。而彼得·潘忽然提出，他想看一眼正在叫嚷的这个女人。威廉奇怪，彼得·潘到了风烛残年的岁月，怎么对女人感兴趣了？

彼得·潘对钟小北是"一见钟情"。他说，他喜欢她这样的相貌，更喜欢她那样的个性。在此前和威廉聊天听到可以更换宿主时，他就不想再继续坐在轮椅上了却残生，他要向莉莉学习，重新找一个宿主，此时钟小北就是最佳人选。更何况，钟小北还有着很大的利用价值，她还有一个正在未来学院的哥哥。

莫斯科郊外一栋非常隐蔽的古老别墅，明岗暗哨，警戒森严。郭政宏乘坐的军用越野车距离大铁门很远处停下，接受严格的全身检查。没过多久，一名俄罗斯年轻军官走出别墅，前来迎接郭政宏。两人按照俄罗斯礼节，先拥抱后握手。

"郭将军，久仰大名，快请进！部长早就在等你了。"

"你是瓦西里耶夫上校？我知道你，你不仅仅是个中国通，还是精通东亚军事的学者。我看过你发表的论文。"

瓦西里耶夫没有说话，只是点点头。很显然，他是一个寡言的俄罗斯军人，或许是他的工作性质不允许他多言。

郭政宏跟随着瓦西里耶夫走进大铁门内，顺着木结构的弯曲小路走进独栋别墅。院落很大，草坪上一群散养牛群悠闲地在吃草。两头巨型的高加索犬警觉地值守岗位。长条西餐桌上，摆设着昂贵的鱼子酱、红菜汤、烤牛排、水果和沙拉等，自然少不了大列巴。显眼的是桌子周边摆满了许多酒杯。这是俄罗斯招待贵客的仪式，贵客面前摆满一打倒满酒的酒杯。瓦西里耶夫为郭政宏介绍着女主人。

"这是俄罗斯紧急情况部的部长切尔诺娃同志。"

郭政宏注视着眼前这位步入老年有些微胖的切尔诺娃，她慈眉善目，衣着普通，当年她是圣彼得堡的女市长，曾在俄罗斯政界以改革派形象叱咤风云。

"今天终于见到俄罗斯神秘部门的女掌门人了，幸会！"

"欢迎郭将军，你领导的未来工程部比我的部门更神秘。"

"郭将军，切尔诺娃部长平时不喝酒的，只有尊贵的客人到访，她才会举杯。"旁边的瓦西里耶夫补充道。

"深感荣幸！我是来求援的。我先来，再次表达我的感谢。"

坐在对面的切尔诺娃不动声色地看着，脸上浮现着笑容："最高领导已经给我下指示，命令我部全力配合你们的特殊使命。瓦西里耶夫上校会带上特种部队，今晚就前去圣彼得堡，归郭将军指挥调度。"

第十三章

短 兵 相 接

　　马超群面对威廉，从容地微笑着。或许他早就想象过会有这样的时刻，他清楚自己身处险境，难逃一死。他是威廉诱捕的"猎物"，恰恰该"猎物"也甘愿自投罗网。

　　实际上，当马超群接到《宇宙探索》的邀请时，他与郭政宏单独谈话了一小时。在那一小时里，他已经决定去巴黎后再去参加圣彼得堡的会议，他认为"不入虎穴，焉得虎子"，他们都很清楚，《宇宙探索》的背后人物就是威廉·波旁巴，这次既然威廉主动邀请他，他更应该顺理成章地参加，以便里应外合。郭政宏坚决不同意，计谋若是被反噬，那是致命的灾难，他不能让马超群去冒这样的险。但马超群还是决定孤身冒险。

　　"马先生，中国有一句俗话，明知山有虎，偏向虎山行。我敬佩你的胆量，不过，你不像是军人出身，更像是艺术家。知道我为什么早就对你感兴趣吗？因为你能给我带来我需要的信息。我给你看几个画面。"

　　威廉吩咐手下在大屏幕上调出卫星拍摄的镜头：画面中，马超群进入 4S 店，然后秒针快速移动，始终不见马超群走出 4S 店。

　　"这个坐落在上海市区的 4S 店，一定是你所在工作单位的通道吧？也可能这样的通道有好几个。是不是？"

　　马超群突然大笑起来，严肃地盯着威廉："我问你，中国人和犹太人比拼智慧，最后的胜者会是谁？"

威廉沉默，他不知道马超群此问何意。

"我来说吧，比族群的凝聚力和赚钱本事，犹太人肯定胜出。但是，论计谋和胆略这方面，我们有着几千年历史的成功经验。因此，你的计谋肯定不如我的。"

威廉笑了，他挥挥手说："艾拉，我把猎物交给你了，我希望能从他嘴里听到我感兴趣的东西。"

此时艾拉从隔壁走出来，马超群顿时明白了，原来艾拉是威廉安插在他身边的，而她的作用就是帮威廉去除异己。直到这时，马超群终于明白了艾拉的身份。

好奇感恐怕是宇宙所有生物的共性。正是探索新奇事物的能量驱动，才导致进化的发展、文明的升级。

准确地说，站在镜子前的"郑月"不是在思考，而是以"旁观者"的视角观察着人类生命的诞生。呈圆状的受精卵被厚厚的胚叶包裹着，由输卵管向子宫内推进。与此同时，受精卵高速地发生细胞分裂。胚胎植入子宫内膜后，外层细胞通过细小的血管与母体相连，内层细胞则分化成三个胚层……她很好奇下来会发生什么样的过程，同时也感叹，没有意识的宿主居然焕发出本能的巨大能量，孕育出一个新的生命形态。

应该告诉于非吗？答案是明确的，于非是孕育生命的主要缔造者，他应该有知情权。可该如何开口说呢？这个新诞生的生命显然与它无关，这是于非和郑月结合的结晶，而它只是间接的参与者。

于非觉察出最近郑月的异样行为。而它禁不住地羡慕宿主，羡慕人类。他们似乎比自己的族群活得更丰富多彩。

郭政宏离开莫斯科之前，特地去红场转了一圈。广场上游人如织，人们只当这是俄罗斯的一个景点在游览。而他这一代的军人对于莫斯科的红场，还存有怀恋与敬畏交替的情感。几十年前，年轻的郭政宏代表中国参加过红场国际阅兵，他是中国空军方队的成员之一。他想起当年的战友们，不禁微笑了。林向东体会到老首长的心情，默默地跟随其后。

一声军号响起。瓦西里耶夫率领着由新型坦克和装甲车队组成的特种部队，浩浩荡荡地经过红场。

站在坦克上的瓦西里耶夫看见郭政宏和林向东，举手敬礼。郭政宏和林向东也敬礼示意。

"什么意思？公然昭示他们将前往圣彼得堡？"林向东有些不解。

"你说对了，就是这个意思。"郭政宏意味深长地看着林向东。

"明白了，既起到震慑的作用，也向全世界宣告俄罗斯的立场。"

"记住，以后千万不要低估女人，她们往往都是智勇双全的。"

而特种部队大张旗鼓地进驻圣彼得堡，确实起到了敲山震虎的威慑作用。鲍里斯与威廉商量之后，准备将论坛的地点改到大型游艇上，对外则宣称是想让与会代表参会期间更轻松些。

临时改变会议地点，而且是在海面上，这给监控布防带来很大的困难。郭政宏当即决定向国防部汇报，请求国防部出面协调俄罗斯军方，共同派遣海军舰船和潜艇封锁波罗的海海域，确保与会科学家的人身安全。中国海军调动了配有电磁炮和激光武器的 079 型两栖攻击舰和 055B 型驱逐舰，俄罗斯军方调动了新型的"北风之神"核潜艇，另配备了反潜机飞行大队。以这样的军力布局在狭窄的波罗的海，无疑是天罗地网。

郭政宏马不停蹄地回到圣彼得堡，在于非和郑月所住宿的酒店咖啡厅与于非见面。他迫切需要了解目前郑月在圣彼得堡的状态，评估后他才能有接下来的决策。

"很平静。大多数时间都待在卫生间，看着镜子发呆。我觉得……"

"你感觉到什么？"郭政宏急忙追问。

"它好像有心事……不可能，它们是不会思索的。具体的原因，我也说不清楚……老郭，你不应该来圣彼得堡，这里太危险了。"

"你不怕危险？你与外星物种零距离接触，分分秒秒都是凶险瞬间。"

"放心，我命硬着呢。对了，老郭，我觉得它越来越像是郑月了。不对，她本身就应该是郑月。"

"我怎么感觉，你们又回到了初恋阶段？"郭政宏开玩笑地说道。其实，对于未知的外星物种，人类永远猜测不到它们下一秒的行为准则。

威廉闭目养神地聆听着柴可夫斯基的《1812序曲》，激情高昂的旋律，特别是最后圆号吹奏起《骑兵进行曲》，仍未压抑住的久违的孤独感一阵阵地袭上心头。二十年过去了，潜伏在心底深处的那种难以言表的孤独感又浮现了。他此刻顿悟，儿孙满堂，雄心壮志的展露，甚至是称霸世界的权力，也并不能抚慰他无边无际的寂寞。他缺的是一知己，能与她相谈甚欢、精神和肉体交融的红颜知己。涅瓦大街发烧友音乐商店偶遇的那个中国女孩，为何在他的脑海里久久不能忘怀？他对那个中国女孩没有丝毫肉体的欲望，难道是《1812序曲》的旋律引起的共鸣？

威廉的身份让他对一切都充满了戒心，但奇怪的是，他对那个中国女孩没有戒备之心，而他竟然想去酒店再见她一面。也许是冥冥之中的指引，他刚走进酒店大厅，迎面而来的正是韩舒冰。

威廉还是那套阿拉伯人的装束，坐在嘈杂的咖啡厅里，这也是他第一次身边无保镖身处公共场合。他不觉得有危险，相反一身轻松。他不经意地谈起了彼得大帝的青铜骑士，恰恰正是这个话题化解了他们的隔阂。

外面正下着蒙蒙细雨，他们边走边谈，漫步到了雕像前。威廉和韩舒冰仰望着青铜骑士雕像，他们交替着用俄语高声朗诵着普希金的叙事长诗《青铜骑士》。时间在流逝，天色渐渐暗淡下来，他们从普希金又谈到了莱蒙托夫、屠格涅夫等诸多俄国诗人的诗句，他们用眼神交流，一起朗诵。每当韩舒冰说完一句，威廉总会心有灵犀地接起下一句。最后，他们坐在雕像前的草坪上，默默地彼此凝视。韩舒冰自己也觉得奇怪，在这样一个下着雨的异乡，她竟然和这个阿拉伯人打扮的老人有了如此心灵上的契合。而此时的威廉也体验到了有一位忘年交知己的美妙感受，这是他人生之中的最美时刻。猛地，他像突然意识到了什么，犹如野兽嗅到了危险，起身离去。

韩舒冰望着威廉远去的背影，她没有追去，兴许这只是一场梦。

地下室的一角，艾拉抚摸着马超群赤裸的满是伤痕的胸膛，神情中充满了怜悯般的疼爱。威廉让她从马超群的嘴里撬动一些信息，但是在和马超群在巴黎相处的那几天她已经被这个男人深深打动。他温文尔雅的谈吐，以及对她的尊重，都给了她莫大的安慰和感动。

艾拉并非威廉的亲生女儿，当威廉把她从垃圾箱里捡到的时候，她还不足五岁。此后，威廉完全是为了培养一个冷酷无情的杀手而抚养她。她学会了各种枪械的使用，学会了开摩托车、汽车、坦克和飞机，也学会了冷眼观看这个世界。但当她卸下这一威廉给她的身份，作为一个普通女生和马超群相处时，她发现原来自己的内心还会如此柔软，她还会爱上一个人。

"艾拉，你真的很美丽……"

被酷刑折磨的马超群并没有大声呼救，每次他清醒的时候，他仍是会微笑地看着艾拉。而看着马超群慢慢地萎靡不振，艾拉感到一阵阵的疼痛，心中有一块坚硬的东西正在慢慢融化……

　　咖啡馆里，郑月与莉莉终于再次相见。

　　"编号认证466722，我现在的名字是莉莉。"

　　"郑月，编号认证466721。你应该是法国宇航员舒尔茨·克鲁格。你私自调换宿主，违背信条原则，将会受到族群严厉的极刑处罚。"

　　"我明白。我会接受族群对我的任何处罚。可我这样调换宿主，也是为了族群的利益。"

　　"我不清楚你是如何存活到今天的。调换宿主融合匹配度会下降许多，你的生命周期早就应该结束了。"

　　"我是因祸得福。现在我的新宿主是一个植物人，庆幸她没有了自主意识。我们不需要了解人类，统治者应该是唯我独尊。"

　　"你……你怎么变了，变得邪恶了？"

　　"你学会了人类的善良？族群的概念中根本就没有邪恶与善良之分，人类只是为我们所奴役的宿主。我警告你，你如果站在人类的立场，我就会像对待敌人那样消灭你！"

　　"我会执行我的任务。"

　　"我给予你忠告，人类是很狡猾的物种，你不能被他们迷惑。我不干涉你的任务，你也别妨碍我的任务。我们后会有期。"

　　莉莉与走进咖啡厅的于未来擦肩而过。于未来坐在刚才莉莉的位置，关切地看着郑月。

　　"妈，我来了。你……你身体不舒服？"

　　郑月有些心神不宁，摇摇头。"你怎么来了？"

　　"您忘了，是您让我来听您的演讲。"

　　"你赶快走！赶快离开这里！你别问为什么，我只能告诉你，你在这里有危险。"

　　郑月焦急地站起身，粗暴地拉起于未来，往门外走去。坐在咖啡厅一角的丁零，正不动声色地看着这一切。这时候，她起身拦住他们的去路。

"郑教官，抱歉，于未来现在是我的助理，他必须听我的。"

郑月愤怒地盯着丁零，瞳孔内掠过蓝色的光芒。

"你让开！我要保护他，保护我的儿子！"

丁零感觉到，无形中有一股摄人心魄的力量在逼迫自己。她禁不住地后退几步，让开了通道。

郑月拉拽着于未来扬长而去。

当韩舒冰步入足有五层楼高的豪华游艇时，她在纷乱的人群中一眼就认出了那双熟悉的眼睛，只不过他没有穿着阿拉伯长袍，也没有飘逸的长须，而是一身休闲的打扮。他朝着韩舒冰迎面走来。

"韩小姐，欢迎你！自我介绍一下，我是威廉·波旁巴。"

韩舒冰没有过度惊异，只是笑了笑。"我看出你易容了，但没想到能做到如此彻底。不过这也解释了那天你为何匆匆离去。"

"能再次邂逅韩小姐，是我的荣幸。我留了最好的位置给你，你享有特权可以随时进行采访。"

"谢谢！威廉先生。"

此时的韩舒冰正在心中筹划如何把情报汇报给林向东和钟南，她相信，林指挥和她的小伙伴们就在不远处监控着游艇上的一切，可他们不会清楚人群之中哪一个是威廉·波旁巴，根据以前得到的威廉·波旁巴的资料，都是易容之后的，没有任何照片和图像能够确定他的真身。而此刻，威廉·波旁巴近在咫尺。

游艇驶向波罗的海公海范围，鲍里斯发言宣布论坛正式开始。而此时灯光一闪，奢华的舞台上正站着一只非洲的大猩猩，它睁大着眼睛好奇地面对观众。突然，全息影像屏幕里闪过一颗流星，大猩猩仰望天空呐喊起来，而此时一艘外星飞船降临舞台。只见飞船的金属船体中走出一位妙龄女郎，她正是莉莉。大猩猩捶胸顿足，试图反抗，但在莉莉的制服下，大猩猩开始对莉莉顶礼膜拜。之后，全息屏幕里出现了他们生活的环境。但一面是高科技的展现，一面则是人口膨胀和环境的恶化。此时，莉莉又登场了……

突然，观众席中传出愤怒的呼喊声："停止演出！我们不要看污辱人类的场景！"

人群骚动起来。韩舒冰趁着混乱之际，悄悄离开餐厅。威廉站在舞台中央的灯光下，示意众人安静。

"大家少安毋躁，请你们冷静想想，刚才屏幕上全息影像反映出来的画面，难道不是我们今天社会的真实写照？你们是科学界的精英，不用担心一日三餐，体会不到普通民众排队领取政府颁发的微不足道的补助，还有所谓的营养胶囊时的感受。"屏幕上定格了一幅纽约某街区垃圾箱的画面，各种肤色的族群拼命搏斗，其中还有一个未成年的孩子，面容惊恐，"这就是我所在街区的一幕真实场景。是的，我就是威廉·波旁巴，我认为现在需要进行人类清除计划，地球需要拯救！人类更需要被拯救……"

现场一片哗然。冲进来一队全副武装的雇佣兵，团团围住餐厅里的所有与会人员。莉莉推着坐在轮椅上的彼得·潘走上舞台。

"你们安静听着，多少年来你们苦苦寻找的外星人此刻就站在这里。轮椅上坐着的宿主名叫彼得·潘，曾是罗斯威尔小镇的牧羊人。这具身躯里的是我们族群编号认证475765110，也是'罗斯威尔事件'坠毁飞船里的唯一幸存者。它在地球上默默观察着你们，目睹了地球人丑陋凶残的百年历史……"

于非忍不住了，不顾身旁郑月的阻拦反驳道："对不起，打断一下，我叫于非，来自中国的天体物理学家。请问，地球人怎么丑陋凶残了？人类是有许多不足之处，甚至为了争夺利益发动战争。可是，我们没有去侵略外星球的领土，也没有强制性地利用他人的身躯作为宿主。绝大多数的地球人是善良的，是有着起码的道德观的，也是向往和平的。再请问，你们的星球是怎么被毁灭的？你们是怎么成为太空难民的？据我所知，你们族群比地球人类更凶残……"

"够了！我不想听下去了。"莉莉猛地向于非扑来，双手疾速挥向于非的脑门。电闪雷鸣之间，坐在于非旁边的郑月挡了回去。

莉莉瞪视着郑月，厉声问道："保护这个人类不是你的任务！为什么？"

郑月无言以对。

"让开！"莉莉再次准备袭击于非，又被郑月拦住。

"你不能杀死他……"郑月的语调有些犹豫，神情却很坚定。

韩舒冰顺着游艇的走廊，查看着一间间的舱室。她的目的很简单，找到能与外界通讯的设备，她的通信设备在上游艇前就按照要求摘掉了。一间舱室门外的血迹引起了她的注意，她小心翼翼地打开舱门。她被眼前的惨景惊呆了，一个男子赤裸地躺倒在血泊之中。韩舒冰认出死者是马超群，他曾给学员们普及过医疗知识，之后听说他辞职离开了海底基地。韩舒冰在马超群尸体前默默地敬礼致意，心想，马超群怎么会出现在这艘游艇上？莫非他辞职是为了来这里当卧底？或许这是唯一合理的解释。

第十四章

与 狼 共 舞

　　波罗的海是欧洲的内海，平均水深只有 55 米，而且岛屿林立，潜艇的隐蔽功能自然大打折扣。威廉的"大鲨鱼"号潜艇只能潜伏在瑞典东南海岸与哥得兰岛之间的海域深处等待接应，那里水深超过 495 米。尽管如此，"大鲨鱼"号也只能保持通讯静默，否则，反潜机、侦察卫星和超远程声呐很快就会锁定潜艇位置。

　　威廉预估到会遭遇俄罗斯军方的拦截，但他没有料到中国也派遣了性能最佳的军舰，甚至出动了新型的核潜艇。鲍里斯在游艇上安装上红外线遥控监视系统，监测到中俄两国军舰形成了包围之势。"尼古拉"号游艇虽然也配备了一门火炮，但那只是对付海盗的，根本不能抗衡正规的军舰。

　　很明显，劫持计划不可能实施。难道威廉事先没有计算到现在的局面？他绝没有狂妄到不自量力地目空一切。借助莉莉的"特异功能"或许能与中俄的军方周旋片刻，但毫无胜算。此刻，他需要做的是迅速结束战斗。

　　此时，莉莉突然仰天长啸。瞬间，平静的海面暗流涌动，翻卷起层层海浪。晴朗的天空变得乌云密布，电闪雷鸣。游艇内餐厅灯光熄灭了，一片漆黑。

　　众人恐慌了起来。一束追光亮起，威廉又出现在舞台中央。"我要告知各位，此时此刻，中国和俄罗斯军方派出的最新型的军舰和核潜艇，对我们这艘游艇形成了合围之势，他们担心我企图劫持你们。不错，你们是当今最优秀的天体物理科学家，人类高智商的佼佼者，不仅仅是你们的学识，还有你们的视野瞄准的是宇宙的深空。强烈的好奇心促使你们去探索未知的空间，生存的责任感又要求你们寻找到外太空的同类。就在刚才，你们目睹了来自高级文明的现身说法，用事实证明了人类在宇宙高级文明的眼中，只是一群低劣的物种……"

突然，海面上传来广播声："我们是俄罗斯北方舰队和情况紧急部的特种部队，你们已经被包围了，不要做无谓的抵抗……"

人群骚动起来，首先是记者们冲向餐厅门口，但被武装人员开枪示警。

可怕的一幕出现了。威廉率先戴上了防毒面具，其他武装人员纷纷效仿。紧接着，餐厅的空调出气孔释放出白雾般的气体。有人大喊道："快跑！他们释放毒气了！"

于非看到靠近空调出气孔的科学家一个个地倒下，痛苦地挣扎着。他还没有愣过神来，郑月揪住他的衣领从人群的头顶掠过，转瞬之间又破窗而过。

威廉透过扩音器说道："大家不要惊慌，这不是有毒气体，只是麻醉你们的大脑中枢神经系统，不会对你们生命有危害。你们应该感到很幸运，因为你们已经成为外星物种选择的第一批活体宿主。你们不会再感受到人世间的烦恼琐事，你们的肉身将会长寿，见证人类文明等级进入一个新的维度，实现星系之间的宇宙航行。外星物种降临地球之前，你们需要默默等待……"

瓦西里耶夫指挥着特种部队乘坐几十艘小型快艇，向着"尼古拉"号游艇驶去。钟南身穿有潜水装置的防护服，他和烈风、张衡乘坐小型快艇一马当先。

他们的头顶上空是武装直升机的机群，扩音喇叭开始呼喊："'尼古拉'号立即抛锚停下，我们是紧急情况部的特种部队，你们马上放弃抵抗接受检查……"

"尼古拉"号游艇上唯一一门机关炮开始炮击了，只进行过短暂训练的炮手，准确率毕竟有限，对于高速行驶的快艇构成不了威胁，几十艘快艇很快将"尼古拉"号游艇紧紧围住。瓦西里耶夫的特种部队，海面与空中交叉的火力，完全占据了绝对优势。

鲍里斯相信威廉的实力，更相信莉莉的外星异能所向无敌。可当他看到威廉和莉莉乘坐游艇上唯一的那架直升机准备撤离时，他顿时明白自己成了他们的替死鬼。

原本威廉也是指望莉莉能够大开杀戒的，他们此前曾经商量过，如果它的同类能够联手，实力将增加一倍以上，但如果是莉莉一个，那么他们的胜算太小，而如果莉莉受伤，它也不能再替换新的宿主了。威廉也奇怪，莉莉的同类居然为保护一个地球人与莉莉反目？

武装直升机摧毁了那门机关炮，武装歹徒四处逃窜。莉莉利用外星异能，施放出干扰脑电波的意念，在它和威廉的周围形成了一道保护网。都说子弹是不长眼的，但对于掌控相对高的等级文明来说，改变子弹的弹道轨迹形同儿戏。

鲍里斯见莉莉保护着威廉走上直升机，便急红了眼，推开一具躺倒在机枪上的死尸，自己怀抱起机枪对准已经转动机翼的直升机疯狂扫射。莉莉运用脑电波干扰术，改变了子弹瞄准的角度，刚登上游艇的钟南一不小心负了伤。

此前韩舒冰本想暗中控制机关炮，内应队友，但情况瞬息万变，她只能选择一个跃步拿起手中暗藏的匕首，直扑向鲍里斯，两人在甲板上翻滚扭打起来。两人身形差异悬殊，转眼韩舒冰就被压倒在地。她情急之下，抛出一个媚笑，就在鲍里斯发愣的一瞬间，猛地扣住鲍里斯的手腕，将匕首深深地扎进对方的胸膛，顿时鲜血直流，鲍里斯瘫倒在地。

韩舒冰推开鲍里斯，站起身。她快步跑到钟南身边，又回转头看向正在准备起飞的直升机。她的一瞥被威廉看在眼里，威廉似乎从中感到了她的不舍，下意识地他当即做了决定："带上她，一起走。"

身旁的莉莉质疑他："为什么？你了解她吗？我们快没有时间了。"

"你相信人有灵魂吗？她就是我的灵魂伴侣。我想过了，哪怕她是卧底、是敌人，我会改造她。"

莉莉轻蔑地笑了，此时的韩舒冰却已经朝着他们跑来，威廉一伸手将韩舒冰带进了舱内。威廉驾驶着直升机，穿越武装直升机群的包围，朝着公海飞去。海面上众多军舰连续发射导弹和武装直升机群发射的集束火箭弹，在天空中组成严密的火力网。但是，无论是导弹还是火箭弹相继都在空中自爆，像是一场灿烂的实弹焰火秀。

而躺在甲板上胳膊中弹的钟南迷惑地看着这一切。但他知道他现在唯一能做的就是去找他的妹妹钟小北。上次韩舒冰把小北被带走的事情及时告诉他以后，他们调查发现此事很有可能与威廉有关，现在威廉这么明目张胆在这里，钟小北应该也会安置在这儿。

负伤的钟南终于找到了自己的妹妹钟小北，只见她蜷缩在一间舱室的角落，瑟瑟发抖。钟南挣扎着爬过去，艰难地抓住了钟小北颤抖的手，她的手指是那样冰冷，指尖上流露出一股寒意。

"小北，跟我回家。"

钟小北用奇怪的眼神看着钟南，摇摇头。钟南发现妹妹的眼神里透露出一股杀气，突然，她的双手敏捷地掐住了自己的脖子，他嗅到了死亡的气息。

"你……小北……你……"

钟小北残忍地扼住钟南的脖子用力一拧。钟南临死那一刻惊骇地瞪视着双眼，他怎能相信会死在自己妹妹手里？

"钟小北"看着自己纤细的双手，很无辜地笑了笑。

　　于非在水中拼命挣扎，终于在海面上冒出了脑袋。自己是如何掉入大海中的？他毫无印象。记忆停留在他被郑月带出来，飞出窗外。他环视着周围无边无际的大海，看不到有任何陆地的痕迹，他突然恐慌起来。

　　"你不必惊慌，我知道你不会游泳。没事，我会让你成为游泳健将。"说话间，郑月已出现在他的身边。于非顿时感觉到自己的身体变得轻盈，一股无形的力量推动着他，犹如鱼儿在海面上飞快穿梭。

　　"你刚把我像是拎小鸡那样拎起来带走，是不是想让我在同行面前出丑？"于非的恐慌感消失了，替代的是愤怒的情绪。

　　"我是在救你，要不然你和那些人是相同的命运。"

　　"他们怎么了？"于非紧张地追问。

　　"我不知道，这是你们人类的阴谋。"

　　于非无语了："那你为什么要救我？"

　　郑月沉默，没有回答。于非不甘心，书生气地一再逼问："你的同类要杀我，你出手阻止。你救我一定是有原因的。"

　　"郑月怀孕了。"郑月体内的它显然被逼急了，脱口而出。

　　"郑月怀孕了？"于非的思路一下子没有转过弯来。

　　"你还不明白？那天晚上恰好是郑月的受孕期，你要与我发生交配关系，结果是郑月怀孕了。"

　　于非突然蒙了，那天晚上，他是向她发泄对外星物种的不满，没想到阴差阳错却使郑月怀孕了。但这也说明新的生命正是他和郑月的结晶，与外星物种无关，人类顽强的本能，打破了这些物种的界限，而于非又是创造生命的主要贡献者。

　　"你是因为这个原因保护了我？"于非的语气柔和了许多。

它没有说话，它在扮演郑月的同时，自然也融入进了郑月的意识……

"尼古拉"号游艇被海警舰艇拖到码头停泊。于非跟随着林向东走上游艇，到处是搏杀过后的痕迹。等他们三人来到游艇上最大的餐厅时，诧异地看到那些原本睿智寡言的科学家，此刻一个个都像是老顽童，他们有的在猜谜做游戏，有的忘情地背诵童谣和诗句，有的相互扯着胡须比试着摔跤，还有的什么也不做只是在傻笑。

"他们是怎么回事？"林向东不解地问于非。

突然，于非想起了威廉的话，再加上郑月那天对他说"这是你们人类的阴谋"，看来威廉得逞了，于非忍不住痛哭起来。就在这个餐厅里，聚集了近乎全球最优秀的天体物理科学家，如今一个个都丧失了意识，要成为外星物种的活体宿主。

林向东也明白了，原来威廉·波旁巴根本没有所谓的劫持计划，他的阴谋是把这些科学家作为对降临地球外星物种的献礼。林向东将此事及时汇报给了郭政宏，并一起上报至联合国。联合国秘书长霍华德得知消息后，迅速下达指令，将这些科学家分别秘密运送到几个大国的顶尖医疗机构去治疗，并迅速封锁新闻报道。

于非虽然成了幸运儿，逃脱了威廉设计的阴谋，但是，他明白，失去了这些优秀的天体物理科学家，等于锁死了人类星际大逃亡的理论根基。而在这样一场混战中郑月的特殊身份也无法继续隐瞒了，原本只有少数掌管情报的军方知道，可世上本无绝对的机密，消息不断扩散，各国研究人员提出要到访研究与观察。面对这样的情况，郭政宏拒绝了各方的请求，因为还要对这次活动进行调查，但是他答应一个月后主动将郑月交给联合国，并将此前的研究资料双手奉上。

而此时郑月向郭政宏申请要前往新疆，问它理由，它坦率地说，它要去寻找族群坠毁的飞船，这是它的任务之一。原来"罗斯威尔事件"的小型飞碟是派遣到地球执行搜寻任务的，由于地球磁场变化的因素而坠毁。郑月的回答证实早在百年之前，还有另外的外星飞船到访过地球。

能否同意郑月离开海底基地，让一个外星生物在地球上自由活动？这可是非常重大的事情。郭政宏分别给国防部和管辖西北战区的总参谋部汇报，北京方面也不敢怠慢，当即召开各军种的联席会议。总参谋部通宵达旦地制定了郑月的行进路线。而在这条路线的周围，部署了西北战区和火箭军的机动兵力，可随时应付不测状况的发生。最后，方案的计划报告将由最高领导人认可签字。最终，郭政宏接到了国防部的指令，同意郑月前往新疆的申请，于非陪同前往。整个西北战区将启动一级战备状态，密切配合"搜寻行动"。郭政宏同时对郑月附加了一个条件，她是未来学院的教官，需要同时带着战斗组学员去新疆进行野外训练。

韩舒冰被带到了海底入口处，武装人员蒙上了她的双眼。她也非常配合和顺从地接受任何指令，直到进入"狼穴"后才解除了蒙住眼睛的那块黑布。两个黑人女子脱去了她身上的所有衣物，并为她在一个大木桶里沐浴。清洗完毕，她穿上了丝绸睡衣。整个过程中，她都保持着寡言和平静。她清楚，自己是处在严密的监控之中，稍有不慎生命将在瞬间被终结。马超群没有做到的"卧底"，如今她实现了。她现在采取的对策是，以不变应对万变，其目的很明确——先活下来。

在这里，没有了昼夜之分，人对时间的感知开始混沌。韩舒冰先被安置在一个昏暗的房间里，有人定期给她送来食物，可是并不让她出去。就这样过去了三天，她知道他们是在观察她。但她要把坚强隐藏在心底，表面上装作是个弱女子，会流露出恐慌，甚至有时候歇斯底里。她自信，她的演技可以蒙骗所有人，包括老谋深算的威廉·波旁巴。

果然很快这就得到了证实。第四天的时候昏暗的小屋亮堂了，厚重的铁门慢慢地移开，威廉出现在韩舒冰的眼前。

"韩小姐，你受委屈了。"

韩舒冰用楚楚可怜的眼神看着威廉，这一招的演技是最管用的，大男子往往对柔弱的小女人有一种天性的怜悯。果然，威廉解除了防备，亲手把韩舒冰从地上扶起来。

接下来，韩舒冰顺理成章地按照预设的剧本表演，委屈、茫然、疑惑、慌乱，她时而低声哭泣，时而沉默不语。话并不多，可是眼神里充满了一切。

威廉被韩舒冰的演技骗了过去。由于"狼穴"没有专用的客房，威廉腾出自己的书房作为韩舒冰的卧室。威廉的藏书非常之多，还有限量版的拉丁语原著。而韩舒冰每天的生活就是读书，另一方面借助读书她有充分的时间来思考如何把"狼穴"的坐标传递出去。

威廉几乎每晚都会过来，他们会一起聊聊威廉的藏书，畅谈先哲的观点，并延伸到当今的现实问题，相互讨论。

"威廉先生，这些藏书证明你熟读先哲圣贤的理论，也崇尚人类自古以来的智慧，为何还对人类丧失信心，试图用外星文明来改造地球人呢？"

"这是一个混沌的世界，人类无法完成自身改造。只有借助外星文明，人类才可能得救。正如人类的起源，我们是一群被放逐的囚徒。可悲的是，囚徒之间还要争个你死我活。"

……

而丁零和于未来由于杰克·丁的唯一儿子托尼被绑架的突发事件，飞去了巴黎。很快，巴黎警方就破了此案。这是托尼自导自演的一出闹剧，目的就是为了钱。这不是他第一次这样自导自演了，而是故技重施。

丁零看过托尼·丁的有关资料，他是杰克·丁三年短暂婚姻留下的唯一儿子。杰克·丁结婚以后，从未携带夫人出现在公共场合。很多人听到他离婚的消息，才知道他已经结过婚了。当年托尼的母亲沙旺素西拿了一大笔离婚分手费，回到故乡泰国清迈过起了隐居的日子，这也是离婚协议里的条款。小托尼长大到十八岁，得知自己的亲身父亲是大名鼎鼎的杰克·丁，便变得不安分了，借助他有一个这样的父亲在世界各地洗钱，不断惹官司上身，导致杰克·丁只能郑重发表声明，断绝父子关系。为此，托尼怀恨在心，越发用逆反的方式破罐子破摔。

丁零和于未来带着律师去警局保释，但托尼见到他们不仅没有感谢，反而对丁零恶语相向。而当他们走出警局的时候，亨利去见了托尼的母亲沙旺素西，他想要跟她谈谈托尼的问题，而这一切丁零并不知道。

就在丁零和于未来离开巴黎的前夜，遇到了来历不明的武装匪徒袭击。丁零毫无防备，当场中枪。奇怪的是，于未来却毫发无损。他背起受伤的丁零左躲右闪，硬是从枪林弹雨中逃离现场，并送丁零去了医院急救，还好未伤及丁零要害，子弹取出后丁零需要静养。而此刻的于未来静下心来觉得此事十分蹊跷。他复原了当时的画面，那群匪徒的枪口似乎都是对准他的，可他为何没有中枪呢？还有此前在纽约的那天夜晚，他竟然也能躲开。这并不像是他平时能够完成的，难道自己真的有了某些超能力？他越想越迷惑。等丁零的身体恢复得差不多，他们回到纽约后，他跟丁零商量自己要做一个试验。

听到于未来的想法，丁零觉得他一定疯了，他竟然让丁零给他找两个保镖对着他射箭，他要看看自己到底是不是有超能力，而且他还跟丁零说，就算是真的射中了，伤害也属于能承受的范围。他反复地恳求，丁零最后决定，那就去掉锋利的箭头，抹上红色涂料，如果射中，于未来的身体就会留有红色痕迹。

这个试验在一个空旷的体育场进行，半小时过去，两个保镖射出了无数的箭，只见于未来左右腾挪，却没有一支箭射中于未来。这实在是诡异，要知道他们都是精挑细选才能在丁零身边的，看来这的确非同寻常。当晚，夜深人静之际，于未来来到公司的楼顶，观察了楼层的外部结构后，他的脑海里顿时展示出一幅行走的路线图，并且有着每一个清晰的落脚点。起初他是小心翼翼地在突出物体之间跳跃，后来慢慢加快了节奏。他顺着一个个窗台敏捷地游走，举重若轻地平衡着自己的身体……

于未来发现自己竟在不知不觉中有了这样的超能力，他突然想起了几年前他所做的白日梦——寻找出一个中等质量的虫洞，实现人类穿越太阳系的星际旅行。或许现在自己有了这样的能力，这样的白日梦只是需要有最坚实的理论基础。而最先用量子力学理论推测出能产生足够大虫洞的胡安·马尔达塞纳教授，就在巴黎大学的空气动力学研究院；他决定去拜访教授。

到了和胡安·马尔达塞纳教授约好的那天，于未来乘坐超音速飞机，直奔巴黎。巴黎大学一直号称是贵族大学，至今的校徽仍是皇冠的标志。这所大学在八百多年的历史长河里，教育改革几经反复，曾一度分化成十三所各自独立的大学，直至推广卓越大学计划后，才又合并在一起。近年来，教育体制发生了天翻地覆的变化，学生们看重的不是学校的排名，而是注重尖端领域的研究方向。一名教授相当于一个领袖，他的威望胜过一所大学。就拿胡安·马尔达塞纳教授来说，他是普林斯顿大学的终身教授，但他退休后被聘请到巴黎大学。尽管他出门都要坐轮椅，但就因为他的存在，巴黎大学的生源远远好过其他排名在先的大学。巴黎大学也有值得骄傲的象征，学校的广场上就是居里夫人做实验的雕塑和她的半身铜像。而于未来马上就要见到胡安·马尔达塞纳教授了，他心里有些忐忑，但更多的是兴奋，或许他的白日梦不再是白日梦了……

　　巨大的天网笼罩下，火星上第一个城市初具规模。第一批的火星居民大多都是生物学和植物学的科学家，他们尝试在原有的土壤中渗入有机化合物，种植从地球上带来的土豆和菜籽。他们用红外线灯管孵化出了小鸡小鸭，尽管成功率很低，但这也为在火星上的继续繁殖点燃了希望。火星就是他们新的家乡。他们要在这一片红色的土地上，开垦出地球那般的生存环境。

　　杰克·丁终于从昏睡的状态中苏醒，他醒来对亚克里斯说的第一句话是："谢谢你让我活下去。"

　　当时亚克里斯不仅保住了杰克·丁的生命，而且在杰克·丁的大脑中植入了芯片，这样可以传播和发射指令，从而保证杰克·丁行动自如。刚开始植入时，杰克·丁的偏头痛很厉害，感觉脑袋似乎要爆炸。亚克里斯清楚，大脑的神经元错综复杂，稍有不慎就"短路"。而为了提高芯片的性能，亚克里斯准备第二次手术，这是要冒很大风险的，但是亚克里斯和杰克·丁他们都很相信彼此。终于杰克·丁从昏睡中苏醒，而经历了十几个小时手术的亚克里斯走出手术室便瘫软倒地，昏迷过去。等他醒来的时候，发现自己的床边坐着杨安妮。

　　"别动，你身体很虚弱。"杨安妮用汤匙一小口一小口地喂着亚克里斯，"这是小米粥，我加了一些葡萄干，趁热吃。"

　　亚克里斯感激地看着杨安妮，咽下热乎乎的小米粥。自从佛罗里达发射场之后，他们还没有好好聊过。亚克里斯知道自己对杨安妮的间谍身份仍心有余悸，而此刻杨安妮也知道也许亚克里斯已经清楚了自己的身份，可她自问，她是真正爱亚克里斯的，绝无二心。

"你好好休息吧，回头我再来看你。"看着亚克里斯吃完，杨安妮准备离去。

亚克里斯只是点了点头，就慢慢躺了下来闭上了眼睛。但一股熟悉的温馨气味袭来，紧接着他感觉到女性特有的柔软贴在了他的胸膛。他睁开眼睛，杨安妮躺到了他的身边。他体内的荷尔蒙上升了，温情旋涡已然形成，亚克里斯觉得自己身陷其中……

第十五章

继 往 开 来

柯伊伯带区域的空间，飘浮着无数艘尖塔一般的飞船，这些尖塔形飞船的表面坑坑洼洼，布满各种擦痕。它们呈扇形飞行，偶尔在旗舰的指挥下，组合成一艘巨大的母舰。

飞船舱壁闪烁着淡淡的蓝色荧光，狭窄的过道将船舱分成十多个十六棱柱，每个棱柱表面都密集排列着三角形小室。三角形小室内，一些虫卵状物裹着半透明的霜。几团凝胶似的物体蠕动着进入一排空的三角形小室，融入其中后快速变成卵状物体。紧接着卵状物体开始膨胀，蠕动着爬向棱柱上方。尖塔的顶端可以直接看到外面的景象。

蜂巢式结构的外部，穿梭着各类智能机器人。有的体积庞大如变形金刚，有的微小灵巧如飞禽。它们的功能就是维护飞船结构和维生系统。一切都是那么有条不紊，纪律严明。

新疆若羌附近发生了一次地震。罗布泊地区的地底，一股暗流从闪烁着异样金属光泽的外星飞船残骸旁缓缓经过。这艘外星飞船坠毁于百年前，而当时的人类，误以为这是一颗坠毁的火流星。飞船里的外星生物处于休眠形态，地震使得部分个体混进了水源之中。

第二天清晨，罗布人村寨的一名渔夫在博斯腾湖收网捕鱼。突然，一条近两米的鱼跃出水面张口咬住了他的胳膊，他被拖下水中。

鱼群围住拼命挣扎的他一番啃咬，尸骨很快荡然无存。

当晚，村寨一对男女举行婚礼，罗布人仍保持着祖辈的习俗。他们将新娘用毛毯包裹着抬到新房，而小伙们则围着篝火歌唱着罗布人古老的民歌《心爱的姑娘》：

> 我从喀尔曲尕来，像鱼儿在水中畅游。自从见到了你，我无法入眠，心爱的姑娘，因为路途迢迢。天上的月亮啊，带去我深深的祝福，我心爱的姑娘，你是我心中最明亮的灯光……

罗布人的美味烤鱼，远近闻名，许多游客慕名而来。一条条鱼剖成两半，用树枝叉鱼放在围住篝火的铁架上熏烤。罗布人举行婚礼期间，烤鱼免费给游客品尝。旅游团里一个来自南京的小伙子烤鱼吃得最多。

国防部有关部门和未来工程部为马超群和钟南举行了隆重的葬礼，地点在上海龙华烈士公墓。

马超群的父亲是心脑血管专家，母亲是第三军医大的教授。他们站在独生儿子的墓碑前没有流露悲伤，表现得很坚强。儿子违背他们的愿望，去做了他喜欢的卧底，尽管失败了，但也算完成心愿了。钟南的老母亲却悲伤过度，病倒在医院。只有钟南的妹妹钟小北参加了葬礼仪式。她在游艇上受到惊吓，精神上的创伤仍在持续治疗中。

仪仗队鸣枪致敬。郭政宏和众人脱帽默哀。

崔乐乐走到马超群的墓碑前，恭恭敬敬地献上一束鲜花。

马超群妈妈默默地拥抱了她一下："这样也好，他毕竟做了他喜欢的事情，完成了从小就想当一名间谍的愿望。"

崔乐乐用力地点点头，抱住马超群妈妈默默流下泪来。

钟小北的状态透出一丝奇怪，她像是还未从恐惧中恢复过来，可所有医疗仪器包括脑电波检查都证明她是健康的。她在葬礼上，时而呆呆地眺望远方，时而对着人傻笑。郭政宏和林向东商量过了，钟小北不可能再回圣彼得堡读大学了，那就让她改读国内的大学。谁知当他们告知钟小北后，遭到了她的强烈反对。她说，她不想再学习绘画了，她要顶替哥哥钟南进未来学院。但未来学院不是收容所，郭政宏当时就拒绝了。

没想到，葬礼上国防部的领导刚讲完话，钟小北突然冲上前跪倒在地，声泪俱下地恳求领导让她进未来学院，她要为哥哥报仇。场面有些尴尬，未来学院毕竟不是一般的军事院校，需要经过标准严格的层层筛选。领导考虑再三，最终给了她一个参加未来学院选拔测试的机会，通过了便可录取。既然领导发话了，郭政宏也表示赞同，毕竟未来学院的选拔测试极其严格，能通过的人少之又少。钟小北的目的达到了，她居然在众目睽睽之下疯狂大笑起来。

郑月也在葬礼上。她全程站在队列里沉默地观看，当钟小北抱住领导大腿跪求这一幕映入眼帘时，她的嘴角露出几丝诡异的笑容来。

南京的天气不佳，电闪雷鸣，暴风骤雨，这是夏季典型的雷阵雨。正是早晨上班的高峰时候，上班族纷纷涌入市中心的各栋写字楼。电梯前，一名年轻男性理了理自己的领带，他看到一位高管模样的中年人走来，急忙恭敬地弯腰行礼。

"小刘，去新疆旅游回来了，都参观了哪些景点？"中年人漫不经心地说道。

"主要去了罗布泊，还参加了若羌当地村寨的婚礼，那里的烤鱼特别好吃……"

突然，那个叫小刘的年轻人捂住脑袋大叫起来，面目狰狞地开始用力撕扯自己的头发。整个电梯间里的人都惊呆了。

小刘如同野兽般咆哮着，他的双眼暴突，鲜血顺着眼角流下，衬衣被鼓起的肌肉撑破。只见他后背弓起，接连向上猛地弹跳，很快电梯间的天花板被他撞出一个大窟窿。众目睽睽之下，他轻易地将已经停住的电梯门扒开，跳了出去。

写字楼大厅，闻讯赶来的保安围住发疯的小刘，但他们哪是他的对手。闻讯赶来的警察动用催泪弹和实弹射击，仍然无法制服他。一时间，整个南京市都沸腾了，互联网上到处是上传的"超人"视频。

两小时后，林向东率领未来学院战斗组赶到南京。林向东在望远镜里见到像是"蜘蛛人"那样在高耸的写字楼之间灵活跳跃的"目标"，就断定这起突发的"超人事件"与摩洛哥那场外星物种的遭遇战有着内在关联。

郭政宏听取了林向东的紧急汇报，决定调用华东战区的火箭军对"目标"进行打击歼灭。他刚准备下达命令，就接到林向东的汇报：该"目标"未遭遇打击便自行身亡了。然而祸不单行，他还未松口气，新疆的西北战区又传来紧急军情，若羌地区某村寨发生了集体性"暴乱事件"，当地的武警部队竟然根本不是这批"暴徒"的对手，据不完全统计目前死伤已经过百。西北战区只好出动精锐的空降部队，包围了该地区。

郭政宏观看了传来的视频图像，确定了"暴徒"性质与南京的"超人事件"如出一辙。他令林向东率领战斗组立即前往新疆若羌，尽可能抓捕到"暴徒"的活体。郭政宏下意识地感觉到，"暴乱事件"无疑事出有因，肯定与郑月寻找失踪的外星飞船存在某种因果关系。摸清楚了"暴乱事件"的根源，说不定就离真相不远了。想到这里，郭政宏突然有了一种不祥的预感，他担忧陪同郑月前往新疆的于非，他始终处于与外星生物零距离的危险接触之中。

霍华德浏览着各国众多科研机构的提案，呼声最高的来自德国军事评论家盖德·穆勒。这个血统纯粹的日耳曼人设想的方案是令人恐怖的：利用正反物质能量在太空中发生碰撞，爆炸的当量将超过核弹的几亿倍，足以毁灭整个太阳系。以这种同归于尽的威胁，企图使入侵地球的外星物种有所忌惮，然后再进行外交谈判。最好的局面是人类与外星物种在地球上和平共处，井水不犯河水。只是，一厢情愿的设想有可能实现吗？而且，仅在三年之内，这个理论上的假设能否在实际运用中实现，完全是未知数。安放在近地轨道的大型粒子对撞机已经初具规模，六个月后就可以试行运转。碰撞的结果如何？或许只有造物主才能知道吧。

　　于非表面上仍维持着慢节奏的生活方式，实际上他心急如焚。他清楚，人类在与时间赛跑，很可能所有的努力都是无用的，科技文明的等级绝不可能在短时间之内产生质的飞跃。但哪怕只有一丝丝的希望，人类也要为种族的生存而做出最大的努力。他也清楚，郭政宏平静的面容下掩盖着同样一颗焦虑之心。

　　于非有着责无旁贷的使命感，全人类只有他与外星生物存在零距离接触。但他对"郑月"的了解，只是它们星球毁灭前后的琐碎历史片段，以及它们在太空漂流过程中经历的几次革命性的进化，最终它们的肉身转化为液态形式的生命。于非试图寻找出外星物种的弱点——任何生物必然存在着生命系统的缺陷命门。

　　郑月的意外怀孕，让于非措手不及，这超越了他的伦理认知。确凿无疑的是，与于非的精子结合的是郑月的卵子。可是……他困惑，"郑月"却喜悦。昨晚，它告诉于非，受精卵在子宫中已经发育成胚胎，心脏开始跳动，胎儿的细胞在迅速分裂，连接大脑和骨髓的神经管也在发育生长……

　　于非听着"郑月"的欣喜述说，回想起郑月第一次怀孕时也是在他耳边不断地叙述胎儿的发育进程，"她们"竟如此地相同？！于非看得出来，"郑月"非常热爱正在孕育中的小小生命，惊奇中带着喜悦。蓦地，有如电光火石在于非的脑海一闪而过，莫非它们与人类的基因存在某种关联？也许，宇宙间的生物链都是相通的。

潘多拉的盒子一旦打开，后果可想而知。泰勒眼睁睁看着莉莉的所作所为，心里清楚这个披着女儿外貌的"外星人"，实质就是来到人间的恶魔。他经历了痛苦又颓唐的心灵折磨后，开始振奋起来。他并不打算拯救人类，而是要还女儿莉莉一个清白。

有一项研究表明，能够成长为优秀科学家的男女，他们的坚忍度非同常人，只要明确了目标，就会勇往直前。他们的座右铭是：哪怕失败，失败也是成功之母。

泰勒提出辞职，决定离开"狼穴"。威廉和其他人都不以为意，他们认为泰勒已经是一个废物了，留在"狼穴"反而碍眼。威廉签了一张近乎天文数字的现金支票给他，毕竟泰勒成功截获了外星生物，又阴错阳差移植到他女儿的躯体内，这才有了今天被威廉控制的莉莉。泰勒离开"狼穴"之前，例行做了记忆清除手术。

手术通过立体定向术，在头颅上钻两个直径 0.5 至 1 厘米的小孔，把微电极伸进去损毁脑部的相应神经环路靶点，整个过程都由纳米机器人完成。这样，消除大部分记忆的泰勒基本上成了废人，不仅所学的专业知识变成空白，连日常生活的方式也要从头学起。只是威廉低估了科学家的坚强意志，况且泰勒还经受过五年监禁的记忆训练。他早已把需要记忆的内容刻进了意识深处。

泰勒来到以色列的特拉维夫，见到了大学时的校友犹太人列维·佩雷斯。正巧，他刚从中国回到特拉维夫。当他得知泰勒的来意后，不顾实验室里其他的同事在场，竟然放肆地狂笑起来。他激动地搂住泰勒的肩膀，使劲摇晃着："真是天助我也！泰勒，你是人类的公敌，人人都有责任举报你，让你回到大海中的那座孤岛监狱监禁终身。但你来找我算是对了，我可以让你摇身一变，由全球追捕的通缉犯成为拯救人类的英雄！"

近乎白痴的泰勒傻傻笑着，他不在意通缉犯和英雄的区别，他只是为了女儿活着。

列维·佩雷斯主管的爱因斯坦基因实验室举世闻名，最主要的业绩是根据人类的基因序列，发现并且弥补了有缺陷的部分，以避免后天产生病变的因素，特别在预防及治疗癌症方面有了突破性的进展，使人类的平均寿命延长到了一百二十岁。因此，他被几个大国授予了科学家的最高礼遇，终身享受外交豁免权。如果不是受到国际公约中修改人类基因的禁令限制，或许他的科研成就早已令人不敢想象。他到中国是因为崔乐乐在国际医学刊物上发表了一篇轰动整个学界的论文，她在喜马拉雅跳蛛样本体内分离出了外星生物病毒。光学显微镜1500倍的放大倍率下，地球人第一次观测到了外星病毒。联合国秘书长霍华德当即把崔乐乐的研究项目列入了应对外星入侵危机的预案之中，也许病毒学是最有可能实施的对抗外星生物的手段。同时，他邀请列维·佩雷斯的基因实验室参与崔乐乐的项目。

列维是在上海第三军医大学与崔乐乐见面的，他第一眼就喜欢上了娇小玲珑扎着马尾辫的崔乐乐。崔乐乐对列维也颇有好感，学者型的长相和睿智的眼神对她具有绝对的杀伤力。相处短短三天，列维和崔乐乐共同探讨两次，后一次是从半夜讨论到黎明，明确了项目研究的攻克方向。这一晚，这一对忘年交终生难忘。当然，这是后话了。

由于新疆若羌暴发了新的不明原因的病毒疫情，上级令崔乐乐随医疗队赶赴疫情地区。列维没有被邀请前往新疆疫情地区，他直接回到特拉维夫，惊喜地等到了意外前来投靠的泰勒。

泰勒的目的是为女儿复仇，而列维的目的是全人类的生存。目的各异，却殊途同归。

林向东带领未来学院战斗组抵达新疆巴音郭楞蒙古自治州若羌县时，"暴乱事件"已经平息。西北战区没有动用一枪一弹，因为"暴民"之间展开了自相残杀。身穿防护服的林向东视察现场时震惊了，整个村寨到处是断壁残垣，可怕的是这一切不是枪炮造成的，而是用肉体的拳脚制造出来的惨景。那些尸体更是惨不忍睹，不仅开膛破肚，而且血肉横飞，没有一具完整的。林向东看到崔乐乐指挥医疗队正在收集尸体上的各种样本，聚精会神竟没有注意到林向东的到来。

研究得出结论，若羌的"暴民"与南京的"超人"性质相同，染色体变异造成红细胞迅速激增和膨胀，短时间内爆发出了巨大能量，病毒入侵大脑中枢神经系统，最终七窍流血自行暴毙。

崔乐乐推断出"暴乱事件"的起因在于博斯腾湖的水源。西北战区顺着水源采取人网战术，辅之以精密的探测技术，发现湖底有一条暗流，直通到离博斯腾湖九百多公里的魔鬼城。

魔鬼城又称乌尔禾风城。位于准噶尔盆地西北边缘的佳木河下游，西南距离克拉玛依市100公里，典型的雅丹地貌。当地人将此城称为"苏鲁木哈克"，维吾尔人称为"沙依坦克尔西"，意为魔鬼城。当地人传说，一百年前此地的居民在一夜之间全部消失，只留下一行足迹通向魔鬼城中的圣山阿里戈。民间传说经过代代口耳相传，至今越发迷离神秘，久而久之，魔鬼城竟然成为新疆著名的旅游景点。然而多年以来，还有一桩怪事始终没有揭开谜底——任何信号在魔鬼城的区域都是被屏蔽的。人们一直解释为磁场效应，现在似乎有了另外的答案。

圣山阿里戈隐藏着百年前坠毁的外星飞船吗？

地质探测队协同西北战区通过X光热像仪扫描，发现在圣山阿里戈半山腰处有一个巨大的溶洞，洞内含有非常高的热能量。如果那是外星飞船的话，初步判断，它的动力装置仍处在运行状态。

当年由于外星飞船是高速坠毁，坠毁区域又是在风沙侵蚀下的雅丹地貌，因此深藏此处多年，居然至今才被发现。

西北战区如临大敌，将方圆百里划为禁区，机械化部队和火箭军某部蓄势待发。毕竟这是来自外星球的飞行器，谁也无法知晓其中的奥秘。临时指挥部先行派出了一个侦察排，还未靠近隐藏的外星飞船，便遭遇强光和震动波袭击，导致全员眼睛失明并遭受了不同程度的脑震荡。

林向东率领的未来学院战斗组责无旁贷。他们预先做了所有能做的防护措施，但他们也清楚，这些措施或许根本不能起到保护效果。林向东一遍又一遍地检查着学员们的防护装备，他心里十分不安。

"千万要记住，防护面罩不能随意打开，如果感到头昏眼花身体不适，必须马上撤离。李富贵，你是全队的唯一的眼睛，绝对不能勉强，你看不清楚了，就用力拉三下绳索，其余人便按顺序撤离。"

李富贵的视力有别于常人，这是他常年对视太阳锻炼出来的火眼金睛。

宽敞的溶洞内侧，一道道明显的像是金属划过的痕迹。难以想象，隐藏在里面的外星飞船的真面目究竟如何。

正当李富贵率领行动小队准备进入溶洞之际，林向东接到郭政宏的特别指令：探测行动取消，行动小队原地待命，等待于非和郑月的到来。若是他们在溶洞内发现了外星飞船，也必须征得郑月和于非的认可，行动小队才能进入飞船内部。郭政宏没有告知林向东真相，但林向东大体也能猜出几分，恐怕现在的郑月已经不是他记忆里的郑月了。

于非和郑月乘坐专机飞往魔鬼城的圣山阿里戈。此时正是日落时分，太阳的余晖渐渐微弱，一轮明月冉冉升起。

"地球上的日月轮回象征着恒星终有衰老，作为母星的太阳星球的寿命也不过上百亿年，这时间对于宇宙来说连瞬间都算不上。"

"可是对于人类的进化来说，已经足够长了。郑月，你想说什么？"

于非注视着郑月，知道它绝非只是有感而发，而是一个种族在宇宙空间生存演变的实践积累。果然，郑月微微一笑，说道："你们的生命设计上有着严重的缺陷，细胞在分裂过程中会逐渐丧失分裂能力，即使是能够主动控制蛋白质合成的我们也无法阻止这个衰变过程。所以，对于提高郑月个体的寿命上限我也无能为力……"

"既然如此，你为什么要寄生在郑月的体内？"于非忍不住发问。

郑月的表情有些困惑："这也是我的疑问，寄生于地球人对于种族来说其实不是一个很好的选择。但是，为了族群的延续，我们必须如此，这是族群首领的结论。受到权限原因，或许是我理解不了首领做出这个决定的深远意义……"

于非的眼前变得朦胧起来，浮现出昨日黄昏的情景。

新疆与沿海地区有两个小时的时差，晚上九点多了太阳才刚要落山。于非和郑月正在合画一幅写生风景画。他们都喜欢绘画，而且接受过系统的学习训练。无论在恋爱期间，还是婚后的空暇时间里，他们都会开车到郊外合画风景写生。这与情操无关，仅仅只是两人世界的一种乐趣。

于非看着"郑月"用彩色粉笔完成画幅的最后部分，感慨外星生物对于色彩的精确分辨和构建物体的线条准确性。说实话，它要比他与郑月的绘画水平高出许多。

郑月随手扔掉画笔，微笑着面对于非。"并非我有艺术天赋，我们的世界没有所谓的艺术。人工智能能够完成的，我们没有必要去学习。我好奇，人类使用着落后的繁殖方式和信息传递形式，却成了地球上的核心物种。是的，你们的文明非常丰富多彩，也有着繁荣的艺术体系，这些都是感性的产物。而我们在进化中早已把有害于生存的非理性思维淘汰掉了……"

"没有感情的话，你们与人工智能有何区别？"

"这个问题很有趣，你们的价值观中，人工智能并不被当作人类看待。"

"你的意思是，AI 算作是你们的同类？"

"当然是。在我们的世界里，AI 早已是我们生活的重要组成部分，甚至我们现在飞船上主要的生存形式便是和 AI 进行融合，之所以能够建立起族群的神经网络，也是借助于 AI 的协同作用。"

于非与郑月聊天时，养成了随手记录的习惯。他记下每次与"郑月"的谈话，这是与外星生物零距离接触的珍贵资料。如果有时间，他要细细梳理，希望研究出外星物种存在的薄弱环节，宇宙中没有一种生物是完美的。为此他编了一个美丽的谎言：用原始的钢笔记录谈话，目的是练字。如今人们都用语音和键盘码字，写字反而生疏了，像钢笔已经成了稀罕物品。于非以前珍藏的"英雄"牌钢笔，眼下终于有了用武之地。

于非身穿防护服站在溶洞前，突然想起那句名言："当你凝视深渊的时候，深渊也在凝视着你。"

于非有着某种预感，他下飞机后私下对前来迎接的林向东耳语，自己有些私人物品托他保管，如果他有什么不测，请把这些物品交给郭政宏。林向东不以为意地看着于非，这方圆百里戒备森严，处在西北战区火力网的掌控之下，能有什么不测？他心里这样想，但还是默默接过了于非交给他的公文包。

郑月提出条件，只能她和于非进溶洞探测，任何人不得跟随其后。林向东和西北战区领导面面相觑，谁也不敢做主。林向东请示了郭政宏，没想到郭政宏当即表态，同意郑月的要求。

郑月也学着李富贵的方式，用绳索牵着于非走进溶洞。她告诉于非，如果不是她及时阻止，未来学院的行动小队将全军覆没。于非相信它绝非危言耸听，坠毁的外星飞船一定有着特殊的保护措施。

于非闭着眼睛在黑暗中行走，感觉脚底下坑坑洼洼，磕磕绊绊，他忍不住发问："我们脚下是什么？"

"你们人类腐烂掉的残骸。"

于非惊愕了："怎么会有人体残骸？怎么回事？"

"这是一场战争的结果。你不要睁开眼睛，防护面罩保护不了你的视网膜。我可以把我所知道的告诉你……"

于非从郑月平静的叙述中想象出当时的画面：百年前夏季某日的一个夜晚，天空中闪过一道流星的轨迹，星光下，沙漠里行进着一大群村民，他们步履蹒跚，神情却异常兴奋。他们前行的方向，有一个正八面体形状构造的物体悬浮在半空中。这是一艘外星飞船，船体闪烁出的淡蓝色荧光犹如灯塔，吸引着附近的村民聚集过来。

飞船渐渐降落到地面的高度，村民们围绕在飞船周围，虔诚地顶礼膜拜。然后，他们像是受到某种暗示，嘴里念念有词相互手牵手，而飞船中淡蓝色的光芒逐渐散发到四周，覆盖了所有的村民。

突然，最前列的几个村民猛烈抽搐起来，断开了牵着的手，继而是村民的尖叫声和怒吼声。人群开始骚动了，愤怒了。他们抓起手边可以攻击的棍棒和石头，甚至有的丧失理智的村民直接抛起襁褓中的婴儿砸向飞船。飞船在愤怒的人群攻击下震荡起来，它企图强行启动飞行，但笼罩在淡蓝色荧光里的人群，在飞船周围形成了一个巨大的吸盘。飞船艰难地盘旋飞行，最后撞在了圣山阿里戈的半山腰……

于非睁开眼睛时，发现自己已经身处外星飞船的内部。眼前的景象与以往看过的科幻电影不一样，并非想象中流线型的光亮设计，也没有眼花缭乱的高科技设施。船体空间相当狭窄，如同一个放大版的蜂巢。

于非也算全球顶尖的科学家了，可此刻，见多识广的他面对超出想象的船体构造，一时间感到大脑转不过弯来。但他很快顿悟了，宇宙间所有的生物都以生存为第一法则，创造出的高科技也是辅助生存的需要，一个漂流在太空中的生物种族必然经历一个化繁为简的过程。

郑月面对着一台微缩型如老式的 DOS 电脑的屏幕，似乎已经与它们的母舰取得了联系，只见它眉头紧皱，表情肃穆。它得到了什么样的指令？

蓦然，怪异的事情发生了，那块微型屏幕掉转方向对准了于非，屏幕上显示出于非的特写画面。郑月脸色大变，急忙挡在于非的身体前面。于非从郑月的表情中看出，一定发生了特别紧急的事情。

"于非，你无论如何要相信，并不是我们的种族凶残，而是你们人类饱含恶意。我们不是侵略，而是人类需要解救。你明白吗？"

于非不明白它突然对自己说这些话的含意，他立即反驳道："不！人类的天性是爱好和平，我们从未侵略过任何星球。即使人类之间会有战争，也有邪恶……"

郑月不等于非说完，猛地便把他推进一个密封舱。一片漆黑中，于非喊叫的声音仿佛被真空瞬间吸纳，他听不见封闭空间里的任何声响。于非失去了感觉，意识也在模糊，自己的四肢和躯体在分解融化，灵魂在出窍……黑暗中，他似乎看见一团光亮……

郑月独自缓步走出溶洞。众人关切地围了上来。

林向东盯着郑月，问道："于非呢？他为什么不出来？"

郑月怪异地笑了笑："他不在里面，去一个很远的地方了。"

林向东觉得事态严重，急忙吩咐烈风的行动小队冲进溶洞解救于非。

郑月阻止道："谁也不能进去，马上要爆炸了……"

话音未落，沉闷的爆炸声在溶洞内响起，巨大的冲击波使溶洞外的人全部倒地，紧接着是连绵不绝的地底震动……

约半分钟后，圣山阿里戈几乎塌陷了将近三分之一。新疆地震台测量到了里氏震级 4.5 级的地震，烈度为中强震。

林向东愤怒了。

他作为现场指挥官，责任就是保护好现场所有人的安全。如果说，溶洞里的外星飞船自行爆炸属于不可控因素，可是于非的牺牲他绝对无法容忍。尽管他得到的指令是于非可以在没有保护措施的状态下进入溶洞，但他仍不能原谅自己，毕竟于非在他的眼皮子底下消失。他清楚，于非何止是价值连城，他是全世界唯一懂得核聚变技术原理的科学家。

林向东下令把郑月抓了起来，给它戴上了脚链和手铐。临行前，他眺望着不远处的圣山阿里戈，为于非的长眠默哀。

第十六章

天 降 大 任

　　海底基地最深处有一个圆形房间，这里是未来工程战略防御中心，也是超级大灾害紧急避难的一部分，有着能够近距离抵抗核爆冲击的防御能力，即使发生了六千五百万年前导致恐龙灭绝的小行星碰撞事件，只要这颗小行星不是直接砸在海底基地的上方，它就能够有效防御。整个房间除了入口处的圆形大门外，看不到任何墙壁接缝，而大门也可以旋转九十度严丝合缝地嵌入墙体中。最主要的是，纳米机器人组成的细小颗粒一旦受到外界攻击导致建筑物体受损，它们将迅速填补所有裂缝，即使造成了局部塌陷，它们也能立刻修补如初。

　　此刻，郑月面对郭政宏、林向东坐着，没有丝毫不安或慌张。

　　"郑月上校，请允许我仍这样称呼你。第一个问题，按照你的说法，于非还活着？"

　　郑月不假思索回答："他存在着，只是在另一个地方。"

　　郭政宏和林向东面面相觑。存在着？另一个地方是哪里？

　　"你们不是有个'薛定谔的猫'理论吗？那你们应该明白于非目前的存在状态，是处于量子纠缠的某种境界。"郑月奇怪地看着郭政宏和林向东，似乎觉得这完全不能作为一个问题。

　　未来工程的每一个人都知道量子纠缠理论，可至今没有一项实验能够获得量子纠缠的确切数据，那是一种假设，似乎永远只能是一种假设。2016 年 2 月 12 日，激光干涉引力波天文台举行探测到引力波的新闻发布会，人类获得了全新的认识宇宙的能力——我们即将进入引力波时代。在此之前，几乎所有的天文学家都认可爱因斯坦的广义相对论，也相信引力波的存在，但只有探测到双黑洞合并引发的引力波，才得到真正完整的验证。这就是科学。

郭政宏陷入深思，郑月的意思是于非的躯体被分化成微原子，传送到某个地方重新组合了。这可能吗？

"正如你说的，那于非此时在哪里？"

郑月摇头。

林向东忍不住了，冲着郑月发火道："你说于非在另一个地方，但又不知道在哪里，这纯粹就是信口雌黄！"

郑月没有生气，只是抱歉地看着林向东："我理解你的愤怒，我确实不知道于非会在哪里出现。他是通过高维度回到三维世界的，应该在另一艘飞船的密封舱内。当然，维度传递过程也会发生意外。我只能告诉你们这些，抱歉。"

郭政宏不再追问了，他相信它所说的是客观现实，于非被运送到另一个维度，那他还能返回我们的三维世界吗？返回了又会出现在哪？所谓悬而未决，就等于没有答案。

郭政宏转换了话题，继续问道："溶洞里怎么会有人类的残骸？坠毁的飞船到地球的目的是什么？你们为什么要屠杀人类？"

郑月立即反驳道："这艘飞船带着和平的使命来到地球，可你们人类饱含敌意攻击飞船，飞船上的族类只是自卫。冲突引发了飞船坠毁，在与母舰通信中断后发生了什么就未可知了。我要申明的是，挑起战争的是你们人类。"

"笑话！你们侵略地球，还反过来指责人类，这是黑白颠倒！我问你，你们把人类当作生命延续的载体，经过作为宿主的我们的同意了吗？"

郑月默然了。

丁零在杰克·丁的豪宅里发现了重大秘密，也许是命运使然。

一天，午夜时分，她被窗外凛冽的风声惊醒，起身走出卧室，鬼使神差地来到地下室。她无意中触动了一个机关，那里有一间密室，很宽敞，一面墙上布置着一块银幕，正对着屏幕的是一台老式的胶片放映机和一盘盘陈旧的胶片。

丁零在短暂的惊讶后，勉强认出这是 20 世纪初摄影机时代的产物。她好奇地启动了老式放映机，当装胶片的圆盘缓缓转动后，屏幕上出现了 20 世纪 80 年代的画面。由于胶片存放年代久远，银幕上呈现出大面积的雪花和胶片磨损的噪点。

丁零从半夜到凌晨，断断续续看了几小时撒满雪花的银幕，早期的柯达胶片记录了杰克·丁的童年直至青年成长时期的各种片段，有家庭生活的，有与小伙伴玩耍的，但更多的是杰克·丁在各个阶段的毕业照留念，从小学直至戴上博士帽。看得出来，摄影者非常喜爱杰克·丁，他关切杰克·丁在各个成长时期的一切。镜头前偶尔闪现一个男人粗壮的手指，显示出摄影者应是个类似父亲的长辈。奇怪的是，影像资料终止于杰克·丁戴上博士帽。

其中最为特殊的一盘胶片，拍摄的画面是一栋别墅焚烧后的废墟，根据周边的景物对比，别墅应该是杰克·丁戴上博士帽后没多久就烧毁了。这盘胶片的拍摄者应是杰克·丁本人，胶片中还录了一段他当时所说的话，听起来声音模糊，断断续续，但仍能感觉到语气里充盈的悲愤。

丁零反复听这段话，大体听明白了：别墅被人故意纵火，房子的主人杰克·丁的养父在大火中死去，杰克·丁发誓要为养父报仇。

丁零至少清楚了一个事实，杰克·丁生活的家庭并非原生家庭，他在少年时被收养。他在养父的家庭里幸福地成长，直至博士毕业。

杰克·丁的养父姓丁，他跟随了养父的姓氏。

蓦地，丁零想起小时候听祖父说起过，他们这辈的兄弟中有一个曾下南洋闯荡，后来就杳无音讯了。莫非，杰克·丁的养父与自己的家族真有关联？如此推理，杰克·丁指定她成为JT集团的继承人似乎顺理成章了。可是，其中仍有不少谜团。杰克·丁的养父既然与她同一宗族，为什么后来不与亲人联系？而杰克·丁若是为了感恩养父，他完全可以正大光明说出来，用不着藏着掖着。

令她诧异的还有，杰克·丁成名之后从未提过自己的养父，外界的任何资料也没有提起过他的这段经历，仿佛杰克·丁的养父随着被焚毁的房屋而烟消云散了。密室里的这些胶片影像没有被毁，估计是杰克·丁戴上博士帽的那天，这些作为养父送给他的贺礼而幸存。

也许只有见到杰克·丁，谜团才能彻底解答。密室内有一整面墙悬挂着火星地图，这似乎也正常——谁都知道杰克·丁是"火星狂人"。是不是还有一种可能，杰克·丁不辞而别，其实是去了火星，成了第一批火星居民？但他为什么要隐瞒行踪，还留下遗嘱？

火星移民是全人类的事情，值得骄傲地发扬光大。莫非，杰克·丁去火星另有隐情？是因为他与NASA之间存在着幕后交易吗？

丁零清楚自己所有的通信手段都被监听，这件事她要当面向郭政宏汇报。

当天下午，通讯模块显示于非在新疆莫名失踪，已经通知于未来尽快回国。郭政宏没有明确告诉她于非失踪的原因，但她大概率能猜到，肯定与"郑月"有关。瞬息之间，丁零脑中闪现了一个念头，她要去火星。

美国内华达州51区的周边，聚集着越来越多来自世界各地的男男女女，大多数是失业的社会底层人士，他们拖家带口，带上帐篷和生活用品，来到此地安营扎寨。他们在军事基地铁丝网外的空地上示威，抗议美军封锁51区的真实情况。守备基地的美国空军官兵早已见怪不怪，他们甚至达成了某种默契，经常会送给这些人一些军用罐头和大米面粉。

一些全球性的慈善组织也闻风而至，随之带来的是资助的衣物和食品。抗议的人群不仅衣食无忧，甚至比先前的生活水准还提高了几倍。于是，一到夜晚，帐篷内外到处都是载歌载舞的人群，每一天都像在庆祝节日。在外星飞船到来以后，所有人都已经明白，人类的好日子到头了。美国政府已经制订好"末日计划"——他们在北冰洋附近的格陵兰岛建造了能容纳百万人口的地下城。

仿佛忽然之间，人类的道德伦理观念开始复古，连中国人都快忘却的孔孟之道开始在全球范围内流行起来。

例如"百善孝为先"的观念就得到了广泛认可。路透社最近的一则新闻轰动了整个人类世界。在非洲饥荒最严重的刚果地区，一位17岁男孩割下自己瘦弱大腿上仅有的一块肉，煮汤给生病的母亲和幼小的妹妹吃，结果自己悲惨死去。报道新闻的记者带着猎奇的口吻，夹带着抨击了小男孩的愚昧行为。没想到，他被千万网民攻击得体无完肤，甚至收到了不少死亡威胁。说明什么呢？人类开始重新注重家庭，珍惜亲情，就像人在临死的前夕，眼前浮现的是亲人的相貌和童年的幸福回忆……

孔孟的著作译成各种外文出版发行，相关书籍甚至包括《三字经》。在纸制品稀缺的时代，人们竟然觉得在线阅读是对古老文化的一种亵渎。一时间全球洛阳纸贵。社会学家的分析认为，这并非人类突然变得多愁善感，不过是种虚幻的自我安慰罢了，他们希望在末日来临之前洗净自己的灵魂。

这一天的51区，凌晨五点左右，巡逻的流动岗哨途经一座废旧的仓库时，听到里面有人发出微弱的声音。巡逻士兵简森急忙汇报给指挥中心。当值军官是麦卡锡准将，他起先并不在意，那个仓库封闭了将近一个世纪，怎么会有人？但作为一个尊重下属且负责任的军官，他还是来到仓库前。果然，他也听见了微弱的声音，毫无疑问里面的确有人。

三重厚实的门打开了，麦卡锡惊异地看到一个近乎全裸的亚洲男人蜷缩在地上。他全身发紫，浑身浮肿，皮肤溃烂，奄奄一息。在一系列的医疗抢救后，高压氧舱把这个来历不明的亚洲男人从死亡边缘拉了回来。

这事不仅惊动了空军高层，也波及了五角大楼的国防部和白宫安全委员会。当即，一架军用专机从五角大楼起飞，机舱内搭乘的全都是各军种和各秘密部门要员。

当天傍晚时分，一场类似三堂会审的审讯在临时搭建的防弹机要室进行。主审讯官是麦卡锡准将，来自白宫和五角大楼的要员们通过防弹玻璃观看整个审讯过程。

审讯之前，他们已经通过人脸识别系统，基本确认仓库中的亚洲男人是中国著名的天体物理科学家于非。封闭多年的仓库别无他物，只有当年从罗斯威尔运来的外星飞船残骸。这个疑似中国科学家于非的亚洲男人从天而降，只能认为与外星残骸有关。

在场的官员们心照不宣，他们多多少少都知道一些百年前的传闻。当时"罗斯威尔事件"现场收集到一些残余的不明黏液，51区的科学家用这些黏液进行了小白鼠复生实验，然而"起死回生"的小白鼠疯狂攻击同类，破坏力几乎达到失控的地步。51区的指挥官，也就是麦卡锡的前前前任罗姆准将果断停止了实验。他不顾科学家的抗议，杀死了所有用作实验的小白鼠，烧毁了剩余的不明黏液。他的理由很充分——要坚决制止一切可能危害国家安全的因素，外星病毒就是外星人的生物武器，最稳妥的办法就是彻底消灭以绝后患。

51区所有的文件都不公开，于是，当年的实验过程与结论便不了了之。此事后来上报给当时的美国总统杜鲁门，后续的历届总统也知道"罗斯威尔事件"真相，但他们不约而同都保持了缄默。

审讯期间，于非神情木讷，思绪混乱，语言杂乱无章，常常表意含混答非所问。几个小时过去，这场审讯毫无收获。麦卡锡和那些旁观的要员都明白，再审下去也是徒劳。那么，关键的问题来了：是否照会中国有关部门，请他们派人前来核实于非的身份？讨论会比审讯的时间还长，最后他们认为此事牵扯到51区的机密和国家安全，暂不告知中国政府为好。一旦当年"罗斯威尔事件"的真相披露，国际社会将会一片哗然，美国现任总统恐怕要立即辞职下台了。而且，他们仍旧期待着于非能够恢复理智，这样也许能获得更多有用情报。

于未来面对郭政宏之前，他想过，一定发生了与他相关的重大事情。他想过无数种可能，唯独没有料到于非的"失踪"。他仔细听完所有细节，心里已经有了结论，所谓的"莫名失踪"，应该只是对亲属的一种安慰吧。

他在心底从未崇拜过父亲，平日里不是嫌弃他这不对，就是觉得他那也不行。在他心里，于非只是一个无能的父亲。猛然间失去了，往日的父子情深却都迫不及待涌上心头。

父爱是一座山，现在山塌了，你才感觉到他的雄伟。

于未来要求见母亲郑月。

他清楚，基地里的所有人，包括自己，都怀疑母亲。她真是外星人？无论从情感还是理智出发，于未来都不愿意相信父亲死了，而母亲又成了人类的异类。他要见到母亲，凭自己的直觉做出结论。

在基地深处的圆形房间里，他看到母亲郑月被禁闭在一个透明的玻璃空间之中，里面放着一张单人床和一个小型的移动厕所。

郑月看到于未来，表情平静。

"你来了？——很抱歉，我把你的父亲弄没了。我没有恶意，我只是希望他活着……"

于未来不耐烦地打断郑月："你希望？希望有什么用？"

"我保证，保证于非一定还活着！"

"你拿什么来保证？人死不能复生，除非你……你真是外星人！"

于未来多么希望母亲的回答是否定的，但他听到的答复让他震撼。

"我是外星种族，可我也没有能力使人类起死回生。我保证，是因为我们的科技要比你们先进，你们做不到的星际旅行、量子传送，我们都行。我说错了，你们不包括你，你算是我们的同类。"

于未来怀疑自己产生了幻听，自己怎么可能是外星种族？

郑月不容置疑地继续说道："于未来，你的体内含有我们种族的基因，但你身体的构造是人类的。准确地说，你属于我们，又是地球上的新人类……"

于未来听不下去了，歇斯底里地反驳道："胡说！纯粹胡说八道！我怎么可能是你们的同类？"

"于未来，你想想，最近你的身体有没有异常？"

于未来无法否认了。他的飞檐走壁，凌波微步，正常的人类再勤学苦练，也达不到如此出神入化的境界。

"我来到地球的任务之一，就是激活你，保护你……"

于未来又打断道："等等，激活我是为什么？假设我真是你们的同类，我的任务又是什么？"

郑月摇摇头。

"你不知道？那你激活我？"

"族群头领没有告诉我目的，只是让我执行。或许，是等我们族群降临地球后你的作用才会体现。这是我的推理，仅供参考。"

于未来心底里涌上一层深深的悲哀，自己竟然是个异类！那父亲被活埋致死，自己无疑也算作帮凶。他不再追问了，他感到自己正在坠入深渊……

郑月幽幽地又说："于未来，我怀孕了，不，是你母亲怀孕了，你将会有一个妹妹……"

于未来难以接受接踵而来的打击。他的情绪爆发了，猛烈地捶打着防护玻璃。他冲着里面的郑月喊叫："你不能代表我的母亲！你是个混蛋的外星生物，你耍赖！在我母亲的身体里面兴风作浪，我要杀死你！我告诉你，我是地球人，绝不会与你们为伍！"

郑月悲哀又失望地看着于未来说："你恨我？为什么？怀孕不是我的错，是你母亲的作用，而且……我也爱于非，我把他'移走'，是为了保护他！"

郭政宏观察着于未来，一遍遍回看监视录像，他能想象于未来知道真相后的心情。父母的异常变故足以摧毁一颗少年的心。郭政宏不想对于未来隐瞒，迟早要面对的，成长需要付出代价。更主要的原因是，原先中断的策反计划重新又变得可能了，而于未来必须在其中扮演主角。当初于非提出对外星物种实行策反的想法时，郭政宏判定为绝对荒谬，这种天真的想法纯属科学家的异想天开。但现在，于非生死未卜，他却很认真地考虑起于非的想法来，并且打算付诸实践。

于非的实验室仍保持原样，郭政宏选择在这里与于未来面谈。

他亲自给于未来泡了一杯咖啡。

于未来的情绪很低落，只想独自躲到一个没有人迹的地方，思考一下自己今后的漫漫人生。但当他得知郭政宏清楚自己的身世时，他愕然了。

"郭部长，你不会把我也关进玻璃房吧？"

郭政宏严肃地点点头，接着又笑了。

于未来急了，口不择言辩解道："不行！我不可能是异类，我是完整的人类！你看，你仔细看，我哪里是什么外星人？"

"那我问你，你母亲，她像外星人吗？"

于未来无法反驳。是啊，外星生物寄生在人类的身体里，外表是看不出来的。他绝望了，怎样的辩解都显得苍白。

"那，那就把我关进玻璃房吧……"

"谁说要把你关进玻璃房？我可没有下过这样的命令，以后也不会下这样的命令。"

"那我该怎么办？"

郭政宏却突然转换了话题。"未来，我一直没有儿女。现在人老了，渴望亲情。我有时候在想，要能有个年轻人陪陪我……我就直接说吧，我想认你做干儿子，你愿意吗？申明在先，这事可不能勉强，你也不用马上回答我。"

于未来愣住了。他想不到郭政宏此时竟会提出如此请求。想到于非，顿时泪奔。他情不自禁地扑进郭政宏的怀里，像是回到了童年时期那般哭泣起来。

郭政宏却推开于未来，严厉地说："你给我站起来！你记住，你是个战士，你的任务和使命应在战场上！"

被推倒在地的于未来犹如弹簧那样跳起来，笔直地站在郭政宏的面前。他顾不得擦干脸上的泪水，敬礼道："报告！未来学院战斗组于未来，时时刻刻准备着，听候组织和领导的指令。"

郭政宏的语气缓和了，他招呼于未来坐下。

"你听好了，现在有一个非常艰巨的任务要去完成，这个任务以前是你的父亲于非执行的，现在希望你能够继续下去……"

刚坐下的于未来又跳起来："我保证完成任务！"

"你都不知道是什么任务，就敢拍胸膛保证？"

于未来迟疑了几秒钟，眼神立刻变得非常坚定："我相信我能够完成，所以我保证！"

郭政宏满意地点点头："我欣赏你的决心，也相信你能够完成任务。你坐下喝咖啡，耐心地听我把来龙去脉说清楚。"

郭政宏想了想，他从当初于非发现郑月的破绽说起。他说得很细致，以至于语句经常停顿，生怕错失与遗漏了于非对每一个细节的处理和想法。他是在追忆，更是在缅怀。

于未来一字一句听得非常仔细，失去了才知道珍贵。以前，他不屑一顾称之为"老头"的父亲，那个迂腐的窝囊的书呆子，那个整天沉浸在自己想象中的天体宇宙里的科学家，那个在生活中既不懂得人情世故又欠缺雄性的荷尔蒙的男人，此刻在郭政宏的描述里，忽然又高大又丰满起来，最后在于未来心底深处树立成一座丰碑……

当他得知这个任务是策反"外星人"时，禁不住愣住了。这是父亲没有完成的任务，他必须去执行。

"于未来，你明白你父亲为什么甘愿与外星生物零距离接触吗？他是为了你的母亲。而且他坚信，他不是孤军作战。你母亲会帮他。而你应该去拯救你的母亲，何况，你的体内存在着外星种族的基因，这是你比你父亲更优越的武器啊。"

郭政宏拿出于非交给林向东的黑色公文包，里面装着的，是于非记录每天与"郑月"交流谈话的日记本。

"这里面有你需要的内容，能帮助你更好地执行任务。我已经复印了，现在原件交给你保存，希望，你不要辜负你父亲用生命记录的珍贵资料。"

俗话说，世上没有不透风的墙。泰勒现身耶路撒冷，投奔列维·佩雷斯，引起了威廉的高度关注。泰勒没有拿着巨款去安度晚年，却参与到列维的爱因斯坦基因实验室，这宣布了洗脑手术的失败。威廉对泰勒和列维同时下达了全球通缉令——杀无赦。

列维请了以色列摩萨德最精悍的特工来保护泰勒。他深知，TLS 会在全球范围雇佣杀手不计一切代价追杀泰勒。但科学家简单善良，绝对不会想到自己也被列入了追杀名单。泰勒和列维的全球通缉令发出二十四小时后，耶路撒冷云集了来自世界各地的顶尖杀手。他们的年龄最大的超过了 90 岁，最小的却只有 12 岁。此外，"五眼联盟"等其他情报部门也盯上了泰勒。他们对列维软硬兼施，逼迫他交出泰勒。但列维仗着自己的特殊身份，根本不予理会。

崔乐乐受到霍华德和列维的双重邀请，代表中国未来工程部来到耶路撒冷爱因斯坦基因实验室，参与研究分离的外星生物病毒。她诧异，外星病毒与地球病毒存在相似之处，它们甚至都是由一个核酸长链和蛋白质外壳构成的，没有酶系统，离开了宿主细胞就成了没有任何生命活动也不能独立自主繁殖的化学物质。换言之，外星病毒包含的遗传信息与地球上的大致相同。

这是一个惊人的科学发现，从溯源的角度来看，外星物种病毒的传染因子和地球物种病毒的传染因子相同，那么同一起源的物种必然殊途同归。

难道宇宙间的碳基生命都在同一链条上？

列维信心大增，开始了新的实验。泰勒携带着外星生物进入莉莉身躯的残留物结晶和她之后体检的全套影像数据资料，为此他付出了一只眼睛和两颗智齿的代价——他把微缩的芯片放进了右眼的眼球内部，躲过了 TLS 严格的同位素检查。而外星生物的残留物结晶则是密封后移植到两颗掏空的智齿之中。

列维的实验很疯狂，他在外星生物的空苷酸和客苷酸的核酸之中投放了加强版的人工合成病毒，然后观察它们是否能对外星生物的 DNA 链造成破坏。列维要以这两个外星生物特有的核酸为靶点进行攻击，以期彻底击溃外星种族企图寄生人类的目的。

实验在绝密环境中进行，列维甚至没有告知助手和团队这个实验的真正目的。除了泰勒。他不能对泰勒隐瞒，这是他做人的良心。

崔乐乐在特拉维夫的两天，列维对她无微不至、殷勤关怀，他让前妻的女儿撒拉全天候陪同崔乐乐浏览了耶路撒冷的古迹和景点。崔乐乐离开耶路撒冷的前夕，撒拉悄悄告诉了她一个小秘密：列维从中国回到耶路撒冷之后，曾亲自用画笔描绘了崔乐乐，并且他把这幅肖像画挂在卧室的床头。崔乐乐感到诧异，列维从未对她表白过有关男女情爱的话语，莫非又是暗恋？崔乐乐厌恶怯懦的男人，毕竟坦然接受他人的拒绝也是一种豁达。

临别之际，崔乐乐单刀直入，她问起那幅肖像画。列维的回答也非常坦率：他承认喜欢崔乐乐，但他现在没有时间追求她，因为有比男女之情更重要的事等着他去做。

"中国有句俗话，过了这村就没这店了。你不怕我很快嫁人吗？"

列维明知崔乐乐是在打趣自己，可他相当认真地答道："不怕。如果你的情感方程式在其他人看来一筹莫展的话，那么，也许只有我能够给你这道题的答案。"

于未来忐忑地回到未来学院。虽说其他人不可能知道自己是个异类，但是郑月的真实身份……他们肯定知道新疆发生了什么，会对他产生怎样的想法呢？总不会太好吧。

可他判断错了。宿舍里他的床铺仍保持原样，被单齐整，一尘不染。烈风一见面还是熟悉的大熊抱；李富贵的眼睛受了伤仍蒙着纱布；许云齐还是那副高高在上的姿态，什么人都入不了他的法眼……只有张衡，他最好的朋友张衡，对他像是陌生人，仿佛他们不曾相识过。

丁零已经回到未来学院。她向郭政宏汇报了她在美国发现的杰克·丁豪宅密室的秘密。她找到一些证据，推断杰克·丁并非失踪，而是去了火星。她希望郭政宏批准她前往火星寻找杰克·丁。

未来学院的空气中弥漫着诡异的气氛……

当夜，熟睡的于未来突然惊醒。他下意识地跳起身，竟发现宿舍内空无一人。窗外一条黑影掠过，于未来追出门外。只见那蒙面人冲他而来，寒光一闪，于未来急忙展开凌波微步，瞬间绕到蒙面人的背后，一把扯掉了他脸上的黑布条。

竟是卡密尔·莫罗。

"是你？为什么？"

"我要报杀父之仇！"卡密尔咬牙切齿地说。

"你肯定是误会了……"

"少废话，拿命来！"

卡密尔猛地一刀刺来，于未来没有躲闪，匕首深深地扎进了他的胸膛，毫无意外。

朦胧中，于未来看到烈风、李富贵和张衡从黑暗中冲出来……紧接着，他又看到丁零出现在眼前，这是怎么回事？他张嘴想说什么，但眼前一黑，什么都不知道了……

而于未来不知道的是，就在六小时之前，竖立在北极地区的黑金字塔尖碑，开始了新一轮对地球的"广播"，地球上所有移动通信工具都能实时接收到。

这次广播内容很简单：寻找于未来。

于未来是谁？

这个中国人的名字迅速登上了全球各国新闻的头条。于未来的命运，从这一刻起将会与全人类的命运紧紧相连。

卡密尔的刺杀，源自傍晚时分一则在学员之间暗中流传的小道消息，黑金字塔尖碑之所以寻找于未来，是因为他是外星种族与地球人完美的基因结合。

这可能吗？

学员们仅仅停留在猜测、怀疑阶段，谁也不会傻到去当面质问于未来。

最先获得消息的就是卡密尔。她曾是法国特种部队成员，又在英国军情六处实习过半年，后来她受到了父亲酷爱中国文化的影响，离开伦敦来到北京语言大学学习汉语。她到中国后，仍然与军情六处的同事保持着联系，而且利用父亲生前的关系网络，经常在网上获取一些情报贩子的信息。黑金字塔尖碑在世界范围的广播，在网上引发了网友的讨论狂潮，卡密尔自然得知了这个消息。

她在新疆圣山阿里戈时，就准备对郑月下手了。无奈于非突然"失踪"，郑月因此受到了严密的看管，卡密尔根本没有机会。于是她又盯上了于未来。晚饭后，她在操场召集了于未来同宿舍的烈风、李富贵和张衡，她希望晚上能单独找于未来问几个问题，请他们到时候回避。

张衡小脑筋一转，便清楚了卡密尔的用意，她的父亲死于外星人之手，她急切地要找于未来问清楚外星种族广播的含义，实在理所应当。张衡、烈风和李富贵默许了卡密尔的请求。但他们没想到卡密尔动了杀机，现身阻拦时已经来不及了。丁零更是晚了一步，那时候卡密尔的匕首已经扎进了于未来的胸膛。

于未来是真冤，他什么都还不知道，莫名其妙就挨了金发美女一刀。

第十七章

一 箭 双 雕

美国人接连在佛罗里达发射前往火星的大型航天飞船，美其名曰科学考察。全球媒体一片欢欣鼓舞，描绘着火星的美丽蓝图，仿佛那里即将成为全人类的新家园。

德国著名天体物理科学家克林斯曼首先质疑：既是代表全人类前往火星的科学考察，为什么只有 NASA 选定的美国科学家？且公布的名单里为什么专业领域内的著名科学家寥寥无几，全是一些无名之辈？克林斯曼的疑问，也是众多科学家的疑问。各国领导人也纷纷询问美国政府。NASA 迫于舆论压力做出回应，由于火星地表需要动用结构改造，NASA 招募了许多各行各业的临时工，从保护个人隐私的角度不便透露这些临时工的个人资料。如此解释听上去也能自圆其说。但郭政宏了解到的情况却绝非如此。

NASA 早已与美国军方合作，在火星建立军事基地。根据"天问"三号火星探测器发回的照片资料显示，美国人已在火星地表搭建了天网，并且发现在某一个火山口频繁出现不明飞行物。美国究竟在火星做什么？这个问题郭政宏认为我们越早搞清楚越好。他想到了丁零。

JT 集团多年来与 NASA 关系暧昧，存在着某种幕后交易，而丁零现在是 JT 集团的代理董事长。虽然她已成为名副其实的世界首富，在权力与金钱的诱惑下难保不发生质变，但郭政宏选择相信丁零。他用人不疑，这是领导者在关键时刻的果敢决策。他听取了丁零对杰克·丁的看法，最终决定把未来工程部关于火星的所有资料毫无保留提供给丁零，并且组织了有关专家举行座谈论证，逐步敲定了行动方案。

"金翅大鹏"所配备的星际航行技术，当之无愧仍是目前航天业界的翘楚。于是，经过维修与重组，这艘飞船再次起航。这一次驾驶"金翅大鹏"的宇航员是丁零，飞行目的地——火星。丁零寻找杰克·丁的计划得到了郭政宏的批准，此外她还有侦察 NASA 在火星建立军事基地的侦察任务。

挑选丁零的助手费了一番周折，几番审慎考量，最终定了于未来。外星人不是在地球上寻找他吗？那就把他带到火星上去。况且于未来的身体素质和专业素养也很合适。

没想到郑月得知于未来要去火星，它竟主动请缨，希望能够同去火星。它的理由则很简单，保护于未来是它的使命，他不能离开"她"的视野前去另一个星球。另一个理由是，它要比丁零更熟悉星际情况，操作"金翅大鹏"也更熟练。尤其它提到"金翅大鹏"内还存在着外星人的航天技术，一旦出现意外，丁零和于未来都将束手无策。

郭政宏犹豫再三，否决了郑月的请求。郑月使出了撒手锏，它告诉郭政宏，它可以传授外星人的科学技术，这将极大提升未来工程的太空航行能力。

很诱人不是吗？然而郭政宏拒绝了。

正当丁零和于未来准备前往火星的前夕，环太平洋组织和美国 NASA 代表组乘坐专机来访。这伙不速之客此行的目的是郑月。NASA 代表大言不惭地"通知"郭政宏，他们要把郑月带到美国进行全面体检。郭政宏清楚，所谓的全面检查就是对郑月进行开颅手术——熟悉的老配方了。西方人的思维总是非黑即白，认准的观念很难改变。这当然只能得到郭政宏义正词严的回绝。

这时，环太平洋组织代表从中斡旋，提出折中方案：由未来工程协同环太平洋组织在巴黎为郑月进行全面检查，NASA 只作旁观。他们甚至请来霍华德充当说客，以联合国秘书长身份同中国最高领导人对话。他首先颂扬了中国政府在星际危机中起到的中流砥柱作用，然后"顺便"告知中国，联合国的安全部门将承担押送郑月去巴黎的全过程，希望得到支持；他还特别强调，中国未来工程可以派人全程监督。霍华德摆出的理由充分，提出的计划也很周密，中国政府难以拒绝。此事仿佛没有商量的余地了。

郭政宏雨中漫步到上海唯一还保持 20 世纪风貌的老街，离黄浦江畔不远，号称城中之城的城隍庙也在此处。每逢有重要事情需要思考时，他都习惯性来到城隍庙这家"阳春面"小店。从临窗的位置，看向窗外，弯曲的九曲石桥，更远处是豫园墙内伸出的几竿竹枝。

毋庸置疑，郭政宏必须执行命令，协同联合国安全部门和环太平洋小组成员押送郑月前往巴黎，等待郑月的结局可想而知。

是的，它是外星生物，但它也是郑月。一旦开颅，郑月势必死亡。只要郭政宏想到于非为了挽救郑月而做出的种种努力，他就感到心痛，尤其于非现在生死不明……通过阅读于非的日记，郭政宏有理由相信于非的策反计划，特别是随着时间的推移，加上意外怀孕的作用，现在的"郑月"渐渐地展现出了人性的特质。这自然是郑月本人的潜意识在推波助澜。正是如此，郭政宏心有遗憾，他不愿多番努力白费，也很难接受将郑月作为一个实验对象送上解剖台。

郭政宏对外星种族的入侵战争有着清醒的判断，对战双方完全不在一个量级，硬碰硬无疑只是以卵击石。三年之内无论人类的科技如何突飞猛进，也不可能提升到跨越一个文明等级的程度。

碗中的阳春面没有了往日的味道，郭政宏难以下咽。

窗外细雨蒙蒙，九曲石桥的水塘里忽然跃出一条红鲤鱼，它在半空中翻个滚又落入水中，层层涟漪重重荡开。他觉得郑月就是那尾鲤鱼，一旦送离中国，就只有死路一条。如此，策反这种不对称的战争手段也将再无可能。

就在这个瞬间里，郭政宏做出了一个冒险却至关重要的决策——让郑月随同"金翅大鹏"前往火星。既能解了眼前的困局，也能让于未来和郑月多些接触机会。郭政宏打定主意，顿时胃口大开。

先斩后奏，尽管已有许多先例，但在这场关乎全人类安危的星际战争中，郭政宏敢冒天下之大不韪吗？成功则是青史留名，失败则是千古罪人。郭政宏不会去想是否青史留名，也不惧怕成为千古罪人。他只考虑作为一名军人、一个指挥官，如何最大限度掌握战争的主动权。不打无准备之仗是我军的优良传统，寄希望于策反"郑月"，以不对称战争的手段试图攻破外星种族的内部堡垒，显然比杀死它然后研究它的尸体要有用得多。

当然，在那一瞬间，他也做好了最坏的打算，个人的身败名裂已经是最好结局。

于未来已养好了伤，通过最新伤口治疗手段，卡密尔扎在他胸口的那一刀没有留下任何痕迹。他不怨恨卡密尔，或者说他没有时间去怨恨谁。他的世界颠覆了，试问谁会毫无芥蒂接受自己是外星人的同类呢？何况，郭政宏派给他的策反任务，目前一点进展也没有。日子就像是划着虚空过去了。除了加紧体能训练，每天将自己的生活排满，以期圆满完成火星任务，他几乎很难再考虑别的事情。

海底基地密室，丁零已经同郑月对了一遍"营救计划"。

尽管她心里一百个不愿意同外星异类前往火星，但她又不得不佩服郭政宏的一箭双雕之计。丁零被"逼上梁山"成为世界首富的这段时间，充分体会到了大局观的重要性。人类与外星种族的战争迫在眉睫，但凡有一点机会赢得胜利，他们也绝不该放弃。她明白郭政宏违背军令的决策有多么冒险。但若真让郑月被带走，或许真如郭政宏所言，在这场毫无胜算的战争中，除了正面对抗，我们将再无选择。

当然，郭政宏已经写好了一份情真意切的深刻检查，好向国防部有关领导单独汇报。至于最高领导们能否谅解，他已经不怎么考虑了。

这是一场事先写好剧本的演练：丁零和于未来首先胁迫了曹茹平，假借于未来的特殊身份，从密闭玻璃房中强行带离了郑月；途中他们还打晕了曹茹平和许多警卫战士。最终劫持郑月来到机库，顺利启动通向海面的飞行航道，驾驶着"金翅大鹏"冲出了海底基地。等到警戒部队发现之时，"金翅大鹏"已飞离了地球，任何一款超音速导弹都望尘莫及了。

丁零和于未来在戒备森严的海底基地成功劫持郑月，去向不明。这纯属"天方夜谭"，谁都能看出其中的破绽和不合理，但就算听上去像儿戏，却没有谁能否认存在这样的可能性。毕竟概率学上，可以认为，只要概率不为零，它就一定会发生。

郭政宏目送"金翅大鹏"冲入云际，如释重负。最关键的步骤完成，接下来，他会被"有礼貌"地限制行动自由，然后面对各方人员的严厉质问。他将保持沉默，不解释，不回答，只反复申明他要在海底基地的密室当面向国防部的最高领导汇报，其他场合或通讯方式都绝不考虑。他等待着，那是他和郑月最紧要的机会。

鬣狗似的杀手们终于嗅到了列维的行踪。

特拉维夫市南部海滨，有一家百年历史的意大利餐馆，特色菜是毛蟹海鲜面。如果坐在窗口的位置，隐隐可看到摩萨德总部那栋褐色小楼。

周末的傍晚，店老板像以往那样为列维预留了靠窗口的位置。列维准时前来，他的前妻已经在座位上了。周末抽时间与前妻吃饭，是他多年来的习惯。他与前妻无话不谈，虽然前妻早已组建了新家庭。这是他一周中最轻松的时刻。

列维的保镖也像往常那样，警惕着过往的路人。他们做梦也不会想到，此刻店内坐满的顾客，除了列维和他的前妻，其余全是杀手。他们打扮成度假游客，情侣的、家庭的，甚至还有一个挂着拐杖的高龄老太。

杀手之间有一条奇怪的法则，吃独食的杀手，不是好杀手。分享情报，然后再独占鳌头，这才是顶尖杀手。他们相互通报有价值的情报，速度堪比超音速飞机。

列维进店后刚坐下，有一对年轻的情侣杀手便按捺不住，对列维猛地扑来。坐在临近桌旁一个身高接近两米的巨汉行动也很迅疾，他挡住了那对情侣，以闪电般的组合拳将他们打倒在地。巨汉环视一眼店内，嗓音沉稳道："都别动！这头猎物由我南美雄狮独享！"

众杀手纷纷亮出兵器，一时间长短枪支、刺刀匕首充斥店中。听到巨汉自报名号，众杀手不免愣住了。"南美雄狮"在杀手界赫赫有名，不仅因为拳脚厉害、枪法无敌，更有传说，他精通密宗，有一副刀枪不入的身躯。

列维的保镖呆住了，一屋子的杀手令人无从抵抗。列维倒是镇定非常。他曾想过自己遭遇暗杀的种种情况，真到了这一刻，除了等待屠杀，恐怕别无办法。逃？那只会死得更快。

鹤发童颜的老太站起，颤巍巍朝巨汉走来。她用拐杖指着巨汉说道："什么狗屁南美雄狮，不就是一块豆腐渣吗？"

"你这老太婆，快快回家等死吧，我都不屑于杀你。"

"杀我？"老太盯着巨汉，"你以为我是谁？"

巨汉盯着鹤发童颜的老太，不知想到了什么，眼中的凶光转瞬逝去，连嗓音都颤抖起来："你……你是……你不会是……"

"我是尼尼奥。"

"维多利亚·马塞洛·尼尼奥？不可能，绝对不可能……这么多年了，你怎么可能还活着……"

鹤发童颜的老太笑了，露出一口洁白的牙齿："你们很幸运，我已经许久没有出门了。这家店的毛蟹海鲜面真是不错！"

话音未落，鹤发童颜的老太挥舞了几下拐杖，在无数的暗弹围攻下，巨汉庞大的身躯痛苦地扭曲着倒下了。整个店面的空气瞬间凝固了，连呼吸声仿佛都停了。

维多利亚·马塞洛·尼尼奥并非杀手，而是 20 世纪摩萨德的传奇英雄。关于她的传说很多，美艳惊世，精通气功和忍者绝技，善使双枪且弹无虚发……21 世纪初，她在客串了以色列和美国合拍的一部谍战电影后，彻底从江湖消失。有人说她又去执行了秘密任务，但更多的人相信，她应该已经死了。

江湖再见，竟宝刀未老。

所有杀手在惊恐之下，有序退出了店面。他们相信尼尼奥有能力独占鳌头。亡命之徒也得惜命，不是吗？

尼尼奥收好武器，她冲列维笑道："惊扰您了，不知您的保镖工作，我完成得怎样？"

杰克·丁苏醒过来。

他审视着自己目前的生存状态，很自然联想到了哲学家希拉里·普特南的假想学说——"缸中之脑"，他正以身验证"缸中之脑"的科学实践。

他观看了丁零在董事会上"舌战群儒"的录像，欣喜自己没有看错继承人。他惊叹，一个没有任何经验的年轻女孩，面对一帮商场老油条的挑战，临危不乱镇定自如，最后竟还博得董事会的一致赞成。

此时他已经预感到，丁零会发现自己的秘密。他想到她会来火星上寻找自己，但他没想到，丁零会来得这样快。他已经决定要将自己的秘密和盘托出，毕竟秘密存放久远，它们会发霉腐烂。

俗话说，人到五十知天命。杰克·丁在鬼门关走了一遭后，许多以前看不开的事情，现在都豁然开朗了。他将选中亚克里斯做自己的代言人。

亚克里斯此时却度日如年，只要他与杨安妮单独在一起，每一刻都十分煎熬。好在火星上环境恶劣，给予个人的空间有限，人人都裹着睡袋蒙头而眠，他们不必同床共枕。杨安妮对亚克里斯开诚布公了自己是一名间谍后，她在生活中越发无微不至地关怀丈夫了。她对这场隐瞒毫无愧疚，作为间谍，理应如此。

她的父母一辈子生活在唐人街，起早摸黑经营着一家香港特色茶餐厅，节节省省才勉强供给女儿进最好的私立学校。她发愤学习，力图突破亚裔学生腼腆封闭的社交网，并且勇于参加各种演讲活动，像所有白人女孩那样，爱好体育与健身。甚至为了能够进入美国最著名的私立中学——赛维尔友谊学校，举家从纽约搬迁到了华盛顿落户。在一番周折的金钱运作之后，她终于如愿以偿跨进了赛维尔高中的门，几年后又考上了全美最好的女校卫斯理学院。成功与达官贵人的子女为伍，她踌躇满志。那时候她最大的愿望是，有朝一日能跟随校友希拉里·克林顿的步伐，在美国的政治舞台上一展身手。可是，杨安妮始终是被排斥的一分子，亚洲人的脸刷不开美国达官贵人的门。在她一筹莫展之际，FBI情报机构在各个贵族学校秘密招募特工。她毫不犹豫报了名。

杨安妮在FBI特勤部门的培训班，枪法、格斗都是最优秀的，她掌握多种语言，擅长化妆术，能够应付各种环境，心理承受能力强到令教官刮目相看。正式工作没几年时间，她就升迁成高级特工。监视亚克里斯是她最后也是唯一的终身任务。当时，FBI密切关注到杰克·丁对亚克里斯的秘密考察，所有迹象都表明，他最有可能成为杰克·丁的私人医生，这可能是贴近杰克·丁最近也是最好的机会。

杨安妮起先是拒绝的，要她色诱一个毫无政治背景的脑神经专业医生，这绝对是大材小用。但是，看完杰克·丁的情报资料，她改变了想法。相识半年后，她与亚克里斯顺利步入了婚姻殿堂。在这段婚姻关系中，她从钓鱼者渐渐变成了被钓起来的那条鱼。

亚克里斯感受到杨安妮的真心，可他无法容忍自己所爱之人的欺骗。他万万没想到，杰克·丁苏醒后，居然吩咐他也从事间谍任务。

杰克·丁盯着亚克里斯，他相信他一定会接受。

没有人在目睹了火星上的一切之后，还能安稳从容地假装一切没有发生。

他们不仅在火星上布置了军事力量和隐秘的导弹阵地，他们还建造了人工智能试验基地。在道德和法律失去约束的星球上，一些无良的科学家正在肆无忌惮地进行疯狂的"未来战士"人体试验。所谓的"人类移居火星计划"，从一开始就是一个骗局。

他要举报，他要将这一切都公之于众。他已经陷得太深了，罪不可赦。

亚克里斯不解，自己仅作为一名医生，去揭露如此巨大的阴谋，能有可信度吗？

"不，你不是孤身作战，你还有杨安妮。"

FBI的特殊身份，让杨安妮作为污点证人将会可信得多。

"她？"

"她会愿意的。"

杰克·丁要让亚克里斯从揭露他本人作为起始，再逐步引出幕后真相。他要把自己变成炸弹，与阴谋的始作俑者同归于尽。

第十八章

意乱情迷

"狼穴"自从被施祖阳闯入后，加强了戒备。毫不夸张地形容，连一只苍蝇都难逃"狼眼"监控系统。全球通缉令发出有一段时间了，可泰勒和列维至今还好好活着。泰勒的存在就像是一颗不定时炸弹，随时随地都会引爆。威廉无奈之下只能请莉莉去实施暗杀。

威廉与莉莉的相处方式发生了显著变化，他逐渐掌控了绝对话语权。人类的文明等级不及外星物种，但是长期竞争中，人类拥有独特的斗争智慧。可以说，人类的历史就是在斗争中发展成长起来的。

但威廉对此感到疲惫。时间越久，越感到自己犹如身处沙漠中心却渴望无边绿洲的人，他想过轻舟漫步的生活。科技的发展也许能够无限延长生命，可人心态的衰老却是无解的。他越来越依恋韩舒冰了。

韩舒冰又一次从噩梦中惊醒，她已经记不清这是第几次。黑暗中，她凝视着窗洞外折射进来的灯光，几滴泪默默淌出眼眶。在孤独黑暗的环境里，她逐渐了解了内心的脆弱，以至于后悔当初的冒险决定。潜伏"狼穴"，真是在充当英雄吗？如果代价是毁灭自己呢？她无数次重温以往无忧无虑的日子，反思自己争强好胜的个性。但既然已经选择了这条道路，即使前方通往毁灭，她也只有坚定不移地走下去了。

虽然威廉对她的关照"无微不至",她在"狼穴"拥有相比其他人更多的一些自由。但在潜伏"狼穴"的三个月零五天中,她没发现任何有价值的情报。她的任务非常明确——摸清"狼穴"的确切位置,传递出去以便精准打击。多年来,"狼穴"就是隐秘的代名词。摩萨德曾动用最先进的战机和海上大功率雷达舰配合卫星热像仪,最后仍大海捞针一无所获。

韩舒冰在"狼穴"越久,心里越矛盾。她始终忘不了当初他们在圣彼得堡相遇时的心动。魔鬼最擅长的就是魅惑人心啊。

她看得出来,威廉对她有一种依恋。凡是身居高位思维谨慎而又性格孤僻的男子,大都在过了知天命的年龄后便会产生近乎病态的依恋之情。她不断对自己强调,他是一个凶猛的敌人,绝对不能存在其他幻想,尤其感情方面,最好始终保持距离。但每当他毫无防备地躺在她身侧,在她完全可以把他一击毙命的时刻,她又开始犹豫、恐惧、动摇。

直到威廉前往巴黎,异想天开般提出要带着韩舒冰。最好的机会已经来临,还要继续犹豫吗?

惊险躲过威廉刺杀的泰勒,被摩萨德安置在特拉维夫郊外的一个农场。作为摩萨德最隐蔽的一个"安全屋",农场里的所有员工都是由特工扮演的。有些特工一辈子神神秘秘轰轰烈烈,而另一些,则勤勤恳恳兢兢业业——多年来他们在农场里日出而作,日落而息,他们不甘平凡,又自得其乐。如果不是谷仓里藏着军火库,地下埋藏着对空导弹,繁忙的农事生涯几乎使他们忘却了自己是谁。

泰勒的到来,给农场千篇一律的生活带来了一丝涟漪,很快,这涟漪又平静了下去。泰勒很习惯农场的生活节奏,早睡早起。每天有段固定时间,他会去农场的池塘边散步,眺望远方的牛羊,像是陷入沉思。但特工们也会发现,他可能只是单纯地走神了——他时常走神,表情呆滞,没有任何智慧能从这样一双眼睛中流露出来。

他能寻到的最有趣的事，居然是玩泥巴。在最初跃跃而出的细小兴奋平静之后，农场的特工感到一丝失望和被愚弄。这个人真的需要如此严密的保护吗？

为他们的疑惑做出回应的，不是摩萨德高层。

一天黄昏，负责放牧的特工清点牛群时，发觉少了一头哺乳期的母牛。这不同寻常的细节令他心中警铃大震。然而很快，丢失的那头母牛被找了回来。难道是自己过于敏感？牛羊偶有掉队，也很正常吧？当然，如果他能更谨慎一些，就能注意到，回来的那头母牛，走路姿势有一点点怪异，圆睁的双眼其实未含一丝生机。

果不其然，第二天，泰勒没有出现。等到特工们全副武装冲进泰勒的卧室，他已经开膛破肚惨死在床上。血迹蜿蜒，直到床下。

这自然是莉莉的手笔。

远在巴黎的威廉，还未收到这个消息。他带着韩舒冰出入巴黎各个高级场所，形影不离，如同一对出游的贵族夫妻。他可以把香榭丽舍整条街都买下来送给韩舒冰。然而韩舒冰在睃巡那些不断摆到自己跟前的华美衣着、精致珠宝时，心里盘算的却是如何尽快完成任务。

她有无数种办法令威廉身死巴黎，但是"狼穴"还在，TLS就不会消失。

在试戴了无数首饰之后，韩舒冰仍未挑到一件中意的。

"如果能再加点科技感，就更好了。"

最终她挑选了一只钻石手环，品牌特制，蓝色钻石的镶嵌为手环增添了科幻氛围，分外引人注目。威廉短暂地犹豫了一下，最终买了下来。他没有见过比韩舒冰更挑剔的女人，但那种挑剔应是一份心怀特别的默契。

离开巴黎的前一夜，威廉在塞纳河畔包下一家意大利餐厅，请了欧洲最好的弦乐组合，在远离城市霓虹的城堡深处，烛火光影幢幢。韩舒冰醉了。

"我们就在巴黎住下吧。"

威廉没有回答。

只是半刻沉默，韩舒冰突然回到了现实。于无声处听惊雷。

而威廉对此毫无察觉。他眺望塞纳河的粼粼星光，在韩舒冰的低语呢喃中感受到的是男人征服女人的喜悦。

他当然知道韩舒冰的身份和目的，但这才有趣。

"韩，你有什么愿望未实现吗？"

韩舒冰没有直接回答，她说："威廉，你先说说你的吧？可有什么愿望，未实现吗？"

威廉愣了愣，他似乎从未被人问起过。

他想到自己苦心经营的 TLS 帝国，想到浩瀚的宇宙星球，想到无穷的寿命与欲望。但……触碰到内心最深处那一点柔软的，好像还是此时此刻。

当晚，韩舒冰主动献身于威廉，如果身为飞蛾却不敢扑火，那生命凭什么壮阔？

他们从巴黎顺利返回"狼穴"，只是在降落时发生了一桩小事故。由于风大浪急，韩舒冰险些从开启的机舱门掉落到海里。

威廉刚回到"狼穴"，便接到紧急报告，"狼眼"监控系统发现基地海域持续传递出电子信号，尽管信号频率非常微弱。他们先是怀疑监控系统出了差错，怎么会在眼皮子底下有信号源？经过精准探测，确定发射源来自"狼穴"的岛礁地带。威廉脸色铁青，立即明白了。

"韩，你的手环呢？"

韩舒冰承认得坦然。

威廉当初给韩舒冰买下手环时有过的闪念，现在成了现实。

"看来你还是念念不忘所谓的卧底任务！"威廉怒极反笑。

韩舒冰早已料到自己的下场，这时候反而很平静。她笑了笑，真诚地看着威廉："我感谢你。如果我还有未实现的愿望，我希望得到你的原谅……如果不能，我希望你相信最后一件事——我爱你。"

"狗屁的爱情？别扯淡了！"威廉暴跳如雷，"在巴黎的那个晚上，我甚至想过放弃这一切，去买上一栋大别墅，与你过着盘腿坐在壁炉前吟诗读书的日子。现在想……真是头脑发热，错得荒唐！"他的眼神阴鸷。这是一双只有魔鬼才有的眼睛，韩舒冰直视这双眼睛："可你最终还是回到这里了，不是吗？"

中国未来工程新近发射定点监测卫星，通过合成孔径雷达系统捕捉到了来自印度洋无名岛礁的微弱信号。经由技术专家分析，信号源十分可疑，却并非军事目标。

郭政宏接到报告后，命令技术人员与印度洋上空的多国侦察卫星系统联系，然后通过北斗测绘定位，迅速提供出精确的位置信息和姿态信息。最后得出结论，这是一件民用"小物品"发射出的定位求救信号。一个没有人迹的海域怎么会有民用信号源？

郭政宏马上联想到卧底失踪的韩舒冰，如果是她，那么毫无疑问发射信号源的海域就是"狼穴"的精确位置。他马上召集林向东带领行动小队，立即出发。与此同时，环太平洋组织调集了俄罗斯、印度的海军舰船迅速往该海域聚集。一时间，全球军事组织指挥中心的屏幕上不约而同展现出查戈斯群岛地图。而正在巡航的中国"山东"号航母舰队也向印度洋疾速驶去。

环太平洋组织最高领导人通过视频告知郭政宏，感谢未来工程提供的情报，据侦察卫星的最新报告，该无名岛屿出现了异常的军事人员与航船活动，证实该岛屿就是情报部门多年寻找无果的 TLS 的大本营"狼穴"。考虑到"狼穴"里是否还幸存我方谍报人员，登岛后的搜寻工作将交由未来工程行动小队负责。

紧接着，空中、海面与陆地发出了协同军事指令，立体交叉的各种导弹火力网全面袭击了该无名岛屿。五分钟后，战斗宣告结束。

三小时后，林向东率领行动小队登上该岛屿。一名先行登岛的印度军官向林向东报告，地下基地基本全部毁灭，未发现人员存活。遗憾的是，卫星的合成孔径雷达系统监测到一艘潜艇"大鲨鱼"在导弹攻击前逃离了该海域，去向不明。

林向东沉默片刻，走向源源不断从被毁的地下基地搬出的尸体残肢，他有一种预感，韩舒冰可能还活着。也许是心有灵犀，他一一看去，发现其中一个裹尸袋，轻微抖动了一下。他急忙掀开，映入眼帘的是一张血肉模糊的脸。

林向东见"尸体"尚有微弱气息，难以分辨的器官努力嚅动着，他凑近倾听，那两个微弱的音节仿佛汉语单词：

"我……是……"

现代医学在移植器官方面已经臻于"妙手回春"之境。只要病患没有脑死亡，心脏、肝脏等造血系统未被彻底毁坏，医生便能在手术台上创造奇迹。

韩舒冰经历了六十八小时的接力抢救，终于在上海第三军医大的手术室里平稳了生命体征。接下来，她还要在重症监护室长期接受特殊监护。由于面部溃烂、躯体肌肤细胞组织百分之五六十坏死，第三军医大协同其他医疗单位还必须为她不断整形。总之，韩舒冰的生命是保住了。

丁零和于未来劫持郑月驾驶"金翅大鹏"出逃地球，犹如一场超级地震。不仅震动了中国航天界，在世界范围内也引起轩然大波。郭政宏难辞其咎。试问谁会相信如此荒诞不经的事情发生在防守严密的未来工程部呢？国防部最高领导人最终按照郭政宏的请求来到了海底基地密室。他见到郭政宏，什么也没说，什么也不问，先坐下来倒了两杯酒。珍藏三十年的茅台散发阵阵酒香，这是要和郭政宏喝个痛快。作为老领导，他太了解郭政宏的人品和原则性，他相信自己这个老部下绝对不会犯这样的低级错误，想必事出有因。

郭政宏端起酒杯喝酒，他也不急着解释。信任就是一个眼神便能心领神会。酒过三巡醉意浓，他们的对话渐渐多了。老领导当年参军在南海舰队，当上班长那年乘坐巡逻小快艇在南海发现了一块面积不大的礁石，他立即跳下小快艇抱住了礁石，孤身一人守卫着飘扬在礁石上空的五星红旗，浸泡在海水里三天三夜，一直等到军舰带着装备和设施赶来。这块礁石后来扩展成南海的桥头堡，即赤壁礁。英勇的小班长因此荣立一等功。郭政宏正是守备在赤壁礁的第三代水兵。之后，他一路跟随老领导，两人始终保持上下级的关系。几十年过去了，彼此之间的默契已经刻进骨髓了。

郭政宏看出来了，老领导眼神里的忧虑随着酒意越发深沉。一瓶茅台见底，老领导默默离开了密室。临行前，他盯着郭政宏只说了一句话："我信你！"

第二天，郭政宏被押送到军事监狱，等待军事法庭的审讯。

"金翅大鹏"在火星水手谷缓缓降落。

完成暗杀任务的莉莉，遥望星空的时候，偶尔会担心它的同类郑月。它们的族群早已得知郑月乘坐地球的飞行器离开了地球。族群首领明确下达指示，编号认证466721在地球的行为属于背叛，必将受到严厉惩罚。它不明白郑月的背叛，也难以想象那种惩罚。

郑月对此一无所知。

它对火星的地形非常熟悉，这源自种族对太阳系的每一个星球做过的细致勘探。因此他们的飞行非常顺利，在预期时间、预定地点稳稳降落。

降落途中，丁零用肉眼都能看到远处初具规模的火星城。降落点和宿营点离 NASA 建立的火星城很远，以便暗中观察。

根据"金翅大鹏"降落时采集的图像资料，果然发现火星上某个火山口有飞行物体频繁移动的痕迹，NASA 官方从未公布过此区域的任何信息。她直觉，这里就是杰克·丁与 NASA 之间那个不可告人的秘密。寻找杰克·丁与郭政宏下达的任务应存在密切的关联，找到了杰克·丁，自然也能探知到 NASA 在火星的真正目的。她不惧怕孤军作战，但对"郑月"这个不确定因素，隐隐感到不安。

丁零在海底基地时是反对把郑月带去火星的，于未来策反郑月的任务，这完全是无稽之谈。外星人永远是异类种族，怎么可能同化为人类？她只是无法拒绝郭政宏的命令。只希望事情快快顺利结束，只要回到地球，一切都好说。

飞往火星的旅途，郑月始终保持安静缄默。它除了传授他们星际旅行的知识，介绍太阳系各行星详尽内容外，几乎很少谈论其他，偶尔说到孩子，才会露出一些柔软的神色。天外有天。不得不承认，人类对宇宙的思索还比较狭窄，如坐井观天，很难像先进文明在更高层面去把握。

于未来对郑月的情绪十分复杂，应该有敌意，他却无法承认那种敌意，哪怕她作为母亲，他也很难不心怀芥蒂。为了执行策反任务，他已想好了计谋——以柔克刚。郑月不是怀孕了吗？他看过父亲日记对这件事的记录，那就让郑月继续充当他的母亲吧。此时郑月的孕期已过去七个月，"孕相"十分明显，但并未影响它的行动。

"郑月，我求你了，能不能别说你的胎儿了？"丁零忍不住了。

郑月不解地看着丁零："你不喜欢人类繁衍后代吗？现在胎儿的眼睛从两侧移到头部的正前方，骨骼正在逐渐硬化，这个过程不是很神奇吗？"

"我再一次求你，我对生育没有兴趣。"

"为什么？这是一个种族最伟大的延续过程啊。是因为这个胎儿与你无关吗？"

"我问你，你是郑月吗？这个胎儿，她能算作你的孩子吗？"

面对丁零的质疑，它语塞了，神情落寞。

"有时候我自己也会糊涂，我到底代表不代表郑月？如果只是寄生，主控的只是意识表达，其实躯体的需求仍应算作人类自身的，那……"它在短暂思索之后，缓缓道，"或许，族群的真实目的是与人类合二为一吧？"

这种想法遭到丁零的激烈反驳："那是你们的一厢情愿！我们绝不会同意！"

此前，海牙国际法庭介入到中国军事法庭对郭政宏的秘密审讯。此外，联合国安全部门和环太平洋组织也派出旁听小组。他毫无保留地说出策反外星生物的整个计划，临时代号"女娲补天"。女娲补天是拯救苍生，策反外星生物是拯救全人类。

审讯期间，霍华德亲自飞到中国参加了几次有关审讯的座谈会。他没有发表自己的观点，全程只是静听。旁听的国际代表对待外星人入侵的立场各有不同，但他们对此事却持有相同的观点，一致认为郭政宏在编故事，"女娲补天"计划毫无实践的可能性。

当霍华德回到曼哈顿东河沿岸的公寓时已是半夜时分。他的妻子和小儿子都在等他。洗漱完毕，霍华德毫无睡意。他来到阳台眺望露出鱼肚白的天际，回想起"女娲补天"计划。如果郭政宏没有说谎，那他实在敬佩东方智慧的想象力。

"约翰，我问你，人类能够战胜外星种族吗？"

"不能！这个答案每一个地球人都知道。"约翰的回答没有任何迟疑。

霍华德没想到小儿子的回答如此干脆利落。有时候智者看不清的问题，天真的儿童却能一语道破。

"那如果采用一些特殊手段呢？比如我们努力找出它们的弱点，或者同化它们，毕竟它们需要寄生在人类的躯体中。"霍华德用试探的口吻说道。

约翰的眼睛亮了，一脸兴味地注视着父亲："好想法！老爸，你们有方案了？哪个国家提出的？你不用说具体的细节，我知道保密原则。你只需说'Yes'或'No'。"

霍华德摇摇头："我不能满足你的好奇心，但我明天要飞回中国。"

童言无忌。但他在儿子眼中看到了希望，既然应对外星人的入侵是一道无解的题，那么何妨一试？如果做什么都是失败，多一次尝试也无所谓了。

郭政宏在中国政府和霍华德的干预下解除了军事法庭对他的软禁，他仍受到严密监视，但可以回到未来工程部工作了。

他并没有感到如释重负。

"女娲补天"计划绝对保密，即使公布出来，大部分人也不会相信吧？他没想到霍华德竟力排众议地支持，这无疑给了他更多的压力。这是一步险棋，是一场赌局，结果如何，他不敢试图猜测。

根据"天问"三号发回的跟踪图像，"金翅大鹏"顺利降落到了火星地表。这让他的忧虑减轻了许多。

韩舒冰可以下床走动了。经过多次不同的整形手术，她现在看起来，同常人无异，甚至仍然保持了美貌。只是同从前的长相，不太一致了。

第三军医大给她配备了最好的单间恒温病房，护理团队足有十几人。未来工程部上报国防部，准备给予她最高礼遇的特等功表彰仪式。

未来学院的小伙伴们去医院探视，发现她沉默寡言了许多，面上难见一丝笑容。只有看到烈风时，她的目光要多停留几秒。

走出病房后，小伙伴们忍不住地议论起来。

"韩舒冰怎么像是变了一个人似的？听说给她整形整得很好看，为什么要戴面具？"李富贵的脸上充满了疑问。

"你懂什么？人经历了生死，怎么可能还和从前一样？这也是一种成熟吧。"许云齐故作高深地说。

"她绝对变成了另一个人……"烈风一脸惊悚。他想到韩舒冰的眼神，那里如死水一般的深渊只埋藏着幽深的恐惧。

卡密尔深表同情："不知道她经历了些什么，但我相信，过一段时间她会恢复原来的样子。"

"韩舒冰深入虎穴，最后她为了发出信息彻底暴露身份，威廉那种魔鬼，想必肯定让她遭遇了我们无法想象的酷刑。"沉思许久的张衡发表总结定论，"希望她能好起来吧。"

坐在窗口默默注视着小伙伴们远去，韩舒冰的目光抖动了一下，那潭死水泛出一些涟漪，终于又沉静了。

第十九章

往 事 如 烟

丁零如愿以偿地见到了杰克·丁。

她和于未来登上火星没几天，就被一队全副武装的美国士兵包围住了。他们没有任何抵抗，顺从地被对方押解回营。郑月正巧外出勘探，与这群美国士兵擦肩而过。

美国在火星基地的最高指挥官是麦克阿瑟准将。那个倒霉的"火星门"替罪羊。他是麦克阿瑟家族成员，大家耳熟能详的那位人物，是他的叔太公。他原先在太空军里担任一个没有权力的副职，由于家族光环太过耀眼，平时又不善于处理人际关系，因而在军队同僚中显得格格不入。太空军派遣火星驻地部队时，便把他外放到了火星基地这个苦差事里。他倒是自得其乐，嘲笑自己是火星上的"国王"。

麦克阿瑟注视着丁零，他久闻这位东方奇女子的大名，年纪轻轻毫无背景居然先是进了中国未来工程部，后又成为杰克·丁精挑细选的继承人。杰克·丁远离地球，宣布自己"失踪"，她竟能一路追踪至此。

不过，麦克阿瑟也并不信任杰克·丁。好端端地，非把世界首富的位置让给旁人，他必定有着不可告人的目的。

当"金翅大鹏"出现在火星上空时，麦克阿瑟就观察到这艘航天飞船要比"大力神"号上的设备更先进。这与传说中的外星人有关系吗？当初"金翅大鹏"返回地球时，他在指挥中心的屏幕上目睹了全程，骤停、迫使导弹攻击目标丧失方向、亚光速的飞行速度临近地球……过目难忘。

面对麦克阿瑟的质问，丁零反问，为何火星上出现美国军队？这些全副武装的士兵待在这个星球上的目的是什么？如果只是建立人类抵御外星种族侵略地球的桥头堡，那有必要隐瞒世人吗？为什么不敢公开行动？

麦克阿瑟有些为难，丁零驾驶"金翅大鹏"大张旗鼓地来到火星，地球上人人皆知。如果他秘密对她非法拘留，他承担不起这个罪名。军队与民众的关系本就紧张，到时候……总之他一定是替罪羊。但让她自由行动，难免不被她发现火山口内的秘密基地。

麦克阿瑟只能想出一个拙劣的借口，他要发信息回地球核实丁零的身份，所以请丁零暂时委屈一下，只能待在军队所管辖的区域。为了表示友好，他甚至主动透露了杰克·丁的一些情况。

"你能让我见到杰克·丁？"丁零不敢置信。

麦克阿瑟笑了："当然——你在我的地盘上，难道我还怕你插翅而飞？只是你见到他，不要觉得失望才好。"

丁零不明白麦克阿瑟所说的意思，但想必见到杰克·丁自然一切就清楚了。

同样被美军带走，于未来的遭遇就比丁零惨得多了。他被当成逃犯囚禁起来。"寻找于未来"，这是外星广播辐射给整个太阳系的内容。火星上自然也收到了。当麦克阿瑟把丁零和于未来的信息发回地球，NASA和五角大楼欣喜万分。他们命令麦克阿瑟，看管好于未来，考察小组即将从地球前往火星。全地球都在寻找于未来，包括外星种族，现在踏破铁鞋无觅处，得来全不费功夫，无疑抢占了先机。同时，他们也很关注失踪的郑月。

麦克阿瑟动用了火星上的所有能力搜寻郑月，仍一无所获。按理说，无人机上配备的红外线热像仪扫描了方圆百里的火星地表，不可能发现不了郑月的痕迹。

这是怎么回事？外星人难道还有隐身术？

丁零见到杰克·丁时，他坐在轮椅上，看上去红光满面，气色不错。

"不错，你发现了我的密室，也看到了我年轻时的影像。开玩笑问一句，我那时候还挺帅吧？"杰克·丁微笑地注视着丁零，"我知道你有许多疑问，我会毫无保留地全部告诉你……"

那要从数十年前的香港说起。

一个叫丁勇的人来到香港整整十年了。他出生时父母给他取名为丁壮实，希望他长得高大壮实，有能力养活自己。他在三年自然灾害的尾期，跟随一个远房的叔伯来到广东，稀里糊涂之下，他们又偷偷去了香港。没想到，到香港的第二年，他这位远房叔伯就身患急病撒手人寰了。那时候，丁壮实还未满十二周岁。为了活下去，他改名丁勇，开始混迹在九龙和新界街头，为和胜和帮派组织充当马前卒。他靠偷盗与打架获得的钱财，需要如数上贡，以换取头人的庇护。

五年之后，他从一个不起眼的街头小混混，逐渐变成了头人最得力的马仔。帮派头人吃肉，他就能喝汤。好歹在香港没饿死，甚至有了一席之地。

正是这一年的某天，他像往常那样，中午时分醒来，一整夜的宿醉还未消退，一身懒洋洋中，打了一辆的士去元朗。每天帮派都要去物色年轻力壮的偷渡客，以壮大声势。丁勇正是为此而来。

但那天，情况有些不同。他赶到海边的时候，不像往日热闹，警察刚驱散一拨市民，偷渡客自然也不敢现身了。丁勇见一无所获，正准备离去之时，远远看到海面上漂来一片浮木，好似有人。他急忙脱鞋下海，把浮木拖到岸边。上头有人不假，却已经没了气息。丁勇大失所望，但还是保持帮派的江湖规矩，打算将那对夫妻找个地方安葬。没想到，那个妇人怀里紧裹着的布包里，不是什么金银钱财，竟是一个未满周岁的瘦弱婴孩。他脸色发紫，显然已经冻僵了。饶是见惯了生死的丁勇，此刻也不免动容。他将那孩子抱起来，惊奇地发现孩子尚有余温，只是极浅淡的一点，像一种错觉。

不知触动了什么，丁勇心中一动，一个声音在他的心底响起来：救人一命胜造七级浮屠。不知救不救得活，总归试一试吧。

从此，丁勇的棺材屋里有了婴儿的啼哭与欢笑。他给他取了名字，丁阿龙。香港人取名，多喜欢龙字，入乡随俗，借个吉祥意思。

也奇怪，自从丁勇收养了丁阿龙，命运之神仿佛开始眷顾他了。帮派头人遭遇车祸受伤严重，丁勇自然而然顶替了他在帮派的位置，横财源源不断流进他的口袋。他终于扬眉吐气，将又小又破的棺材屋换了九龙城的公寓，虽与浅水湾、中西区的豪宅无法相比，但已经算很体面的人家了。这时候，丁阿龙也到了入学的年龄。他结束了幼小时吃百家饭、穿百家衣、在街上疯跑的日子，跟着丁勇搬进九龙城的高级公寓之后，也要学着去过体面人的生活，以往的自由时光一去不返。

他与周围富人家的孩子格格不入，学不会所谓的彬彬有礼。幸亏丁勇找了一个菲佣照看他，虽然丁勇的本意是要面子装派头，那年头在香港请菲佣是一种时尚。没想到，菲佣丽阿成了丁阿龙最亲近的人。丽阿学历不低，但因家里贫穷，只能来香港当高级用人。

她很会讲故事。入睡前听她讲故事，是丁阿龙一天中最美好的光阴。丽阿的英语流利又纯正，为丁阿龙以后在美国生存打下了良好的基础。特别需要强调的是，丁阿龙的天文知识也是丽阿启蒙的。

丁阿龙的卧室上方正对着床是一个天窗，晚上睡觉时可以看到窗外的繁星。

"丽阿，你说那些星星上会有人吗？外星人？"

"当然，我们人类在宇宙中并不孤独。"

"可我们为什么看不到它们呢？它们有翅膀吗？"

丽阿笑了。丁阿龙却生气了。

"你不许笑，我是很认真的。"

"我知道你是认真的。我保证，你总有一天能够见到外星人。"

"为什么我们要在地球上等它们到来？我们可以造出航天飞船到宇宙中去寻找它们。"

"是啊。所以你现在更要努力学习，长大以后才能实现你的航天梦。"

丽阿绝对不会想到，多年之后，丁阿龙会一飞冲天，成了全球航天界的"火星狂人"。

丁勇一直未婚。

实际上他谈过恋爱。可他常年出入于花柳之巷，沾染上了各式各样的习气、疾病。没有正经人家的大姑娘能看得上他。后来他曾表白丽阿，丽阿因此不辞而别。丽阿的离去令丁阿龙与养父大吵了一架。此后，丁勇竟开始对丁阿龙上心了。他看到丁阿龙学习成绩名列前茅，很庆幸收养了丁阿龙，自己应担当起作为父亲的责任。

丁勇预感到，香港这样的混乱环境不可能长久。随着香港廉政公署的建立，一场声势浩大的除恶扫黑行动席卷了整个港湾。他实施了蓄谋已久的计划——盗取帮派多年积攒的所有钱财，远走高飞到了美国。他没有在华裔居多的纽约、旧金山居住，而是选择了美国中南部的路易丝安那州。他买的别墅也远离城镇，周末时才去商场购物。他深知，帮派一定会下达追杀令，天涯海角，永远不会结束。当然，他也心存侥幸过，毕竟在美国寻找一个隐姓埋名的异乡人无异于大海捞针。

到美国之后，他把所有的精力都花在丁阿龙身上，那时他俩都已改名。这就是后来的杰克·丁。

杰克·丁天赋异禀，学习成绩出类拔萃。但他非常孤独，没有一个朋友。每到夜晚，他透过窗户注视着满天星斗，想象的翅膀便带着他开始翱翔。他痴迷上了未知的宇宙世界，为此，他考进了天体物理学的天堂——普林斯顿大学。后来，他又在哥伦比亚大学顺利拿到博士学位。

但该来的总是要来的。

和胜和帮派与香港其他帮派一样，随着香港回归中国便隐退江湖，销声匿迹了。照理说，对丁勇的追杀也应该终止了。但那些旧日仇怨，恐怕没这么容易消失。几十年过去了，他们不负苦心终于寻到了丁勇的藏身之地。曾经的帮派组员聚集到路易丝安那州，在丁勇别墅前的草地上举行审讯仪式，完成了对丁勇的死亡判决。

"你找到我是出于对丁氏家族的感恩？"

杰克·丁点头："你不是丁勇的直系亲属，但你是这个庞大家族里最优秀的后代。选择你是正确的，我很欣慰。"

"你为什么不寻找自己家族的亲人？"

杰克·丁默然。他沉思片刻，缓缓说道："我是无根之人……不！中国大陆就是我的根。我与未来工程部合作，以及我把JT集团交给你来掌控，也算是我对家乡故土的一份贡献。"

"这些话你可以当面对郭政宏说呀。"

"我罪孽深重，已经无法回头……"

突然，杰克·丁从容地解开了他身上的衣服。布料之下全是机械装置。

丁零惊呆了，展现在她眼帘的是一幅活生生的"缸中之脑"的画面。

《华盛顿邮报》是美国最老牌的报纸。

在纸质报纸盛行的年代，《华盛顿邮报》曾多次荣获"普利策"新闻大奖，尤其是 20 世纪 70 年代通过揭露"水门事件"，曾迫使当时的总统尼克松辞职下台，因此，该报纸获得了无上的国际声望。2013 年 11 月 18 日，《华盛顿邮报》公司宣布更名为格拉汉姆控股公司，主要因为旗下的《华盛顿邮报》转让给了互联网巨头亚马逊的掌门人杰夫·贝索斯。

现在，该报一名实习记者斐奥娜正坐在离总部不远的一条僻静小街上的咖啡馆里，已经三小时了。她学习新闻专业多年，入职的时间也不短了，但至今仍挂着"实习"的名头。竞争激烈的大公司总是这样，僧多粥少，转正太难了。况且行业不景气，近几天，公司内部风闻下周又要裁员。焦虑、焦急，什么时候才能写出一篇有分量的新闻报道啊！

这时，她注意到邻座一位穿旗袍的亚裔女士，她也坐了许久，三杯咖啡见底，还没有要走的意思，这倒是有些反常了。她越看越觉得这位亚裔女士似曾相识，在短暂搜索之后，她找到了杨安妮的公开资料——著名脑神经医生亚克里斯的妻子。亚克里斯是杰克·丁私人医疗团队的核心人员，因跟随杰克·丁一起"神秘失踪"而引起众多媒体的关注。嗅觉敏感的斐奥娜感到，自己转正的机会来了。杨安妮身上一定能发掘出大新闻。

亚马逊旗下的"蓝色起源"多年来都是 JT 集团的主要竞争对手，但在星际航天领域屡屡处于下风。新闻人都清楚，JT 集团私下与 NASA 存在着幕后交易，只是一直没有确切的证据报道出来。

莫非今天自己要撞大运了？

斐奥娜的嗅觉是正确的，杨安妮贴身的内衣口袋里装着一枚足以搅动世界风云的芯片。但当她真要果敢地走出这一步时，她有些犹豫了。

杨安妮作为 FBI 的高级特工，加上她执行任务的特殊性，享有绝对的行动自由度。她以返回地球当面向 FBI 高层汇报杰克·丁的情况为由，搭乘"大力神"号航天器返回了地球。

按照杰克·丁的计划，她打算向《华盛顿邮报》独家披露 JT 集团与 NASA 相互勾结的阴谋，并公布 NASA 与美国军方在火星建造军事基地的详细情况。其中包括美国政府建设火星不过是为了美国"优先"逃离地球的政策。

在数十年的人口爆炸式增长之后，随着粮食的不断减产，"饥饿"的幽灵在全世界范围放肆地游荡。外星种族侵略地球更是让这种情况雪上加霜。美国优先逃跑计划披露出来，无疑将给动荡的世界格局增加更多矛盾冲突。

杨安妮来到咖啡馆之前，先去了 FBI 总部。出门前，她特意穿上了自己最喜欢的浅蓝色的旗袍，还化了淡妆。她汇报的内容令她的上司非常满意，希望她再接再厉。但在几小时之后，不知道这位上司看到新闻，会是什么表情？

凭着职业的特性，坐在咖啡馆的杨安妮早已清楚了斐奥娜的身份。因此，当斐奥娜主动与她搭讪时，她没有丝毫诧异，也没有否认自己是杨安妮。

杨安妮只是分外犹豫：应忠于职业操守，还是忠于爱情？

她无数次回想起亚克里斯对她摊牌时的场景。他要揭露 NASA 和美国军方在火星上的所作所为。他问她，作为妻子会支持他吗？还是她选择更忠实于自己的职业？亚克里斯请求她的帮忙，否则他一个人，恐怕不等做到，就得白白赔上性命。

当天，他们之间发生了结婚以来最为激烈的争吵。多年来因不同的身份和立场积攒下的矛盾冲突一次性爆发出来。

"这难道不是背叛自己的国家吗？美国优先对于美国人来说难道不好吗？"

"可我们不仅只是美国公民，作为全人类的一分子，当地球即将遭受灭顶之灾的时刻，难道每个人、每个国家都只顾自己吗？"亚克里斯强调，"火星作为避难所，它就应该是属于全人类的！"

他甚至拟好了《离婚协议书》。

"你可以自由选择，用不着勉强自己。签了字去 FBI 告发我，也可以。"

杨安妮的思绪完全混乱了。她努力镇定了下来，开始梳理眼前的困境。做出最后的抉择，她没有花费太久的时间。

临别之际，杨安妮平静地在《离婚协议书》上签下了自己的名字。

她绝对不会去出卖亚克里斯。所以她决定自己承担一切。

斐奥娜由一名默默无闻的实习记者，瞬间成为各互联网和各种报刊头版的新闻人物。她代表《华盛顿邮报》独家采访了 FBI 高级特工杨安妮，揭露出 NASA 与美国军方勾结在火星地表建立秘密基地的行为，基地内部甚至还进行着惨无人道的人体试验，图文资料详尽完整，没有给美国官方丝毫抵赖的余地。

全球轰动。

各国首脑在第一时间纷纷质问美国总统，并且要求在联合国的框架下追查到底。"火星门"事件远超任何一届美国总统在任期间的丑闻，因为这已不是单纯的辞职下野就能解决的，而是应交给海牙国际法庭公审的反人类罪行。

新闻发出的第二天，美国总统正式下野，并且公开表示愿意接受海牙国际法庭的调查。五角大楼和 NASA 方面采取了紧急"灭火行动"，但用临时工来顶罪显然不太现实。于是，在军方一番权衡和努力之后，替罪羊变成了麦克阿瑟准将。他的罪名是勾结杰克·丁以建设火星城为名，私下设立军事基地并进行非法实验。至于"美国优先"的计划，他们没有承认。

接下来，五角大楼和 NASA 官方负责人又表演了一番诚恳道歉，他们的罪名就只剩下监管不力一类了。

杰克·丁一夜之间臭名昭著，成了"火星门"的罪魁祸首。JT集团在纽交所的股票停摆，下属企业接连被封。接任JT集团代理董事长的丁零也不能幸免，继承自杰克·丁的所有财产全部被查封。由于她目前人在火星，从而也间接证实了她亲自参与了黑幕交易。

霍华德召开联合国紧急安全会议，组建联合调查组即将前往火星，一方面接管火星地表的所有军事武装，另一方面，对于媒体披露的种种情况也要核实彻查。会上，联合国的安全部门又一次指责中国未来工程部管理不善，造成犯罪嫌疑人丁零潜逃火星云云。中国驻联合国代表当场反驳，丁零是中国军方培养出来的优秀飞行员，在没有证据的前提下把她划为犯罪嫌疑人，这非常不负责任，中国代表提出了强烈抗议。霍华德清楚丁零出走地球的内幕，尽管他怀疑"女娲补天"没有实际可操作性，但他还是以秘书长的身份努力调解各方矛盾，以减少中国方面的压力。

一个细雨霏霏的傍晚，在纽约市郊的一块简易墓地里，工作人员将一口棺材安葬入土。墓碑上用中文写着杨安妮的名字和出生日期，此外连死亡日期都没有。杨安妮的任何亲朋好友也都没有前来送行，整个入土仪式只有斐奥娜独自在场。

这是斐奥娜对杨安妮的承诺。她会负责完成杨安妮的后事安排。

斐奥娜撑着黑色的伞，站在雨中。她的心情犹如逐渐降临的雨夜，阴郁黑暗。虽然她如愿以偿获得了名声，但内心却丝毫没有喜悦，她的功勋建立在他人死亡之上。虽然她的理智总是庆幸地告诉她，自己是为全体人类做贡献。

她知道身后不远处，一定有几个FBI特工。自己选择发布那篇采访时，就注定了成为他们特别关注的"对象"。岁月静好也许需要付出鲜血的代价，正如成功的新闻人必将面对无边的人性黑暗。

斐奥娜从墓地回到曼哈顿下城区的租屋，进门后惊呆了。屋子里被翻腾得一塌糊涂，幸好她隐藏的芯片一直带在身上。现在，她没有退路了，只能勇敢地继续往前走。正当她为自己的人身安全犯愁时，一个不速之客找上门来。

他亮出移民局的证件，自称亨利。他直截了当地对斐奥娜说，他需要她的帮助，而他也可以帮助她摆脱目前的困境。

斐奥娜每天都不得不面对形形色色的骚扰，真是人出名了怪事多。

斐奥娜拒绝了亨利所谓的"相互帮助"，但亨利出门临走时的一句话打动了她。

"别的骚扰你不在乎，FBI呢？"

他说，他可以通过关系网安顿斐奥娜让她不受FBI的追踪和骚扰。

斐奥娜确实被每天的"尾巴"烦透了。原来交往的朋友连电话聊天都不敢，生怕被监听后惹祸上身。谁都知道她被FBI盯上了，就连她的父母也避而远之。这种无形的"囚禁"，折磨着她的神经，时常半夜被惊醒，不知自己身在何方。

亨利是老江湖了。他见斐奥娜上钩，便道："我可以安排你去火星。想想看，不仅能摆脱那些人，你甚至可以当面采访杰克·丁。"

"你说什么？你安排我去火星采访杰克·丁？"

亨利点点头。他说的不是大话，而是中情局已经计谋好的方案。

第二十章

斗 转 星 移

真是怕什么，就来什么。

一向做事谨小慎微的麦克阿瑟，还是逃脱不了替罪羔羊的命运。有专人研究过，名人之后有成就者寥寥无几，正是因为他们先天的光环，反过来却变成了一种障碍。

知道"火星门"事件的消息，麦克阿瑟就明白地球自己是回不去了，等待他的将只有军事法庭的审判。家族的血性终于在他体内燃烧起来了，野心也跟着开始膨胀。他决定，彻底反叛五角大楼，摆脱地球人的控制，他要建立火星共和国。军内的法律专家和他的参谋部成员，听到这个设想全都傻了。与地球割断所有关系，就等于回到原始社会，一切都要自力更生。可众人又为此欢欣鼓舞，在火星上成立一个新的国家，这无疑是开创了人类史上的新纪元。麦克阿瑟有六百枚核弹撑腰，只需将部分核弹通过"大力神"号运载到地球近地轨道，就可对地球上的任何城市进行精准打击，甚至彻底毁灭地球。这是他最重要的政治资本。

一个国家的诞生，需要建立一套完整的社会制度。制度与法律由人制定，因此火星共和国还需要众多杰出的人才。麦克阿瑟首先想到的是杰克·丁，他是航天领域里的传奇人物，更是年轻人仰慕的偶像。他出任火星共和国的总理，当众望所归。

麦克阿瑟的拜访与邀请，让杰克·丁有些意外。他见到丁零，说出埋藏在心底的秘密后，便认为自己在人世的救赎已经完成，了无牵挂了。但面对麦克阿瑟的雄伟计划，他禁不住也动心了。谁不想在人生的余晖中最后奋力一搏呢？特别是在一个新的星球上，亲手打造人类在宇宙间新的王国，这是何等的丰功伟绩啊！这不是肤浅的名与利，而是在谱写人类的新篇章。杰克·丁兴奋又激动，难道他生命的延续正是负有如此使命？

麦克阿瑟以直播的方式，宣布火星共和国成立。他自己是第一届总统，杰克·丁为政务总理。他在广播中呼吁，希望地球上更多的有志之士来共同建设火星共和国，他们将建立一个和平有序的社会，努力消除任何贫穷与战争。在演讲的最后部分，他希望地球上所有国家的首脑能够公平公正地看待火星人类的独立，毕竟人类走向宇宙大同是大势所趋。他也表示，地球如果出现了重大生存危机，火星共和国愿意伸出援助之手，欢迎地球人移居火星。

麦克阿瑟的演讲在地球上引起轩然大波。一些著名的媒体人积极响应，认为人类是时候抛弃千疮百孔的地球了。也有许多民间组织雨后春笋般涌出，纷纷声援火星人类，认为火星共和国像是一盏明灯，照亮了生活在贫困饥饿线上的贫民，每当他们仰望天际，就能看到追求的方向。这造成民间航天公司的股票飞涨，去往火星旅行的订单接到手软。

霍华德却面临着严峻的挑战，是严令禁止地球方面与火星接触，还是采取开放的姿态？作为代表全球人类的唯一组织，最终联合国发表了声明。他首先指责麦克阿瑟反叛地球的可耻行为，继而明确表达了联合国不会承认所谓的火星共和国。

中国国防部召开了紧急的闭门会议，只有高层的核心班子和未来工程部的郭政宏参加。郭政宏汇报了刚接到的丁零的信息，她已经见到了杰克·丁，与麦克阿瑟也会过面了。经杰克·丁的举荐，麦克阿瑟将要任命丁零担任火星共和国的空军司令。牵扯到丁零仍是中国国籍，至今还隶属中国未来工程部郭政宏的管辖，国防部对外应该如何表态？

郭政宏认为，霍华德本人清楚"女娲补天"计划，而丁零则是该计划的重要执行人之一。"女娲补天"能否实施，远比火星共和国更重要，因为这关系到全人类如何应对外星种族的侵略。

会议结束后，郭政宏向霍华德表达了中国政府的意见，中国支持联合国的立场，反对在私人野心驱使下成立的火星共和国。火星上的丁零和于未来是未来学院的学员和战士，绝对不会成为反叛军。但他隐瞒了郑月的失踪。

实际上，郑月在勘探的途中，小腹突然疼痛阵阵，这是婴儿即将诞生的征兆……出于规避危险的本能，它藏身进附近一座死火山的地洞内，阻断了所有发现它的可能性。火星气候环境恶劣，人类难以生存，可对于"郑月"而言，恰恰相反。如果不是看重人类自身的载体作用，它们的种族其实更愿意选择居住在火星上。

它们还热烈讨论过人类的繁殖，那被认为是污秽不堪的行为。正是如此，它们的远祖经过许多代坚持不懈的进化，这才演变到现在单细胞繁殖的黏菌体形态。没有性别之分，没有家庭概念，物种之间不会引发弱肉强食的竞争。按照它们的推论，地球上的人类势必也会走上这样的进化之路。

郑月出走地球时，随身带有临盆生产的紧急必需品，此刻正好派上用场了。火星经过核弹"改造"，已经有了稀薄的大气层，虽然比不了地球，但明显更适应人类的生存需求。这给郑月生产，减少了许多困难。

阵痛越来越频繁，胎儿却迟迟没有出生。它审视郑月的子宫和阴道，发现胎儿横位，难以顺产。它明显感觉到郑月的潜意识在强烈提醒它，赶快动手抢救婴儿。郑月的手臂不受它的控制，伸进阴道内强行把胎儿慢慢地、慢慢地拖了出来……

郑月筋疲力尽地瘫倒在地，侧目看着在一摊污血中的女婴。突然，女婴大哭起来，发泄着她对出生的不满……

郑月在女婴的哭声中思索，接下来它该怎么办？由于婴儿早产，乳汁在体内还没来得及形成。它拼命挤着乳房，试图能够挤出奶水，可一切的努力都是徒劳。

气温寒冷，女婴的身体被冻得全身发紫。她的哭泣逐渐变成抽搐，声音越来越微弱了……

它回忆起怀上女婴的那个夜晚，于非是那样充满激情。

此刻，它能够感觉到郑月作为母亲的伟大与悲哀……人类并非只是一种低劣的物种，他们所拥有的有温度的感情是它们这种高级文明所缺乏的。

它也感觉到了女婴的哭声充满了对活着的渴望……正是生命的艰难诞生，才体现出生命的珍贵。批量复制的生命，还能算是造物主的宠儿吗？

此刻，神情呆滞的于非猛地抬起头，极力仰望窗外的星空。他似乎听到了什么，面容变得异常激动。他用力敲打着铁门，撕心裂肺地吼叫起来。

看守过来见到于非因为激动而扭曲的脸，急忙叫来值班的军官。值班军官也不敢怠慢，呼叫 51 区负责人麦卡锡准将。铁树开花，被关押的于非终于开口说话了！

"我听到了哭声，是我的女儿……"

于非焦虑地来回走着，嘴里喃喃地重复着这句话。所有人都感到莫名其妙，哪来的哭声？精神病人容易出现幻听？

于非在 51 区被"观察"近半年了，其间始终如木偶人似的，除了吃就是睡，问他任何事情都没有回复。

从那天起，于非变了。他起早贪黑地在墙上涂画着各种符号和字母，一个房间画满了，他要求换个房间继续。麦卡锡请来各方面的专家研究于非涂画的"天书"，可没有任何人能够破解出有意义的含义。

于非仍像个哑巴那样不会说话，也听不懂别人所说的内容。

离外星种族入侵地球的时间越来越近了，51区里的各项目研究小组丝毫没有进展。科学家几乎彻底绝望了，他们看不到应对外星物种侵略地球的有效措施，难道人类只能任"它们"随意支配宰割吗？

联合国又一次召开紧急会议，议题是人类向"外星人"全面投降的可行性方案。无论是以前趾高气扬高调表示要与外星种族血战到底的将军，还是曾经慷慨激昂要与全人类共存亡的政府幕僚，现在一个个像是霜打了的茄子——蔫了。他们只能沉默不语。

外星种族已经到达太阳系边缘的奥尔特星云，就连地球近地轨道上的太空望远镜都能看清楚外星飞船的尾迹。

基础物理学至今未有根本性的突破，人类拿什么来抗衡？虽说航天器的动力运用了小型核聚变原理，能够在太阳系的范围之内穿梭往来，可航速以宇航速度的天文单位计算只能算是龟速。

NASA的代表在会议之下说漏了嘴，中国的科学家于非被"外星人"通过高维度传送到51区，或许他是拯救人类的使者。

霍华德听闻此事，核实后要求了解内幕。五角大楼军方代表辩解，他们并没有非法扣留于非，而是在帮助他治疗。

五角大楼和NASA方面大概觉得继续扣留于非也没有实用价值，特许郭政宏前来51区参观并把于非接回中国。

郭政宏见到于非的一瞬间，他的眼睛湿润了。可他很快发现，物是人非，于非已不是原来那个他所熟悉的人了。于非的脸上挤满皱纹，满头华发。他与郭政宏对视时，眼神暗淡无光，那已经不像一双人的眼睛了。

郭政宏把于非接回海底基地后，如同照顾婴儿那般地照顾于非。他祈求着于非能够完全康复。

但他很快发现，于非在新环境中表现得十分焦虑，像是丢失了珍贵的东西。但他的表达含糊混乱，没有人清楚他的意思。

郭政宏反复观看于非在房间里的影像画面，他发现于非对墙面有一种特殊的情感，他丢失的东西无疑是在墙面上。郭政宏多次确认后，联系了美国军方，询问于非在51区关押期间是否在墙面上写过什么。五角大楼以为郭政宏知道了内情，且另一方面，他们研究了无数次于非的"天书"，没有丝毫头绪。留置无用，不如这时候做个顺水人情表示对未来工程部的友好姿态，便把于非在墙面上涂写的照片和影像资料发给了郭政宏。

郭政宏聚集未来工程的专家和外聘学者，封闭多日专门研究于非的"天书"。他们同样一筹莫展，无从揣摩。

郭政宏按照影像资料，在于非房间里的墙面上复原了"天书"。于非看到后欣喜万分。他抱住郭政宏又啃又舔。郭政宏任凭于非的唾沫沾满面部和全身，他不仅没有嫌弃，还非常高兴——这说明于非能够表达自我情绪了，这是一个良好的开端。

郭政宏每天对着于非的"天书"沉思，第六感告诉他，"天书"里必定藏着深奥的学问，只是现在的人类还无法破译。那么，解开谜题的钥匙在哪儿呢？

于非仍旧只会说"我听见了女儿的哭声"这句话，郭政宏惊叹人类情感之中玄妙的部分。就在丁零发回地球的信息时，郑月在火星诞下一个女婴，但很遗憾，这个小生命只存在了三天，最终没能活下来。

于非自从见到"天书"，情绪就有了明显好转。他开始愿意与人交谈，特别喜欢模仿旁人的表情和动作。场面看起来有些滑稽。他是牙牙学语的幼子，正在尝试做回一个正常"人"。

于非渐渐学会了许多事情。

郭政宏便开始采取开放形式，让于非走进人群之中，熟悉群体概念。他亲自带着于非来到上海老城区的城隍庙，品尝宁波汤圆和南翔小笼包，自然也去"阳春面"坐了一会儿。看着于非狼吞虎咽，郭政宏十分心酸，如果不是自己赞同于非去策反外星生物，于非也不至于落到现在的境况。

郭政宏特别反感那些专家和学者看待于非像是在研究什么非人的怪物。虽说于非是全人类中经历了高维度传送的第一人，他的身上有着太多目前人类想探知的奥秘，但采用一些极端手段，未免过于残忍。想要知道于非经历了什么，首先是要让于非恢复人性，找回做人的尊严，其他的一切才有可能。

也有人对此持消极态度。试想，一个活生生的人被分解成微原子，然后在高维度的传送过程中复原，再精确地重新组装，肯定会出现不可避免的瑕疵。万一于非一辈子都是这样的状态呢？

就在郭政宏为于非花费种种心力的时候，火星上又发生了一件大事。

人的野心一旦释放，欲望也会跟着膨胀。

麦克阿瑟给自己修建了"皇宫"，用地球运输来的最好建筑材料搭建，地处火星城里的核心位置。目前火星共和国不被联合国承认，地球上不可能让他的家眷来到火星。于是，他的参谋部为他物色了众多的火星妻妾，主要都是从军队女兵中挑选的。军队中的女兵服从军令，敢怒不敢言。而其中有一个参与火星建设的女建筑师就不一样了，她既不赞成火星独立，也不愿拿自己当火星"国王"的贡品。可火星现在没有健全的法律，麦克阿瑟又是个彻头彻尾的独裁者，她能拒绝吗？

由是，麦克阿瑟越发肆无忌惮。他竟然还要求来人面见时必须向他振臂高呼"统帅威武"。甚至专门修建了一个巨大的澡堂，可以容纳七八个人同时沐浴，而那些所谓的妻妾也必须服侍他沐浴更衣。

火星在太阳系的战略位置十分重要。尤其在地球即将面临外星种族入侵的情况下，火星也许是唯一适宜人类居住的星球，必然成为从地球撤退的首选之地。因此，各国的首脑明白，目前派兵前往火星不现实，暂时只能言语谴责、抗议，任何实际惩罚都是无稽之谈。麦克阿瑟也清楚地球人的无奈，既然不可能大规模派兵，那他自然高枕无忧，土皇帝的日子越过越离谱了。

权力是毒药。潘多拉盒子一旦打开，人会变成什么样？

女建筑师艾西瓦娅是个性格刚烈的印度裔美国人，她岂能拜倒在麦克阿瑟的淫威之下？

某天半夜时分，麦克阿瑟的痔疮病又犯了，疼痛使他无法入眠。他起身来到澡堂泡澡，随即叫来他的妻妾陪同。艾西瓦娅又被点名在澡堂里唱歌跳舞，还必须全身赤裸。艾西瓦娅的舞蹈风情万种，麦克阿瑟看得入迷了，正当他拥抱着艾西瓦娅进行云雨之事时，艾西瓦娅猛地拔出头上的金属发簪，准确无误地扎进了麦克阿瑟的心脏。

麦克阿瑟瞪大眼睛盯着艾西瓦娅，他没有想到她竟然敢行刺自己。四目相对，他明白，只要艾西瓦娅拔出发簪，他将即刻鲜血迸发而亡。

千钧一发之际，一条人影从天而降。竟是郑月！

它已潜伏多时，行刺的场景它一目了然。此刻现身，她一掌推开艾西瓦娅。

"你是……你是那个外星人？你来做什么？"

"答应我的条件，我救你！"

"答应！答应！我答应你，快救我！"

"你必须恢复于未来的自由！"郑月的话简单明了。

"你先帮我处死她！"麦克阿瑟看向艾西瓦娅。

郑月点头道："有仇必报，我同意。但你不适合管理火星共和国。"

麦克阿瑟一愣，人一旦尝到权力的滋味，哪怕是死到临头也不会放手。

"不！我是火星共和国的首任总统，这是谁都不能改变的事实！"

郑月直视着麦克阿瑟："你不愿意放手？"

麦克阿瑟的眼神坚毅："我为什么要放手！"

"那好，你去死吧！"郑月话音未落，利落拔出了麦克阿瑟胸脯上的发簪。

顿时，一股鲜血从麦克阿瑟的胸膛内喷泉似的涌出……

麦克阿瑟的死讯传开后，火星上的美国军队顿时群龙无首。杰克·丁以广播形式对火星城的居民和美国军队喊话，呼吁众人保持镇静，火星共和国不会因为首任总统的去世就匆匆结束一个刚刚开创未来的国家历史。他特别强调，火星上即将展开民主选举，任何军队不能介入。他引用了之前美国大选的例子，败选总统试图调动军队推翻大选，最终引发了巨大的国家混乱。

火星城居民呼吁杰克·丁现身，他们相信地球上的世界首富能够管理好只有几千人的火星共和国。于是，杰克·丁临时代理火星共和国的总统职位。

杰克·丁显然预料到，若是他现身在大众视野中，他们未必会拥戴一个只剩下"缸中之脑"的总统。他当然也有野心，但与麦克阿瑟不同，他希望人类以火星作为跳板，真正走向宇宙中的星辰大海。

杰克·丁走马上任，首先任命丁零为火星共和国防务部长。尽管美国军队并不服气一介女流来当统帅，但丁零过硬的军事本领和个人才智又不得不令人佩服。丁零名义上统管军队，其实不过虚衔。火星上的一切都未尘埃落定，军队中暗流涌动，火星上随时孕育着兵变的风险。

丁零本身并不热衷权力，只是身不由己，越来越深地陷入了火星独立的旋涡。自从她听了杰克·丁的身世故事，又看到他现在"缸中之脑"的境地，她对他是怜悯的。但她不理解杰克·丁为何还要担任火星共和国的临时总统？他是以此来证明自己生命的存在价值吗？

杰克·丁也质疑于未来的身份背景，他与外星种族脱不了干系。因此，于未来在火星上是个闲人，反而使他能够专心致志地实施策反郑月的任务，可他根本不知道自己该如何去进行这个不可能完成的任务。

于未来观察近期的郑月的言行，发觉它变得温柔可亲了，甚至感觉到了母爱的成分。他有时候也会恍惚，觉得眼前的郑月就是母亲。当他得知"妹妹"的不幸夭折，心痛不已。他想象过，若是真有一个弟弟或是妹妹，他会承担起兄长的责任。

女婴的夭折，郑月觉得是自己的过错。它通过郑月流产的经历，体会到了人类情感和传宗接代的真正意义。生命的延续是一个崇高的里程碑，寄托着人类所有的悲苦与欣喜。

它开始反思，什么时候开始，它竟然站在人类的立场考虑问题了？而且，它意识到，它的意识经常与郑月的潜意识混杂在一起，甚至分不清彼此。

未来工程部在纳米机器人项目上有了突破性的进展。张衡是这个项目组的成员，某种程度上他起到了关键作用。他对郭政宏提出一个大胆建议，运用这个项目的成果，攻克寄生在人类的外星生物。采用外科手术，必然会使外星生物与宿主同时死亡，而纳米机器人能进入人体的血管里，对外星生物进行外科手术般的攻击。尽管这种可能性只是理论上的假设，运用到实践中谁也不清楚效果如何。况且，按推测的原理，高级文明的外星生物，会惧怕地球人研制出的纳米机器人？似乎又是一个"天方夜谭"的故事。

郭政宏观看了纳米机器人在人体内的"战斗"过程的影像资料，认为张衡的建议看似荒唐，但也有自身的理论依据，需要的是以实验来验证。

该项目原本是攻克癌症的医疗手段，微型纳米机器人在遥控指挥下进入人体血管，顺着血液寻找到癌症所在部位，用携带的纳米粒子炸弹对癌细胞进行爆破，起到根除癌症的作用。

张衡真是个机灵鬼，某天半夜突然醒来，赤着双脚就去找郭政宏汇报。他兴奋地说，他寻找到攻克外星生物的有效方法了。郭政宏听完张衡的设想，虽然觉得很离奇，可也不无道理。

郭政宏没有急着向上级部门报告，科学需要验证的数据。否则，那只是科学理论的假设。他表扬了张衡，他一直是鼓励年轻人敢想敢干，科学需要朝气。郭政宏经过三天的考虑，决定了让张衡带着项目小组前去火星，配合于未来的策反任务，策反与主动攻击双管齐下，总比在一棵树上吊死要好。

张衡听到自己能去火星，欣喜若狂。他是于未来的好朋友，他会尽力为于未来的任务帮上忙。其实，他心里根本没谱，纳米机器人真能够对外星生物产生攻击效果？

短短几个月时间，未来工程部按照于非以前设计的图纸，建造了三艘新型的"金翅大鹏"航天飞船，发动机都是采用小型核聚变的"夸父引擎"。从地球航行到达火星，只需三周时间。

同时与张衡项目小组前往火星的还有未来学院的战斗组成员，由李蔚蓝带队。她的任务是协助丁零掌控火星地表的军队。此时，联合国的部队也已前往火星了。火星是地球人对抗外星种族的重要基地，也是地球人唯一撤退的栖息之地。有一点必须明确，未来学院战斗组不是军队结构组织，起到的作用是保护个人的人身安全和维护未来工程部的项目顺利进行。

霍华德收到郭政宏的通报后，犹豫了两天才给予同意的答复。他清楚中国方面的意图，谁先在火星站稳脚跟，谁就掌握了对火星的话语权。中国这个大国多少年来始终强调人类命运共同体，特别是那场席卷全球的疫情过后，中国实际上已经取得了世界走向的主导权。

中国尊重联合国的地位，世人有目共睹。郭政宏提出未来学院战斗组去火星的任务是保护个人安全，可也是宣告中国在火星上有着自己的话语权。未来学院战斗组成员不多，但都是精兵强将，足以算是以少胜多的小型军队。而且丁零目前是火星共和国的防务部长，她的头衔是 JT 集团的董事长，杰克·丁的继承人，但她明摆着是身在曹营心在汉。霍华德担忧中国在火星的权力坐大后，联合国就会被架空。

霍华德左右为难，一方面他需要中国政府的帮助，建立全球平衡的安全系统，以后甚至是在太阳系的范围。另一方面美国衰落，中国迅速崛起，必然会影响全球的政治格局。他作为联合国秘书长，需要把各国的利益一碗水端平。

霍华德像以往那样，去找他的小儿子约翰聊天。闲谈之中，他的思路往往会得到启发。还是在他们家的阳台上，霍华德很认真地倾听小儿子约翰的见解。

"老爸，你还担心世界格局？外星人快要打到地球的家门口了，人类不被它们奴役算是艳阳高照了。这还只是人类的一厢情愿，可能结局更惨。更何况，人类需要的是尽快冲出太阳系，地球都保不住了，国与国之间的事情还算个屁！"

约翰的言语有些粗鲁，但也一针见血。是的，地球上的人类都保不住了，还要算计国与国之间的利益？当前的主要任务是全人类团结起来，共同应对外星种族的入侵。

霍华德豁然开朗，醒悟到人类以前是多么愚蠢，连绵不断的战争，自相残杀还振振有词。不，现在也是如此。大敌当前，仍计算着各自一亩三分地的利益。他突然有了辞职的冲动，回到家乡过晚年生活。眺望山野美景，漫步在乡间小路上遛狗，优哉游哉。

霍华德回归冷静，责任感驱使他继续艰难前行。

第二十一章

移 花 接 木

科学家是疯子。不疯魔，不成活。

列维通过泰勒带来的寄生在莉莉体内的外星生物遗留的液体，研究出一种抵抗外星生物的疫苗。他对外界宣布，他将首先在自己身上做实体试验。

这根本不符合疫苗的安全研发程序，他的实验室同事阻拦未果，只有上报。

人们既想阻止这种疯狂行动，但又隐隐希望列维能够试验成功。若是真有这样的疫苗，这将是反击外星种族寄生的最好武器。

列维做试验的这天，他邀请崔乐乐来到实验现场。他对她说："如果试验失败了，我身上一旦出现可怕的预后效果，我希望你能及时消灭我。"

"你为什么要用'消灭'这个词？"

列维解释，他研制的这种疫苗注射到人体内会产生转换基因的作用，它在打击外星生物活体的同时，也会造成自身细胞组织排列顺序的混乱。假设真是这样，那他还会是一个人类吗？

列维的语气轻松，但崔乐乐能感觉到他表面平静下的忧心忡忡。他是把自己当作敬献的贡品了，去挑战目前人类不可战胜的外星敌人。

英国广播公司对列维注射疫苗的过程进行了全球直播。

当天，特拉维夫往日车水马龙的景象消失了，全体市民都在默默为他祈祷。

一小时后，列维化验了自己体内的血浆，同时各种医疗器械也对他进行了全方位的扫描检查。一系列的数据出来后，列维对着镜头平静宣布，初步断定，疫苗注射是成功的，目前没有不良反应。但是，批量制造生产疫苗需要很长一段时间，希望大家能够谅解。

人类得救了，全球一片欢欣鼓舞。

霍华德代表联合国把疫苗命名为"抗击侵略者1号"，生产过程将由联合国安全部门监督。

崔乐乐赞同把外星生物当作病毒研究，但她敏锐察觉到列维在实验结束后，他的笑容非常僵硬，言语表达上也有些含糊。崔乐乐有些不好的预感。

果然，当晚半夜时分，崔乐乐怀着忐忑的心情走进列维的卧室，发现室内灯光幽暗，列维坐在灯光下阴影笼罩的沙发上。她完全看不清他的面容。

"崔，我不希望把真实情况披露给公众。你心里其实已经有了答案，是吗？"

"试验是失败的。"

"不！不能说是失败，应该说是成功，疫苗确实能够杀死体内寄生的外星生物。只是……两败俱伤。"

"你为什么要隐瞒实情？"

"毕竟……疫苗确实杀死了外星生物。你难道能否认这种疫苗目前是唯一能够抗击外星生物的武器吗？"

"列维，我承认你说的结果。但我想知道，两败俱伤的后果是……？"

列维沉默了。

崔乐乐在煎熬的沉默中等待着对方的声音响起。

"崔，有一件事要请你帮忙，我死后……麻烦你把我的骨灰撒在太空，离地球越远越好。"

"你是担心……"

"是的，也许它们在地球上的任何一个角落都能死灰复燃。"

崔乐乐不禁毛骨悚然，如此可怕？她冲动地上前，想要看清。但被列维严厉制止了。

"你不要过来！我希望你保持……对我美好的回忆。"

崔乐乐隐约看到列维脸上的面具。

"列维，我答应你！我都可以答应。但我一定要知道，人体注射疫苗后究竟是何种反应！"

"我的书桌上有我这次实验的全部数据，仅此一份。其他的资料我已经都毁了，我不想让其他人继续进行下去。崔，你还是那样固执！好，我告诉你，如果人类注射了这种疫苗，那地球将会变成一个僵尸的王国！"

崔乐乐立即想起数年前在上海第三人民医院急诊室的场景，那些被外星病毒感染的病患，那些类僵尸的面孔……

崔乐乐看向列维的书桌，但桌面上空空如也，仅此一份的实验数据已经不翼而飞了。

"金翅大鹏"三号飞船缓缓在火星地表降落了。

李蔚蓝带领的未来学院战斗组和参与"女娲补天"计划的项目组成员都随飞船抵达火星。

由于来往火星的飞船渐渐增多，杰克·丁在水手谷建造了飞船停泊的航天港。还在航天港附近搭建了几座豪华的宾馆，以供前来火星旅行或是出差的地球人类住宿。杰克·丁是商人，自然懂得生钱的门道。火星共和国刚刚建立，迫切需要地球上的资源进行基础建设。他发行了火星电子货币，并与国际货币基金组织讨价还价，最终，火星电子货币得到了认可，可以依据一定的原则与地球上的货币自由兑换。杰克·丁通过货币这块敲门砖，让地球人类实际上变相地承认了火星共和国的独立存在。随即，他想出更绝妙的高招：在地球上发售火星共和国的基金证券，吸引地球人来火星投资。一时间，火星基金成了华尔街金融圈的宠儿，全世界的富商纷纷入场，火星基金价格越炒越高。购买火星基金不仅是证券市场的热门时尚，它甚至被视为富商选择撤退地球的一种财富保障。

杰克·丁作为代理总统，工作繁忙，真可谓日理万机。要处理火星城的施工进度和扩展规划，询问能源和食物的分配情况……他最头疼处理来自地球雪片般的信息，其中以美国和联合国最多。其实，无非是一些没有太多意义的外交辞令罢了。

杰克·丁现在是名副其实的"钢铁侠"，精准的机器不需要休息。"缸中之脑"不存在体力上的疲劳，也无须恢复能量的睡眠。他用机械臂签署火星共和国的各项行政指令，也通过广播形式传递各种口头指示。但他有着普通人体会不到的痛苦：没有欲望。人没有了欲望，还能算是人吗？杰克·丁只能嘲笑自己提前进入了高级文明阶段，无欲无求。

火星城的居民很快熟悉了他的声音，他的特写画面。但他的真身从未出现在众人的眼前过，于是火星城暗中流传着各种奇闻怪谈。

杰克·丁认为自己对权力的热衷，是追求存在价值的具体表现。这是一种无私的奉献。他已经超脱常人的境界，放眼宇宙了。

他感谢丁零带来了别墅密室的老胶片，那是他年青时代的影像，一去不复返的青春。自己现在的一切成就，是当年追求的梦想吗？

随着火星电子货币和火星基金遭到热捧，火星人类的地位也逐渐得到提高，他们引以为傲地宣称，火星是人类的骄傲，必将成为人类走出太阳系的灯塔。

杰克·丁通过广播对太阳系内的所有人类公布了一个重要通知，

即日起开始实施太阳系元年的纪年方式，地球上的单一纪元方式正式宣告结束。

太阳系元年，这是人类新征程的开始？地球人类听见广播会有怎样的情绪？心潮澎湃，还是感慨万分？

此刻，张衡紧紧拥抱着于未来。

他不管于未来是不是外星人，现在已想明白，于未来是他的朋友。于未来情不自禁也很激动。当初室友张衡一直默默保护他，不让他受到其他学员的轻视。他永远铭记在心。

李蔚蓝看到丁零，心中却有一种酸酸的感觉。丁零一飞冲天，莫名其妙变成了世界首富，目前又成了火星共和国的防务部长，天底下原来真有如此荒诞奇特之事。

美国军方留在火星里的部队存在着巨大隐患，虽然他们的指挥官已经身死，但美国大兵在地球上称王称霸惯了，尤其现在被一个东方女人管辖，不免愤愤不平。牢骚往往是兵变的导火线。

丁零看到了问题所在，可她一时没有找到解决之道。她根本不想担任火星共和国的防务部长，只是郭政宏对她一再强调，这是非常重要的任务，加上她对杰克·丁坚毅意志的崇拜，她只好硬着头皮接手了这个烫手的山芋。

"女娲补天"计划正式拉开帷幕。于未来坦率真诚地告诉郑月，他要救回他的母亲。郑月表示了赞同，它打算配合。它已经不像要被攻克的"敌人"了。

张衡在充气帐篷里布置了相关的仪器和电击设施。而于未来则借来电影放映设备，准备放映许多于未来小时候的录像。当屏幕上出现于未来小时候的模样，郑月的眼眶湿润了。影像中她带着他在游乐园玩耍，母子俩的笑容响彻整个帐篷……

郑月看得很仔细，偶尔提问，更多的时候陷入沉思之中难以自拔。

"妈，您还记得吗？那年我八岁，上小学二年级，年终考试我考了双一百，您给我的是什么奖励？"

郑月沉默着，显然它在搜索郑月的记忆。片刻之后，它兴奋地叫了起来："我想起来了，不是给你买东西，而是送了你一个礼物——航天飞船的模型，那是我亲手制作的。给你的时候，你却很不高兴，因为你当时期待的礼物是巧克力。"

"我再问你，你和爸爸的结婚纪念日是哪天？"

"这太容易了，十二月二十五日。我记得，那是一个天气晴朗的日子，终于和于非商定好结婚的吉日。那一天，于非还特地去理了发，不过发型特别难看，是可笑的锅盖头……"

在于未来的诱导下，它完全陷进了郑月的回忆中。

张衡和烈风、李富贵、许云齐等人却没那么多耐心，他们十分怀疑回忆唤醒的效用，坚持执行纳米机器人的计划。

他们把郑月绑在电椅上，一切都进行得十分顺利。

于未来觉得此刻实施纳米机器人攻击外星生物的时机并不妥当，但他却没有理由反驳。何况郑月若是想反抗，恐怕单凭他们几个根本招架不住，那就……试试吧。

张衡给郑月打了一针麻醉剂，等它昏睡过去后，他们用输血管把纳米机器人送进郑月的血管之中。纳米机器人携带着微型摄像头，血管内行进的一切都可视、可记录。纳米机器人顺着人体的不同血管，朝着大脑中枢神经部位行进，途中没有遇到任何阻拦和抵抗。

好戏马上开场了。众人都很紧张，尤其于未来。

"张衡，炸弹爆炸会有生命危险吗？"于未来有些担忧。

"未来，这是定点爆破，我们经过多次试验了，你放心。"

"你们是在动物身上做的试验吧？现在可是我妈啊……如果我

妈有了意外……"

"我保证不会有意外!你放心吧!"张衡信心满满,志在必得。

话虽如此,张衡其实并无完全把握,但他好胜的个性不容许自己表现出退缩之意。

临行前,郭政宏为李蔚蓝的战斗小组和张衡的项目组举行了欢送会。食物紧张的情况下,欢送会上居然供应了新鲜的牛羊肉,这分明是为壮士饯别。

风萧萧兮易水寒。

若是纳米机器人攻克外星生物遭到郑月的拒绝或反抗,他们恐怕再无命回到地球。但他天性乐观,既然是战士,面对死神时正应笑脸相迎。

就在他的脑海里充满了杂念的时刻,纳米机器人遇到了阻碍。

人的血管里很奇妙,白细胞每天都会面临许多战争。外星生物寄生进郑月的体内之后,免疫系统始终在不屈不挠地做斗争。郑月体内的免疫系统从纳米机器人进入时就已拉响警报,大批白细胞围追截堵,终于在颈部血管的位置"拦截成功"。双方陷入了胶着状态……

联合国安全部门如愿以偿拿到了列维的疫苗资料。他们要将抗击外星生物的疫苗掌握在自己手中。霍华德一颗悬着的心终于放下了。

列维是个疯子,常人无法理解。联合国担心列维一旦实验失败,将不给后人留下任何疫苗成果。于是他们早准备,早布控,有惊无险拿到了疫苗资料。

当然,对于这样一场轰动全球的疯狂实验,威廉也没错过。他观看了列维注射疫苗的直播过程。当全世界开始欢呼雀跃时,他却轻蔑地笑了。列维制作疫苗的途径,威廉也多次尝试过,结果无一不失败。这是一条他放弃的道路，列维拿着那一点点外星人液体，怎么可能比他先成功？

他最终采取了迂回战略，这才开始研究超级人造血清，并以此制约住了莉莉。眼下唯一的问题是，超级人造血清的研制成本过高，无法批量生产，因此作用有限。

黑金字塔尖碑再次告诫人类，地球上的任何武器和疫苗都徒劳无用，文明的等级决定了星球命运的主宰者是谁。它们希望地球人类不要再做无谓的反抗。它们将帮助地球人类建立一个永久的和平环境。

正当人们纷纷议论外星种族的广播时，列维自杀了。他的骨灰盒被严密封存在特拉维夫的一个隐蔽坚固的地下冷库中。

列维非正常死亡的消息震惊了全世界，人们开始普遍怀疑起列维疫苗的真实性。但也有人相信，正是疫苗的成功为列维惹来了杀身之祸。

联合国秘书长霍华德不得不多次发表声明，列维的自杀完全出自他个人，与即将批量生产的疫苗无关。可霍华德马上被打脸，列维的继承人宣布，根据列维的遗嘱，他研制的疫苗将永远不得投入市场。为此，他在生前已经毁掉了疫苗的所有资料。

崔乐乐并没有找到列维书桌上最后的那份疫苗资料。但她根据爱因斯坦实验室人员的大致回顾，模拟了当初的实验过程。她当然发现这是一条死路。用于注射的小白鼠接种了疫苗后焦躁难安，几小时之内体形突变，痉挛抽搐的外部器官开始流溢出恶臭的黏液，紧接着，小白鼠开始全身腐烂。在这个阶段，小白鼠会疯狂地攻击同类，直至死亡。

崔乐乐向郭政宏汇报了实验结果。

列维研制的疫苗绝对不能进行人体注射。

几个小时过去，纳米机器人最终通过颈部的血管，艰难抵达了大脑中枢神经所在的位置。外星生物的黏菌体形状已经清晰可见，大量纳米机器人来不及引爆炸弹便已经化为齑粉……眼看纳米机器人所剩无几，张衡等不及启动了纳米机器人的爆炸自毁装置。影像在屏幕上方消失了，帐篷中陷入死一般的寂静，只有屏幕上不断闪烁的雪花在宣告这场战争的惨烈程度。

　　"张衡，快停下！我妈脸色苍白，肯定失血过多！"于未来急了。

　　"不成！现在是最关键的时刻。你别急，仪器不会骗人，郑月的生命体征目前一切正常！"

　　张衡话音未落，所有的仪器数值开始急剧波动：血压急速下降，心率逐渐放缓，一分钟竟只跳动四十次！

　　众人愕然。于未来疯了："张衡，停下！我命令你停下！"

　　张衡态度坚决："不！我们在执行'女娲补天'计划，绝对不会停止。纳米机器人正与外星生物殊死搏斗，这也许是我们最接近胜利的时刻，难道要半途而废吗？"

　　"于未来，你清醒一点，它不是郑月！"

　　于未来沉默了。躺着的这具躯体，到底是谁？他的母亲……

　　屏幕终于恢复。众人清楚地看到，外星生物的黏菌体已经完全消失了，就像之前的一切都只是一场幻觉。

　　"我们成功了！"张衡兴奋地大叫起来。

　　他们相互拥抱起来。

　　随着影像显示的恢复，郑月的生命体征也都恢复到正常范畴，好似只要她醒来，一切就结束了。

　　唤醒的几分钟犹如一个世纪那样漫长。

　　"妈……"于未来说不出话来。

　　郑月笑着，几滴泪涌出来："傻孩子……"

"郑月上校，你哪里不舒服吗？"张衡急切地看着郑月，在收获了巨大成功的喜悦之后，他又开始怀疑起奇迹到来的真实性。

"我没有不舒服，只是感到很累……"

李蔚蓝正视着郑月："郑月上校，请你回答以下问题再休息：第一，你知道自己现在在哪里吗？第二，目前你的意识认知正常吗？是否感觉到某种力量在试图操控你？第三，请你报出你的出生年月和工作履历……"

郑月按照李蔚蓝的要求，一一做出回答。

海底基地的指挥室，郭政宏和林向东等人观看了火星实时传送的画面。醒来的郑月思路清晰，表情从容。

众人欢呼雀跃。唯有郭政宏，一脸沉思。

"郭部长，有什么问题吗？"

郭政宏看了一眼林向东，若有所思道："似乎太顺利了。外星生物被纳米机器人打败，这可能吗？"

"可影像显示，一切无误啊，整个过程还是挺艰难的，会不会是咱们多虑了？"

"通知李蔚蓝和张衡他们尽快返回地球，带上郑月！另外钟小北……"

"什么？"

"钟小北，你是怎么安排的？她来未来学院也有一段时间了吧。"

林向东不知郭政宏为何突然提到钟小北。他仍清晰地记得钟小北在她兄长的葬礼上不顾颜面的哭求。谁也没有想到，一个在莫斯科学艺术的女生，竟能通过未来学院的层层选拔考试。但既然通过了，他们也没有理由继续将她拒之门外。

"近阶段她一直在练习枪法和格斗技术，她坚决要求参加战斗组……"

郭政宏打断林向东的话："我是问，她的情绪稳定下来了？"

"是的，不再整日想着她哥哥钟南了……"林向东说到这里，有几分欲言又止被郭政宏精准抓住了。

"你想说什么？她哪里不对劲吗？"

"那倒也没有……可……"

"怎么吞吞吐吐，有话就说！"

"是我觉得她总有哪里不对，具体的我又说不出来。也许是我瞎想了……"一个在莫斯科学艺术的女生，竟能通过未来学院的层层选拔考试，这本身就不合理吧？不过这话他没有说出来。

郭政宏没再纠结钟小北的事情，仿佛他只是随便问起来似的。

"对了，批准你和李蔚蓝的婚假了。等她从火星回来，你们抓紧时间，把事情办了！"

"谢谢领导！"

林向东回到未来学院，路过通讯室时看到里面一个人影闪过。他猛地推开门，见是躲躲闪闪的钟小北。

"你在这里干什么？"林向东的语气很严厉。

"我……只是感兴趣，来参观参观。没什么事的话，我先回宿舍了。"钟小北对此满不在乎，仿佛她出现在这里合情合理一般。

"参观？钟小北，你是怎么进来的？"他忽然发现，远程通信仪器闪烁着亮光，那台机器可以直接通过地球近地轨道卫星发射信息到外太空，"你还打开了远程通信仪器，你想干什么？"

"报告林指挥，教官们都让我多学多看，所以我来这里熟悉一下操作！"钟小北冲着林向东一笑。

林向东感到一丝迷幻，就这么一愣神，他通讯室的一切都已经恢复正常，根本没钟小北的影子？怪了，难道刚才的都是幻觉？

林向东回到自己的办公室，看着秘书送来的即将去空间站实习的学员名单。突然之间，他鬼使神差地将画掉的钟小北重新打了钩。

窗外露出了一双窥视的眼睛，转瞬即逝。

"金翅大鹏"三号安全返回地球。

回家的路途总是令人愉悦，舱内一片欢声笑语。

于未来被"命令"继续与丁零留在火星。郑月已经恢复，他的策反任务也算是圆满完成，虽然郑月的恢复与他关系不大。现在，郑月已经返回地球，他却不能。自从外星人寻找于未来之后，人类已经将他视同外星人了。他是人类的异种，注定不能为世所容。他冤枉，他恼怒，但他更无可奈何。母亲已经回归，父亲死而复活，喜上加喜的时刻，他却不能与他们团聚。

郑月落地后，曹茹平给郑月做了全面细致的体检，证实原先在她的脑垂体附近存在的液态寄生组织完全消失，生命体征也完全正常。曹茹平在检查时还不断与郑月聊起以前的往事。她们俩相谈甚欢，似乎回到了年轻时代。

国防部又一次为郑月举办授勋表彰会，同时也嘉奖了李蔚蓝、张衡等。表彰会上，郑月感谢了领导和组织积极挽救自己的生命，表示在以后的日子里她将忠于职守，努力为国家做出更多贡献。

于非虽然也出席了表彰会，但整个过程中，他都没有表现出特别的欣喜。他听到于未来的名字，眼中尚有华彩掠过，面对郑月，却同面对陌生人毫无区别。

郑月看到于非欣喜万分，于非却十分拒绝郑月的亲近，还反反复复申辩她不是郑月，不是他的妻子。只是于非目前的状态，说话本就颠三倒四，谁也没有在意他那毫无逻辑的争辩。

表彰会临到结束之时，姗姗来迟的钟小北，在台下突然大叫："她不是郑月！"

全场哗然。

然而这场骚动并没有持续太久。

自从钟南牺牲，钟小北受了严重刺激之后，就时常有怪异之举。来到未来学院时，已经好了。但谁知道她是不是看到郑月又受到了刺激呢？

表彰会后，曹茹平对郭政宏一再保证，现在的郑月是如假包换的郑月。

郭政宏也逐渐确信，如今的郑月没有被外星生物操控，那个寄生者确实消失了。留心观察，郑月的言谈举止，眉宇之间的神态，都是他们惯常早已熟悉的。不过，为审慎起见，还是要对郑月定期进行审查。

郑月的问题暂时解决了，现在，郭政宏最头疼的是于未来的问题。

于未来如果要回到地球，就必须交由联合国组织的科研机构来审核他的身份，因为他牵扯到了整个人类的安全。郭政宏清楚，国际舆论和霍华德都希望搞清楚于未来与外星人的关系。

林向东和李蔚蓝的婚礼举办得很隆重。婚宴设在海面上刚建造好的"海上宫殿"，李蔚蓝的父亲已经退休，老部下现在都已经升到将、校级别，加上林向东本人身居未来工程部和未来学院的要职，因此，前来参加婚宴的人士众多，除了来自三军的军官们，还有一些著名的科学家。名流荟萃，济济一堂。由于食物紧缺，因此富丽堂皇的宴会厅里，摆着的都是五谷杂粮，连酒都是自酿的米酒。不过，军队的供给相对充裕些，因而新婚贺礼中有不少是五花八门的食品，金华火腿、安徽咸肉、嘉兴粽子、四川腊肠、西湖藕粉、德州扒鸡、南京盐水鸭，等等。

林向东和李蔚蓝回到海底基地的"洞房"已是半夜。他们没有丝毫睡意，畅谈着未来的规划。说着说着，林向东突然紧张地从床上翻身而起，他感觉到黑暗中有一双眼睛在窥视他。

258

林向东夺门而出，只见操场上一个黑影掠过。他再仔细看去，黑影已消失不见。追出来的李蔚蓝认为他是神经过敏了。半夜除了值班的岗哨，还会有谁在操场奔跑？况且这里是军事重地，闲杂人员根本不可能出现。李蔚蓝有些生气了，新婚第一天就疑神疑鬼的。

沉浸在新婚喜悦之中的二人，没有意识到厄运正在迫近……

大型粒子对撞机在地球近地轨道全部安装完毕。为了避免太阳黑子对真空管道的干扰，空间站的技术人员谨慎选择了试机的日子。

全世界的人都在拭目以待，期盼着装置真空环境的二十四个磁约束环对撞创造奇迹，解救人类。

空间站有一块区域提供给未来学院的学员们实习使用。他们很兴奋，能够在远离地球的空间站，近距离目睹粒子对撞机的"试车"。

林向东忽然发现钟小北不见了踪影。他仍未想明白，为什么钟小北会出现在未来空间站实习的名单中，但此刻后悔，显然不符合规定。既来之则安之。

最终，林向东在空间站与对撞机连接口顶端的玻璃过道找到了钟小北。她徘徊在那儿，不断寻找着顶端与下方对撞机之间的缝隙。

"钟小北！站住，别动！"林向东警觉地掏出随身携带的手枪对准钟小北。

林向东的眼前不由自主开始出现幻象：他突然看到李蔚蓝，飘浮在灿烂的星空中……远远地他看到了李蔚蓝朝他飞翔而来……他想紧紧抓住李蔚蓝，但她就像是幻影那般从他的身旁掠过……

仿佛一个短暂的梦境，林向东呆愣地看着手里的枪，忘却了刚才究竟发生了什么。他努力回忆，可脑中只有一片空白。

李蔚蓝正在带领学员通过空间站的太阳能大型阵列收集来自仙女座星系的频率信号。

林向东找到李蔚蓝，告诉她自己身上出现的怪事。李蔚蓝认为林向东是睡眠不足，或是工作压力太大，把神经绷得太紧张了。

林向东的脑海里突然闪现出钟小北："你知道钟小北刚才在哪？她和你在一起吗？"

李蔚蓝摇摇头："我没和她在一起。你怎么啦？"

"我觉得幻象好像与她有关。"

李蔚蓝关切地看着林向东："你脸色不好，是不是太疲劳了？回到基地后，你得做个全身的体检。"

林向东不想再解释了，他越解释越说不清楚。

在德国科学家的实验室通道口，他遇到了钟小北。

"林指挥，听说你在找我？"

"你到底是谁？"

钟小北顽皮一笑："你说我是谁，我就是谁。林指挥，这个实验室里有一个无氧房间，你跟我进去吧。"

"钟小北，你不要太放肆！你……"

林向东的眼前又出现了幻象：他站在金色的海滩上，李蔚蓝怀抱着孩子远远地朝他奔跑而来……

李蔚蓝最近察觉到林向东的行为透出一些怪异。比如，他有着近似强迫症的时间观念，早晨定点跑步，临睡前定时健身，这是雷打不动的。可从空间站回来之后，他放弃了以往的作息安排，整日整夜待在指挥室里，还不许任何人打扰。尤其现在他们还处于蜜月期，林向东却连家都不回了。李蔚蓝联想到此前他多次提到的幻象，建议他去全面检查一下身体，没想到他大发雷霆，把她痛骂了一顿。她从未见过林向东朝自己发怒，那一瞬间，她又惊又怒，直怀疑眼前的人已经不是她所爱的林向东了。

女人的心事只有找女人倾诉。

被责骂的李蔚蓝选择向曹茹平哭诉。可曹茹平在业务上心细如发，在生活中却是个实打实的"糙汉子"，特别是男女之间的情感问题，她一窍不通。所以，按照习惯思路，曹茹平大大咧咧劝慰她，林向东是成熟的男人，更是军中的精英，不能用庸俗的爱情观去要求他。

李蔚蓝哭笑不得。当年曹茹平率领医疗队援助非洲，耽误了自己的爱情。她是军人家庭出身，从小养成了坚毅的性格，再怎么委屈也能忍受。

林向东的反常行为莫非与钟小北的"失踪"有关？

一周前，未来学院的学员在空间站实习完毕正要返回地球时，发现钟小北不见了。空间站的范围如此有限，一个大活人怎能失踪？奇怪的是，空间站内外各处摄像头，居然也没发现钟小北的身影。技术人员研究了记录硬盘，发现了影像被人为屏蔽的痕迹。

经过警卫人员的细致检查，在空间站对接舱的通道口发现了林向东的指纹。警卫处讯问林向东，被他矢口否认。

那么，真相只有一个：钟小北被某人"移出"了空间站。谋杀还是自杀？动机又是什么？

这桩失踪案牵扯到未来学院的指挥官林向东，郭政宏授意警卫处谨慎处理。李蔚蓝当然相信林向东，可她想到林向东在空间站曾经寻找过钟小北，这令人十分不安。

钟小北的"人间蒸发"也在学员中引发热议：

"你们说，是谁把钟小北扔到了外太空？难道空间站里有间谍？"李富贵率先提出疑问。

"你傻啊，就算有间谍，钟小北又算个什么人物？犯得着在外太空毁尸灭迹？"张衡当场反驳。

"听说林指挥为此事还受到了审查，因为对接舱发现了他的指纹。你们听说了吗？"烈风小心翼翼地询问众人。

"烈风，你怎么也喜欢传八卦了？我们还不了解林指挥？他凭什么将钟小北毁尸灭迹？"许云齐不屑道。

"会不会，钟小北对林指挥做了什么，导致林指挥……"

卡密尔的话还未说完，就被张衡打断："什么事？哪怕钟小北去色诱，林指挥也不会动心。不过，你们发觉没有，钟小北与钟南队长一点不像是兄妹，尤其品行方面。"

卡密尔想了想，缓缓道："是啊，我和她上下铺，我总感觉她不是个正常人，尤其是晚上……她偶尔发出野兽那样的低吼，我经常被吓醒。"

说者无心，听者有意。卡密尔的话，令张衡不禁感到一阵寒意。难道钟小北也被外星生物寄生了？难道林向东发现了什么？张衡不敢说出他的想法。

李蔚蓝眼看林向东日益消瘦，身体状况越来越差，她却束手无策。有一次他从卫生间出来，她紧跟进去，竟在洗漱面盆里发现了几丝血迹。她关心他，但结果往往是一顿训斥。李蔚蓝只有把委屈咽下，总不能次次都找曹茹平倾诉。她想过汇报给郭政宏，可又觉得这是私事。干他们这行，工作压力大，生活中脾气暴躁些好像也没什么，家务事还是别去麻烦领导了。

但逐渐地，她感到恐惧，尤其是夜里，两人躺在一张床上，她感到自己身边睡着的是一个完全陌生的人。甚至……是一头野兽。

这种联想，总是吓她一跳。难道自己最近工作压力太大了？

离外星物种入侵地球的时间越来越近了，未来工程部仍未拿出一项足以对抗外星生物的威慑性武器。整个基地笼罩在一种极端压抑的氛围中，从前相熟的同事、朋友，现在彼此相见时，也很少有心情说笑。

伤愈后的韩舒冰仍在公众场合戴着面具。她始终与人保持相当远的距离。小伙伴们想尽各种法子逗她开心，希望她回到卧底"狼穴"

前的状态。但一切都是徒劳。不过，即便是这样的日子，也没有维持多久。

终于在一个晴朗的日子里，韩舒冰选择了离开未来工程部。

郭政宏尊重她的决定，但在分别时，他对韩舒冰道，未来工程部需要她，未来学院也永远等着她。

第二十二章

杀人诛心

斐奥娜率领一个拍摄小组乘坐"大力神"号航天飞船降落火星，亨利也在其中。斐奥娜将作为《华盛顿邮报》的特派记者采访火星共和国的代理总统杰克·丁，采访过程通过远程通信向地球延时转播。

斐奥娜自从在咖啡馆邂逅杨安妮之后，她的命运发生了天翻地覆的变化。

其实早在杨安妮自杀之前，她就已经预感到，自己将有机会见到杰克·丁本人，对于那次事件的披露，她仍心有余悸，但火星共和国的成立扭转了世人对这次事件的评价，尤其为杰克·丁挽回了许多名声。现在去采访杰克·丁，也许是最好的时机。虽然早做好了准备，正式出发前斐奥娜仍不免感到激动。

她当然清楚亨利在利用自己，可她并不清楚对方的目的。她很茫然。虽然很感谢亨利手眼通天的能力，帮助她摆脱了FBI的调查，还获得了前往火星采访的珍贵机会，但完全猜不到对方的真实目的，给斐奥娜的火星之旅留下了一小块灰暗阴影。

杰克·丁素来厌烦新闻记者，他成名之后，除了新闻发布会必须邀请记者，其他时间和地点一概不接待记者。他曾将记者形容为恶心的苍蝇，他说："他们感兴趣的是阴暗角落里的腐朽味道，总是夸大其词，唯恐天下不乱。"这也有些缘故。杰克·丁之所以对记者们恨之入骨，主要由于早年间 JT 集团的新闻大多都是负面的，等 JT 集团成长为航天领域里的巨人后，媒体记者们又一改往日的嘴脸，蜂拥而上吹捧起他来，也难怪他始终将记者拒之千里了。因此，新闻界有一句著名的玩笑话：谁能单独采访杰克·丁，谁就是下一个约瑟夫·普利策。

杰克·丁重生之后，特别是担任火星共和国的代理总统之后，他变了，突然喜欢上与记者打交道，甚至主动邀请地球上的著名媒体前来火星参观采访。由于报名去火星的新闻媒体过多，联合国新闻总署出面分配星际采访的名额。斐奥娜出现在首批前去火星采访的新闻记者名单中，引发各国新闻界的热议。作为一名初出茅庐的年轻人，她确实不够格。这当然是亨利耍了手段的结果。

杰克·丁希望丁零也能一起接受采访，但她拒绝了。她与驻守火星的美国军队矛盾日益突出。虽然火星共和国已经成立，但来自地球的这些人群，融合得并不理想。这也给丁零带来了许多管理上的困难。她多次发信息给郭政宏，要求结束在火星的任务，或者至少能够休假一段时间。说起来有些矫情，她一飞冲天，既是世界首富，又是火星共和国的防务部长，但她的内心却总是留恋未来学院的单纯生活。也许，鞋子是否合脚，只有脚知道吧。

杰克·丁把采访地点安排在书房。考虑到自身安全，他只允许斐奥娜和摄影师在场。在此之前，他全面调查了斐奥娜的背景。他当然知道斐奥娜正是当初采访杨安妮，帮助他揭露了美军军方在火星实验的新闻记者。这件事直接推动了火星共和国的成立，也使他在"缸中之脑"后登上了自己政治生涯的高峰。他当然十分欢迎她。

现在，他希望这些来到火星的新闻媒体，帮助他宣扬火星的丰富矿物资源和新星球人尽其才的自由制度，以吸引地球上更多的投资者。他将使火星上的一切，都成为地球上最抢手的商品——包括他本人。

怎么说呢？如果媒体不是总盯着那些污糟事随时准备搞个大新闻，而只是做做宣传，那还是值得夸奖的。

斐奥娜对杰克·丁的采访很顺利。

杰克·丁侃侃而谈。他从为何建立火星共和国谈起，详细展开了他的宏伟规划。地球人类有了火星这样的兄弟星球，可以最大限度上拓展人类对太阳系资源的开发，也开创了人类走向星辰大海的新征程。除了宏伟蓝图之外，他也非常具体地回答了关于在地球发行火星基金证券的必要性……

正在杰克·丁谈兴正浓的时候，一旁沉默的摄影师亨利插话了。他冷冷道：

"杰克·丁先生，请允许我这样称呼你。不过，据我所知，你是随你养父丁勇的姓氏，其实这并非你真实的姓。我说得没错吧？"

杰克·丁看向亨利。

斐奥娜不明所以，但她观察到杰克·丁的脸色几经反复，最后变得苍白，嘴角在轻微抽搐。

"这位先生，你这个问题不在提问大纲之内。"

亨利笑了笑，志在必得道："我来火星，正是想问这个问题。杰克·丁先生，期待你的回答。"

杰克·丁已经明白，眼前的亨利正是当年胁迫他的移民局特工亨利。

"亨利先生，这里是火星共和国的领土，而我是火星共和国的代理总统。我有权下令逮捕你！"

亨利冷笑两声："别做梦了。杰克·丁，你被捕了。你的罪名是，你杀死了养父丁勇。"

杰克·丁震惊了。

这一瞬间，多少年的往事猛地涌入脑海，他原以为尘封的血案已经被自己彻底忘却,此刻他才明白,什么叫"天网恢恢,疏而不漏"。

在普林斯顿大学期间,杰克·丁认识了一位校友,她是菲律宾华裔,她有一个美丽的名字——华珍妮。她出生在美国,从小接受的是美国的教育。她喜欢天文学,和杰克·丁两人志趣相投。他们时常在夜晚约会,两人躺在校园的草坪上数星星。杰克·丁告诉女友,他小时候最好的朋友是家里的菲佣,是她启蒙了自己的天文知识。

"那,你是因为我是菲律宾女孩,所以才喜欢上我?"华珍妮故意逗他。

"可能是吧。"

丽阿在杰克·丁的童年生活里,留下了深刻的烙印。以至于他落在人群中的目光,总是更容易聚焦到东南亚女孩身上。他不太喜欢白人女孩,他反感她们身上与生俱来的那种优越感。这当然是他个人的偏见。

一个人无法克服自身的偏见,那么他就要因这种偏见而吃亏。

后来,他和华珍妮双双考进哥伦比亚大学攻读博士学位。在纽约,那时候大饥荒的时代还没有到来。他们到曼哈顿的老唐人街闲逛,坐在临街的小店铺,惬意地吃着港式茶餐厅里口味正宗的烧腊。饭后,他们还会到甜品店,吃上一碗清凉的龟苓膏。他们享受着纽约的灯红酒绿、纸醉金迷。

一年之后,华珍妮提出让男友去见见她的父母。他这时才知道,她的家庭是亚洲顶级的富豪家族,在天然气领域的产业广大。

华珍妮的父母见到杰克·丁,十分喜欢他。他们邀请杰克·丁的父母来家做客,以便商谈二人的婚约。然而杰克·丁拒绝了,他说,他的父母已经不在人世了。实际上,是因为他觉得,自己的养父根本上不了台面,到了这样的大户人家肯定只能给他丢丑。

杰克·丁的菲律宾之行很圆满,临行前华氏家族为他们二人举办了盛大的订婚仪式，众多达官显贵都向他们表示了十分真诚的祝贺。杰克·丁在这次订婚仪式上，结识了许多大投资商。这为他以后开创事业，铺平了道路。

然而，正是因为这次订婚的宴会，杰克·丁变得雄心勃勃。一回到美国，他就为自己今后的商业帝国规划起了蓝图。他敏锐地意识到，属于自己的机会降临了。美国自从阿波罗系列登月以后，航天领域基本上处于停滞状态。NASA由于经费紧张，美国国际空间站无力运营，最终成为一个巨大的航天垃圾。在这样的行业背景下，杰克·丁当机立断，在佛罗里达州注册了一家火箭技术公司，但这其实只是个空壳公司。他清楚人才比金钱更重要，货真价实的人才才是保证一个公司迅速发展壮大的根本资本。为此，他三顾茅庐，请来著名的火箭工程学家马林纳的"关门弟子"，即加州理工学院航空实验室的莱诺教授。莱诺见到了这位年轻人的诚意与野心，加上杰克·丁出价实在太高，最终成为杰克·丁的主要合伙人。

但是，公司成立之初，经营得并不好。创业之艰，远超杰克·丁的预期。眼看支付给莱诺的高薪报酬难以为继，杰克·丁想尽了所有办法，依然筹不到足够多的钱款。怎么办呢？在他一筹莫展的时候，女友华珍妮提出，可以用自己家族的财富来帮助他，但杰克·丁不愿意。他要强的性格决定了，他无法依靠一个女人。何况，他必须自己单独控制这家公司。他清楚，只要他的公司多坚持一段时间，研制出大功率可循环使用的火箭，现在的一切困局就都可以迎刃而解。那时候，火箭的造价将断崖式下跌，他不仅可以低价迅速占领航天市场，公司的股票也能一飞冲天。他从童年时代起，遭遇过动荡难安、流离失所，过早品尝到人情冷暖，这些使他悟出了一个残酷的真理：只有拔地而起的参天大树，才能经受住风雨的摧残。他要成为参天大树，成为风雨摧不倒的大树。

于是，他打起了养父的主意。

他知道家中藏有一笔巨额存款，这是养父逃亡的"救命钱"。就像在海外的那些华人一样，丁勇不相信银行，他永远把现金放在身边才最安心。不过，丁勇几乎不会动用那笔钱，仿佛那笔钱的存在，只是一种安稳的象征。

那么，借用几天，应该也没关系吧？

杰克·丁挑选了一个周末回到了路易丝安那州。他趁着月黑风高，潜进了自家小院，最终顺利"取"出了养父藏起来的"救命钱"。过程有些小波折，养父的爱犬差点蹿出来坏事，不过好在顺利解决了。

他以为一切都将神不知鬼不觉，直到他渡过难关，分文不差放回这笔钱为止。没想到，仅仅三天之后，他的养父就来到学校找他。

他们在咖啡馆见面。养父没有责问，只是一直在叹气。杰克·丁虽感到自责，但年轻气盛，怎可轻易认错？

"你需要钱，直接跟我说就可以了。可你……怎么能给阿普斯下毒？"

他自然不肯承认。

"父亲，您冤枉我了，我怎么会做那样的事？"他信誓旦旦辩解道，"钱被偷了没关系，今后我能挣大钱，我会让你住最好的房子，开最好的车子……"

"你以为我把你养大是为了最好的房子、车子？我有钱，我可以自己买！可是，阿普斯多么可怜！它终日陪伴我……"想到那条狗，养父忍不住老泪纵横，"在我的眼里，它已经不是一条狗了，而是我生命的陪伴……而你，你！当初是你求着我买它的，你那时候还没上高中，在学校里经常被美国人欺负。你说，你要养一条大狼狗保护你，让那些同学再也不敢欺负你。你那时候那么喜欢它，就连名字，也是你取的……你怎么能……这么狠心？"

然而无论养父说什么，他始终矢口否认盗窃和下毒同自己有关。

儿子长大了，老子就衰老了。无论丁勇年轻的时候在香港如何叱咤风云，他现在已经不过是一个手无缚鸡之力的老人。杰克·丁只等着他说完自己的怨气，然后放他回学校去。然而，冥冥之中自有天命，华珍妮在最不恰当的时刻，走进了这家咖啡馆。杰克·丁只能尴尬地介绍养父，说他是老家的一个熟人，这遭到养父的严肃更正。华珍妮十分诧异，既然父亲健在，为何男友坚决否认？女人最痛恨男人撒谎，若撒谎的恰好是自己心爱的人，那便是罪上加罪。她很快明白了二人的真实关系，对杰克·丁的爱意瞬间烟消云散。临走前，她轻蔑地丢下了一句话：一个人如果瞧不起自己的父母，那还不如一条狗。狗尚且不嫌贫富，何况是养大自己的父亲呢？

尽管事后杰克·丁一再解释，试图挽回这段岌岌可危的感情。他竭力告诉华珍妮，养父来，就是敲诈勒索要钱的。华珍妮将信将疑，他们的爱情艰难维持着。当一个谎言说出来，就要用无数个谎言来弥补。而最彻底的解决办法……他在网上找到了那条具有特殊含义的"寻人启事"，告知了对方自己的家庭住址。

如果……那就算了。

他仿佛已经解决了养父的问题，他的爱情应该可以回到之前的模样了吧？却不想，爱情有时候，只是天边一颗流星。苦苦维持，只是延缓了亮光消失的速度，却不会改变消失的结果。

华珍妮连再见都未说一声，便离开了他。

他痛苦万分，完成博士论文的第二天，他便一头扎进毕业旅行。他在泰国清迈遇到一个女孩，她的名字叫沙旺素西。如何使人最快忘记一个人？那就是迅速寻找一段新的爱情。眼前的泰国女孩，神似丽阿。杰克·丁与沙旺素西相识仅仅三天，便闪电似的与她结婚了。三个月后，逐渐冷却下来的杰克·丁明白了，丽阿是丽阿，沙旺素西不可能替代任何人。杰克·丁没有把这桩婚姻告知任何人，包括他的养父。最终，这段婚姻只维持了三年。沙旺素西带着儿子回到泰国清迈生活，这是后话了。

杰克·丁博士毕业前夕，养父曾悄悄地来到过纽约。他似乎预感到自己时日无多，所以给杰克·丁带来了最后的"礼物"——他精心记录的他们在一起的幸福快乐时光。他们那一次见面十分仓促，原本健谈的养父变得沉默了，他们默默吃完午餐，然后就匆匆分别了。

等他戴上博士帽回到老家，只见到了被吊死在门前树下的养父的尸体。这个可怜人，流亡了半生，最后仍死于非命。杰克·丁不忍直视家中的一切，他干脆一把火全都烧光了。他不想留下任何痕迹。

或者说，他害怕留下任何痕迹。

关于养父的死亡，他唯一有良心的地方是，他没有去领取那笔赏金。

接下来，杰克·丁的事业风风火火，一帆风顺。他的火箭技术公司在航天界脱颖而出，很快跻身一流的航天企业序列，与"蓝色起源"这家巨无霸公司平分秋色。

这件事最后的波折发生在他博士毕业五年后的某天。

哥伦比亚大学校务办公室转寄给他一封信。那时候，纸质的信很少见了，人们更加习惯电子通信。他见到信封上熟悉又笨拙的英文字母，顿时明白这是他养父亲手写的。在过去了很多年以后，这封信的内容他依然能一字一句想起来：

> 亲爱的小杰克，请允许我仍这样称呼你。你见到这封信的时候，我已经不在了。我预感到生命快走到尽头，只是不知道将以怎样的悲惨场景作为结局。人在做，天在看。我能够活到今天，老天爷已经太宽容了。回顾以前的日子，我做了很多坏事，好事却没几件。丢失的那笔钱，本就是偷盗来的，不翼而飞也

是应该的。我伤心的是，你如果真的需要钱，为什么不直接告诉我？我们是父子，是最亲近的人了。我更伤心的是，阿普斯死了！

我知道，你的翅膀硬了，到了远走高飞的时候，可阿普斯这条老狗并没有过错，它不应该是这样的下场。在你离开家上学的这些年里，阿普斯是我唯一的陪伴，它已经是我生命的一部分了。它死了，我常常看不到自己活下去的希望。

人老了，想得多了，也许看得也透了。钱财是身外之物，丢了就丢了吧。人在世上走一遭，关键是要活得实在踏实。

我是个不肖子。从小就不安分，什么事都想强出头。种地的时候想着出去闯天，闯了又想发大财。从偷渡深圳湾开始，就注定了我以后流浪天涯居无定所的结局。我现在只想回到广东老家，在熟悉的土地上自由漫步。但那已经毫无可能了。

亲爱的小杰克，我相信我的眼光，你以后肯定会有出息，而且是大出息。我不能劝告你什么，更没有资格教育你。当初，命运把你赠给了我。可实际上，我并没有当好一个父亲。在你还小的时候，我很少管你，整日只知道打打杀杀和花天酒地。以为给了几个钱，有菲佣照顾，这就是养儿子了。你到美国后一直很孤独。为了隐姓埋名，我从来不让你和同学们交往，害得你每天晚上只能仰望夜空数星星……是我对不起你。

我最遗憾的一件事，就是当年草草埋葬了你的父母。不然，也许留下一点什么，能够证明你的身世。你现在同我一样，也成了无根之人。不过，你还是可以回到中国。如果你愿意，整个中国都将成为你的故土，你永远是一个出生在那块土地上的中国人！希望你今后飞黄腾达了，能够回报你的家乡父老，你父母的在天之灵也会感到欣慰的。

我不奢求你怀念我，只希望你不要忘记，我们在一起时的那些快乐时光（但愿你觉得有），我在九泉之下就很满足了。

丁勇

　　火星共和国的卫队全副武装地围住了亨利一行人。双方剑拔弩张，冲突一触即发。军队效忠于杰克·丁，毕竟他仍是火星人类共同承认的总理。

　　杰克·丁命令卫队退下，他对亨利道："请给我地球时间一天，我必须要处理一些事情。"

　　亨利应允了。真要是兵戈相见，他们这几个人怎么可能战胜一支军队？况且杰克·丁在火星上无处可逃。

　　在杰克·丁要求的最后 24 小时里，他首先找来金融方面的专家，商讨了下一步火星币的发行与使用计划，因为当前迫切需要火星币来交换地球上的物资。金融是一个国家的生命线，是稳固政权的基石。

　　接着，他找来负责基建的官员，责令他们必须早日完成和扩大火星城的建设，让火星居民与地球来的游客和投资商都能有一个舒适便捷的环境。

　　杰克·丁最后面见的人是丁零。

　　他希望丁零接替代理总统的位置，他相信她能够管理好火星共和国的各项事务，更重要的是，只有这样，她才有可能真正掌控火星上的这股军事力量。丁零不知道"亨利事件"，她对火星上的一切早已厌烦，自然拒绝了他。

　　杰克·丁处理完烦琐的行政事务，正是火星的傍晚时分。他静坐在窗前，透过火星城巨大的透明光罩眺望着火星上深蓝色的夕阳。太阳的光环要比地球上看起来小得多，大概只有乒乓球大小。由于大气层比地球稀薄，因而冷色光谱像是给火星地表披上了幽蓝的面

273

纱，与这颗红色星球形成了强烈反差。

远远看去，杰克·丁像是一尊雕像，面无表情，谁也不知道此刻他在想些什么。直到夜幕完全降临，他才启动电动轮椅离开了他的这间办公室。

轮椅悄然无声地滑进"养料室"。里面是调制的供"缸中之脑"需要的养料，运转着杰克·丁的生命。

他平静地下了最后一道命令，机械手顺从地将连接着他大脑的输送着养料的管子一一拔掉了……

杰克·丁的意识渐渐飘散。在他生命的最后时刻，他脑海里出现了路易丝安那州的别墅小院，他和养父在自制的篮球架前练习投篮……那时候他想到了夜晚的海面，波涛汹涌，幼年的他从包裹的皮夹克里探出脑袋，惊恐地张望着黑暗的世界。

亨利和火星卫队冲进杰克·丁的密室时，眼前的所见使他们瞠目结舌。杰克·丁的头颅被几根金属柱支撑着，周围散乱着各种"养料"输送管，存放着浅灰色养料液的池子，若有似无地散发出一股异样的气味。

杰克·丁仅余最后一点气息，他以僵硬的微笑面对他们，眼神是那么镇定和安详。他的嘴唇翕动着，但发不出声音了。

亨利与斐奥娜彼此相望，他们不知道此刻该说些什么。

杰克·丁的私人医生亚克里斯闻讯赶来，在短暂的检查之后，他宣布了杰克·丁的死亡。他要求屋子里所有的人都必须签署保密协定，不得对外透露任何与杰克·丁死亡无关的信息，包括已经拍摄好的采访录像。

斐奥娜虽然惋惜，但在如此复杂的环境之下，她很快同意关于杰克·丁的所有对话录像全部封存，并且信誓旦旦申明她返回地球后将守口如瓶。这是她第一次放弃客观真实性的新闻原则。

亨利沉默片刻，点头默认了。这并非他良心发现，而是他认为，杰克·丁已经受到了惩罚，仅存的"缸中之脑"已经死亡，这也算是另一种认罪受罚了。

火星共和国为杰克·丁举行了为期三天的隆重葬礼。

众人在火星城中唯一的广场上，竖起了杰克·丁的雕像，雕像前刻上了中英双语的文字：这里埋葬着一个仰望星辰大海的传奇人物——杰克·丁。

地球上也有人自发地举行了对杰克·丁的悼念仪式。杰克·丁也许算不上伟人，但他也得到了来自各行各业人士的尊重。

亨利和斐奥娜信守了承诺，有关火星上的采访没有任何只言片语出现。

群龙不可一日无首，更何况一个国家。

按照杰克·丁的遗愿，火星共和国将举行全民公投。投票日期设定在一月之后，火星城的所有居民都要参与投票。

火星城的第一批居民既兴奋又激动，他们原本在地球上就是出类拔萃的高学历人才，为了理想和事业，更是为了人类走向星辰大海来到新的星球。他们在新的星球建立了新的国家，充满了自豪感。但是，他们眼光挑剔，每个人都具有独自的个性，绝对不盲从的行为习惯导致在推选总统候选人时引发了很大争议。丁零也在候选名单之中，她是杰克·丁遗嘱里的推荐候选人。

树欲静，而风不止。火星共和国注定是一个多事之国。

第二十三章

玉石俱焚

　　火星城聚集着一批才华横溢的建筑师，他们为火星城的建设而来。不过，最近在这群建筑师中，他们所有人都不约而同地敬重起了一个来自以色列的投资商——雅各。那是一个说英语含有德语口音的男人，此外，他还能说流利的古希伯来语。

　　这群建筑师喜欢他，主要因为他做事豪爽，出手大方。

　　他的住处有最好的英国红茶和存放三十年之久的中国云南普洱茶，也有上等的咖啡豆和新西兰的黄油。他好客，又有情趣，很会与人打交道，但凡与他有过交往的人，都感到如沐春风，无不称赞。

　　雅各是建筑投资商，可却没有商人那种庸俗的气质。他天文地理无所不通，无论聊什么，都能让人感到十分尽兴。因此，他来到火星城不久，就交到了大批朋友，不仅是建筑行业，就连十分抱团的美国军队也对此人赞不绝口。

　　杰克·丁死后，关于火星总统的选举如火如荼展开，但大家争辩虽激烈，却始终难以有一个能够服众的人物出现。这时候，不知是谁，突然提出，原来的三位候选人不足以真正反映火星城的民意，应该普选，以增加合适的候选人。

　　民意不可违。但总理府迟迟没有表态。

　　火星上的部分军队团团围住总理府，要求总理府官员出来表态。军队的领头人是新编火星共和国卫队副执行官汤姆·约翰逊。他来火星前是安德鲁空军机场的防空副指挥长，编入火星基地的导弹部队后，军衔仍是少校。因他是麦克阿瑟的亲信，这才提携他做了共和国卫队的副执行官。他对此非常不满。火星环境艰苦，不能携带家眷，理应待遇更好些才是。此人也是雅各的座上常客。他反对的理由很简单，丁零若是成为火星共和国的女总统，军队将无法服从她的管辖。不过是个女人，能有什么真本事？

火星共和国的行政人员不多，草创的班子算上丁零也只有区区六人，两间简陋办公室。丁零原本就不想参与总统选举，正好退出了总统大选。

汤姆提名雅各为新增总统候选人。这自然获得了火星城部分人士的强烈赞同。但另外一些人，却因丁零主动退出，转而更加拥护她上任。一个不贪恋权势又不缺钱的总统，怎么看都比其他人更靠谱。还有部分人，推举于未来成为新增的五个候选人之一。他们的理由很奇特：于未来既然是地球和外星种族的通缉犯，那他应该是火星共和国最好的领导者。

于未来摇身一变成了总统大选的热门候选人，他自己感到哭笑不得。他对丁零发牢骚："你退出干吗？现在可好了，这帮人谁都提名。"

丁零却十分认真地说，他身上有着与人类不同的基因，这就是他开拓星球的使命。宇宙之大，不要局限在地球上，人类应该在宇宙之中开枝散叶。接着，她又开玩笑道："不必忧心，你只是陪衬，不论谁成为火星共和国的总统，都将是南柯一梦。"

明眼人都清楚，五个候选人中只有雅各真正有些实际的业绩，其他四个候选人大概率陪跑罢了。雅各自己也信心满满，他开始到处演说，尤其当选后的施政纲领，他讲得非常详细。其他候选人这时也不得不承认，雅各具有卓越的领导才能，他在各个方面似乎都更适合这个位置。

雅各演讲完回到狭小的住宿空间，摘掉了脸上的人皮面具，露出了他的真面目。

他想起来到火星前，在地球上发生的一切。

威廉看着严刑拷打下的韩舒冰，怒气怎么也无法从他脸上退去。艾拉不断催促他登上"大鲨鱼"号潜艇，卫星的合成孔径雷达已经锁定"狼穴"的具体位置，预计第一波导弹袭击很快就会到来。

威廉原以为巴黎之行彻底征服了韩舒冰，没想到在最后时刻，她还是背叛了他。苦心经营多年，世界上最隐蔽的"狼穴"暴露了。他可以想出一百种方式处死她，也能让她受尽折磨生不如死。

韩舒冰全身裸露，遍布血迹。酷刑给她带来的痛苦，像一种极端的解脱。她现在能够平静地注视着威廉，不用再深陷纠缠犹豫的心理折磨。情感上不再相欠，此刻他们是不共戴天的敌人。

威廉十分清楚，时至今日，严刑拷打非常愚蠢，不过是气急败坏后的情绪发泄。如果酷刑能击垮信仰，这世界上也不会有那么多仁人志士前赴后继地牺牲。这一次他失败了，而且失败得极其惨淡。

他在异常复杂的心绪下，乘坐"大鲨鱼"号潜艇离开了。几分钟后，"狼穴"和他曾真心爱恋过的心灵伴侣一起葬身海底。"大鲨鱼"号沿着印度洋潜行至太平洋，所有的通讯保持静默状态。

威廉没有想好下一步的计划。失去了最坚固的堡垒巢穴，他将在哪里安营扎寨？他不是没有藏身之地，但他不甘愿像罪犯那样东躲西藏。他需要一个能展现能力的舞台，继续展现他天生就应拥有的统治才能。

这时候，他想到了火星。长久地关注"火星移民计划"，也许就是为了这样一天吧。他立即发动 TLS 全球密布的情报网，在通过前往火星的申请名单中挑选合适的目标。反复甄选后，他锁定了以色列建筑投资商雅各。

冒名顶替是他的拿手好戏。他首先接近"目标"，详尽了解"目标"的日常生活习惯和行为举止，然后通过窃取到的指纹及外貌模板，制作一副几乎可以以假乱真的行头。当一切都准备成熟了，就可以让真正的雅各彻底"消失"了。

他一步一步走到现在。威廉为"避难"来到火星，但命运却让他即将成为火星共和国的总统。

随着他失去莉莉而逐渐冷却的野心再次膨胀起来。他要在太阳系里打造独属于他的火星帝国。

"狼穴"被毁后，莉莉赖以生存的人造血清，随着导弹的轰炸与研制人员一起化为灰烬。威廉只能放弃她。

非洲撒哈拉沙漠以南的荒野，一头雄狮正对老狮王发动猛烈攻击，群狮在一旁围观。忽然，它们警觉地看向同一个方向。远处，扬起的沙土越来越近，渐渐地，清晰可见，一个近乎裸体的少女骑着一头梅花鹿疾驰而来。雄狮停止了对老狮王的攻击，流露出恐惧的眼神，它转而丢下老狮王，随着狮群疯狂逃窜。少女腾空一跃，换乘到那头雄狮身上，随即抱住狮子的头部狠狠咬去。雄狮惨叫起来，翻滚倒地。少女仍抱着雄狮的脖子不停地吸食着鲜血……

这少女就是莉莉。

它为了活下去，只好孤身寻找猛兽，靠吸取猛兽的鲜血勉强维持生存。它从非洲草原到亚马孙河流域，一路辗转，疲于奔命。

全球的大饥荒导致各种大型野生动物几近灭绝，莉莉想要寻求稳定的鲜血供应，十分困难。

某天，俄罗斯北极科考站不远处，一头瘦骨嶙峋的北极熊发现了一具躺倒在雪地上的"猎物"，但它羸弱的躯体连行走都十分困难了。

雪地上躺着的是莉莉。它也只剩下最后一口气。一人一熊僵持着，谁都不敢后退或攻击。时间在流逝，北极熊终于熬不住，吃力地拖着干瘪的爪子蹒跚地靠近莉莉。

莉莉艰难地支撑起上身迎向北极熊。离它一步之遥的地方北极熊倒下了，它瞪着眼睛不甘地看着"猎物"，渐渐死去。莉莉也挪不动半步了，它体内的血液已经耗尽，成了一具活着的"干尸"。

不远处的北冰洋上，黑金字塔尖碑仍高调地耸立着。莉莉原本想在失去生命之前，向母舰传递最后的信息。可是，最后时刻她放弃了。她擅自转换宿主，这才造成活体死亡的结局。难道去汇报失败的信息吗？它不甘，她学会了人类的谎言，决定以沉默来隐瞒真相。她体会到了地球人类连绵不断的战争根源，那就是在血肉深处疯狂滋长的欲望。她痛恨人类，在死亡的最后一刻，她希望地球毁灭。

此时，火星上，总统大选已经进入白热化状态。

火星上的常住居民不多，每一票都弥足珍贵。民意调查显示，毫无悬念，雅各的票数名列第一。到了投票的那一天，实际情况也正是如此，雅各的票数高居榜首，毫无争议地当选了火星共和国新一任的总统。出人意料的是，于未来竟排在第二位，人气也相当不错。

大选的当晚，丁零一改常态，她找到于未来，严肃道：

"现在选上的是雅各，你有什么想法？"

"好啊，我终于不用担心去当总统了。"

丁零若有所思道："我倒是希望你能选上。这个雅各有些奇怪，他不像一个商人，倒像是一个老谋深算的政治家。"

于未来不以为然道："说不定人家思想成熟，天生具有政治敏锐性呢。"

"他若只是商人，因贪图名利而参选，那也合情合理。但如果他别有用心，那可就麻烦了。"

"你担心什么？你不是不想当什么劳什子的总统吗？这会子才担心大家选了一个大阴谋家上位，是不是晚了？"于未来嘲笑道。

"我调查了他的背景，什么痕迹都没有，干净得几乎没有任何瑕疵，一个根基深厚的大商人，这可能吗？"

"都说环境改变人，这话我是信了。你看你现在，说话做事哪还像在未来学院战斗组那么干脆。既然你杞人忧天，那我帮你去摸下他的底细。丁零，不是我说你，如果你参加大选，还能有这个雅各什么事？他最近在拉拢我，肯定有什么企图。我呢，正好借此套套他的底细。"

于未来说到做到，他来到雅各的住处。

雅各非常惊喜："什么风把你吹来了？我正想找你呢。"

"当然是拍马屁的风。你马上就是总统了，我还不趁机巴结巴结？听说你这儿有上好的普洱，我能有幸尝一杯吗？"

雅各将信将疑："你别不是捧杀我吧？我还没当上总统呢。你要是喜欢，你去当。"

"我可当真了，你真不想当？"

雅各见于未来像是认真了，他马上变换了态度："我是真看好老弟你，但就算想让贤，可选民不同意啊。说正经的，明天的就职典礼，你要好好捧我的场啊。"

雅各推心置腹地谈起将来如何管理火星共和国，近期规划和远景蓝图都说得井井有条，于未来是越听越佩服。他心想，亏得自己没选上，他与雅各，实在相差太远了。一壶茶还未喝完，他已经成为雅各的粉丝了，答应丁零的事，彻底抛到九霄云外了。

谈话的时间久了，于未来发觉雅各说话时，表情有些僵硬，特别是他一笑起来，仿佛机器人的固定模式。于未来下意识地想去摸对方的脸，雅各急忙敏捷地避开了。

"你……干什么？我申明，我只喜欢女人。"

于未来尴尬地笑了笑："你别瞎想了。我是看你的皮肤格外光滑，不像其他人，在火星上待得久了，皮肤都起皱了、皱了。你是怎么保养的？"

雅各的内心大惊。但他很快镇定下来，有意识地坐到了暗处。

"你真会开玩笑，我哪懂保养。不过是公司新开发了一款新型护肤霜。我得试用试用，才知道那帮研发是不是随便兑了点凡士林就来骗投资了啊。你想要，我可以送你一瓶。"

于未来欣然领受。他要拿回去转送给丁零。丁零在于未来眼中，除了是世界首富、政府官员，他始终更愿意将她看作一个具有独特魅力的优秀女性。

火星共和国新任总统的就职仪式特别而简单。

在唯一的广场中央放着一把纯铁打造的座椅，雅各在卫队的护送下坐上这把椅子就算仪式完成了。

就职仪式结束后，雅各宣布汤姆·约翰逊为火星共和国的新任国防部长兼政府警卫队执行长。汤姆面带笑容，他情不自禁流露出的不可一世小人得志的神色，令在场的众人极度反感。

这时，已经有一拨聪明人看出些不同寻常了。

雅各又宣布了一系列行政命令，基本都属于强制性的措施，彰显出他的铁腕统治风格。那些原先积极拥戴他的火星城居民们，都感到十分意外。他们设想的"乌托邦"理想国，在雅各的铁腕统治下，马上化为乌有了。

大权在握，威廉不用再假装彬彬有礼的建筑投资商人，他开始彻底暴露自己的野心和本性。他没有麦克阿瑟那样的荒淫无耻，但他却坚决贯彻极权统治，甚至开始实施连坐法案。不管谁反对他颁布的法令，都处以极刑，此外知情不报者也要列为同罪，不仅罚没财产，还要判罪入狱。

雅各颁布的第一项基建任务，就是建造一座能容纳几百人的大型监狱。这是一面暴力的旗帜，象征着"顺我者昌，逆我者亡"。他想好了，等他的政权稳固后，他要脱掉这层人皮面具，以真面目示人。

雅各任命于未来负责培训火星城居民的日常军事训练，所有火星人类都要登记注册，以服兵役的形式，按照各自的工作情况及年龄，分批进行军事科目集训。他宣告，火星的首要敌人不是别人，是地球。

那把"铁椅"永远放置在广场中央，它要时时刻刻提醒火星城的居民，他们在高悬的权力之下生活。

短短几天时间，火星城便陷入白色恐怖之中。往日的欢声笑语消失了，道路以目已是常态。汤姆在火星城到处安装摄像头，监视着每个人的一言一行。

已经准备返回地球的丁零把于未来约到远离火星城的一个火山坑中。

"我最担心的事情发生了，可我马上就要回地球了。"

"你担心雅各的铁腕统治？我觉得是有些过分，但不可否认，这起到了震慑作用。新官上任三把火嘛，不这样怎么革故鼎新呢。等到他觉得政权稳定了，想必会有所收敛的。"

丁零摇摇头："他会收敛？不可能！你见过哪一个法西斯政权，会自动终止倒行逆施……"

于未来因雅各的推心置腹，觉得丁零不过是杞人忧天。他不耐烦地打断道："你回你的地球，少操心些火星上的事儿吧。我赞同雅各的铁腕施政纲领，要不然火星共和国会是一盘散沙。"

"你胡说些什么！我看你是昏了头，他这是在制造白色恐怖。如果让他继续掌控政权，火星城将会变成一座地狱之城。"

于未来坚持自己的观点："你夸大其词了。你不了解这个人，雅各的手段虽然严厉，但他也是为了在短时间内更好地管理火星城。要不，你走之前教育教育他，我敢保证他肯定就服服帖帖了。"

丁零看着于未来一副嬉皮笑脸的样子，摇头叹道："你等着看吧，过不了多久，你们这些人，都会后悔的。"

两人不欢而散。

丁零也想甩手不管了，反正她马上就回地球了。然而航空港通知她，"金翅大鹏"被扣留了。不经总统许可，停靠火星的任何飞行器都不准擅自离开。

丁零来到总统办公室。雅各则摆出一副冷脸。

"是的，'金翅大鹏'号飞船已经被火星共和国征用了，你无权驾驶它。"

"这是中国未来工程部的飞船，你无权扣留，更谈不上被征用。"丁零几乎要对着雅各拍桌子了。

雅各欣赏了一会儿她的气急败坏，慢悠悠给丁零泡了一杯陈年普洱，语气温和道："你冷静一下，先喝口茶。作为曾经火星共和国的防务部长，你应该理解我的用意。'金翅大鹏'号飞船载有先进的设备，火星共和国现在一穷二白，自然非常需要这艘飞船。"

丁零盯着雅各："你的意思，是要强行扣留'金翅大鹏'了？"

"抱歉，是这样。"

雅各的答复斩钉截铁。丁零一时竟无言以对。当你面对一个蛮横之人，所有的道理都将变成废话。丁零狠狠地瞪了一眼雅各，掉头就走。她痛恨自己醒悟得太晚，现在铸成了大错。若那时她不退出，也许……郭政宏说得对，她应该留在火星。虽然她不留恋权势地位，可要是让图谋不轨的人掌握了权力，遭殃的会是所有人。

雅各之所以有恃无恐，就在于他掌控了军队，那个叫汤姆的，对他唯命是从。丁零管辖过火星上的军队，自然清楚此人在军中不仅没有威望，还非常不得人心。恃强凌弱，溜须拍马，对于这样的人，恐怕人人得而诛之。

丁零深感肩上沉重的责任，她必须推翻雅各的暴政。

郑月与林向东是在海底基地的食堂"短兵相接"的。

当时，他们狭路相逢，彼此仅仅只是短暂地打了个照面。但林向东一见到郑月，神情便有些慌乱，掉头就走。郑月追出食堂，拦住了他的去路。

"请留步。你是谁？"郑月直截了当地盯着林向东。

林向东不自然地笑笑："我是林向东，难道我还能是别人？"

郑月摇头笑道："我看你不是。"

"你难道就是郑月？我看也不是。"林向东不甘示弱。

郑月猛地怔住了："你什么意思？我自然是货真价实的郑月，而你是冒名顶替的林向东。我说得没错吧？"

"你级别比我高，我不想冒犯你。可你也不要逼人太甚，我的生命已经所剩无几，你不至于与我同归于尽吧？我们互不干扰，大路朝天，各走一边。"

郑月见对方转身就走，急忙叫住："等等，你的编号认证是多少？"

林向东愣了愣，回复："编号认证475765110。"

"你就是罗斯威尔的牧羊人彼得·潘？你擅自转换宿主，很快就会死的。而且还违反族群律条，该当何罪？"

"我是飞蛾扑火，在所不惜。你呢？编号认证466722说得没错，你彻底被人类同化了。"

林向东说完，扬长而去。

郑月注视着林向东的背影，眼神变得迷茫起来。

郑月内心很矛盾。她应该告发林向东吗？一旦如此，必定牵扯自己。她将必须解释，她如何能看出外星生物寄生在林向东的体内。她不想这么快暴露自己。

郑月现在是郑月，但确实不是以往的那个郑月了，它和她合二为一了。你中有我，我中有你，她们的意识和思想高度统一，就连她们自己也难以分辨彼此。

郑月选择回到未来学院担任教官。所有人在她面前都不提她曾经被寄生的经历，这是禁忌。出乎大家意料的是，一切恢复正常的她健康开朗，积极生活，永远笑容满面，似乎没有因这件事留下任何阴影。

回到基地的郑月与郭政宏有过三次长谈。

第一次是郑月刚从火星返回地球的时候，郑月主要叙述了她恢复知觉后的所有感受和反应，她由衷地感谢未来工程部果断实施"女娲补天"计划。但郭政宏也发现，她说话的条理虽然清晰，却在关键部分含糊不清，但他没有多问。

第二次长谈是郑月主动去找郭政宏的，她尽可能地回忆起她被外星种族捕获后的情景，但让人感到奇怪的是，她的叙述十分客观冷静，对外星物种的生命形式及机体构造描述得十分详尽，却没有表达任何主观情绪，没有厌恶，也没有谴责：

"寄生的外星生物构造类似地球上黏菌状病毒，由 RNA 的核酸分子和蛋白质组成，但与病毒不同，它们能够完成自我复制和合成蛋白质的功能；其核心生物信息储存在核酸分子之中，同时核酸也是每个黏菌体之间相互传递、交换信息的媒介。黏菌体可以通过核酸分子的扩散来共享知识，而蛋白质作为存储核心信息的核酸长链充当保护层，也是黏菌体实现多种功能的表达工具。黏菌体感知外部环境是通过合成一种含有铁原子的蛋白质，并操纵这种蛋白质分子的振动体验到电磁场的变化……"

郭政宏这次听得云里雾里，忍不住问道："你怎么这么清楚外星物种的生命形式与构造呢？"

郑月愣了愣道："是它们告诉我的。郭部长，这两天我在想，也许不应该将我简单地看作一个受害者。在外星生物寄生的这段时间，我知道了许多关于它们的知识。同为碳基生命，人类与外星生物的源头可能是相同的。外星种族如此看重地球与人类资源，说不定这是它们返祖归宗的真实缘由。"

"郑月，第一次我们谈话时，我没有多说多问。但今天，也许我要批评你了。外星种族即将对地球入侵，这是客观事实。你强调碳基生命同宗同源，或许有可能。可这不是它们侵略地球的理由。它们强行寄生在人类的躯体之中，控制人类意识，它们根本没有问过人类自己的意愿。你作为一个地球人类，不思考如何战胜它们，反站在它们的角度予以理解，而不顾自己同胞的感受，这正确吗？侵略是侵略者的罪行，不是任何借口就能够推脱掉和被谅解的。"

"为什么非要说是侵略呢？不能看成是一种非常手段的和平相处吗？人类若能因此进化到更高级的文明，这不是双赢吗？"

郭政宏打断了郑月："你错了！而且大错特错！原则性、主体性问题怎可如此思考！为贪图眼前的一时得利，而放弃自我主体，那还是我们人类自己吗？你也尝过行尸走肉的滋味，这样的生命难道有价值？"

郭政宏掩不住怒火，他也根本不想掩住。

这次长谈不欢而散。

第三次长谈。郭政宏主动找到郑月，他先简单询问了郑月的生活近况，然后转入正题。

"有关外星生物的生命形态非常重要，未来工程部的科学家们需要更详尽的了解。我希望你能参与到未来工程部的有些相关项目中。另外，我们也希望你能帮助于非恢复正常。"

"能否让我单独与他见面？"

郑月返回地球后，只隔着钢化玻璃看望过于非。当时，组织上认为于非的状态不适合见太多人。

"组织上可以同意你单独见他。你们毕竟是夫妻，也许，你能创造奇迹。"

"郭部长，你现在相信我了？"

"我相信你是郑月，但我也知道，你现在是一个重新被塑造过的郑月。从前的那个人，她也许永远也回不来了。你能明白我所说的意思吧？外星生物其实没有消失，只是你们……"郭政宏斟酌了许久，最终还是没有找到一个合适的词语。

"你真这样想？那为什么不继续把我看押起来？"

郭政宏微笑地看着郑月："你站在我们的立场，那就不算敌人。"

它和她，是谁改造了谁，很难说。在一切尘埃落定之前，组织上还有别的用意。

大型粒子对撞机已经完成阶段性测试，第一次对撞正式启动。未来工程部上下既兴奋又忐忑，谁都期待一个好结果。外星生物入侵地球的时间越来越近了，对撞机产生的效果将直接影响到地球的反击。

郭政宏亲自在"玉清宫"号空间站指挥此次对撞测试。未来学院战斗组担任空间站的警戒任务，由李蔚蓝带队。林向东因近期身体欠佳，留在了基地。但他坚决要求去空间站，近距离观察对撞效果，毕竟指挥打仗的是他。李蔚蓝隐隐感到不安，可郭政宏犹豫再三，最终还是同意了林向东的请求。她没有任何正当理由反驳，只好私下要求卡密尔紧紧盯住林向东。

一个月前，空间站上的核子研究小组把第一批质子注入了撞击区域，进行加速测试，这些质子将以逆时针方向运动。一个月之后的今天，另一束质子将被注入，以顺时针的方向运动。两束质子正面撞击时，单束粒子流能量将达到 70 万亿电子伏特，撞击瞬间产生的热度要比太阳还要热几十万倍。撞击区域的四个真空环形地带都安装了高度精确的粒子探测器。

一百年前英国物理学家提出的希格斯玻色子的谜底即将揭开。

希格斯玻色子是物质的质量之源吗？是电子和夸克等形成质量的基础吗？

空间站中央控制室，众多科学家紧张地注视着监控屏幕。

林向东紧张的神情引起了张旭之的注意："你身体不舒服？看你脸色很不好。"

"没关系……"

突然，林向东直挺挺摔倒在地，昏迷了过去。张旭之急忙找来医护人员。

就在诊治的时刻，粒子撞击的第一批报告结果出来了。很遗憾，初步探测没有发现希格斯玻色子。当然，现在下结论还为时过早，各专门研究机构要从密密麻麻的数据之中寻找蛛丝马迹，无异于大海捞针。一秒钟的对撞发生了多次，质子撞破时的爆炸会产生大量微小粒子，然而这些粒子又会在数十亿分之一秒内消失。粒子的捕捉异常困难。

但科学家们相信，地球近地轨的粒子加速对撞机犹如巨大的显微镜，一定会让人类窥测到次原子的秘密。

对撞仍在进行中。

李蔚蓝得知林向东昏倒，急忙赶到医疗室，却没有看到林向东的身影，只有一个医护人员昏倒在床下。她还未做出反应，通讯器里传来卡密尔急促的声音："快！对接舱……"话未说完，通讯器便中断了。

李蔚蓝匆匆赶到对接舱。在通道中发现了受伤的卡密尔。

"卡密尔？！"

"快，快去阻拦他……"

他是谁？林向东？李蔚蓝不敢设想，钟小北的失踪忽然充斥脑海，那枚指纹！莫非真是他？

李蔚蓝打了个寒噤。

她匆匆赶到对接舱。林向东正穿上宇航服，回头给了来人一个诡秘的微笑。

"跟踪我？想知道我为什么打伤卡密尔？为什么穿上宇航服？我可以告诉你了，现在一切不是秘密了。今天，正负电子对撞的第十八次试验，实验能量首次提到了十个 P 电子伏，你知道这是什么概念吗？"

李蔚蓝的眼角快速抽动了一下："足够蒸发这个空间站的聚变核心……"

"你看，一个小型数据终端器，"林向东甩了甩指尖上挂着的仪器，狂笑起来，"我已经完成对 24 个磁约束环的轨道控制。想想吧，当整个空间站都在过热的反应堆中熔化，短时间爆发的巨大温度将产生极高强度的辐射，说不定能吞噬地球上的全部生物。够刺激吧？"

李蔚蓝拔出手枪，指着林向东："你到底是谁？"

林向东面对枪口毫无惧色："你看出来了……李蔚蓝，你想杀了林向东吗？"

对接舱的舱门打开了。枪声也响了。

子弹穿透林向东的外防护罩，李蔚蓝听见了气体漏出的嘶嘶声响。

但林向东依然跳进了黑暗的外太空。

李蔚蓝迅速穿好临时宇航服，也跟着跃出对接舱。她启动宇航服上的动力加速器，在飘浮的太空中逐渐接近林向东。对方的推进装置似乎因中弹而损坏，加速器没有正常运转。李蔚蓝猛地抱住了林向东，而他们身旁的磁约束环正在不断地变形……

李蔚蓝坚毅的眼神与林向东恐惧的眼神对视着。

蓦然，林向东的眼神变得温柔了，他用唇语对李蔚蓝说道："蔚蓝，感谢你做的这一切，我们将永不分离。"

李蔚蓝的泪水情不自禁地涌出来，她心爱的林向东回来了……

可是，带着微弱光芒的正负电子流即将到达他们的正下方，林向东猛地推开李蔚蓝，迎着粒子流俯冲而去。

只有几十厘米的两束粒子同时撞击到林向东的躯干上，以他为散射面飞溅向四面八方，在宇宙中形成一个巨大的烟花。

第二十四章

胜 败 存 亡

在杰克·丁生命的最后二十四小时里，火星共和国的安危是他重点考虑的对象之一。他想到了在他死后，丁零会直接弃选，而其他的候选人大多搞科研出身，根本不了解政治的复杂性。政界风云瞬息万变，若有居心叵测的人浑水摸鱼，后果不堪设想。他找来亚克里斯，医生远离政治，或许值得托付。他在地球时重点考察了对方的人品，特别信赖他坚定不移的执行能力。

杰克·丁给亚克里斯留下了三个锦囊妙计。其一是，若他死后，火星共和国总统大选发生了骚乱，必须要请丁零再次"出山"；其二是，授权亚克里斯利用他生前的人脉和他的火星资产，以笼络人心；其三是，必要时刻可运用人工智能手段启动他的"起死回生"程序。

亚克里斯不关心政治。火星共和国的总统大选于他而言，谁当选都与他无关。当白色恐怖笼罩整个火星城时，亚克里斯才想起三个锦囊妙计。

他按照杰克·丁的嘱咐，找到丁零，请她"出山"。丁零正愁势单力薄，见到亚克里斯倍感意外。她十分佩服杰克·丁的高瞻远瞩。于是按照第二个锦囊妙计，他俩出面，将杰克·丁囤积的货物分发给火星城中饱受困厄的居民。天下熙熙，皆为利来，天下攘攘，皆为利往，丁零和亚克里斯此举博得了多数居民的好感。

一切有条不紊。

丁零与 JT 集团的人工智能专家秘密开会,希望能让杰克·丁"起死回生"。科学永无止境。他们从亚克里斯保留的杰克·丁的资料中,找出海量以往他待人接物的音视频资料。人工智能可以根据特定程序,学习杰克·丁的行为举止、音容笑貌,最终,结合完美贴合杰克·丁本人的人体模型,展现出一个惟妙惟肖的"杰克·丁"。

　　现阶段的人工智能已经能够规避恐怖谷效应,加上杰克·丁在火星城时,往往坐着轮椅出现,众人相对而言,更加熟悉他的声音、表情,而不是肢体动作,这也减少了这个假人被发现的可能性。当杰克·丁"复原"的那一刻,丁零几乎不敢相信自己的眼睛。如果连她都不能看出破绽,想必可以蒙混过关了。

　　他们挑选了一个清晨,通过火星城的各种通信设备,传达了杰克·丁的声音。他宣布,火星共和国总统大选存在严重舞弊现象,按照火星共和国成立之初众人达成的共识,火星上任何军队不得干预行政权、立法权。

　　听闻消息的火星城居民欢呼雀跃。

　　"杰克·丁没死!我们有救了!"

　　唯有雅各、汤姆等人惊慌失措。他们召开紧急会议,研究对策。汤姆仍不可一世——共和国卫队掌握在他手上,难道还怕一个地球上的前首富?但雅各却十分害怕深得人心的杰克·丁。此人深耕火星多年,在这里根深叶茂。一旦他们实行强硬的军事管制,不仅会失去民心,甚至会让杰克·丁更有人望,那时候岂不是偷鸡不成蚀把米,自己搬石头砸自己脚吗?

　　"雅各,你还怕失去民心?你现在哪里还有民心?"

　　"至少面子上要过得去吧。打着民主的幌子还能骗骗人,真要建立军事政权,都不必杰克·丁振臂一呼,你我就会成为人人喊打的过街老鼠!难道你想上断头台?"

"怕死就不要贪恋权力。外星人都要毁灭地球了，我们在火星上逃得掉吗？与其担惊受怕，不如现在及时行乐。"

汤姆为人粗俗，这几句话倒很有道理。威廉听从他的建议，决定放手一搏。他们二人彻底撕破民主的面纱，宣布实施军事独裁统治。他从莉莉处早已得知外星种族入侵地球的真相，它们不会对人类赶尽杀绝。既然这样，搏一搏，说不定还有条活路。

威廉并不相信杰克·丁还活着。他可以假扮雅各，自然别人也能假扮杰克·丁。他不用想就能猜到，这是丁零搞的小把戏。因他扣留"金翅大鹏"，导致丁零滞留火星城。她不声不响，就搞出这么大阵仗，真是不可小觑！难怪杰克·丁看上她做继承人。就这么一下，火星城的民众就被煽动起来了。

火星城中，对峙的双方陷入了胶着状态。

就目前形势的发展，于未来必须在威廉和丁零中选一方站。不过，他既不想推翻雅各的统治，也无法站在丁零的对立面。不论怎么说，二人既是同学又是同事，并肩作战这么长时间，抛开他那点个人的私心，他也不希望丁零在这场冲突中失败。

威廉十分紧张于未来的选择。他频频伸出橄榄枝，希望于未来助他一臂之力。这不仅因为于未来的特殊身份，还因为他是丁零亲密的伙伴，他可以从他那儿获得很多有价值的内容。他与于未来彻夜长谈，竭尽全力取得对方的信任。

他说，作为一个商人，发家致富才是他的梦想。介入政治，纯属意外。但现在既然当上了火星共和国的总统，那既然在其位，就要谋其政，承担起火星共和国总统应该承担的责任。火星共和国人数不多，地方也十分有限。也许未来会有更为广阔的发展，但现在，地球人类绝不会眼睁睁看着它成长壮大。所以，他要抓紧地球现在内忧外患的时间，加紧发展火星。采取强硬政策，实属迫不得已。

威廉的"推心置腹"，于未来感动得几乎热泪盈眶。他认为应对外星种族的入侵，火星有着非常重要的战略地位。但他拒绝了防务部长的职务，他认为自己不适合在火星政府担当要职。

　　随即，雅各签署了宣布国家进入紧急状态的总统法案，火星城自这日起开始全城戒严。所有人员外出，无论是工作还是采购食品，都必须持有政府颁发的特别通行证。对于杰克·丁的"复活"，雅各政府定性为子虚乌有。他同时下令逮捕丁零和亚克里斯。不过，一接到逮捕令就第一时间展开抓捕行动的汤姆还是晚了一步，丁零失踪了。

　　郭政宏接到丁零传回的雅各的各种资料，经过专家的分析，最终认为雅各的脸部有易容改装痕迹。火星上形势的变化也没有逃过地球方面的关注，大家对雅各的各项政令议论纷纷，纷纷质疑此人的真实身份。不久，国际刑警组织成功找到了真正雅各的尸体。所有线索加在一起，未来工程部高度怀疑，火星上的雅各应该就是当初侥幸逃脱"狼穴"的威廉。

　　事关重大，郭政宏与联合国的安全部门相互共享了信息。"狼穴"彻底炸毁，威廉的生死始终是个谜。现在有了新线索，自然要追查到底。霍华德和郭政宏当机立断，将派遣一支由中国未来工程部和联合国安全部门共同组成的战斗小分队前往火星，缉拿冒名顶替的雅各。

　　此时，他们却发现，"天问"三号火星探测器与丁零的联络中断，位于天津、北京和昆明的天线雷达均未能捕捉到任何信号。

　　"金翅大鹏"三号满载着未来学院战斗组和联合国的安全部门特工，再次开始了火星之旅。

　　当杰克·丁坐着平时的"座驾"——轮椅，出现在雅各重新修建的宫殿——总统府的时候，所有人都惊呆了。杰克·丁威严地扫视着众人，最后把目光长久停留在雅各的脸上。

"你是雅各？总统的职责是对每一个火星国民负责，以他们安居乐业为己任。可你，上台后制造白色恐怖，实施法西斯专制统治。你真的是以色列商人雅各吗？"

纵然威廉这样一个混世魔王，此刻见到"起死回生"的杰克·丁也禁不住膝盖发软。难道这是杰克·丁预先设计好的圈套？

站在一旁的于未来看着眼前的杰克·丁，大吃一惊。他可是亲眼看见杰克·丁死亡的……这是怎么回事？但他来不及细想，突然感到脑袋里面传出阵阵剧痛，令他忍不住地闭上双眼使劲揉着头部。等到疼痛减轻，他再次睁开眼睛，他忽然发现眼前的人体变得透明起来。就像是……他的眼睛里装了 X 射线。这种体验很怪异，他的眼睛仿佛能够穿透障碍物，看清楚内部构造。

这是……开了"天眼"？

他再揉揉眼睛，这种能力居然消失了。他下意识地慌了一下，又拍了拍自己的太阳穴，那种能力又出现了。这……还自带开关？

他想到 20 世纪 80 年代，中国掀起的特异功能热潮。以张宝胜为首的人体特异功能在民间传说得神乎其神，什么"药片穿瓶""耳朵识字""空手弯钢勺"，各显神通。为此，国家还专门成立了一个研究所，重点研究人体特异功能。美国和苏联也是如此，每个军事强国都希望能把特异功能运用到军事上。然而，最终专家们也不得不承认，所谓人体特异功能无一不是骗局。之后，这股特异功能热潮便消退了。但至今仍有不少人认为，人体之中确实有着当今科学无法解释的奥秘。

获得了这种能力，于未来自然发现了杰克·丁"起死回生"的秘密。雅各、汤姆等人已经准备束手就擒时，于未来出手了。

"亲爱的亚克里斯先生，我很佩服你的导演才能，这一幕大戏差点儿……对，是差一丁点儿就成功了。"

于未来说完，径自大笑起来。

所有人都盯着于未来，不明白这个人说的是什么。杰克·丁经过总统府的安全门时，精密的仪器已经做过检查，因此，威廉和汤姆才会如此深信不疑。

然而，于未来语出惊人："拉大旗作虎皮，我算是领教了。各位！眼睛睁大些，眼前的杰克·丁是个假货！不过是人工智能塑造出的提线木偶。一个惟妙惟肖的人偶，你们还怕他？"

他得意地环视众人，继续道："瞧瞧，亚克里斯，你脸色不太好。十分抱歉，我打断了你的好戏。"

亚克里斯想不明白，于未来怎能看穿其中的奥妙？

威廉反应很快，他立即明白了这是怎么回事，于是喝令众人剥去了杰克·丁的伪装，"他"果然露出了皮下的精密机械结构。

形势急转直下，威廉重新掌握了权力。那些反戈的卫士纷纷跪地求饶。原本聚集在总统府外响应杰克·丁的号召的火星城居民，一得知消息，瞬间作鸟兽散，生怕晚了一步招来威廉的疯狂报复。

相比杰克·丁，于未来更愿意相信雅各，他仍天真地以为，对方的大方向是正确的。若让人工智能的杰克·丁推翻了雅各，整个火星城必将陷入混乱状态。不过，丁零去了何处？今天这场大戏，同丁零有关吗？他揭破了一切，才突然想到丁零，她是不是已经秘密离开了？可他没有想到，雅各扣留了"金翅大鹏"，她是无论如何也走不掉的。

丁零没有参与总统府这场戏，是因为她效仿古代"花木兰"，女扮男装混进了火山坑军事基地。杰克·丁"复原"得虽然成功，但赝品就是赝品，早晚有被识破的那一天。她准备了 Plan B，直接找到火山坑军事基地的最高指挥官马逊中校，她要说服对方站到自己一方。这是一步险棋，马逊是汤姆的同僚好友，看起来私交不错，因而他极有可能把丁零抓起来邀功。

果然，丁零一露面，马逊就命令属下把丁零关押了起来。一小时后，他才姗姗而来，独自见丁零。

"我敬佩你的胆量，你明知道来找我会是怎样的结果。"

"不见得。现在下定论，为时过早。"

"那我告诉你一个坏消息，亚克里斯利用人工智能制造杰克·丁起死回生的假象，图谋推翻现政府，这事儿你知道吧？不过，就在几分钟前，你们的阴谋破产了。你作为同谋，没什么想说的吗？"

"你说得没错，我们是准备推翻雅各的统治，白色恐怖的暴政不应该笼罩着火星城。你虽然身处火星城外，但也应该听闻了他们的种种暴行。我希望马逊中校是个正直的军人，能在国家危急时刻挺身而出。"

"你说的国家是火星共和国？但我认为自己是美国军人。"

"我也是中国军人。但这并不妨碍我们站在正义的立场上，在这块土地上除暴安良。"

马逊沉默了。

丁零继续说道："你和我还不一样，你的家眷都在这里，你的孩子将在这颗红色星球扎下根来。既然如此，你还能对雅各和汤姆的恶行熟视无睹吗？"

说来也巧，郭政宏联系不上丁零，便以中国未来工程部的名义给火星军事基地指挥官马逊发了一封密电，知会了他雅各的死亡事实，证实了火星上的这个很可能是臭名昭著的通缉犯威廉·波旁巴，联合国及中国方面都希望马逊中校能协助缉拿罪犯威廉。

马逊接到密电后，不再迟疑。他知道威廉·波旁巴是危险的恐怖分子，假设让他继续在火星上为非作歹，那将后患无穷。他当机立断集合好队伍，随丁零前往火星城缉拿雅各。

火星上乱成一团，地球上却一切照旧。

于非痴呆呆看着郑月，没有说话。

"你不认识我了？我是郑月啊。"

于非摇摇头。

"难道我不是？你是不是认不出我了？"

于非仍是摇头。

"你看着是她，但不是她。不过……你应该能明白我写的那些东西。"

郑月看着墙上各式各样的数字符号，一头雾水。

"乱七八糟的这些，我怎么会知道？于非，你还记得以前的事情吗？我是你的妻子郑月，我们还有……"

"你不要再说这些了。"于非打断道。

于非不再搭理郑月，又开始在墙上涂抹起来。他时而激动，时而沉思，完全沉浸在自己的世界之中。

郑月无奈了。好不容易争取到相处的机会，她完全没有料到会是眼前的情况。

"他傻了，完全傻了。"

"不！他不傻，只是我们不懂他要说什么、做什么。郑月，难道你一点也看不明白于非写的那些？"郭政宏道。

郑月透过玻璃，又仔细看了看墙上的数字与符号，很干脆地摇头。

"这肯定很重要，无论对于于非还是我们，可我看不明白。抱歉，让您失望了。"

"不用感到抱歉……"

于非似乎清楚，单向玻璃后有监视他的两人。他喃喃道："它们到达地球还有二百三十五天，不是来侵略，而是来……来……"

外面谈话的两人听见这几句低语，骤然停下了说话。然而于非似乎想到了什么，又惶恐地连连摇头："不……它们是……我什么都不知道，我真的不知道在说什么……不要怪我……"

郭政宏深感于非可怜，却也无可奈何。人生在世，苦乐之中，无有代者，身自当之。

不过，令他十分意外而又在情理之中的是，经过数天研究，郑月终于对于非墙上的涂鸦有了发现："我记起来了，这些数字与符号，是一个测量宇宙空间的方程式……"

奇怪，于非怎么会运用外星种族的运算方式？

正在郑月费尽心思解密的时候，于非却已经不再沉迷于墙壁上的涂鸦。他要了许许多多画布颜料，开始不停歇地作画。

于非虽然学习过绘画技术，却不如眼下用笔如神，短短时间就画出许多幅半抽象半写实的油画。画面上的景象，常人难以想象。最先画出的三幅中，第一幅为逆世界，所有的物体都是颠倒的；第二幅则是一片沼泽之地，其中浮泛着蠕动着的生物液体；第三幅比较晦涩，缺乏具体形象，只有幽暗的色彩布满了整个画面，但在画面顶端却留下一块空白。

郭政宏聚集了大批学者研究于非的画作，但大家众说纷纭，很难提出什么确切的理解。郑月不在其中。因其身份敏感，郭政宏在避开众人的时间段，单独来找郑月。

没想到，这一次郑月一望那些画作，便惊叫起来："于非去过外星生物曾经生活过的地方！他居然能将一个种族的古老传说如此精确地描绘出来！"

即使曾经寄生在郑月身上的那个外星生物，也没有真正见过于非描绘的这些景象。郑月对郭政宏说起它们远祖的故事，那是它出生的很久以前，如果换算成地球时间，应该要以上千个世纪来计算了。它们的星球在宇宙中恐怕也算是奇观了，两颗相互缠绕的双子星球犹如孪生兄弟，相互吸引又相互排斥。这两颗星球运行轨道几乎同步，却有着不一样的重力情况。在科技发达的时期，它们甚至在两个星球之间搭建了"空中走廊"，方便星球之间的来往。传说，这条"空中走廊"是一个奇妙的观景台，身处其中可以观察到两个重力不同的世界。历史久远，传说也只剩下故事的传奇轮廓，没有谁真的知道，那是怎样一种场景。现在，此时此刻，就在地球，一个人类居然仅仅用画笔，就清晰地描绘出那个已经灰飞烟灭的世界，令人难以置信。

郑月意识到，于非在量子纠缠的维度转换中，也许由于某种巧合，穿越时空，回到了它们的过去，身临其境地到过传说中的母星。

第二幅画很明显，液态型的生物就是已经被迫进化的外星种族。

其他画作都很容易辨认，唯独第三幅，她端详良久，反复思索，依然一头雾水。她感到，于非想要表达某种空间概念，可她却想不明白画布顶端的留白。宇宙空间挤满了各种粒子，虽是真空，却不可能存在"留白"。

于非不眠不休画了整整三天。他像是完成了一桩艰巨的任务，画完痛快地睡了两天。醒来之后，他却神情严肃地表示，他要开始进化了，将不再同任何人见面。

此后，于非就像走火入魔了似的，整日盘腿打坐，不吃不喝。

郭政宏无从揣测于非的想法，他只能依靠各种监测数据，得出对方的身体安然无恙的结论。于非的画作经过人工智能检测，结论啼笑皆非。电脑认为，这些画作包含了哲学框架，只有感悟到了哲学的真谛，才能理解画面中呈现出来的境界。这简直是无稽之谈。

郑月对这些画作也鬼迷心窍了，整日冥思苦想。

距离外星种族入侵地球的日子越来越近了，地球人类度过恐惧煎熬的阶段，此时反而有些漠然，大不了一起完蛋。说归说，日子总要过下去。还有的人乐观得很，认为外星人来了，未必就比现在糟糕。

别说普通百姓，霍华德也有些麻木了。尤其地球近地轨道的粒子加速对撞机试验，至今也没有重大发现。如此，要想短时间内研究出反物质武器，那是痴人说梦。既然没有办法，只能得过且过。

最后，方案又回到与外星种族谈判上来。在全面投降的基础上，尽可能保证人类生存下来，不至于种族灭绝。这个方案很悲观，可谁又能提出更好的建议？

火星的重要性越发突显出来了。假设，外星种族只是觊觎地球的资源，那火星就是人类最后的存续之地。

几个大国早已暗中建造了大型星际飞船，希望在有限的时间之内，更多地运送本国公民离开地球。可幸运儿又能有多少？去火星的名额如何分配？抽签？还是由政府选定？不管何种方式，总轮不着所有人都去。分配不均如果引起民愤，还未等到外星人的到来，地球人类自身就土崩瓦解了。

中国国防部高层领导经过开会讨论，最终决定，由郭政宏代表中国未来工程部在联合国安理会上介绍了"女娲补天"计划。郭政宏还带去一段郑月的录像，她面对镜头阐明了她将为地球人类力争谈判的权利。

郑月完全站在人类的立场。

安理会的代表们听完，一个个呆若木鸡。这是一个比童话还要童话的计划，堪称奇迹中的奇迹。虽然也有人觉得这计划过于天真。郑月虽是"外星人"，她却只是其中的一个，能有这么大作用吗？然而更多人却觉得，在巨大而漫长的绝望之中，"女娲补天"计划犹如一股春风，让人看到光明的未来。即使希望不能成真，但有希望总好过于大家都绝望着等待。他们脸上积累的愁容一扫而光。

霍华德当场宣布，建议授予郭政宏联合国最高荣誉的全球和平奖。

第二十五章

兵 临 城 下

马逊中校率领军队包围了火星城，汤姆的总统府卫队严阵以待。两军对垒，战争一触即发。火星城的民众心情复杂，他们既盼望推翻雅各暴政，但又害怕战火烧到自己身上。

丁零考虑到火星城建造不易，居民虽然不多，但能够来到火星城的人都绝非平庸之辈，伤了哪一个，都是巨大的国家损失。因而他们采取围而不攻的策略，只是喊话汤姆，希望对方悬崖勒马，反戈一击。

但汤姆怎么会投降？可他手下的士兵却不同。

那些士兵原本与马逊都是同一个部队，自然不愿意自相残杀。何况汤姆此人作威作福惯了，多有看不惯的。此时正是拉他下马的好时机。

必须要说明一下火星城的建筑结构。火星城与地球城市存在着根本的区别。在登陆的最初阶段，火星城的房屋由轻便的纸材料做成。这种材料性能高，防风防水防火，方便宇航员在低重力或是真空状态下搭建。面板上能安装太阳能电池板，可以时刻根据太阳直射角度，高效调节室内温度，同时储备电能，支持建筑内部的电力系统不间断运转。等到由聚酯纤维制成的圆顶罩建成以后，便能阻挡宇宙中的各种辐射，也不怕陨石撞击。后来，基地可以正常运转了，就开始利用火星上含量丰富的硅、铁、铝、硫等多种资源，制造出砖块、玻璃、钢材等建筑材料，使火星城进一步升级。

除此之外，荷兰科学家本杰明·莱纳发明的细菌产铁方案也取得了很好的效果。这是利用一种称之为"谢瓦内拉"的有核细菌，把火星土壤中的氧化铁转变为磁铁矿，然后以此为原料，制造优质钢铁及滤材。继而 NASA 又发展出"真菌制造术"，使用某种嗜氮真菌改造火星基地的地表环境。

就这样，火星城经过逐步建造，居住条件大为改善。谁也不想成为毁灭火星城的罪魁祸首。

汤姆拢不住士兵的心，只好私下与马逊勉强达成了协议。威廉见汤姆不可靠，自己大势已去，于是拼命想要抓住于未来。他感慨地对于未来说，他为了治理好这个新生国家，努力让大家都有更好的生活、更光明的未来，为此他甚至放弃了商人的巨大利益，全心全意为火星共和国贡献了自己的全部。没想到，到头来却是一枕黄粱。不仅自己的理想没有实现，那些本该爱戴他的人，那些他为之付出了全部的人，却都恨他、骂他。这实在令人痛心！不过，他坚信，留得青山在，不怕没柴烧，民众虽然愚昧，但他们总有一天会醒悟过来，知道他的一番心血全是为了大家共同的利益。

自以为是人的天性，于未来也是如此。威廉唱念俱佳，适当时刻再来几行悲切的恨铁不成钢的热泪，糊弄稚嫩的于未来还不是小菜一碟。

果然，于未来面对威廉声泪俱下的表演，他立刻既同情又理解。

于未来最近总会想到父亲于非。雅各与于非除了年龄外，其实二人没什么相似之处，但不知为何，于未来总能因为雅各想起与父亲在一起的点点滴滴，他欠父亲一个道歉，心中怀有巨大的愧疚。在不知不觉中，他就将这种情绪带到了雅各身上。一时头脑冲动，他决心帮助雅各。

于是他持着特别通行证，帮助乔装打扮的雅各避开了各处岗哨检查，成功进入航空港。他要驾驶"金翅大鹏"离开火星，将雅各送往木星与火星之间的谷神星上。

丁零得知"金翅大鹏"离开航空港，便知道是于未来干的蠢事，威廉这个穷凶极恶的人，一定又溜了。她急忙赶到火星城的中央通讯中心，试图调到"金翅大鹏"飞船的通讯频道，但对方关闭了一切通讯。

根据阵列雷达显示，"金翅大鹏"的行进方向应是小行星带。

火星共和国防务部和地球国际刑警组织共同发出红色通缉令，追捕威廉·波旁巴。

小行星带位于木星与火星轨道之间的区域，大约聚集了50余万颗小行星。其中仅有的一颗矮行星，即谷神星，直径达到了950公里。近年来，随着私人航天业的发展，航天器功率大增，特别是小型核聚变试验成功，加速了人类对地球之外宇宙空间的开发。

JT集团率先在灶神星上开采铁－镍矿产，然后通过太空电梯运送回地球，大发了一笔太空横财。这引发了一波小行星开采热潮。联合国因此制定了《外太空条约》，规定任何国家不能宣扬或认定太阳系中的任何星体属于自己，但该条约也没有明文规定，这些星体上的矿产不能归属国家或个人。于是，卢森堡和美国先后立法宣布小行星采矿合法化的法案。

威廉的嗅觉何等灵敏，他早得了矿产资源开采的先机。他委托当地人在卢森堡注册了一家空头公司，分别与欧洲和美国各航天机构挂钩。然后花大钱，办大事，陆陆续续将一些开采设备和工程技术人员运往小行星。他先是选中了一颗编号为1258的小行星，直径大约在120公里，上面含有丰富的铁和铂金矿产。全球能够在小行星上开采的私人企业寥寥无几，这不仅需要庞大的资金，还需要攻克各种技术难题。这些威廉都不缺。

小行星上几乎没有重力，开采起来方便很多。但要在小行星表面搭建装卸货物的平台，十分困难。因此，威廉又选择了小行星带上最大的一颗星球——谷神星。

中国未来工程部也有外太空开采项目，但随着外星生物的入侵，这些计划便搁置了。

威廉冒名雅各之前，就已经布局好了小行星的"太空堡垒"计划。

火星是该计划中的第一步。随后对小行星的开发不仅只追求商业利益，他还要在太空中建立新的"狼穴"基地，最终控制整个太阳系。谷神星就是他计划中的太空指挥所。

"金翅大鹏"的船舱里，于未来和威廉各自想着心事。

于未来冷静下来，意识到杰克·丁"复活"应是丁零的计划。自己而今驾驶"金翅大鹏"载走了雅各，肯定大大得罪了丁零。不过，雅各走了，丁零应该也算顺利完成了推翻雅各政权的任务。他欣赏丁零，却不想跟随在丁零身后默默无闻，他决心辅助雅各成就自己的大事业。

威廉有时候也怀疑，苦心经营的银河帝国梦，真的是自己一生的永恒追求吗？在孤寂无人的宇宙之中，此时此刻，他却怀恋起纽约长岛的独栋别墅。

航行在幽暗的太空之中，这是最寂寞的旅程。宇宙无边无际，孕育着多少星球？又有多少智慧生命？

最终，丁零夺下火星城没有动用一枪一弹。事情结束后，马逊带领军队撤回了火山坑基地，火星城恢复了往日的景象。总统大选重新开始，这一次他们一致选定亚克里斯成为新的总统。他们相信科学救国，相信正直善良的亚克里斯不会是政治阴谋家。可人是会变的。

亚克里斯先是经历了丧妻之痛。虽然，杨安妮离开火星之前的很长一段时间，亚克里斯都怀着一种怨恨的心情。那时他只感到被欺骗的痛苦。等到杨安妮独自回到地球，勇敢揭露了美国在火星基地的阴谋，他就知道，他失去她了。永永远远地失去了。果然，热闹的新闻像一阵风吹过，而他的爱人，却再也没有消息了。可是制订揭露计划的杰克·丁，却在火星活得好好的，甚至因此获得比先前还要煊赫的地位、荣耀。紧接着，杰克·丁因参与杀害养父的事情暴露而被迫去世，他又目睹了火星共和国的政局反复浮沉。在接踵而至的动荡之中，亚克里斯作为一个医生的单纯价值观被彻底改变了。

于是奇怪的现象出现了，一个舍命推翻了独裁政权的人，等到自己掌握了政权，却变得更独裁起来。

亚克里斯当上总统的第一天，便开始审查火星城所有居民家族的三代成员。他不能容许雅各那样的野心家再次出现。同时，他也要严格控制所有人的政治倾向和思想动态，防止异端邪说滋生出来。

说来也怪，经历了兵变的火星城居民不仅没有反抗，反而十分配合。

地球上听闻亚克里斯当上火星共和国总统后的所作所为，也无能为力。火星共和国将走向何方？它将在太阳系中扮演什么样的角色？只有时间来证明了。

地球人现在自顾不暇。天文望远镜已经能够清晰地捕捉到外星飞船的编队进入柯伊伯地带。它们呈现出三角形，时而分散飞行，时而聚集在母舰的周围，形成巨大的金字塔形状。

霍华德开始起草对外星种族的协议书。

他聘请了各国法律专家，组织了一个庞大的谈判班子。既要保全人类尊严，又不能完全放弃对地球的掌控，难啊。那些专家都是明白人，不放弃尊严，还要在外星种族的统治之下保持对地球的掌控，那更是无稽之谈。

协议书的草拟历时一个月之久，这份文件终于在争议声中完成。文字游戏再难，也难不过当面谈判。若是外星种族全盘否定协议书里的所有条约，地球人又能奈何？

尊严在实力面前不堪一击。

世界各地逐渐呈现出两个极端，狂欢或沉默。狂欢派对外星人的入侵感到欢欣鼓舞，有生之年居然能目睹外星种族入侵地球，那是何等的"荣幸"！沉默派则一面听天由命，一面心存侥幸。

这是个糟糕的世界。

唯一可喜的是，人和人之间少了钩心斗角，大家在末日来临之前，相互谅解，相互宽容。活着已不容易，何苦争个你死我活？人一旦看开了，烦恼就少了许多。再大的事，能有种族被灭绝的事大吗？

连绵不断的战争连踪影也不见了。利益失去了意义，战争就变成了笑话。无论是国与国之间，还是普通人之间，到处都是一片和睦的景象。

郑月成了人类和外星人和平谈判的唯一希望。

她被各国政府争先恐后地邀请做演讲。演讲的内容无非是宣扬外星种族也爱好和平，它们前来地球，不是侵略，而是与地球人类共渡难关。她用自己切身的例子，证明了外星种族能够与人类合二为一。

它们来了！

那一天终于到来。人们早晨起来，只要抬头，就能看到城市上空悬停着的外星飞船。在一夜之间，那些三角形的巨物，铺满了整个天空。它们用五种语言对全世界广播，同意与地球人谈判，但人类必须交出郑月。

联合国紧急开会研究，同意的一方认为既然要与外星种族谈判，交出郑月代表地球人类的诚意。不同意的一方却认为，郑月是目前地球人唯一的筹码，绝对不能交出去。

在如此紧要的时刻，地球近地轨的粒子加速对撞机却意外检测到了反物质，希格斯玻色子真的存在！那么，反物质武器还会远吗？

谈判终于开始。

外星飞船着陆船舱在众目睽睽之下降落于联合国广场。世界各大媒体纷纷疯狂转播，毕竟这牵动着全人类的命运。人类期待着的高级文明的外星种族真身却没有出现，映入众人眼帘的是五个标准的北欧美女，她们身材高挑丰满，就像维多利亚秘密时尚秀里的模特。

原来，外星生物施展了脑电波干扰技术，使人类的视觉系统出现了幻觉，但这项技术只对多数人管用。众人惊叹之余，也有一些人发现，她们其实是机器人。

五个美女坐在联合国的谈判桌边，她们分别对应了地球的五大洲。霍华德和与会代表知道了这是外星人施展的幻术，但看美女总比看丑陋的机器人要舒适得多，因此并没有提出异议。

开始阶段，谈判很顺利，双方都表达了友好。但涉及地球的主权问题时，外星种族展现了异常强硬的态度，丝毫不愿让步。

谈判僵持期间，发生了一个小插曲。

它们瞬间黑掉了会议中心的全息投影设备，然后直播了距离此地 1500 公里外的一场实验。

在地中海城市罗马，意大利人仍保持着浪漫的情调，在海滩戏水、晒日光浴。一个足球模样的黑色物体从空中疾速而来，悬停在海滩上方。镜头里，意大利男女全然不知这是什么，纷纷好奇地注视着"足球"。

猛地，黑色"足球"炸裂开来。

称呼为炸裂或许并不准确，它从正中间瞬时膨胀开来，黑色的光笼罩了整片沙滩，足有五公里左右。黑光持续了一分钟，才渐渐散去。海滩上的人群当场因为缺氧而纷纷倒毙，连海洋中的各种鱼类都翻着白肚皮漂浮到海面上……

会议中心的直播结束了。

其中一个"美女"介绍道，如大家所见，这是灭氧炸弹，可以在几秒之内"吸干"方圆十几公里内的所有氧气。众人看着画面中瞬间窒息而死的男男女女，一个个脸上都流露出难以置信的痛苦表情。

霍华德马上提出抗议，这是对地球人类的无差别屠杀。美女们威胁道，它们也不希望看到这样残酷的事情发生，但种族需要生存，它们也是不得已。

与会的人类代表无语了。人为刀俎我为鱼肉，这还有任何谈判的余地吗？

外星种族表示，它们将在几个城市试点寄生，初步选定了纽约、上海、开罗、伦敦、墨尔本，五大洲各有一个。联合国必须保证所有宿主积极配合，以避免双方不必要的冲突。

霍华德目送着"五个美女"扬长而去，感到了从未有过的耻辱，然而自己对一切无能为力。他愿意为地球人类挺身而出，可即使他付出生命，他也不能改变什么。

人类不能这样束手就擒，环太平洋组织对各成员国下达了战争命令。以美国为首的国家率先发起了对悬停在纽约和华盛顿上空的外星飞船的攻击，俄罗斯、中国、英国和法国相继也对莫斯科、上海、伦敦和巴黎上空的外星飞船发起攻击。各种型号的导弹、电磁炮以及激光武器轮番上阵，结果都是以惨败收场。

外星种族称得上"仁慈"。这一波不宣而战，它们并没有对各国军队赶尽杀绝。它们似乎不屑于无意义的屠杀，仍然按照既定方针，有条不紊地收集五个城市的市民资料，然后实施寄生计划。

霍华德回家与妻子吃完晚餐，然后坐在书房里平静地从抽屉里拿出已经上膛的手枪，就在他准备开枪自尽的时刻，小儿子约翰冲进书房制止了他。

"爸爸，我们还没有到彻底绝望的地步。所有人团结起来，积极应对，正面作战不行，我们可以打游击啊！就算去过洞穴生活，也要与外星种族斗争到底！"

约翰身穿野战迷彩服装，这令霍华德的精神一振。他想到列维留下的外星病毒疫苗。几个月前，他曾指令瑞典的制药公司秘密生产了一批，现在正是启用的时候了。

由于疫苗数量有限，只够发放给五个城市的半数人口。这又带来了新的问题，如何分配？

崔乐乐闻讯，坚决反对联合国制造、发放列维的外星病毒疫苗，可她人微言轻，霍华德怎能相信她？何况，眼前的事态发展，已到了刻不容缓的地步，死马也要当活马医。

郭政宏顶住了来自各方面的压力，他相信崔乐乐，因而拒绝了这批疫苗。开罗和伦敦也跟随中国政府的谨慎态度，拒绝了霍华德的好意。

三个城市拒绝，正好解决了霍华德的分配难题。他把现有的疫苗全部发放给纽约和墨尔本，同时指令全球各大制药公司加紧制造疫苗。

纽约和墨尔本全城秘密总动员，无论是公立医院还是私人诊所都积极配合政府，抽调医护人员给本市市民迅速接种疫苗。市民连夜排着长队，通宵达旦接种。性命攸关，谁敢懈怠？

然而，仅仅六小时过去，疫苗的严重副作用就在纽约和墨尔本相继暴发。第一批接种疫苗的男女身体出现红色斑点，奇痒无比，抓挠之后皮肤很快溃烂，伴随着严重灼痛。又过了两小时，接种者开始出现幻觉，大脑中枢神经系统产生紊乱，接种者开始有了极端暴力倾向。

　　两个城市的医疗系统顿时瘫痪。城市的各个角落，到处是求诊患者撕心裂肺的惨叫。随着病患增多，大量接种者难以得到有效医治，于是街头巷尾变成暴力角斗场。那些浑身上下满是脓疮和血斑的患者与全副武装的士兵们惨烈抗争着……

　　十小时后，两个城市已经不能正常运转。医院被攻占，商店被抢劫，车辆被烧毁，大街上到处都血肉横飞，放眼望去，已是一片僵尸的世界。

　　联合国只好紧急叫停了疫苗接种，但为时已晚，两个城市的接种人数已经过半。美国对纽约市实施了最严密的封锁，国民警卫队把守着纽约的各个通道，严格控制车辆和行人的进出。墨尔本的情况则完全失控，大批患者冲破了军队的封锁线，攻陷了附近几个城镇，大有蔓延到全国的势头。澳大利亚政府不顾禁令，竟然使用生化武器对这些失控人群灭杀。

　　霍华德看着来自纽约和墨尔本的实况视频资料，目瞪口呆，追悔莫及。他深感责任重大，随即引咎辞职。可在这样的时刻，谁又能走马上任接替他在联合国的职务？霍华德只好亲自奔赴澳大利亚，参与控制情况。

　　澳大利亚政府向联合国紧急呼吁，求助大国，希望能够提供大面积杀伤性武器。

　　人间已是地狱。

　　郑月被禁闭在北冰洋与大西洋之间的格陵兰岛地下基地，此事也颇费了中国政府一番周折。外星种族提出交出郑月的条件后，联合国经过紧急磋商，不顾中国方面的坚决反对，仍投票决定将郑月移交到美国格陵兰岛的地下军事基地。这一基地号称"末日堡垒"，能够抗御小行星撞击地球那样的破坏力。

郑月在麻醉状态下被运送到格陵兰岛。她是个军人，服从命令是天职。可她苏醒过来首先想到的是自己的责任，如果她不挺身而出，制止外星种族屠杀人类，双方一旦开战，那无论对于人类来说，还是对于外星种族而言，都不会有什么好结果。

族群希望寄生在人类身上，族群和人类能够奇迹般地合二为一，也许合理解释只有一个，他们拥有共同的起源。"人类"并非地球人类独享的专有名词，开枝散叶在宇宙中若干星球上的智慧生物都是"人类"。它们生生不息延续至今，虽然历史发展的命运轨迹不尽相同，遵循的却是同一套生物密码。

但这些只是她的推想，她急需见到族群首领，来证实自己的猜想。

坚固严密的地下基地根本关不住她。她施展脑电波干扰术，轻轻松松来到地下停机坪。她打开基地的天窗通道，熟练地驾驶着垂直起降的F-55战机腾空升起。

伦敦、上海和开罗的人民庆幸没有接种疫苗，但这三个城市的状况也好不到哪里去。市民为了躲避外星种族寄生，纷纷举家逃亡。笼罩城市上空的外星飞船则在城市周围布下巨大光障，但凡有人试图穿越光障，就会瞬间被炽热的能量化为灰烬。

恐慌，前所未有的恐慌。

这三个城市的社会秩序逐渐陷入混乱。面对强大而无形的外星种族，人类似乎只能束手待毙。许多人，因不甘于被寄生，因而采取了集体自杀的极端方式反抗。悲剧接二连三发生，这样的日子似乎没有尽头。

原来人类在宇宙之中确如尘埃。但也从未放弃。

军队调集了最先进的重型武器，围在三个城市周围，对外星飞船发动一波接一波的攻击。然而，外星飞船只需使用反重力装置，就可以轻松移走一架架战机和一枚枚导弹，它们纷纷变成了飘浮在半空中的废铜烂铁。

无谓的抵抗只能遭遇毁灭性的打击。

外星生物以低沉浑厚的模拟嗓音，传达了它们的"劝谏"。接着，它们隆重宣布寄生计划即将开始，寄生将根据资料编号分批进行。

上海街头，郭政宏带领崔乐乐的医疗小队给市民发放免疫胶丸，这是崔乐乐用从喜马拉雅跳蛛样本中提取的外星病毒研制出的一种"抗菌素"。但这不是真正的疫苗，它只能起到一些辅助作用。

忙碌了一天一夜，郭政宏和崔乐乐在老城隍庙的一家面馆吃阳春面，突然，崔乐乐惊叫起来：

"郭部长，快看！"

郭政宏透过窗户朝外看去，只见街道上不断有人手舞足蹈地飘浮起来，升到空中就被吸入外星飞船的舱内。

"它们动手了。郭部长，怎么办？！"

崔乐乐话问出口就后悔了，越是紧要的关头，越不能慌里慌张。何况，明摆着郭政宏能有什么解决办法？上海保卫战已经动用了华东战区的十八般武艺，不是照样拿外星飞船无可奈何吗？

郭政宏预想过与外星种族的战争，可双方的悬殊实力还是超出了自己的想象。这是不对称文明等级之间的战争。

崔乐乐忽然尖叫起来，她双脚离开了地面，身不由己飘浮到了半空，一脸惊恐。郭政宏急忙拉住她，但一股巨大的吸力将崔乐乐拖出窗外，升到了街道上空。接着，她升得越来越高，随同天空中的其他人一起被吸进了外星飞船敞开的机舱中……

郭政宏目睹着崔乐乐腾空而起直至消失，泪流满面。一个久经沙场的老军人眼看自己部下惨遭敌手却束手无策。这是怎样的失败者与悲痛者！

但他来不及悲伤，通讯模块发出警报声响，一个急促的声音说道："郭部长，基地出事了，请速回。"

外星人降临地球，于非一反常态，在基地"大闹天宫"，他说，他有能力击败外星种族，拯救人类。他希望离开基地面见外星种族首领。

郭政宏回到基地，就听到了下属的汇报。于非看见郭政宏，异常高兴。他像是久别重逢那样，紧紧抓住郭政宏的双手。

"你要相信我，我可以……"

"不急，不急，我们坐下慢慢谈。"

"我不知道如何解释，反正就在刚才，我忽然明白。我去过它们的星球，而且还见到了它们的首领。你别问我是怎么去的，可能是时空穿越？我确确实实站在了它们星球的土地上，现在回忆起来仍清晰可见……"

于非的语速很快，郭政宏惊讶于他语言能力的恢复。他似乎感到，以前的于非终于回来了。

然而，于非的话又变得断断续续，犹如梦呓，他似乎在努力回忆那些事。郭政宏耐心地听着，却感到十分为难。且不说于非是否有能力拯救人类，单就是让他去见外星生物，也绝对是一种极大的冒险。

地面战报不时传来，几乎都是一面倒的坏消息。如果再没有解决之道，三天之内，常驻上海的三千多万市民就要全部被外星种族寄生了。

伦敦和开罗也是如此。全球各大城市发生集体性恐慌事件，人们疯狂逃离城市，出城的高速公路被堵得水泄不通。

纽约和墨尔本的情况则更惨，试图空降伞兵救援没有接种的市民，这一行动宣告失败。城市街道到处聚集着大批被感染的患者，城市对外通道不断被突破，附近几个城镇连连告急。

霍华德在情急之下，批准了美国和澳大利亚政府对纽约和墨尔本实施毁灭性打击的请求。霍华德明白，核武器一旦开了先例，将后患无穷。意外的是，外星种族在这次事件中却没有袖手旁观，它们对纽约和墨尔本投掷了灭氧炸弹，积极帮助消灭失控人群。

郭政宏特别汇报了于非目前的状态和请求。国防部高层询问郭政宏的意见，他在艰难地犹豫之后，选择了相信于非。国防部请示了最高领导人，得到批示：同意，但要注意保护好于非的人身安全。

第二十六章

天 地 轮 回

经过商榷，纽约市和墨尔本市开启了"大扫除"行动。各国志愿者组成卫生防疫小组与所在国的军队陆续开进这两座死城，清除倒毙在城市各个角落的大批失控人群。成千上万辆大型货车组成运尸车队，浩浩荡荡颇为壮观。

城市的市郊开辟出大型焚尸场，成千上万的尸首倒入浸着化学药物的水泥坑中，再浇灌混凝土封盖。这里既没有神父和牧师的祈祷，也没有死者家属的哀声哭泣，身穿防护服的志愿者们面无表情，一切都在静默中有序进行。焚尸场的入口处，竖立着追悼死者的巨大墓碑。

若干年后，若有后人站在这些巨大的墓碑前，凝望着上面印刻着的密密麻麻的死者名字，他们会有何感想？但更大的可能也许是，若干年之后，人类已经没有后人了，这里将成为地球上的一处遗迹，埋没在荒野之中。

外星种族仍坚持在联合国大厦继续会谈。这次的谈判，地球人类增加了一个特殊的代表——于非。在场其他国家代表大多认为中国方面是多此一举。虽说此人是经历了时空传送的第一人，极具科研价值，但半疯半傻，谁也不知道他那些鬼画符是什么意思。于非出现在这里，难道他已经好了？

载着谈判代表的飞行器垂直降落在联合国广场，大家已经看习惯了那五个趾高气扬的美女。这次却不同，外星种族化身为19世纪的英国绅士，戴着礼帽身穿老式双排扣西装，而且人数众多。他们神情傲慢，轻蔑地注视着人类代表。当他们看到戴着眼镜的于非时，他们中间出现了一小阵骚动。随即，他们像是中国古代人接到了圣旨那般，齐刷刷跪倒在于非面前。

　　在场的人全都愣住了。于非却十分习以为常似的，他神情自若地面对这些"英国绅士"，示意他们起身。然而外星种族仍跪倒在地，念念有词。他们虔诚的表情中透露出顶礼膜拜般的无上遵从。

　　在椭圆形仙女星系的边缘处，有一个类太阳系，编号为233B的恒星系。其中曾有过两颗重力与地球质量大致相等的相互缠绕运行的行星，这两颗星球上空也环绕着大气层，保护星球免遭宇宙的辐射。只不过这两颗星球上大气的主要成分是氮气和氨气，氧气所占比例极少。星球上的生物依靠氮气和氨气生存，姑且称呼它们为仙女座人。它们与地球人类相似，在科技迅速发展到一定程度之后，能源开始变得稀缺。星球之间为了争夺能源，爆发了非常严重的局部战争，起先大家还有所克制，呼吁通过谈判解决。但谈谈打打，打打谈谈，战争的火焰始终在燃烧着。只要有利益，就会有不公平、不平均，就会有连绵不断的你争我夺。战争失控，最后自然是星球毁灭。

　　核子战争后，它们拥有的现代化高科技一夜之间化为乌有。星球上满目疮痍。两个星球的人口仅剩下不到十分之一。幸存的仙女座人转入地下苟延残喘，艰难生存。很多年过去了，核污染才渐渐散去。仙女座人重新回到地面，一切从头开始，它们过上了远古始祖的生活。可笼罩在它们内心的战争阴霾却始终存在。族群分割成许多个部落，相互之间为了争夺资源又展开了原始而血腥的争夺。

这时候，有少数仙女座人开始反思，它们之中有人提出，若是通过不断地进化，将人的欲望、情感剔除，纯粹理性的生物应该能够免于纷争了吧？

在连接两颗星球的空中走廊中心广场上，有一尊几个世纪之前塑造的远古神像。它是远祖族群的图腾，象征着族群浴火重生。

某天，雕像上突然出现了一个裸体男人，他就是穿越时空的于非。他茫然地环顾四周，意识处在混沌状态。他想发声说话，却发现自己失去了语言功能。

仙女座人震惊之余，纷纷对他拜倒。那个图腾对于战后的仙女座人，有着更为重要的象征意义，它们不仅要浴火重生，重新崛起，还要回到图腾修建时期的科技、文明水平。它们的末日神话曾预言，会有一个裸体男人从天上降临，他将成为族群的引路人。因此，于非凭空出现在族群图腾之上，自然就是"神迹"应验了。它们把他奉为宇宙之神派来的"智者"顶礼膜拜。

双子星座在战争中保存得最好的建筑，是星球上的各大博物馆。于非为了尽快搞明白自己身上发生的一切，日日在仙女座人的博物馆内学习、探究，希望自己尽快学会它们曾经辉煌的科技。

于非无时无刻不想回到熟悉的故土——地球，但他查阅了仙女座人博物馆资料，清楚自己目前远离地球足有几百万公里之远。如何回到地球呢？好在于非在仙女座人首领率领的科学家团队的帮助下，复原了能量密封舱。分别的那一天，它们举国欢送，盛况空前。不过，于非通过仙女座人制造出的能量密封舱，并没有准确回到地球。他的时空之旅，惊险又奇妙，那是后话了。

在于非的主持下，仙女座人与地球人类经历了长达三个月的谈判，终于勉强达成协议。地球人类仍保持原状态，继续我们的文明进化过程。仙女座人则在高科技的辅助下，寄生在由人类 DNA 复制出的合成身躯之中，完成它们梦寐以求的"返祖现象"。

但在归还郑月一事上，双方并没有形成统一认识。

　　郭政宏代表强调，郑月属于地球人类，是中国未来工程部的一份子，这是不容改变的事实。而仙女座人代表则认为编号认证466721寄生在郑月的体内，最后产生的合二为一的"奇迹"应属于仙女座人，这是它们科技发展的产物，该技术的知识产权理应属于它们。最终，考虑到郑月毕竟是于非的妻子，它们同意把郑月归还给于非。

　　仙女座人对她的身体构造进行了深入研究。

　　郑月离开外星母舰的时候，她终于见到了神秘的族群首领。它的真身依附在一具机器人身躯上，胶状液体蠕动着，从黏菌体中慢慢地聚出一只巨大的眼睛，滚圆的大眼球几乎占据了液态机体的大部分面积。它仔仔细细观察了一番郑月的身体构造。

　　"编号认证466721，你是族群的'神迹'，开导了族群灿烂的生命之路，承载着族群能够到达的理想彼岸。你的存在，证明了黏菌体生物能与地球人类完美结合，我为你感到骄傲。"

　　"不！首领你错了，我的主体是郑月，是郑月战胜了我。我们低估了地球人类的意志力，更忽略了他们强悍的情感因素。黏菌体生物的文明等级虽然比他们高，可以轻易摧毁他们的肉体，但我们本质上战胜不了他们。此刻我明白了首领寄生地球人类的目的。但既然同根同源，为何要以侵略的方式完成这件事呢？"

　　大眼珠流露出来的欣喜神情暗淡了，合上片刻又睁开了："我承认你是郑月，你站在了地球人类的立场。我们在太空漂流了太久，我们渴望有一个属于自己的家园。而地球这颗蓝色的星球，是我们选定的归宿。原始的地球人类迟早要被更高级的我们取代。这不是入侵，而是解救。

　　"你是幸运的，而你的同伴却被地球上邪恶的人类引诱，成为失败的试验品。族群之所以掌控地球人类，正是为了避免类似的情况再次发生。族群进化到今天，如同在一个进化的漏斗里过滤了无数遍，去其糟粕取其精华。但现在不得不承认，族群在进化之中也许某一步走偏了，也可能，任何生命的终点就是回到原点吧。"

"不，你错了。我的同伴不是被邪恶引诱，而是它自己没有明确的是非观，才导致一错再错。不可否认，族群远比地球人类的智商和文明等级要高，但族群总是居高临下去看待地球人，这使我们容易忽略生命的本意，每一个生命都应得到尊重，都应拥有自由发展的权利。"

"大眼珠"沉默了。

郑月的意识里开始出现一幅幅意念的图像，一个声音从脑海深处传来："郑月，你仔细听，我不会重复描述。我们维持生命活动的能量来源于黏菌体自身携带的高储能化合物，结构类似于地球人体内的三磷酸腺苷，因此当黏菌体寄生于人体，它们就能够直接通过人类的循环系统获得稳定的能量供应。

"我们曾经是与地球人类相似的生物，同样以核酸为遗传物质、以蛋白质作为生命活动的基础，拥有中等尺度的躯干、肢体和复杂神经纤维网络构成的思维器官。按照地球时间的计算，大约500万年前，仙女座人的文明就已经高度发达，不但能够建造适用于深空探索的大型宇宙飞船，而且掌握了操控希格斯玻色子的技术，可以将普通物质的质量降低到接近于零，从而获得了亚光速水平的飞行技术。然而，高科技也无法挽救和对抗恒星演化周期，随着仙女座233B恒星逐渐向红巨星演化，整个星系不再适合生存。仙女座233B人只得利用全部的技术能力，打造了数十万艘大型飞船向宇宙深处逃窜。其中一队逃向了银河系第三悬臂边缘的飞船，经历了人口膨胀、资源不足、自相残杀等重重困难，最终为了生存，飞船上的科学家利用生物技术为自己和同胞们制造了新的躯体——黏菌生命体。像是一台高效运转的生物计算机，飞船上的仙女座人集体将意识上传到生物计算机上，以实现最节省资源的生存方式。遗憾的是，在上传的过程中，我们丢失了作为智慧生命最宝贵的情感，变成了不老不死的绝对理性化生物，这虽然符合远古始祖的某一种设想，但如果可以再次选择，我相信大部分族人不会愿意接受这样的结果。生存的唯一目标，就是找到一颗宜居星球，将种族的基因传承下去。

"仙女座人的黏菌肌体本是高度设计的产物，能量使用效率及各种功能上都几近完美，特别是不会衰老这点，极大延长了这批族人的寿命。可是，双子母星的大气环境富含氮和氨，因此设计的黏菌躯体也顺理成章地继承了我们喜氮厌氧的生物学特性，现在却成为殖民地球的最大障碍。但你的存在，打破了这种障碍，让族群看到了新生命延续的希望……"

郑月忍不住地打断道："仙女座人殖民地球的概念是错误的。族群千辛万苦才找到这颗美丽的蓝色星球，我们应该同地球人联手共同建造家园。"

但那声音再次幽幽响起："最初考虑到地球人生命短暂，身体结构和生理活动都存在缺陷，他们的生命活动低效且浪费。但现在看来，尽管仙女座人的细胞修复酶能够修复宿主身体上的绝大部分损伤，但不可逆的 DNA 端粒衰变仍会将宿主带入衰老和死亡。因此，黏菌体的寄生方式实质上是失败的。高等智慧生命最容易犯的错误，用一句中国谚语来说，就是聪明反被聪明误。所以族群在与地球人的谈判中改变了策略，放弃了原先殖民地球的粗暴设想，我们要研究出一种新的合成人肉体来寄生，这种人体应完全适合我们，就像你一样。因此，你成了唯一的两个种族融合的新人类。我把族群的历史和演化过程都告诉你了，你听明白了吗？"

"那么，我的儿子于未来呢？他也是一次试验吗？目的是什么？

于非呢？他怎么成了族群的'智者'？"

那声音听到这两个名字，瞬间变得开朗和兴奋了："于未来的基因变数纯属偶然，他不是族群试验的对象，而是因为你在外太空执行任务时，凑巧被基因导弹击中，更凑巧的是你正好在怀孕初期，在一切偶然因素的叠加下，竟然有了如此出乎意料的结果。族群密切关注他，是因为期待他能为族群和地球人类创造出更多的'奇迹'。至于你的丈夫于非，他穿越到了族群的远祖时代。他误入黑洞，时空折叠，于是误打误撞进入到族群母星的远古年代……"

那声音突然有些犹豫，它停了片刻才道："就在刚才，我看到了于非回到地球之后写的符号公式，更主要的是他画的那些画。我突然感悟到，他穿越的宇宙空间不仅仅是族群远古的历史，也蕴含着整个太阳系的未来……"

这时，他们同时感受到了来自身边的某种危险的迫近，但他们没有用意念交流。是相互的默契？还是难以言表的苦衷？

威廉派遣的工程师和技术人员在谷神星地表建造了一个空间站，观测外太空和小行星矿物研究分析的仪器也基本就绪。这批科学家有的是威廉用高薪聘请来的，也有特立独行像他一样充满野心的，但更多的，是被威廉胁迫而来。胁迫手段多种多样，通常是设计抓住那人的把柄，然后威逼利诱，或直接扣留那人的家属，强逼对方。当然，也有一些思想单纯的科学家，被他描绘的"蓝图"吸引，自告奋勇前来谷神星。

于未来望着眼前的景象，深信不疑雅各是做大事业的人。他小时候就崇拜英雄，特别是航天英雄。威廉趁机滔滔不绝地对于未来介绍他未来的计划：利用小行星带丰富的矿产资源，吸引更多的地球投资者，从而在地球和火星之外建立小行星带的独立王国。

谷神星基地简陋的通讯室里，威廉和于未来通过视频转播，目睹了地球上几大城市的惨状。威廉与悲愤的于未来相反，他认为地球人类就应该来一次大清洗，这样才能够加速文明的进程。但实际上，威廉的内心非常悲痛，他最喜爱的小儿子史蒂文就在纽约，因接种联合国的疫苗，成了"僵尸"，倒毙在曼哈顿第五大道的街头。

他清楚地记得他最后见史蒂文的情景。那时他装扮成雅各，准备离开地球，因此特地来到纽约劝阻史蒂文加入反战组织。

那一天的傍晚，纽约的天气很不好。雨夹雪，潮湿的空气里浸润着彻骨的寒冷。威廉与史蒂文相约在格林威治村的一家小咖啡馆。史蒂文姗姗来迟，脸上写满不在乎，父亲的话远不如通讯模块里的小游戏对他更有吸引力。他对威廉怀有敌意，尤其不认同他的生意和事业。

"我就要离开地球了，不知道这一去多久才能回来，你就没有什么话对我说？"威廉看着史蒂文，语气里有些生气。

"您从事的是解救全人类的伟业，我这样的凡夫俗子哪能理解？既然您无法尽到做父亲的责任，那也请您不要干涉子女的自由。抱歉，我还有事，先走了。祝您旅途愉快！"

威廉目送史蒂文离去，悲哀涌上心头。

威廉接触于未来之后，他的心态悄悄发生了变化。起先，他只是想利用他，因为于未来既是丁零的主要合作伙伴及助手，同时他又是于非和郑月的孩子，更重要的是，他与外星种族渊源颇深。威廉看人的眼光向来很准，于未来果然帮了他的大忙。在相处的过程中，这个自以为是的年轻人却时常能够触动他心里最柔软的地方。尤其是于未来在无意中透露了自己的身世。恍惚之间，他仿佛看到了小儿子史蒂文的影子。他们年纪相仿，热血冲动，缺爱，孤独。

威廉也不知道自己什么时候就把对史蒂文的父爱"移"到了于未来身上。他更欣喜于未来在关键时刻竟"背叛"丁零，决绝地驾驶"金翅大鹏"跟随他来到了谷神星。他看得出来，于未来对丁零的情感绝不只是同事、朋友，难道温情竟能胜过爱情？

三个星期后，于未来才知道为什么威廉对自己的事业前景如此自信。

汤姆携带着火星基地的80枚高性能导弹和部分亲信士兵，乘坐"大力神"号飞船出逃火星，投奔威廉。

原来，这是威廉与汤姆预先设计好的计划。汤姆假投降换取火星共和国新政府的信任，然后伺机而动。威廉和汤姆都清楚，无论在地球上还是在整个太阳系，军事实力永远是第一位的。兵者，诡道也。出其不意，才能反败为胜。寄人篱下，则是永世不得翻身。

汤姆到达谷神星后，威廉随即宣布成立小行星带联邦共和国，在太阳系中与地球、火星三足鼎立。原先在小行星带上开采矿产的私人飞船和挖掘机械，都强制收归小行星带联邦共和国政府所有。于是，地球上不少投机商人见机行事，变相投奔了威廉，他们明白小行星带上的丰富矿产会是将来的能源宝地，必须现在就开始抢"头口水"。

亚克里斯对汤姆的背叛一点都不在意，有反骨的留着必然也是祸患。他只心疼那80枚导弹和那些士兵，这无疑削减了火星共和国的军事力量。但是，威廉原先准备对付地球的导弹已经收回，足够保证火星的反击能力，自卫够了。

火星城不愁高科技人才，亚克里斯组建了火星军事研究院，不惜拨重金试验新式武器。威廉组建小行星带联邦共和国，更刺激了亚克里斯的强国精神。此外，他意识到宣传的力量，组成了总统府的御用宣传团队，撰写火星共和国建立的故事和整理视频影像资料。同时有意识培育火星人的爱国意识，以增强火星居民的凝聚力。亚克里斯崇尚杰克·丁，他亲自整理了杰克·丁以前的许多资料，并号召每一个火星人都要以杰克·丁为榜样，把杰克·丁的思想发扬光大。

亚克里斯的政治拼图渐渐成熟完整，谁说科学家不能治国？埋头于科学领域的科学家一旦掌握了政权，他的政治野心或许比那些政治投机分子更大。

　　汤姆·约翰逊叛逃使丁零暂时留在了火星。郭政宏指示，地球上形势不明朗，火星与小行星带相继独立，势必影响巨大。丁零必须在火星上扎下根来，发展壮大自己的实力，以备将来之需。

　　丁零意识到亚克里斯的变化，他正走在麦克阿瑟未走完的极权主义道路上。她想不明白，每一个登上火星共和国第一把交椅的人，怎么都越走越极端？

　　她当然想不明白。人性复杂，就连亚克里斯自己，恐怕也不明白。

　　亚克里斯眺望着窗外的幽蓝色的夕阳，心如止水。自己的变化从什么时候开始的？他十分茫然。凡事有因必有果，他思来想去，总是将根源落在杨安妮身上。他在火星上得知杨安妮自杀消息的那一刻，万念俱灰。他知道，他再不可能获得那样的爱情了。人在绝望的境地通常渴望报复，亚克里斯正是如此。他要用权力反戈权力，他要享受权力带来的快感，以弥补内心情感的缺憾。他失去的爱情，要让更多人以失去自由来补偿。他不仅要与地球人类为敌，他还想毁灭地球，让一切都跟着陪葬吧。

　　仙女座人与地球人类和平相处了十年。

　　这期间，地球人类的科技突飞猛进，核能聚变得到了普遍运用，核聚变所需的同位素氚能够从海水中直接提取。人类文明在接下来的数十亿年都将不愁能源问题，原本笼罩全球的能源危机烟消云散。人工智能领域也有了革命性进展，集成智能、协同互动和自我意识学习等各个方面都有了跨越式发展。新式农业种植技术增加了粮食产量，大饥荒年代已成为遥远的回忆。

有得便有失。

仙女座人大批寄生在合成人体内，造成了全球人口的爆炸式增长。新的"人类"出现，带来了新的歧视。仙女座人智商高，占领了所有高精尖行业。最优秀的地球人也无法削尖脑袋挤进去。他们大多只能从事低端的、重复的、服务类的工作。这渐渐形成了事实上的不平等阶级。地球人在它们眼里，低下如奴隶。而地球人却认为，合成人能算是人类吗？俗话说，强龙不压地头蛇，何况它们赖以生存的宿主肉身还是来自人类。没有人类，它们还只是一堆黏糊糊的虫子呢。

仙女座人与人类的矛盾从一桩不起眼的小事爆发。

仙女座人刚进入人类社会的时候，一切行为准则遵照地球人类执行。但时间长了，各自难以相互融合的风俗文化就开始产生冲突，特别生活在同一家庭之中的不同种族，更容易发生冲突。

例如一对由货真价实的地球人类和仙女座寄生人类组成的夫妻，一方出轨，另一方一怒之下去殴打了对方的出轨对象，结果那人是仙女座人。仙女座人拥有合成肉体，体魄健硕，机体自我修复能力强，普通人类根本不是寄生人种的对手，于是这人便被打成了残废。

该新闻一经报道，立刻引起全球轰动。仙女座人和地球人组建的联合管理政府也介入了这桩刑事案件。法律专家和人类学家各执一词，法律专家认为，天子犯法，与庶民同罪，仙女座人既然选择在地球上繁衍种族，就应该遵纪守法，尊重所在地的人民群众，接纳当地法院的量刑标准，不应享有外星种族特权。而人类学者认为，量刑必须从生物和文化的角度全方面考虑，仙女座人本身是无性种族，因采纳了人类DNA组成的有机体作为宿主，这才有了性行为。因此，此事的祸根乃在于宿主的潜意识，与外星种族本无干系。

众说纷纭，争执不休。当地法院两难之下，只好各打五十大板。

然而一波未平，一波又起，像这样的冲突只会越来越多，越来越激烈，直到完全将这两种人类撕裂开来。

随着元旦的钟声敲响，人类与仙女座人进入了相互融合的第二个十年。

当新年的第一抹朝霞在东方映红天际，北京天文台的观察员董子朝发现太阳在这一天出现了异样。原本应该进入活跃期的太阳竟然平静得像一潭死水，它不那么明亮了。

太阳正在死亡……